햇살을 향해 헤엄치기

햇살을 향해
헤엄치기

SWIMMING FOR SUNLIGHT

엘리 라킨 지음

이나경 옮김

문학사상

차례

조앤 피드치히에게

사과 주스와

온갖 것들 때문에

프롤로그

우리가 이혼하던 날, 남편은 자기가 만나는 여자를 데려왔다.

공정하게 말하면, 그 여자가 실제로 회의실 안에 들어온 건 아니었다. 그리고 에릭의 주장에 따르면 그 여자는 만나는 상대가 아니라 '친구'일 뿐이었지만, 그건 거짓말이었다. 그도 그걸 알았고 나도 알았으며 우리 중 누구도 그런 상황을 만들고 싶진 않았지만, 그럼에도 불구하고 그렇게 됐다. 남편은 방어적이었고 상처받았으며 비열했고, '봤지? 봤지? 누군가는 날 사랑해. 당신은 그러지 못했지만 누군가는 날 사랑한단 말이야'라고 말하려고 '친구'까지 데려와야 했다. 그런데도 나는 잠자코 그 자리에 있었다. 나도 모르게 그렇게 반응했다. 우리 몸이 공간을 차지하듯이 무의식적으로. 그 순간마저도 나는 남편에게 더 나은 사람으로 보이고 싶었다. 더 나은 이혼을 선사하고 싶었다. 기분 상하지 않은 채로 싸우고 싶었다. 둘이서 점잖게 시작한 일을, 적어도 희망을 가지고 시작한 일을 산뜻하게 끝맺고 싶었다. 서로 애정이 있었기에 시작한 결혼 생활이었으니까.

남편의 친구는 복도 벤치에 앉아서 손가락 끝으로 휴대폰 화면을 건드리고 있었는데, 기다란 가짜 손톱이 유리에 닿을 때마다 '톡톡' 하는 소리가 났다. 에릭의 변호사가 웅얼웅얼 말하는 동안, 그 여자가 내는 소리가 회의실까지 선명하게 들려왔다.

"제 의뢰인은 돌이킬 수 없는 파탄을 근거로 이혼 허가를 요청드리며⋯⋯."

톡. 톡. 톡.

"⋯⋯양측 어느 쪽의 과실도 아님을 주장하며⋯⋯."

톡. 톡. 톡.

"⋯⋯더욱이 저희는 공정하고 공평한 재산 분할을 기대하고⋯⋯."

토독. 톡. 톡. 톡.

너무 많이 깨물어 들쭉날쭉해진 엄지손톱을 손으로 뜯고 있는데, 내 변호사, 로체스터 최고의 이혼 변호사 아놀드 트로이어는 말발굽 모양으로 처량하게 남은 갈색 머리 주위에 송글송글 땀이 맺힌 채로 낭랑하게 응답했다.

나는 에릭의 친구를 여러 번 머릿속에 그려봤고, 나와 비슷하지만 더 멋진 사람을 상상했다. 그러나 그 여자는 나와 아예 같은 종이 아니었다. 아마 같은 문생물 분류 체계인 종속과목강문계 중 하나이며 두 번째로 큰 분류에 속하지도 않는 것 같았다. 트로피 와이프로 타고난 여자들에게는 특별한 종류의 척추가 있어서, 체중도 남들보다 훨씬 더 가볍고 몸매도 가녀린 것 같았다. 그 여자를 보니 내가 더 나아지려고, 더 나은 사람이 되려고, 체크다운과 백패스둘 다 미식 축구 용어의 차이를 배우려고 더 열심히 노력했다 해도 에릭에게 꼭 맞는 상대는 되지 못했을 거라고 깨닫게 됐다. 에릭도 내게 꼭 맞는 상대가 되지 못했으리라는 사실과 마찬가지로.

재산 분할이 거의 끝났을 때, 에릭의 변호사가 에릭이 내개의 양육권을 원한다고 했다.

"잠깐만! 타임아웃!"

나는 양손으로 T자를 만들며 벌떡 일어났다.

"케이티, 이혼에는 타임아웃이 없어."

에릭이 손목을 돌려 내가 처음 보는, 표식 없는 파란 페이스의 커다란 은색 시계를 확인하며 말했다.

"어쨌든. 사이드바재판 중 배심원이 듣지 못하는 가운데 판사와 변호사 등이 의논

_{하는 것}라도 요청할게요."

나는 이렇게 말하고 아놀드 트로이어의 소매를 당겼다.

아놀드는 파일을 챙기고 내게 이끌려 복도로 나왔다. 에릭의 염색한 금발 친구에게 우리 말소리가 들리지 않는 곳으로 간 뒤, 나는 숨을 크게 들이쉬고 말했다.

"내가 원하는 건 바크뿐이에요."

"바크가 뭡니까?"

"바키메데스. 내 개요. 말씀드렸잖아요. 에릭이 다른 건 다 가져가도 좋아요. 하지만 내겐 개가 필요해요."

"경솔하게 행동하지 맙시다."

아놀드가 주머니에서 접은 종이타월을 꺼내 코를 닦으며 말했다.

"혹시, 공동 양육권을 원하시면……."

"아뇨! 에릭은 바크를 미워해요. 나를 괴롭히려고 이러는 것뿐이에요. 증명하지 않아도 되는 걸 증명하겠답시고 말이에요. 이제 다 이해해요. 에릭이 왜 외도를 했는지 알겠어요. 내가 형편없는 아내였던 것도 알아요. 전 그냥 제 개만 있으면 돼요."

아놀드는 내 파일을 훑어봤다.

"개가 순종인가요? 대회에서 상을 탔습니까? 가격을 매길 수 있을까요?"

"제일 소중한 친구에게 가격을 매길 수 있는 사람이 어디 있어요?"

목이 메어 쉰 목소리가 나왔다.

아놀드는 한숨을 쉬며 같은 종이타월로 머리를 닦았다.

"저는 고객들에게 나무 때문에 숲을 놓치지 말라고 자주 말씀드립니다."

"전 숲을 원하지 않아요!"

나는 이렇게 외쳤고, 복도에 울리는 내 목소리에 놀라서 속삭임 수준으로 소리를 낮추려고 애썼다.

"집도, 저 사람 엄마가 준 빌어먹을 블렌더도, 너무 일찍 사놓은 아기 옷도, 저 사람이 그 여자랑 섹스할 때 썼을 꼴 보기 싫은 소파도 필요 없어요."

나는 복도 저 끝에서 아직도 휴대폰을 두드리고 있는 친구 쪽을 가리켰다.

"전 바크를 원하고 새 출발을 원해요. 그리고 저 사람이 원하는 것도 마찬가지라고 생각해요. 단지 이게…… 이게 제일 힘든 부분일 뿐이죠."

에릭은 자신을 정당화할 필요가 있었다. 외도를 한 사람은 자기가 잘못했다고는 생각하지 않는다. 인정받지 못한다는 생각 때문에 마치 지워지지 않는 잉크를 가지고 벽에 낙서를 하는 아이처럼 무모하게 굴고 있을 뿐이었다. 그는 바람을 피웠다. 나는 집을 나왔다. 우리 둘 다 잘한 건 없지만, 나는 그가 외도하기 한참 전에 집을 나왔다. 이건 에릭이 당황하고, 상처 받고, 망가진 상태로 이렇게 외치는 셈이었다.

'당신이 나에게 무슨 짓을 하게 만들었는지 봐! 당신이 나에게 시킨 짓에 대가를 치르라고! 젠장, 내게 반응을 보여봐!'

나는 소맷부리로 뺨에 흐르는 눈물을 닦았다.

아놀드는 주머니에 손을 넣어 네 번 접은 종이타월을 또 꺼내 내게 건넸다. 저 사람은 필요할 때 쓰려고 밤마다 종이타월을 접고 있는 걸까? 왜 보통 사람처럼 티슈나 손수건을 가지고 다니지 않는 걸까?

내가 종이타월로 눈가를 훔치는 동안 아놀드는 나를 지켜봤다. 그는 표정을 누그러뜨리더니 가까이 다가와서 말했다.

"정말로 원하시는 게 이겁니까?"

나는 고개를 끄덕였다. 좋아, 에릭. 나 반응하고 있어. 이건 끝이고, 나는 싸우고 있다고.

"좋습니다."

아놀드는 파일을 끌어안으며 말했다.

"화장실에 가서 좀 진정하시고, 세수라도 하고 오세요. 어떻게 하면 될지 알아보겠습니다."

"고마워요."

나는 코를 풀었다. 소리가 메아리쳤다.

"더 받아낼 수 있다면 더 받아내겠지만, 만약 다른 모든 걸 잃고 개를 데려올 수 있게 된다면 난 그걸 승리라고 부를 겁니다."

나는 거의 신은 적 없는 하이힐로 또각거리는 소리를 내며 복도를 걸어 후퇴했다. 화장실에서 찬물에 손목을 적시며 바크의 목줄을 에릭에게 건네는 게 어떤 느낌일지 상상하지 않으려고 기를 썼다.

유기견 보호소 웹사이트에서 처음 본 순간부터 나는 그 개를 사랑하게 됐다. 바크는 저먼셰퍼드 같은 얼굴을 하고 있었는데, 귀는 보스턴테리어처럼 크고 곧았고, 보더콜리 같은 점과 물결무늬가 있는 털은 차우차우처럼 폭신했다. 눈 하나는 아주 짙은 캐러멜색이고 다른 쪽은 맑은 하늘색이었다. 나는 필사적으로 누군가를 구해야만 했고, 거기서 녀석이, 2357번 개가 나의 구조를 기다리고 있었다.

에릭이 모는 차를 타고 시러큐스까지 가서 그 개를 입양했다. 우리는 아슬아슬하게 도착했다. 바크는 이튿날 안락사 당할 예정이었다.

시러큐스에서 데리고 왔으니 녀석의 이름을 바키메데스라고 지으면 너무 웃길 것 같았다. 하지만 에릭은 그 이름의 의미를 이해하지 못했고 고대 그리스의 수학자 아르키메데스의 출신은 시라쿠사다 제터라고 이름 짓기를 원했다. 게다가 집으로 오는 길에 주유소에 정차했을 때, 바크가 에릭이 새로 산 BMW의 조수석 뒷자리를 먹어치우는 바람에 에릭은 처음부터 바크를 좋아하지 않았다. 그때부터 그들의 사이는 계속 내리막이었다.

어느 모로 보나 바크는 내 개였다. 매일 아침 나는 녀석의 먹이 그릇을 두는 자리 옆에 앉아서 녀석과 옆구리를 바짝 붙이고 커피를 마셨다. 바크는 그렇게 해야만 아침을 먹기 때문이다. 바크가 어느 마룻장을 무서워하는지 아는 것도, 스토브를 쓰려면 장난감 세 개와 제일 좋아하는 담요와 함께 바크를 안전하게 침실에 가둬야 한다는 것을 아는 것도, 일하러 갈 때는 바크에게 NPR 라디오의 방송 〈모든 것을 고려했을 때〉를 틀어줘서 외로움을 덜 느낄 수 있게 해줘야 한다는 걸 아는 것도 나였다.

에릭은 이런 것을 알지 못했다. 배울 생각도 없었다. 바크 주위에서 어떻게 행동해야 하는지 알려줘도, 에릭은 진지하게 듣지 않았다. 그래서 딱 한 번 장례식에 참석하느라 플로리다에 다녀오면서 그들을 단둘이 두었을 때, 집 안은 그야말로 엉망진창이었다. 셔츠들은 갈가리 찢겨있고, 러그 한 쪽은 뜯겨있었으며, 나흘쯤 아무것도 먹지 못한 개가 구석에 웅크리고 있는 와중에 라디오에선 농구 경기 중계가 쩌렁쩌렁 나오고 있었다.

에릭이 허세를 부리고 있는 것일 뿐이고 내 개를 정말 데리고 갈 생각은 없다고 믿어야 했다. 그리고 아놀드 트로이어를 믿어야 했다. 로체스터 최고의 이혼 변호사가 최소한 조금은 능력이 있다고 말이다.

나는 손을 닦고 머리를 매만졌다.

전화가 울렸다.

할머니가 보낸 메시지였다.

끝났니?

나는 답장을 했다.

-거의요.

할렐루야!

나는 미소를 지으며 메시지를 썼다.

-할머니! 너무 좋아하시는 거 아니에요?

자유의 거시기를 꽉 움켜잡아!

나는 웃으며 거울을 바라보고는 할머니가 시킨 것처럼 등을 쭉 펴고 섰다. 뺨은 붉었고 눈은 붓기 시작했지만, 복도를 걸어갈 때 성명서를 발표하듯 대리석 바닥에 또각또각 하이힐을 디뎠다.

에릭의 친구는 여전히 회의실 앞 벤치에 앉아있었다. 그녀는 지치기 시작했고, 아이라인이 눈 아래로 번지고 있었다.

문득 그녀에게 미안해졌다. 아놀드 트로이어가 제대로 일을 마무리한다면 나는 바크를 데리고 떠날 테지만, 그 여자는 식탁에 앉아 발톱을 깎고 하루도 빠짐없이 엄마와 통화를 하는 바람둥이와 살게 될 테니까.

"케이티라고 해요. 에릭의 전처예요."

내가 손을 내밀어 악수를 청하면서 말했다. 그 여자는 자기 이름도 밝히지 않고, 내 예상보다 부드러운 목소리로 "안녕하세요"라고 웅얼거릴 뿐이었다. 손은 차갑고 앙상했다. 손톱에는 라인스톤이 붙어있었다.

"곧 끝날 거예요."

나는 이렇게 말하고는 불쑥 덧붙였다.

"만나서 반갑네요."

'만나서 반갑네요.' 아놀드 옆에 앉아 X표 옆에 서명하는 동안 내내 그 말이 머릿속에서 반복됐다. 만나서 반갑다, 평생 갈 줄 알았던 결혼 생활에서 남편이 달아나도록 재촉해준 여자야. 영역 표시처럼 내 거실에 머리핀을 두고 간 여자야. 내가 새 출발을 하도록 밀어준 여자야. 만나서 반갑다.

1
괜찮아, 우린 괜찮아

"저기가 내가 좋아하는 커피숍이야."

나는 운전을 하며 창밖을 가리키고는 말했다.

"그리고 저건 내가 다닌 고등학교."

야자나무가 늘어선 플로리다의 단층 주택 거리, 즉 할머니의 동네로 접어들었다. 집집마다 우표에나 나올 듯한 아름다운 마당과 콩팥 모양의 수영장이 딸려있었다.

"저런, 코언 부인 댁의 플라밍고가 없어졌네!"

활기찬 모습의 플라스틱 새 무리가 셋으로 줄었고, 이제 선글라스를 쓴 건 하나뿐이었다.

"세월이 변했어, 친구."

나는 뒤를 돌아봤다. 바키메데스는 팔십 파운드의 거구를 뒷좌석 바닥에 구겨 넣고, 머리는 조수석 밑으로 최대한 깊이 밀어 넣고 있었다.

"너도 할머니를 좋아할 거야."

바크를 진정시키기 위해 뉴욕주 로체스터부터 플로리다주 세인트 루시까지 내내 떠들어댔던 바람에 내 목은 쉬고 쓰라렸다. 난 조금 울기도 했다.

"아니, 어쩌면 할머니를 안 좋아할지도 모르지. 그건 네 마음이야. 하지만 노력은 해봐야지. 부탁이다, 응, 바크?"

커브를 돌자 할머니 집이 나왔다. 내가 문 앞길에 심은 꽃기린이 제멋대로 웃자라있었다. 잔디밭에는 점점이 민들레가 피어있었다. 꽃들의 상태가 꼭 할머니의 점액낭염관절 주위의 점액낭에 생긴 염증이 도진 신호처럼 느껴져 염려스러웠다. 통화할 때 할머니는 그런 말을 하지 않았다. 하지만 할머니는 늘 그랬다. 불평하는 법이 없었다. 쯧, 하고 혀를 차곤 그냥 지나갈 뿐이었다.

그때 거실 창문 너머로 누군가가 움직이는 것이 보였다. 나는 제대로 보려고 차 속도를 줄였다.

할머니 거실에 남자가 있었다. 할머니 이웃에 사는 작은 체구의 노인이 아니었다. 덩치가 크고 어깨가 떡 벌어진 남자였다. 커튼을 통해 창가에 가까이 서있는 남자의 거대한 어깨 윤곽선이 보였다. 그러다가 그 모습이 사라졌다. 불안이 엄습

하면서 가슴이 쿵쿵 뛰었다.

나는 커브에 차를 세우고 에어컨을 그냥 켜뒀다.

"금방 올게, 바크."

이렇게 속삭이고 운전석에서 내린 뒤 차 문을 조용히 닫았다. 공기가 너무나 후텁지근했다. 나는 몸을 숙이고 집 쪽으로 살그머니 다가갔다. 창문을 두드리거나 있는 힘껏 소리를 질러 그 남자에게 내가 자기 존재를 안다는 것을 알릴까 생각해봤다. 어쩌면 그는 겁이 나서 멈출지도 모르니까. 할머니를 해치지 않고 뒷문으로 달아날지도 모르니까. 하지만 내가 소리를 질러 상황이 바뀌면? 그가 평화롭게 할머니의 귀중품을 훔치고 있었는데, 내가 소리를 질러 할머니를 인질로 붙잡아버리면? 그에게 칼이 있을까? 총은? 나는 옷소매로 가시나무를 밀치고 창문 안을 들여다봤다.

그는 할머니를 바닥에 쓰러뜨려 덮치고 있었다. 나는 비명을 지르고 싶은 충동을 억눌렀다. 눈에 눈물이 고였다. 가시가 맨 다리를 찔러댔지만 아랑곳 않고 현관으로 달려갔다. 그를 죽이고 싶었다. 너무 분한 나머지, 아기를 구하기 위해 차를 들어 올리는 여자들처럼 나도 그럴 수 있을 것 같았다.

천천히 문손잡이를 돌려 문을 열고 타일에 발자국 소리가 나지 않도록 플립플롭을 벗었다. 그 남자는 나보다 덩치가 훨씬 컸다. 기습해야 했다. 혈관 속 아드레날린 수치가 급등했고, 다리의 긁힌 상처에서 피가 흘렀다. 나는 그가 내 움직임을 알아차리지 못하도록 문 옆, 드라이플라워를 꽂아둔 복제품 명나라 도자기 꽃병을 머리 위로 천천히 들어 올렸다. 나는 숨도 쉬지 않고 살그머니 다가갔다.

내 발가락이 거실 카펫에 닿았을 때였다. 할머니의 웃음소리가 들렸다.

남자가 할머니를 누르는 게 아니었다. 할머니가 맨팔을 남자의 툭 튀어나온 이두박근에 감고, 무릎으로 그의 가슴을 밀고 있었다.

나는 거실에서 뒷걸음질을 쳤고, 여전히 들고 있던 병에서 드라이플라워가 바닥에 떨어졌다. 고동치던 내 심장이 쿵, 멈췄다.

"케이틀린!"

할머니가 불렀다.

"세상에 무슨……?"

"아, 아뇨."

나는 눈을 감았다.

"지금…… 전 아무 말도 하지 않겠……, 잘됐네요, 할머니…….
와, 참 정정하시고……."

"아이쿠, 애! 너 대체 왜 그러니?"

나는 눈을 떴다. 근육질 남자는 옆으로 비켜서있었고, 할머

햇살을 향해 헤엄치기

~22~

니는 반바지와 민소매 상의를 입고 바닥에 앉아있었다. 푸근하던 살집이 사라진 할머니는 날씬하고 강단 있는 체격을 하고 있었다. 할머니의 머리는 노랗게 변색된 파마머리에서 짧고 세련된 흰머리로 바뀌어있었는데, 그 덕분에 새파란 눈이 또렷하고 활기차게 보였다.

"와!"

새로운 할머니의 모습을 이해해보려고 애쓰며 내가 말했다.

"할머니 모습이……."

"이 친구 덕분이지."

할머니는 그의 이두박근을 톡톡 두드렸다.

"빌리, 얘가 내 손녀 케이티예요."

"말씀 많이 들었어요."

빌리가 활짝 웃으며 말했다.

나는 겨드랑이에 꽃병을 끼우고 그와 악수했다.

"만나서 반가……, 죄송해요, 전, 전 그만……."

"케이티, 우린 스트레칭을 하고 있었다."

할머니가 단호하게 말했다. 할머니는 놀라우리만치 힘차게 바닥에서 일어나 내게서 꽃병을 받더니 제자리에 갖다놓고 나를 꽉 끌어안았다.

"네가 없어서 얼마나 허전했는지."

할머니는 내 뺨에 키스하며 말했다. 그리고 내 머리에서 드라이플라워를 떼어내곤 내 다리를 가리켰다.

"여길 온통 엉망으로 만들기 전에 그것부터 닦자."

나는 고개를 끄덕였다.

"고마워요, 빌리!" 할머니가 말했다.

"다음 주에도 같은 시간?"

"같은 채널에서 뵙죠."

빌리는 미소를 지으면서 집을 나갔다.

할머니는 나를 데리고 욕실로 갔다. 나는 뚜껑을 내린 변기에 앉았고, 할머니는 위치 하젤witch hazels, 피부 상처 치료용 액체을 묻힌 솜으로 다리를 닦아주고는 따끔거림이 덜하도록 호, 호, 불어줬다.

할머니가 무사하다는 것을 알고 나니 가슴이 진정되고 눈물이 났다. 일어날 수 있었던 모든 나쁜 일이 생생하게 머릿속에서 돌아갔다. 침입자 빌리가 손에는 총을 들고 씩 웃고 서 있다. 얼굴을 맞아 멍이 든 할머니는 바닥에 쓰러져 울고 있다. 아니. 그보다 더 나쁜 상황도 가능했다. 위험한 일이 없었음을 알고 있었지만, 머릿속에서 그 광경이 멈추지 않았다.

"아직도 어린애지."

할머니는 미소를 지으면서 말했다.

"너는 베이거나 긁히면 꼭 울었어."

나는 할머니의 멀쩡한 코와 멍든 데 없는 뺨에 집중하려고 애썼다.

"그 사람이 할머니를 해치는 줄 알았어요."

나는 흐느낌을 참으면서 말했다.

"알지."

할머니는 내 얼굴에서 머리카락을 넘겨주고 이마에 키스를 하면서 내가 어릴 적 백만 번도 더 들은 말을 했다.

"상황이 항상 최악의 시나리오대로 돌아가는 건 아니야."

'그럴 수도 있어요'가 내가 늘 하는 대답이었지만, 지금은 입을 다물고 있었다. 내게 나아진 데가 없다는 걸, 어쩌면 예전만도 못하다는 걸 할머니에게 보이고 싶지 않았다.

할머니는 약장에 위치 하젤을 도로 넣고 반창고 포장지를 휴지통에 버렸다. 할머니 팔은 탄탄하고 강했다. 점액낭염의 기미는 보이지 않았다.

"운전은 즐거웠니?" 할머니가 물었다.

"젠장! 시동을 안 껐네! 바크도 데려와야 하는데!"

할머니는 나를 따라 밖으로 나왔다.

차에 다가가는데, 창문 너머로 바크가 보이지 않았다.

"저 혼자 해야 할 것 같아요."

"뭐, 최소한 가방이라도 들어주마." 할머니가 말했다.

"그건 나중에 가져가도 돼요."

나는 할머니도 음성을 낮추기를 바라며 속삭였다.

"무슨 소리야. 내가 지금 도와줄게."

"바크에겐 정해진 방식이 따로 있어요."

"바크는 개잖니. 네가 정한 방식에 따라야지. 그렇게 할 거다."

할머니는 문손잡이를 잡았다. 그 순간 바크가 숨어있던 곳에서 튀어나와 으르렁거리며 이를 갈았다.

"세상에!"

할머니는 뒤로 물러나며 말했다.

"트렁크를 열어라. 네 가방을 가져갈게."

할머니는 놀라지 않은 척 행동하려 했지만 나는 바크를 진정시키려고 차에 올라타면서 할머니가 가슴에 손을 대고 심호흡을 하는 것을 봤다.

바크는 할머니를 절대 물지 않았을 것이다. 적어도 나는 그렇게 생각했다. 못되게 구는 것이 아니라, 겁을 먹은 것뿐이니까. 나는 녀석이 작게 그르렁거릴 때까지 가슴을 긁어줬다. 그리고 운전석으로 넘어가서 도어포켓에서 버터나이프를 집어 들었다.

내 낡아빠진 혼다 시빅은 십칠만 마일을 훌륭하게 달려줬지만, 요즘은 좀 구슬려줘야 했다.

"금방 올게, 바키. 약속해."

나는 트렁크 열림 버튼을 누르고 나이프로 자물쇠를 돌려 열기 위해 달려갔다. 할머니는 그저 말없이 지켜보고 있었다. 트렁크에는 옷가지가 든 세탁 바구니 두 개와 잡동사니가 든 슈퍼마켓 비닐봉투들이 있었다.

"에릭이 짐 가방을 가져갔어요."

나는 뒷주머니에 버터나이프를 밀어 넣으며 말했다.

"저런." 할머니가 말했다.

"나머지 짐은 언제 도착하니?"

"이게 전부예요."

집을 나올 때 더 가져올 수도 있었다. 그러는 게 옳았다. 하지만 내가 짐을 싸는 동안, 에릭은 버티고 서서 자기 물건이니 내 물건이니 하고 싸움을 걸 태세였다. 이혼하는 과정에서 단단히 다잡았던 마음이 허물어지고 있었고, 그 앞에서 무너지기 전에 나는 그 집을 나와야 했다. 내 낡아빠진 스웨터나 내가 의상 디자이너 보조로 일했던 로체스터 지역 극단의 수많은 공연 티셔츠를 놓고 그가 싸움을 걸 수는 없었다. 아빠가 남긴 책 몇 권이나 내가 대학에 갈 때 할머니 친구 버니가 만들어준 무릎 담요를 에릭이 자기 것이라고 주장할 수도 없었다. 그러나 그것 이외에는 모두 나와 무관한 삶의 무대 장치처럼 느껴졌다.

그렇게 많은 물건을 두고 오는 것이 경솔하다는 건 알고 있었다. 어리석은 짓이기도 했다. 두고 온 물건 중에 재봉틀이 있다는 것을 깨달았을 때는 가슴이 아팠다. 하지만 그것이 생각났을 때 바크와 나는 이미 펜실베이니아에 있었다. 돌아가기에는 너무 늦은 지점이었다.

할머니는 입을 딱 벌리고 나를 쳐다봤다.

"별거 아니에요." 나는 인중의 땀을 닦으며 말했다.

"신경 쓰지 마세요."

"최소한 위자료는 두둑이 받는 거지?"

할머니가 초록색 플라스틱 세탁 바구니에 손을 뻗으며 물었다.

"그런 건 아니에요."

할머니는 바구니를 범퍼 위에 얹었다. 플라스틱 손잡이가 삐걱거렸다.

"케이틀린, 너 도대체? 에릭이 외도를 하고도 집을 가진다고? 비싼 차도? 전부 다?"

"외도 '주장'이 있었던 거죠. 그 사람은 외도했다고 인정하지 않았어요. 제가 현장에서 잡은 적도 없고."

내가 말했다. 그리고 그것이 사실이었다. 나는 정황 증거 이외엔 아무것도 보지 못했다. 우리 소파 쿠션 사이에서 그 악명 높은 머리핀을 발견했다. 그는 내가 쓰지 않는 향수 냄새를 풍기며 귀가했다. 흔해 빠진 상황이었다. 수치스러웠다.

그런 이야기를 입에 담고 싶지 않았다.

차가 털털거리더니 멈췄다.

"휘발유가 떨어졌어요." 내가 말했다.

"더워지기 전에 바크가 차에서 내릴 수 있게 할머니는 안에 들어가실래요? 나머지는 나중에 들여놓을게요."

"케이틀린."

할머니는 다시 세탁 바구니를 들었다. 그것조차 다 차있지 않았다.

"어떻게 에릭이 죄다 차지한 거니? 넌 뭘 가졌어?"

"바크요." 나는 눈물을 참아보려고 눈을 깜빡이며 말했다.

할머니는 숙연한 표정으로 고개를 끄덕이고 바구니를 안으로 가져갔지만, 나는 할머니가 나중에 그 이야기를 계속 꺼내리란 걸 알 수 있었다.

나는 바크가 있는 차에 올라탔다.

"좋아, 아가." 내가 속삭였다.

"나를 위해서 해줄 일이 있어."

바크는 내 턱을 핥았다.

"이제 차에서 내릴 거야."

바크가 안심할 수 있도록 배에 선더셔츠_{개가 불안을 느끼지 않도록 입히는 옷}를 두르고 천천히, 앞좌석으로 손을 뻗어 개줄을 가져와서 바크가 냄새를 맡도록 한 뒤 목걸이에 걸었다. 내가 문을 열고 차에서 내리니, 바크는 다리를 떨며 용기를 내려고 안간힘을 쓰면서 시트 가장자리로 다가왔다.

"가자, 바키." 나는 허리를 숙이며 말했다.

"넌 할 수 있어!"

내가 바크에게 하는 것처럼, 누군가 나에게도 세상으로 나가자고 달래줬으면 싶었다. 가끔은 내게도 선더셔츠가 있었으면 싶었다.

바크가 차에서 내렸다. 바크가 이것저것 냄새를 맡고 용기를 낼 수 있도록, 우리는 몇 발자국씩 천천히 집으로 다가갔다. 안으로 들어가니 할머니가 현관으로 조금 과하게 빠른 걸음으로 다가와 말했다.

"뭘 입은 거니?" 할머니의 목소리가 지나치게 컸다.

바크는 상처 입은 눈빛으로 나를 보더니 달려가버렸고, 나는 개줄을 놓쳤다. 바크는 만화에 나오는 개처럼 타일 밟는 소리를 타타타타 내면서 복도를 달려갔다.

"압박 옷이에요!" 나는 바크를 뒤쫓으며 외쳤다.

할머니도 따라왔다. 나는 할머니가 따라오지 않기를 바랐지만, 할머니는 우리를 친절하게 맞아주고 싶었던 것이다. 그러니 오지 말라고 할 수는 없었다.

바크는 내가 예전에 쓰던 방으로 달려가 침대 밑에 숨었다. 프릴 달린 침대 장식 밑으로 깃털 모양의 꼬리와 털북숭이 엉덩이가 튀어나와 있었다. 거기에는 개만 알아차릴 수 있을 만큼 미세하게 내 냄새가 나는 것일지도 몰랐다.

대학에 입학할 때, 할머니가 학교에 데려다주면서 내가 집에 와야 할 때면 언제든지 내 방이 기다리고 있을 거라고 약속했다. 할머니는 에릭과 내가 결혼했을 때도 똑같이 말했는데, 그것은 아마 냉정한 암시였을 테지만, 지금보다 다섯 살 어렸던 나는 할머니가 내게 없는 부모를 대신해서 부모처럼 말해주려고 각별히 애쓰는 것뿐이라고 생각했다.

할머니는 약속을 지켰다. 내 어린 시절 물건들은 내가 떠났을 때 그대로 있었다. 낡은 소나무 책상에는 유니콘 북엔드가 놓여있었고, 흰 칠을 한 고리버들 침대에는 연분홍색 이불이 매끈하게 깔려있었으며, 침대 머리맡 위 벽에는 리사 프랭크미국의 학용품 및 아동용품 브랜드의 멜빵바지를 입은 판다 포스터가 붙어있었다.

"압박 옷이라고?" 할머니가 말했다.

"쟤는 자기가 뚱뚱하다고 생각해?"

"뚱뚱해서가 아니에요." 내가 말했다.

"일정한 지점을 눌러줘서 개를 안심시키는 옷이에요."

"으흠."

할머니는 한쪽 눈썹을 치켜뜨며 재미있다는 표정을 감추려고 했지만 실패했다.

"잘생긴 녀석이구나, 케이. 적어도 보이는 부분은 말이야."

"착한 녀석이에요. 오느라 좀 힘들어서 그래요."

나는 바닥에 무릎을 꿇고 앉아 침대 장식 밑으로 머리를 들이밀었다. 바크는 내 코에 코를 댔다. 갈색 눈동자에는 구슬픈 감정이 가득해 보였고, 파란 눈동자는 겁을 먹은 것처럼 보였다. 나는 바크의 귀 뒤를 긁어줬다.

"괜찮을 거야."

이렇게 말하며 개의 따뜻한 숨결을 들이마시니 옥죄던 가슴이 좀 풀리는 것 같았다.

"볼만하구나." 할머니가 웃으면서 말했다.

"엉덩이가 두 개네. 카메라 어디 있니? 크리스마스카드로 만들 사진이 나오겠는데!"

"사진은 찍지 말아주세요."

나는 침대 밑에서 꾸물꾸물 기어나간 뒤 보라색 시계 라디오를 NPR 채널에 맞췄다.

"바크는 괜찮아질 거예요. 적응하게 기다려줘야 해요."

"그럼 너는 어떠니?"

주방으로 걸어갈 때, 할머니가 내 어깨를 감싸 안았다.

"너는 어떻게 하면 적응할까? 다리 운동도 할 겸 산책을 갈까? 샤워를 할래? 쿠키를 만들어놨단다."

할머니는 내가 아홉 살 때 함께 칠했던 파란 펠리컨 쿠키

항아리의 뚜껑을 열었다. 그러고는 그 유명한 더블 초콜릿 마카다미아 너트 쿠키가 가득한 항아리를 내게 내밀었다.

쿠키는 아직 따뜻했다. 두 개를 집었다. 바크와 함께 로체스터에서 출발한 이후로 나는 감자칩과 피넛 엠앤엠즈M&M's 밖에 먹지 않았다. 바크는 드라이브스루 매장의 창문을 무서워했고, 나는 반드시 필요한 경우를 제외하고는 녀석을 혼자 차에 1초도 더 두고 싶지 않았다.

나는 쿠키 하나를 입에 넣었다. 쿠키의 질감은 골판지를 잘게 찢은 것만 같았고 상한 버터가 들어간 것처럼 맛이 이상했다. 나는 씹기를 멈추고 다른 쿠키를 쳐다봤다. 초콜릿빛 갈색에 마카다미아 너트가 박혀있는 것이 겉으로 보기에는 아주 정상적이었다.

"이거 뭐예요?"

나는 입 안 가득 문 쿠키를 뱉어야 할지 갈등하면서 물었다.

"더블 캐럽초콜릿 맛이 나는 유럽산 열매 마카다미아 너트야."

할머니가 말했다.

"밀가루 대신 콩가루를 쓰고 버터 대신 애플소스를 썼어. 고단백, 저지방이지만 맛에는 차이가 없지!"

입 안에 들어있는 쿠키가 침 때문에 반죽 상태로 변하고 있었다. 토할 것 같았다.

"괜찮니, 케이?"

"우유 있어요?" 내가 말했다.

할머니는 우유를 한 잔 따라줬다. 그것을 한 모금 마셔 쿠키를 삼키는데 마치 풀을 잘라 갈아 마시는 느낌이 들었다.

"삼씨를 갈아 만든 우유야." 할머니가 말했다.

"그렇겠죠." 나는 웃으려고 애썼다.

"음, 맛있게 먹으려무나. 나는 샤워를 해야지."

할머니는 조깅과 차차 댄스의 중간쯤 되는 동작으로 주방을 걸어 나갔다.

"오늘 빌리랑 운동을 열심히 했거든."

샤워 물소리가 들리자마자, 나는 남은 쿠키를 쓰레기통에 버린 후 삼씨 우유도 쏟아버리고 수도꼭지 밑으로 머리를 밀어 넣어 입 안에서 끔찍한 찌꺼기를 헹궈냈다.

냉장고 안도 다를 바 없었다. 늘 라자냐나 매시트포테이토가 들어있던 낡은 유리 저장 용기에는 구운 두부와 데친 아스파라거스가 들어있었다. 통 앞쪽에 그려진 파란 수탉들조차 실망스러운 표정을 짓고 있는 것 같았다. 냉장고 문 포켓에 감춰놓은 휘핑크림 캔도, 페퍼민트 초콜릿도, 냉동실의 아이스크림도 없었다. 나는 닭튀김과 진짜 쿠키, 할머니의 뜨거운 포옹을 원했다. 모든 게 예전과 똑같아서 내가 떠났었다는 사실을 잊을 수 있기를 바랐다.

나는 초콜릿 콩 요거트 작은 통 하나를 꺼내서 부엌 바닥에 앉아 실패한 결혼과 그리운 옛 맛의 죽음을 애도하기로 했다. 할머니의 냉장고에 붙어있는 자석들을 보면서 요거트를 떠 먹었다. 맛있지는 않았지만 적어도 초콜릿이기는 했다.

냉장고에 붙어있는 자석에는 분홍색 레그 워머를 한 베티 붑이 "날씬한 것만큼 맛있는 건 없어요!"라고 말하는 그림이 그려져있었다.

"거짓말이야."

나는 스푼으로 그녀를 가리키며 외쳤다.

"라자냐가 더 나아."

베티는 동그란 눈으로 나를 마주봤다. 요거트 다음에는 마티니 올리브 여섯 개를 먹으면서 냉장고에 그것이 들어있다는 사실이 할머니가 밀싹 음료를 마시느라 진짜 술을 끊은 건 아니라는 걸 뜻하기를 바랐다.

"안녀어어엉."

현관에서 끼익거리는 소프라노 음성이 들려왔다. 할머니 옆집에 사는 이웃, 루스였다.

노크는 없었다. 초인종 소리도 나지 않았다. 그런 건 원래 없었다.

"누구 집에 있어어어어?" 루스가 불렀다.

나는 내 방으로 달려갔다.

"안녀어어엉."

할머니는 복도를 달려가 세탁실에 젖은 수건을 두면서 노래하듯 응했다.

"어서 와. 바로 나갈게에에에."

젖은 머리에서 뚝뚝 떨어지는 물로 형광 핑크색 티셔츠의 옷깃이 젖어있었지만, 할머니는 핑크색 립스틱을 새로 바르고, 뺨을 세게 꼬집은 게 분명했다.

"무슨 일이에요?" 내가 속삭였다.

"모두 다 널 보고 싶어 해서." 할머니는 윙크를 하며 말했다.

"방금 왔잖아요!"

"환영 파티는 원래 이렇게 하는 거란다, 케이."

"아직 짐도 못 풀었는데."

당황해서 목에서 쇳소리가 나왔다. 나는 할머니의 친구들을 좋아했다. 할아버지, 할머니를 여럿 가진, 아주 멋진 느낌이었지만, 동시에 어색한 사적인 질문을 그다지 상냥하지 않은 잔소리처럼 듣는 느낌도 자주 들었다. 마지막으로 집에 온 이후, 불임으로 고생하다가 이혼하고 돌아왔으며, 그들의 아픈 무릎을 치료해주는 성실하고 젊은 의사와 소개팅을 할 마음은 없다는 소식을 가지고 할머니와 할아버지 들이 가득한 방에 들어가고 싶은, 제정신을 가진 사람은 아무도 없을 것이다.

"짐은 풀면 되지!" 할머니는 나를 방으로 가볍게 밀며 말했다.

"우리가 방해하려는 건 아니란다. 모두 여기서 몇 시간은 보낼 테니까."

나는 신음소리를 머릿속으로만 내려고 했지만, 할머니는 어쨌든 그 소리를 들은 것 같았다. 복도를 걸어가는 동안 십 대 시절로 돌아간 느낌이 들었다.

바크는 침대 위, 내 낡은 곰 인형 옆에 웅크리고 있었다. 내가 방 안에 들어가니, 녀석은 잘못을 알고 눈썹을 치켜떴다.

"괜찮아, 친구. 와플스 씨는 네가 가져도 돼."

나는 침대에 앉아서 곰 인형을 집었다. 벌써 흠뻑 젖어있었다.

바크는 불안해지면 물건을 핥았다. 에릭은 그것을 견디지 못했다. 소파의 차갑고 축축한 자리에 앉거나 바크가 열심히 핥아놓은 러그 위를 밟으면 기분이 나빠지는 것은 인정하지만, 나는 그런 충동을 이해했다. 어릴 적 나는 엄지를 빨고 손톱을 물어뜯었다. 날 안심하게 해주는 행동을 할 때 누가 그걸 보고 망신을 주면 그 행동이 더 간절해졌다. 때문에 나는 바크를 야단치는 게 무의미하다는 걸 알고 있었다.

나는 곰 인형을 베개에서 떼어내어 침대 위 발치로 옮겼다. 바크가 간절한 눈빛으로 나를 올려다봤다.

"인형 가져도 돼." 내가 말했다.

"저 아래서만, 알겠지?"

바크는 침대 끄트머리로 조금씩 다가갔지만, 내가 고개를 돌리자마자 축축한 와플스 씨는 베개 위로 돌아올 것이 분명했다. 나는 바크 옆에 누워, 이 방에 처음 들어오던 날 할머니가 내 기운을 북돋워주려고 천장에 붙여둔 스마일리 스티커를 쳐다봤다.

아빠가 돌아가신 지 이 년 뒤, 내 보호자 노릇에 지긋지긋해진 엄마가 와인 시음 투어에서 만난 남자와 같이 살기 위해 나를 데리고 코스타리카로 건너가고 싶어 했을 때, 할머니는 플로리다에서 날아와 반대 의사를 밝혔다.

"너는 마음대로 살아도 좋지만, 애를 데리고 가는 건 반대다."

할머니는 주먹을 꽉 쥐고 말했다. 할머니가 걸려고 하는 게 법정 소송인지 싸움인지 알 수 없었다. 소송은 잘 모르겠지만, 만약 뒷마당에서 싸움을 벌였다면 할머니는 엄마를 흠씬 패줬을 것이다.

결국 내 선택에 맡겨졌다. 할머니를 선택하면 엄마가 충격에서 헤어나지 못할까 봐 겁이 났다. 하지만 난 스페인어라고는 어린이 프로그램인 〈세서미 스트리트〉에서 배운 것밖에 알지 못했고, 할머니와 함께 있을 때 마음이 더 편안했다. 아빠가 돌아가시기 전에도 엄마와 사는 건 불안했지만, 그 후로 상황은 더 심해졌다. 엄마는 내게 너무 관심을 들이붓거나 내가 존재하지 않는 것처럼 무시하거나 둘 중 하나였다. 어떻게 하면 마음을 강하게 먹을 수 있을지 알 수 없었다. 그에 비해 할머니는 늘 똑같이 대해줬고, 나를 이해하지 못할 때도 친절하게 대해주려고 항상 노력했다.

그래서 나는 플로리다로, 할머니가 꽃과 러플로 장식해놓은 밝고 작은 방으로 와서 살게 됐다. 할머니와 이웃들이 '마티니보드카나 진을 많이 넣은 마티니'를 마실 때 나는 셜리 템플석류 시럽을 넣은 무알콜 칵테일을 마셨다. 카나스타두 벌의 카드로 두 팀이 하는 카드 게임 하는 법, 나일론 줄 매듭 공예로 화분 행거 만드는 법, 무자크상점이나 식당 등 공공장소에서 배경음악으로 쓰도록 녹음한 음악 형식으로 녹음한 유명한 노래를 알아맞히는 법을 배웠다.

엄마에 대해서는 걱정할 필요가 없었다. 엄마는 자기가 시장에서 유통기한이 아슬아슬한 과일을 골랐다는 사실을 끊임없이 주지시키는 상대에게서 벗어났다는 사실에 안도하는 것 같았다. 엄마는 내 눈이 아빠를 닮았다고 말하곤 했는데, 그건 칭찬이 아니라 비난이었다. 할머니가 나를 맡은 뒤, 엄마는 마침내 와인 투어에서 만난 콧수염 난 남자와 함께 살수 있었고, 그 다음 위대한 사랑을 좇아 니카라과의 친환경마을로, 비치발리볼 경기에서 만난 남자와 함께 모로코로 건너갈 수도 있었다. 처음에 엄마는 일요일마다 전화를 했다. 엄마가 듣고 싶어 하는 말은 내가 행복하고, 건강하고, 학교에서 잘 지낸다는 것뿐이었다. 나는 엄마가 원하는 아이가 돼주려고 애썼지만, 할머니가 핸드폰을 가져가서는 내 기관지염이 낫지 않는다거나 긴 나눗셈을 어려워한다는 이야기를 해버렸다. 할머니는 엄마에게 놀러오라고 사정하곤 했지만, 결국 그런 일은 벌어지지 않았다. 전화는 차츰 드물어졌고, 편지는 엽서로 바뀌더니 그마저도 끊어졌다. 대체로 그러는 편이 편했다. 내가 연기해야 하는 상대가 하나 줄었으니까.

공정하게 생각하면, 서른한 살에 남편과 사별하고 아홉 살짜리 애를 혼자 키워야 하는데, 그 모든 엉망진창의 상황에 관해 법정 복도에 앉아있는 어느 쓰레기 같은 '친구'를 욕할 수도 없는 형편이라면 정말 힘들었을 것이다.

나는 와플스 씨의 귀를 핥는 바크 옆에 누워있었다. 누군가 거실에서 음악을 틀었고, 이웃들이 더 들어오면서 "안녀어어엉" 하고 외치는 소리는 더욱 커졌다. 조지아주 미드웨이 주유소에서 적당한 자리를 찾느라 숲으로 산책을 갔던 이후로 바크는 소변을 보지 못했다. 당장 녀석을 데리고 나가지 않으면 다음 기회는 자정이 넘어서 올 것이 분명했다.

내 방에는 미닫이 유리문이 있어서 스크린 도어가 달린 테라스로 나갈 수 있었다. 나는 커튼 뒤에 숨어서 테라스에 아무도 없는지 내다봤다. 해는 이미 졌고, 수영장의 조명이 켜져 수면 위로 거미줄처럼 징그러운 불빛을 드리우고 있었다. 내 방에서 가까운 스크린 도어를 통해, 아무도 보기 전에 어두운 뒷마당으로 나가자는 계획을 세웠다. 하지만 테라스에 나서자마자 시가 연기 냄새가 났다. 할머니 친구 레스터 샘이 할머니 파티에서 늘 그러듯이 이미 뒷마당을 서성이는 게 분명했다. 보는 사람이 있으면 바크는 절대 볼일을 보지 않았다.

테라스에는 반대편 작은 풀밭으로 나가는 스크린 도어가 하나 더 있었지만, 거기로 가려면 수영장을 지나가야 했다. 나는 바크의 개줄을 꼭 잡고 다른 문 쪽으로 가려고 했지만, 물을 보니 대관람차 꼭대기에 올라갔을 때처럼 오금이 저려 왔다. 바크가 물에 빠지는 광경이 떠오르기 시작했다. 바크가 수면 아래로 가라앉는 생각. 수영장 바닥에서 얼룩덜룩한 털이 해초처럼 흔들리는 모습. 바닥이 언제라도 기울어져 우리가 물속으로 미끄러지기라도 할 것처럼, 납작 엎드려서 땅이 움직이지 않는 것을 확인하고 싶었다. 한 걸음 더 내디디면 다음은 쉬워질 거라고 생각했지만, 다리가 아예 꼼짝하지 않았다. 혈관의 피가 흐르기를 멈추고 신경은 뇌와의 연결이 끊어진 것처럼 발가락에 감각이 없어졌다.

바크가 낑낑거리며 내 팔을 살살 당겼다.

"괜찮아." 내가 속삭였다.

"우린 괜찮아."

그러자 나를 얼어붙게 한 주술이 풀리기 시작했다. 나는 수영장에서 시선을 돌리고 심호흡을 했다. 테라스 가장자리에는 화단이 붙어있었고, 나는 대학의 마지막 여름방학 때 거기 브로멜리아드화려한 꽃이 피는 파인애플과 식물와 소형 야자나무를 심었다. 바크를 데리고 수영장과 떨어진 그쪽으로 갔다. 다리가 아직도 후들거렸지만 움직이긴 했다.

"오줌 눌래?"

나는 이렇게 묻고 바크가 흙바닥으로 걸어가 콘크리트 인어상 뒤에서 적당한 곳을 찾을 때까지 기다렸다. 바크는 한 살이 넘어도 강아지처럼 쭈그리고 앉았다. 인어상은 새것이었지만, 바크의 오줌 세례를 당한 붉은 브로멜리아드 꽃은 그렇지 못했다.

녀석이 볼일을 마치고 나자, 우리는 땅이 뜨거운 용암이고, 어둠 속에는 괴물들이 도사리고 있기라도 한 것처럼 내 방으로 달려갔다. 유리문을 꽉 닫고 커튼을 쳤다. 바크는 침대 위로 뛰어올라 이불 안으로 몸을 묻었다. 나도 녀석과 함께 이불 속에 들어가서 밤새 세상과의 교류를 차단하고 싶었지만, 결국 할머니는 나를 찾으러 올 것이고, 내가 할머니의 파티에 가고 싶지 않다고 하면 실망할 것이 분명했다.

"여기 있어도 괜찮겠지, 바키?"

내가 묻자 바크는 담요 밑의 꼬리를 흔들었다.

"금방 올게. 약속해."

방에서 나가면서 문에 걸려있는 핑크색 공주 거울에 비친 내 모습을 한 번 봤다. 이제 나는 어른 흉내를 내는 아이처럼 보이지 않았다. 진짜 어른 같은 모습이었는데, 얼굴에 새로 생긴 주름살이 전부 이마에 몰려있다는 사실이 마음에 걸렸다. 눈가의 웃음 주름은 하나도 없었다. 지난 오 년 동안 내 얼굴에는 걱정만이 떠올랐던 것이다. 오직 걱정과 바크만이.

2

환영 파티

거실로 살그머니 들어가 복도 그림자가 드리운 바닥에 앉았다. 마치 어린 시절, 침대로 들어가 자는 척한 후에 사람들을 구경하려 잠옷 차림으로 살금살금 돌아다니던 때처럼.

즐거운 수다. 위스키 잔에서 짤그랑거리는 얼음. 레코드플레이어에서 흘러나오는 딘 마틴Dean Martin의 노래. 밤의 어둠을 막아주는 흐릿한 조명의 노란 불빛. 나는 할머니와 할머니 친구들을 지켜보면서, 마티니 잔을 쥐는 법, 사람들이 우스운 이야기를 할 때 그들의 팔을 잡는 법 같은 것을 모두 흡수하고 어른이 되는 법을 배웠다. 그 덕분에 나는 시대착오적인 존재가 됐다. 여가 시간에 축구를 하거나 걸스카우트 모임에 나가는 애들이 이해하지 못하는 다른 시대의 매너와 제스처,

비유를 사용했으니까. 어쨌든 나는 결국 외톨이가 됐을 것이다. 그때 내가 이미 외톨이였기 때문에 사람들을 구경한 것인지, 구경을 했기 때문에 외톨이가 된 것인지는 모르겠지만.

할머니 옆집에 사는 루스가 뒷집에 사는 마타에게 술을 건네는 것이 보였다. 그들은 할머니와 똑같은 형광 핑크색 티셔츠를 입고 있었다. 복도에서는 할머니 티셔츠 앞판만 보였지만, 이제는 할머니의 등에 트럭 흙받이 판에 그려져있곤 하는 여자 같은 자세의 인어 실루엣이 있는 게 보였다. 같은 티셔츠를 입은 여자가 적어도 열두 명은 있었다. 모두 날씬하고 근사한 모습이라서, 낯선 사람들 중 몇 명은 정말 예전부터 할머니가 알던 친구인데 체형이 달라진 것이 맞는 건지 의아했다. 하지만 빤히 쳐다보다가 누군가의 눈에 띄고 싶지는 않았다. 내가 배운 모든 말이 가슴속 캄캄하고 좁은 곳에 틀어박힌 느낌이었다. 예의 바르게 대화를 나눌 생각만 해도 괴로웠다.

마타는 알디아와 잡담을 나누고 있었는데, 길 건너에 사는 알디아는 내가 대학으로 떠나기 전에 자동차 오일 교환하는 법을 알려준 사람이었다.

"케이, 여자가 알아야 하는 일들이 있으면, 그걸 서로 가르쳐주는 게 우리가 할 일이잖니!"

알디아는 포트 세인트 루시 도서관의 관장이었고, 모두 그녀가 아직 젊다고 놀려댔다. 그녀는 예순넷이었다.

언제나 그랬듯이, 남자들은 수가 적고 드문드문 떨어져 서 있었다. 레스터는 아마 내내 잔디밭에서 시가를 피울 것 같았다. "재키 아저씨라고 불러"라고 입버릇처럼 말하는 잭 미첼은 반쯤 앞섶을 풀어헤친 하와이언 셔츠를 입고서 루스의 농담에 요란하게 웃더니 루스가 휘청거릴 정도로 세게 등을 때렸다.

아이작 번봄은 거실 구석의 파란 안락의자에 앉아 스카치 위스키를 들고 어리둥절한 표정을 짓고 있었다. 그는 여전히 파란 윈드브레이커를 입고 있었는데, 의자 색과 아주 비슷해서 보호색처럼 보일 정도였다. 아이작은 할머니가 파티를 열 때마다 나타나지만, 부인이 대단한 수다쟁이라서 파티에서 오가는 이야기에 껴들 필요가 없었다. 고등학교 시절, 나는 여름방학과 방과 후 그의 양복점에서 아르바이트를 했다. 그가 선사하는 편안한 침묵이 좋았다. 우리는 미소만 주고받으며 토요일 오후 내내 바느질만 하면서 보낸 적도 있었다.

아이작 옆의 의자가 비어있었다. 주방을 가로질러 다른 쪽 입구를 통해서 거실로 들어간다면 아무도 모르게 그 옆에 앉을 수 있을 것 같았다. 우리는 함께 남의 눈에 띄지 않을 수 있었고, 나중에 할머니가 사교적이지 못하다고 잔소리를 하면 "내내 거기 있었다고요!"라고 거짓말 없이 이야기할 수 있을 것 같았다.

나는 움직이기 시작했다. 그때 모인 사람들 틈에서 비명이 터져 나왔다.

"세상에!"

짧고 삐죽삐죽한 다갈색 염색머리를 한 자그마한 여자가 나를 향해 다가왔다. 핑크색 티셔츠의 바다가 갈라지며 길을 내줬다.

"저기서 예쁘장한 얼굴이 보였어!"

그녀가 내게 다가와 뺨에 키스할 때까지, 난 빗시를 알아보지 못했다. 내가 알아본 건 빗시의 향기였다. 진 네이트 향수와 베이비파우더의 향. 빗시가 '천사의 날개'라고 부르던 늘어진 겨드랑이 살이 사라지고 없었다. 턱 살이 조금 매력적으로 늘어진 것 말고는 날씬하고 잘 다듬어진 몸매가 돼있었다.

"정말 좋아 보여요!" 내가 말했다.

"빌리 덕분이지!" 빗시가 신이 나서 말했다.

"하지만 나도 그 친구랑 사귀는 건 아니란다."

빗시가 웃음을 터뜨리니 얼굴이 거북이처럼 목주름 속으로 쏙 들어갔다. 나는 빗시가 얼굴에 신경 쓰지 않고 웃는 것이 늘 좋았다. 나도 그렇게 온몸과 마음을 다해 웃고 싶었다. 빗시는 예순다섯 살에 은퇴할 때까지 소아 중환자실의 간호사로 일했는데, 슬픈 일을 워낙 많이 겪다 보니 기쁜 일이 있으면 전력을 다해 즐겼다.

내 요란한 등장을 빗시에게 알려준 사람이 할머니인지 빌리인지 궁금했다.

"네가 다 큰 어른이 됐다는 사실에 적응이 안 되는구나."

빗시는 손을 들어 내 머리카락을 헝클어뜨리면서 말했다.

"네가 날 결혼식에 부르지 않은 걸 아직도 믿을 수가 없어!"

에릭과 나는 어느 수요일, 시청에서 결혼했다.

"죄송해요." 내가 속삭였다.

"아무도 초대하지 않았거든요."

할머니가 친구들에게 내가 돌아온 이유를 이미 말했을 것이라고 짐작했다. '저 이혼했어요'라는 말을 굳이 입에 올리고 싶지 않았다.

"네 다음 결혼식엔 꼭 갈 거다."

빗시는 다음 결혼이 기정사실이라는 듯 말했다.

"꼭이야. 반드시 갈 거야. 그리고 네가 영 아닌 놈을 고르면, 내가 반대한다고 외칠 거다." 빗시는 윙크했다.

"지난번엔 어디 계셨던 거예요?" 나는 예전처럼 말장난으로 받아쳤다.

"그때 경고해주셨으면 좋았을걸."

"경고는 두 번째만 듣게 돼있어. 처음엔 실수를 해야지."

빗시가 가까이 다가왔다.

"나도 결혼을 해봤잖니. 남자랑." 빗시가 속삭였다.

"우리 이혼녀들은 단결해야 해."

빗시는 내 팔에 팔짱을 끼며 외쳤다.

"누가 이 아가씨에게 마투니 한 잔 줘요!"

문득, 집에 돌아온 느낌이 들었다. 빗시가 옆에 있다면 파티도 감당할 수 있었다. 빗시는 할머니의 오래된 은색 셰이커에 진과 버무스를 쏟아부었다.

"더티로?"

내가 고개를 끄덕이니 빗시는 셰이커에 올리브 주스를 조금 더하고는 잠깐 흔들었다. 칵테일을 부을 때, 주근깨가 난 양 손은 흔들림이 없었다. 빗시는 내게 찰랑찰랑 넘칠 만큼 가득 따른 칵테일을 건네고 이야기를 나누자면서 2인용 소파로 데리고 갔다.

"정말로 좀 어떠니, 얘야?" 빗시가 물었다.

"지난번에 여기 왔을 땐 얼굴도 제대로 못 봤잖니."

"죄송해요." 내가 말했다.

"좀 더 오래 있다가 갔어야 하는데……."

"네가 장례식에 와줘서 고마웠어."

빗시는 아이를 달래듯이 내 등을 두드려줬다.

"네가 얼마나 힘들었는지 다 안단다."

"어떻게 지내세요?"

생색을 낸 것 같아서 부끄러웠다. 지금 가장 슬플 사람은 빗시였으니까. 지난번 나는 빗시의 부인 장례식에 참석하기 위해 여길 왔었다. 빗시가 내게 의지할 수 있도록 요리를 차리고 조문객들이 돌아간 뒤 설거지를 할 요량이었다. 하지만 빗시의 집에서 풍기는 소독약 냄새에 나는 꼼짝도 할 수 없었다. 장례식엔 참석조차 하지 못했다. 나는 장례를 치르는 집의 문턱을 넘을 수 없었다. 할머니에게는 위장염이라고 말했지만, 할머니는 그런 병 때문이 아니라는 것을 알고 있었다. 나는 그 냄새에서 벗어나려고 딱딱하고 땀에 전 플랫슈즈를 신고 집에서 육 마일이나 걸어 달아났다. 물집이 난 뒤꿈치는 낫기까지 몇 주나 걸렸고 흉터도 남았다.

"정말 슬퍼요." 내가 말했다.

"버니가 돌아가셔서 정말 슬퍼요."

"난 아직도 매일 아침 눈을 뜨면 버니가 있을 것 같아."

빗시의 미소는 슬프고도 상냥했다.

"언젠가 눈을 떴는데 버니는 이제 없다는 생각을 하게 될까 봐 두려워. 그러면 그녀가 정말로 떠난 거니까."

나는 마투니를 탁자에 올려놓고 빗시의 손을 잡았다. 빗시도 내 손을 꼭 마주 잡았다.

"그런 일이 생기면요." 내가 말했다.

"제가 일찍 찾아가서 부엌에서 냄비를 두드리면서 '좋은 아침' 노래를 부를게요. 빗시가 침대에 누워 아무 일도 없는 척하실 수 있게요."

빗시는 웃었다.

"버니가 널 참 사랑했단다, 너도 알지."

눈물이 순식간에 후드득, 셔츠 위로 떨어졌다. 빗시는 자기 이마를 내 이마에 갖다 댔다.

"저도 버니를 사랑했어요."

내가 속삭였다. 얼마나 사랑했는지는 이루 말로 표현할 수도 없었다. 빗시는 할머니와 십 대 시절부터 가장 친한 친구였다. 할머니가 빗시를 찾아갈 때 나도 따라가면, 버니는 늘 내가 자기 친구인 것처럼 느끼게 해줬다. 버니 덕분에 나는 그냥 따라온 아이가 되지 않을 수 있었다. 버니는 내가 중요한 사람인 것처럼 느끼게 해줬다.

"버니는 늘 자기 재봉틀을 너에게 주고 싶다고 했어."

"하지만 그럴 순……."

"버니의 재봉실을 네가 물려받는 게 어떠니? 아직 열쇠 가지고 있지? 내일 오렴. 네게 맡길 일이 있어."

"너희들 무슨 작당을 하는 거야?"

할머니가 우리를 향해 춤을 추며 다가오면서 불렀다.

"일어나! 일어나라고! 파티를 하고 있잖니!"

내가 일어나려고 다리에 힘을 주는데, 할머니가 나를 일으켜 세우는 몸짓을 했다. 할머니는 허리를 살짝 흔들어 내 엉덩이에 엉덩이를 부딪쳤다. 최소한 두 잔은 마신 모양이었다.

"우리 손녀딸 멋지지 않아?"

할머니는 내 뺨을 꽉 쥐어 물고기 얼굴처럼 만들더니 빗시에게 물었다.

"그렇고말고!" 빗시가 말했다.

"알고 있지? 빌리도 독신이야!"

"알다마다!" 할머니가 말했다.

"참 아름다운 한 쌍 아니야?"

빗시는 내게 우스꽝스럽게 윙크를 하면서 외쳤다.

"둘 다 너무하세요!"

나는 미소를 지으며 말했다.

"정말 너무하세요. 그리고 사랑해요."

내 잔은 거의 비어있었는데, 백포도주보다 더 센 술을 마시는 것은 참 오랜만이었다. 나는 두 사람에게 키스하고, 누가 또 마투니를 권하기 전에 물을 한잔 마시려고 부엌으로 갔다.

3
할머니와 인어들

할머니의 친구들이 마지막으로 현관문을 나서며, 우리 뺨에 립스틱 자국을 남겼을 때는 새벽 한 시가 다 된 시각이었다.

"그 핑크색 티셔츠는 다 뭐예요?"

나는 마투니 잔을 씻으며 할머니에게 물었다. 할머니는 내가 행군 잔을 받아 행주로 닦아 말렸다.

"빗시랑 내가 운동 모임을 만들었거든. 다시 인어가 될 때가 왔다고 생각해서, 다른 사람들에게 가르치고 있어."

"두 분이 댄서였죠, 그렇죠?"

나는 어린 시절 봤던 빛바랜 흑백 사진을 기억하며 물었다. 젊고 화려하던 할머니와 빗시가 똑같은 조개껍질 장식의 상의를 입고, 탈의실 거울 앞에 나란히 서서 립스틱을 바르는 사진이었다.

"아니, 케이. 우린 인어였어. 물속의 인어 말이다."

할머니는 잔을 내려놓고 부엌에서 나갔다.

나는 금요일이면 호머 램퍼트가 한잔하러 찾아와 우리에게 바다에 나갔던 시절의 정신 나간 이야기를 해준 것을 떠올리며 얼어붙었다. 처음에는 항구마다 여자가 있다는 둥 보라보라에서는 술을 진탕 마셨다는 둥 선원들이 들려줄 법한 옛날이야기를 했다. 하지만 세월이 흐르면서 그의 이야기에는 판타지적인 요소가 늘어났다. 사이렌이니 하는 바다 괴물이 등장하더니《해저 이만리》에 나온 것이 틀림없는 거대 문어와의 치열한 전투 같은 걸 이야기하기 시작했다. 그는 나 같은 여자가 이런 곳에서 뭘 하고 있느냐고 물은 적도 있었다. 아직도 선원복을 입은 스무 살짜리 청년 같은 말투로.

우리 모두 당번을 정해서 돌아가며 호머의 작고 오래된 집에서 전쟁 영화를 함께 보며 가능한 한 오랫동안 그를 돌봤다. 내가 할머니 없이 처음 차를 운전한 것은 호머를 태우고 병원에 갔을 때였다.

내 차례가 되면 즐거웠다. 호머의 집에 갈 때는 숙제를 챙겨가긴 했지만, 그의 이야기를 듣느라 숙제는 늘 이튿날 스쿨버스 안에서 하곤 했다. 호머가 자신만의 세상 속에 살면서 우리에게 그 이야기를 나누어주는 것과 몸은 늙고 연약해졌지만 정신은 젊었던 그 시절로 다시 돌아간 것은 슬프고 끔찍하면서도 동시에 아름다웠다.

빗시가 지키고 있을 동안 호머가 집에서 몰래 빠져나가 골프 코스의 워터트랩에서 헤엄을 치려했을 때, 할머니는 오클라호마시티에 사는 그의 딸에게 연락을 했고 나는 엉엉 울었다. 할머니를 도와 호머의 짐을 쌌을 때, 선원 시절 그의 사진들을 마침내 보게 됐다. 활짝 웃고 있는 젊은 그는 거대 문어와 씨름을 할 만큼 강인해 보였다.

짜릿한 농담을 좋아하게 된 아버지가 못마땅해 입을 꼭 다문 그의 딸이 왔을 때, 우리는 그가 마지막으로 함께할 수 있도록 마티니 모임을 화요일 밤으로 옮겼다. 우리는 호머를 위해 건배했고 호머는 바다를 위해 건배했으며 이튿날 아침 딸과 함께 떠났다. 그리고 여생을 육지에서 지냈다.

몇 주 뒤 호머의 딸이 할머니에게 전화를 걸어 아버지가 뇌졸중으로 돌아가셨다고 알렸다. 우리 모두 속상해서 견딜 수가 없었다. 우리가 끝까지 그를 돌보지 못한 것이 아쉬웠다. 그는 오클라호마보다는 우리와 함께 있을 때 더 행복하게 지냈을 것이다.

나는 싱크대에 마티니 잔을 내려놓고 마음을 진정시키려고 그 가장자리를 꼭 붙들었다. 빗시와 나는 할머니를 봐달라고 부탁할 사람들의 리스트를 만들어야 했다. 어쩌면 빌리가 운동을 계속 함께 해주면 할머니의 몸은 건강하게 유지될 수도 있을 것이다. 비록 정신이……. 나는 숨을 제대로 쉴 수가 없었다.

할머니가 검은색의 커다란 사진첩을 가지고 들어오더니 식탁에 툭 내려놓았다. 먼지가 풀풀 날렸다. 할머니는 표지를 젖히며 말했다.

"이것 보렴!"

나는 떨리는 손이 보이지 않도록 옆구리에 붙이고 식탁에 앉았다. 거기 할머니가 있었다. 인어가. 활짝 웃는 할머니의 코에서 물방울이 솟아나오고, 긴 금발머리가 얼굴을 감싸며 살랑살랑 물결치고 있었다.

나는 할머니와 마주 앉아 숨을 몰아쉬고 있었다. 이해할 수는 없었지만, 적어도 그건 진짜 기억이지 지어낸 것이 아니었다. 할머니에게 지느러미가 있었다.

할머니는 사진첩을 내 쪽으로 돌리더니 페이지를 휘리릭 넘겼다.

"그리고 여기 빗시도 있어. 내 친구 버나뎃 기억하지?"

할머니는 똑같은 옷을 입은 갈색머리 여자 둘이 물속에서 구식 잠수복을 입은 남자에게 팔을 두르고 있는 사진을 가리켰다. 할머니는 페이지를 또 넘기고 인어들을 더 가리켰다.

"오드리와 한나, 우우."

"우우요?"

손 떨림이 멈췄다.

"이름이 루엘런이었는데, 물속에서는 '우우'라고 들렸지."

"할머니, 이게 다 뭐예요?"

나는 루엘런의 사진을 가리키며 물었다. 본 적도 없는 앨범이었다.

"1번 고속도로변 놀이 공원의 인어 쇼였는데, 우리가 공연했어. 카루사해치Caloosahatchee의 인어들이라고."

"인어 쇼라고요?"

할머니는 고개를 끄덕이며 씩 웃었다.

"그 시절 플로리다에는 이런 게 여럿 있었어. 다른 곳으로 가는 길에 구경도 하면서 쉬어가는 곳이었지. 인어 쇼, 악어 레슬링, 점쟁이, 심령술사 같은 게 고속도로 출구마다 있었어."

할머니는 페이지를 넘기며 자기의 어린 얼굴을 쓰다듬었다.

"사장 크로지어 씨가 돌고래 쇼를 하려고 창문이 달린 대형 물탱크를 만들었어. 그런데 돌고래를 못 구해서 우리 여자들을 고용했지." 할머니가 웃었다.

"인어 쇼를 하는 데가 우리만 있었던 것도 아니고, 우리가 제일 큰 건 분명 아니었단다. 하지만 난 우리가 최고였다고 생각해."

할머니는 페이지를 넘겨 다른 사진을 바라봤다. 할머니와 빗시가 서로 팔짱을 끼고서 카메라를 향해 물방울 키스를 날리고 있었다.

"왜 그만두셨어요?"

할머니는 고개를 끄덕였다.

"네 할아버지가 창피하다고 했어. 집시나 싸구려 쇼에 나오는 댄서랑 데이트하는 것 같다고. 헤엄을 치면서 에어 호스로 숨을 쉬고, 조개껍질로 만든 브라 차림을 사람들에게 보이는 게……. 할아버지는 그런 게 부끄러운 일이라고 날 설득했단다."

할머니가 미소를 지으니 파란 눈이 반짝였다.

"지금 돌이켜보면 내 자신이 놀랍다. 우리 여자들 전부 놀라워. 우린 강했어. 그런 일을 하려면 배짱이 두둑해야 했지. 기술과 연습이 필요했어."

"그 후론 모두 어떻게 되셨어요?" 내가 물었다.

"글쎄다." 할머니가 말했다.

"버나뎃은 세상을 뜨기 전까지 웨스트팜비치에 살았지만, 다른 친구들은…… 결혼해서 타지로 갔지. 예전에는 크리스마스카드를 보내기도 했지만 나중엔 수취인 불명으로 돌아왔어."

할머니의 한숨 소리에 나는 할머니가 울기 직전이라는 것을 깨달았다.

"아직도 우우가 그립구나. 나랑 빗시, 우우가 한 팀이었어. 우리 셋이 아주 작은 원룸을 빌려서 캠핑용 침대에서 잤단다. 돈이 한 푼도 없었어. 하지만 내 인생에서 가장 즐거운 시절이었지."

할머니는 빗시가 수모를 벗고 머리카락을 터는 사진을 쓰다듬었다.

"이렇게 수영하던 게 그립구나. 지금 수영 수업은 그때 같지 않아."

나는 할머니가 물속에서 리벳공 로지제2차 세계대전 당시 군수공장에서 일하던 여성을 상징하는 문화적 아이콘으로, 여성운동을 대표하는 가상의 인물처럼 팔뚝을 드러내고 카메라를 당당히 응시하는 사진 속의 모습을 가만히 응시했다.

"우우를 찾아볼 수도 있어요." 내가 말했다.

"페이스북으로요. 내일 예전에 쓰던 컴퓨터를 연결해서 검색해볼 수 있어요."

"나도 핸드폰으로 할 수 있을 것 같구나."

할머니는 주머니에서 핸드폰을 꺼내더니 띵 소리가 날 때까지 홈 버튼을 눌렀다.

"시리, 페이스북을 열어줘."

할머니는 파란 페이스북 로그인 화면이 뜬 핸드폰을 내게 건넸다.

"이제 어떻게 하니?"

"계정 있으세요?" 내가 물었다.

"그냥 보기만 할 순 없니?"

"계정이 필요해요."

"계정은 갖고 싶지 않아. 우우가 있는지만 알고 싶구나."

"좋아요."

나는 이렇게 말하고 할머니의 핸드폰에 내 계정 정보를 입력했다. 내 핸드폰은 거의 방전됐기 때문이다.

"우우가 있니?"

내 계정이 나오자 할머니가 물었다.

"음, '우우'라는 이름으로는 그분을 찾을 순 없어요!"

"루엘런 그릭스."

할머니가 말했다.

"루엘런은 띄어쓰기가 없는 한 단어야. 대문자 L과 대문자 E."

"결혼하고 성이 바뀌었을까요?"

"그게 결혼한 뒤의 이름이란다."

할머니가 말했다.

"결혼 전엔 성이 웰시였어."

"우우 웰시요?"

"굉장하지, 응?"

할머니가 미소를 지었다.

나는 검색창에 루엘런 그릭스를 입력했다.

"마지막으로 어디에 사셨어요?"

"애틀랜타에."

"로나 그릭스란 사람은 있는데."

희끗희끗한 머리에 상냥한 미소를 지닌 여자 사진을 가리키며 말했다.

"조지아주, 애틀랜타 거주. 하지만 겨우 쉰셋이네요."

"그건 딸이구나. 어디 보자!"

할머니는 주머니에서 휴대용 돋보기안경을 꺼내 쓰고 유심히 봤다.

"사진이 정말 작구나."

"주세요." 내가 말했다.

"제가 좀 볼게요."

나는 로나의 사진들을 넘기다가 모두 흰 셔츠와 청바지를 입은 여남은 명의 가족사진을 발견했다. 앞쪽 의자에 폭신폭신한 흰머리를 가진 우아한 여성이 로나의 손을 어깨에 얹은 채 앉아있었다.

나는 화면 위에서 손가락을 펼쳐 사진을 확대했다.

"이 분이……, 우우인가요?"

나는 여전히 그 별명이 어색하다고 느끼며 물었다.

"우우가 맞구나, 그렇지?"

할머니는 내게서 핸드폰을 받아가더니 사진을 더 잘 볼 수 있게 하려는 듯 양옆으로 기울였다.

"예전에 쓰던 컴퓨터를 찾아내서……."

"아이고, 다 헛짓이다. 알아서 잘 살고 있겠지. 어쨌든 너무 늦었다! 잘 시간이 지났어."

할머니는 손사래를 치며 그 생각을 털어내려고 했지만, 우우를 만나고 싶은 눈빛이었다.

잠자리에 들기 전, 남은 짐을 가지러 차로 달려갔다.

"알잖니."

괜찮다고 했지만 할머니가 도와주러 따라오며 말했다.

"주류 상점에 부탁하면 상자를 준단다."

할머니는 양손에 슈퍼마켓 비닐봉지를 몇 개씩 들었다.

"바크는 상자를 무서워해요."

나는 집으로 돌아가며 할머니에게 말했다. 그러고는 봉지를 전부 왼손으로 옮겨들고 현관문을 잠갔다. 무겁지 않았다.

"바크는 네가 있어 참 다행이야."

침실 문 앞에서 할머니가 내게 비닐봉지를 건넸다.

"그렇게 참아주는 사람들이 많을 것 같지 않은데."

"바크가 있어서 제가 다행이죠."

할머니는 내 어깨에 팔을 둘러 꼭 끌어안고는 이마에 키스했다.

"잘 자라, 아가. 네가 돌아와서 참 기쁘구나."

"저도요." 내가 말했다.

"마치 저의 조각 하나가 사라진 것 같았어요."

"내가 손자손녀들 중에서 널 제일 좋아한다는 얘길 했었니?"

할머니가 씩 웃었다. 아빠는 할머니의 외동아들이었고, 나는 아빠의 외동딸이었다. 재미없는 농담이지만, 할머니가 가장 즐겨하는 것이었고, 나는 그 익숙함이 편했다.

할머니가 복도를 지나 방으로 가는 내내 할머니가 쓰는 향수의 파우더한 향기가 내게 남아있었다.

나는 옷장에 봉지를 쑤셔 넣고 침대에 누웠다. 바크는 이불 밑에 누워 내 베개에 머리를 얹고는 내 귓가에 한숨을 폭 쉬었다.

내가 네다섯 살이었을 무렵 아빠가 체험 동물 농장에 데려다준 적이 있었다. 나는 농장의 자동판매기에서 건초를 사서 염소에게 먹여줬다. 염소의 따뜻한 입김과 턱수염에 손이 간지러웠다. 누군가 내게 그림을 그려주거나 머리를 땋아주면, 즉 친밀함과 관심을 느낄 때면 그때의 간질거리는 느낌이 정수리를 스치고 지나갔다. 그날 아빠가 찍은 비디오 속의 나는 좋아서 꺅꺅거리고 있었다.

"염소가 먹이를 먹고 있어! 먹이를 먹어, 아빠!"

카메라가 더 가까이 다가왔고 아빠가 건초를 내 통통한 손바닥에 자꾸만 떨어뜨려줄 때마다 흔들거렸다. 내 손 안에서 데워지는 풀 냄새는 매번 더 진해졌다. 아빠의 웃는 소리와 카메라 마이크에 닿는 숨소리가 들렸다.

"염소가 먹이를 먹고 있어, 아빠!"

우리는 둘 다 너무나 행복했다.

가끔 바크가 개들이 하는 평범한 행동을 할 때면 나는 이렇게 생각하곤 했다. '장난감을 가지고 노네!', '물을 마시고 있네!', '먹을 것을 먹고 있네!' 여유를 가지고 생각해보면, 이건 그때와 똑같은 마법 같은 순간이었다.

바크는 하품을 하고 몸을 쭉 뻗더니 내 턱 밑에 코를 파묻었고, 나는 관자놀이의 긴장이 풀리는 것을 느꼈다.

4
빗시의 아이디어

새벽 다섯 시 삼십 분, 바크가 으르렁거리며 침대에서 뛰어 내렸다. 누군가 현관문을 두드리고 있었다.

"괜찮아, 괜찮아, 바키."

나 스스로도 진정하려고 애쓰면서 이렇게 속삭였다. 겁을 먹은 바크는 유쾌한 자명종이 되지 못했다. 나는 이웃이 찾아온 것뿐이고 할머니가 문을 열어줄 것이라고 생각했다. 하지만 곧 문 두드리는 소리가 더 커졌고 거기서 다급함까지 느껴지자, 내가 아는 사람 전부와 그들에게 닥칠 수 있는 응급사태가 모조리 연달아 떠올랐다.

현관으로 달려가는데 바크가 따라왔다. 창밖을 내다보니 빗시가 분홍색 목욕 가운을 걸치고 노란 오리 슬리퍼를 신고 커피 한 주전자를 들고서 현관 계단에 서 있었다. 미소를 지으며 완벽하게 건강한 모습으로.

"아이쿠, 고맙구나."

내가 문을 열어주니 빗시가 말했다.

바크는 내 방으로 터벅터벅 돌아갔다. 할머니가 샤워하는 소리가 들렸다.

"방금 일어났어요."

"당연히 그렇겠지." 빗시가 씩 웃었다.

"문은 왜 잠갔니?"

"자물쇠는 잠그라고 있는 거잖아요."

나는 걸쇠를 돌려 잠갔다.

"그러니까 써야죠."

할머니는 문을 잠그는 법이 없었고, 나는 그것 때문에 미칠 지경이었다.

"있잖아, 넌 어린애치곤 참 늙은 잔소리꾼처럼 군단다."

빗시는 내 뺨에 키스하고 부엌으로 갔다.

"어떻게 오셨어요?" 내가 따라가며 물었다.

"걸어왔지." 빗시가 말했다.

"평소처럼."

"그런 차림으로요?"

버니가 있었다면 빗시가 가운만 입고 밖에 나가게 하지는 않았을 것이다.

"처음 보여주는 꼴도 아닌걸."

빗시는 찬장에서 머그잔 세 개를 꺼내 카운터에 놓더니 커피를 두 잔 따랐다.

"커피 있어요."

나는 퍼콜레이터가운데 관을 통해 끓는 물이 올라가서 커피가 삼출되도록 하는 커피메이커를 가리키며 말했다. 할머니는 늘 다섯 시가 되면 커피를 준비했다.

"얘, 네 할머니가 만드는 그 멀건 물은 커피가 아니야."

빗시는 내게 머그잔을 건넸다.

"그늘에서 키운 코스타리카 산 원두란다."

나는 한 모금 마셨다. 빗시의 말이 옳았다. 빗시의 커피가 할머니의 커피보다 항상 더 맛있었다.

"모두 빗시 집에 모이기로 돼있던 거 아닌가요?"

나는 다른 할머니들도 오고 있는 것이 아닌가 싶어서 물었다. 이곳의 이웃들은 늘 음식 주위에 모였다. 아침 식사는 보통 빗시의 집에서 했고 마타는 맛있는 점심 식사를 차렸다. 루스는 일요일마다 보르시치러시아나 폴란드 사람들이 먹는 비트를 넣은 수프를 끓였고 알디아는 타코를 만들었다. 할머니 집에는 모두 다 술과 간식을 하러 모였다.

"날 쫓아내려고?" 빗시가 씩 웃었다.

"그냥 무슨 일인가 궁금해서요."

빗시가 웃었다.

"나만 온 거야. 여섯 시 삼십 분에 인어 수업이 있거든.

"빗시라면, 언제든지 환영이죠."

나는 빗시의 어깨를 슬쩍 밀면서 말했다.

"이렇게 일찍이라도."

우리는 카운터에 앉아 말없이 커피를 마셨다. 커튼을 아직 쳐둔 채라, 나는 그것을 바라보고 있었다. 문득 빗시도 나처럼 목련꽃 무늬를 세고 있는지 궁금했다.

마침내 빗시가 말했다.

"나넷이 내게 시민 회관 모금 행사의 부회장 자리를 맡겼단다."

"아."

나는 발끝으로 빗시의 슬리퍼를 톡 쳤다.

"할머니가 회의는 같이 하자고 하면서 제대로 된 신발을 신고 다니라곤 못하시는 거네요."

"봐라. 너도 알겠지." 빗시는 한숨을 쉬었다.

"난 자선 판매에 지쳤어. 빵을 굽는 건 버니가 한 일이지, 내가 아니었거든."

할머니가 샤워기 물을 끄자 수도파이프에서 소리가 났다.

빗시는 목소리를 낮춰 중얼거렸다.

"게다가 네 할머니가 머핀이라고 부르는 케일 당근 해초 덩어리는 아무도 안 살 거야."

나는 빗시의 눈에 어린 슬픔을 보고 깨달았다. 그녀가 정말 걱정하는 것은 할머니가 빗시에게 모자란 것을 채우게 하리라는 사실이라는 걸. 그건 납득할 수 있는 두려움이었다.

빗시는 커피를 들이켜더니 더 따랐다.

"나 정말 못됐지."

나는 빗시의 팔을 꼭 잡았다.

"그냥 하소연하시는 거죠. 할머니를 얼마나 사랑하시는지 다 알아요."

"네가 어른이 되니까 좋구나."

커피를 더 마실 자격이 있다는 듯, 빗시는 내게도 더 따라줬다.

"넌 잘하고 있어."

"할머니와 함께 사는 스물일곱 이혼녀라니, 성공한 삶 같진 않네요."

"방법을 찾고 있잖니. 그건 성공이야. 방법이 있다는 걸 아는 건."

"실패한 느낌이에요."

빗시에겐 터놓고 말하기가 쉬웠다. 그건 빗시가 내게 솔직하게 말하기 때문인 것 같았다. 어쩌면 빗시는 예전에는 버니에게 모든 걸 다 털어놓았을 것이다.

"나도 이혼한 뒤에 그런 느낌이었어." 빗시가 말했다.

"인생을 한 가지 방향으로 그리고 있었는데 다른 방향으로 바뀌어버렸으니까. 모든 걸 다시 정해야 하지."

"어떻게요?"

돌아갈 정상적인 삶의 기준은 사라지고 없는 것처럼 느껴졌다. 내 인생은 늘, 구부러져서 체인과 맞지 않게 된 기어로 끌고 가는 자전거 같았다.

"나는 간호학교에 갔어." 빗시가 말했다. 나는 웃었다.

"전 간호에 소질이 없을 것 같아요." 빗시도 웃었다.

"내 생각도 그래. 내 말은, 새로운 인생 목표를 찾았다는 거지. 너도 찾게 될 거야. 넌 그럴 만큼 똑똑하니까. 그걸 축하하렴."

나는 소파에 놓여있던 머리핀을 생각했다. 헤어스프레이가 묻어있던 검은 플라스틱 핀.

"그 사람이랑 헤어졌을지 어쨌을지 모르겠어요. 만약 그 사람이……."

얼굴이 달아올랐다. 할머니가 빗시에게 얼마나 이야기를 했는지 알 수 없었다.

"바람을 피우지 않았더라면요."

"그럼, 그 놈이 널 도와준 거네."

빗시가 이렇게 말하고 일어나서 찬장으로 걸어가자 오리 슬리퍼의 머리가 달랑거렸다.

"그 남자가 이타적인 행동을 한 거라고 생각하고 싶진 않아요."

산부인과 검진실의 검진 테이블에 누워서, 내가 두 차례 유산하는 동안 진료해준 의사에게 성병 검사를 부탁할 때 내 밑에서 구겨지던 종이 시트를 떠올리며 나는 툭 내뱉었다.

"그런 거 해주고 싶지 않아요."

빗시는 눈을 반짝이며 어깨너머로 나를 돌아봤다.

"그래. 그러지 마."

빗시는 잔을 두 개 들더니 물을 가지러 냉장고로 갔다.

"그러는 사이에 어떻게 살아야 할지 생각할 수도 있었는데."

빗시가 내게 물을 건네더니 앉았다.

"중요한 결정을 다 내린 것 같은 느낌이 들겠지만, 넌 이제 시작이란다, 얘야. 뭘 하고 싶니?"

나는 대답이 필요한 질문이 아니라고 생각하고 예의 바르게 미소를 지었지만, 빗시가 다시 물었다.

"뭘 하고 싶어?"

"모르겠어요."

나는 마음속으로 보통 사람들이 원할 만한 것들을 찾아봤지만, 떠오르는 것이라곤 휴대폰도 갈 수 있는 블렌더뿐이었다.

"헛소리." 빗시가 말했다.

"넌 '알고' 있어."

"그럼 그게 뭘까요?"

"난 늙긴 했지만, 오비완은 아니다. 그걸 알아내는 건 네가 할 일이야."

"오비완이 누구야?" 할머니가 복도에서 물었다.

"아무도 아니야, 나넷." 빗시가 말했다.

"아무것도 아니야."

할머니는 민소매 데님 드레스를 입고 이젠 가늘어진 허리에 벨트를 매고서 부엌으로 들어왔다. 할머니의 탄탄한 다리에 나는 또 놀랐다.

할머니는 빗시의 주전자를 가리켰다.

"커피는 벌써 만들어놨는데. 가져오지 않아도……."

"내 커피가 더 맛있어."

빗시가 할머니에게 커피를 따라줬다.

"빵 바자회를 생각 중인데 말이야."

할머니가 삼씨 우유 통을 들며 말했다.

"빵 바자회 생각 중이라는 건 나도 알지."

빗시가 내게 윙크했다.

"나는 달력을 생각했는데."

"달력?"

할머니는 통을 힘차게 흔들고는 커피에 삼씨 우유를 조금 부었다.

"영국 여자들 나오는 영화 본 거 기억나?"

"빗시! 누드 사진은 안 찍어! 누가 이런 게 찍힌 달력을 사겠어?"

할머니는 팔 밑의 얇은 살집을 건드리며 말했다.

"첫째로, 우린 멋져! 사람들은 진짜 여자들이 어떤 모습인지 봐야 해."

빗시는 모델처럼 고개를 젖혔지만 짧고 삐죽삐죽한 머리카락은 움직이지 않았다.

"무슨 사람들?"

"사람들 말이야." 빗시가 말했다.

"모두 다. 둘째로, 누드 달력 이야기가 아니야. 난 인어를 생각하고 있어. 우리 수업 듣는 사람들 모두 인어 꼬리랑 조개껍질을 입고 찍는 거야. 머핀보다 훨씬 더 나을걸."

"머핀이 더 쉽지."

할머니는 자기가 끓인 커피를 주전자째 싱크대에 부어버렸다.

"뭐, 우리가 바쁠 일이 뭐 있어?" 빗시가 말했다.

"좀 재미있게 해보자!"

빗시는 손으로 입을 가리고 할머니에게 속삭이는 척 크게 말했다.

"나 의상을 만들어줄 사람을 한 명 아는 거 같은데."

나는 뭐라고 해야 할지 알 수 없어 머그잔만 들여다봤다.

"글쎄, 빗시." 할머니가 말했다.

"케이티는 돌아온 지도 얼마 안 됐잖아. 그런 건 부담스러울 거야."

"물속에서 촬영할 수도 있어!" 빗시가 외쳤다.

할머니는 나를 쳐다봤다. 속이 울렁거렸다. 엄지손가락으로 카운터의 커피 얼룩을 문질러 닦았다. 할머니는 보통 내게 거절할 여지를 주지 않았다. 내가 모두를 실망시킬 거라고 할머니가 생각하지는 않는지 걱정스러웠다.

"재료가 비싸."

할머니는 커피를 마시며 말했다.

"돈을 모으려는 거지, 쓰려는 게 아니잖아."

"생각해봐. 사람들이 빵을 굽는 대신에 인어 의상을 얻을 수 있으면 얼마든지 돈을 낼 거……."

"수입에 여유가 없는 사람들도 있어."

"……그리고, 여기 이 사람은 포트폴리오 사진을 얻게 될 거야. 두 마리 새를 잡는 거지!"

빗시가 내게 돌을 던지는 시늉을 하면서 말했다.

"난 너에게 빵을 구우라고 하지도 않을 거야."

할머니가 커피에 삼씨 우유를 더 부으면서 말했다.

"하지만 그 편이 더 쉬울걸."

그들은 계속 언쟁을 했다. 나는 집중력을 잃었다. 내 머릿속에서는 영화 화면이 배경으로 흘러가듯이 내가 실패하는 장면들이 스쳐지나갔다. 솔기가 터진다. 할머니의 기다란 꼬리에 붙은 은색 장식이 수영장 필터에 걸려 할머니는 수면 위로 올라올 수 없다. 할머니의 꼼짝 않는 몸에 햇빛이 비춘다. 나는 다시 커튼의 목련을 세기 시작했다. 한쪽에 목련은 스물일곱 개가 있었다. 다른 쪽에는 스물다섯 개가 있었다. 이럴 때마다 나는 항상 미칠 것 같았다. 다시 세기 시작했다. 마음을 가라앉히기 위해 커튼 가장자리에 잘려나간 꽃을 포함시키면 양쪽이 똑같다고 생각해보려 했다.

"무슨 생각을 하니, 애야?"

빗시가 내 팔을 쿡 찌르며 물었다.

나는 그렇게 하면 나쁜 생각을 털어버리기라도 한다는 듯이 고개를 저었다. 빗시가 실망한 표정을 지어서 나는 고개를 끄덕였다.

"하시고 싶다는 일이요."

애써 미소를 지으면서 말했다. 남은 커피를 들이켜고 일어났다.

"바크를 데리고 나가야겠어요."

5
노인들과 사는 좀 이상한 아이들

바크가 볼일을 본 뒤, 나는 차고로 몰래 숨어들었다. 할머니가 빗시를 설득해서 빵 바자회를 하게 될 것이고 달력은 잊어버릴 가능성이 높다는 걸 알고 있었지만, 이혼과 짐 싸기, 운전으로 내 신경은 날카로워져있었다. 머릿속에서 맴도는 생각을 떨칠 수 없었다. 이따금 나는 나에게 나타나는 투쟁 혹은 도피 반응fight or flight feelings을 진짜 도피하는 것으로 진정시킬 수 있었다. 가짜로 달아나는 것도 괴로움을 가시게 할 수는 있었다.

옛날에 타던 자전거가 서까래 고리에 매달려있었다. 발받침을 끌고 가서 밟고 올라가 그것을 내렸다. 팔은 쭉 뻗어야 했고 무릎은 떨려왔다. 예전에는 그렇게 힘든 적 없었던 것 같았는데……. 그때 할머니가 차고로 머리를 들이밀었다.

"아침 먹어라."

"주유소에 타고 가려고요."

"인어 수업이 끝나면 태워다주마."

할머니의 조심스럽고 높낮이 없는 음성은 내가 혼자 가는 걸 말리는 듯 했다.

"괜찮아요."

나는 조금 크게 말했다. 할머니와 눈을 마주치지 않으려고 〈코러스 라인〉 티셔츠의 끄트머리로 자전거 손잡이에 묻은 먼지를 닦았다. 할머니가 내 불안을 들여다보고, 나를 위해 그걸 고쳐주려고 한다는 생각을 견딜 수 없었다.

할머니의 치료법은 보통 상황을 더 악화시켰다. 내가 어렸을 때, 할머니는 나에게 종이봉투를 하나씩 챙겨주면서 가슴이 답답하고 숨을 쉴 수 없어 당황스러울 때 쓰라고 했다. 수업 도중에 봉투를 꺼내는 것은 부끄러운 일도 아니라는 듯이. 감기에 걸리면 셰리주 한 잔, 천식 발작에는 진한 블랙커피를 처방해줬는데, 그것 때문에 밤새 이를 갈며 잠들지 못한 적도 있었다. 할머니는 그것이 도움이 되는 주문인 양, 마음을 굳게 가지라고 늘 말했다. 의도는 좋았다. 할머니는 자신의 처방이 모든 것을 해결해주기를 바랐다. 그러나 마술처럼 더 나아지지 않아 실망하는 할머니를 보는 것도 쉬운 일은 아니었다. 어떤 질병에 걸리든 할머니 주위에서 할 수 있는 최선의 방법은 상태가 정상으로 돌아왔다고 느낄 때까지 할머니를 피하는 것이었다.

"자전거 한번 타고 싶어요."

나는 최대한 침착하게 말했다.

"알았다."

할머니는 나를 놓아준다는 듯 차고 문손잡이를 놓았다.

"조심해서 타거라."

그러나 조심해서 타기에는 브레이크가 너무 부드러웠고, 동네에서 벗어나기도 전에 녹슨 체인이 기어에서 두 번이나 벗겨졌다. 주유소에 도착했을 무렵 나는 자전거 윤활유와 땀으로 범벅이 됐다. 아무도 내 겨드랑이의 땀자국을 보지 못하도록 팔을 양옆구리에 딱 붙이고 기름통을 가지고 계산대로 갔다. 파워볼 복권 당첨금이 팔천만 달러까지 올라가서 계산대 앞의 줄이 엄청나게 길었다. 커피를 한 잔 들고 기다렸다.

바크를 너무 오랫동안 혼자 둔 것이 아닐까 불안해질 때마다 줄이 움직였다. 내 자리를 포기하고 돌아가는 건 어리석은 짓 같았다. 게다가 나는 커피를 이미 마시고 있었으니 커피값을 내야 했다.

앞에 세 사람이 남았을 때 누가 나를 불렀다.

"케이티? 어머나 세상에!"

그 소리에 돌아보다가 초등학교 시절 제일 친한 친구였던 모의 어깨에 얼굴이 마주쳤다. 모가 나를 꽉 끌어안는 바람에 기름통이 무릎에 부딪히고 그 애 쇄골에 내 턱이 부딪쳤다. 나는 마주 안을 손이 없었고 커피를 쏟지 않도록 조심해야 했다. 모가 가무잡잡한 콧잔등을 찡그리며 한참 만에 뒤로 물러섰다.

"네 환영 파티에 못 가서 정말 아쉬웠어! 일을 해야 했거든."

모의 머리카락은 이제 어깨를 덮고 있었고 햇빛을 받아 하얗게 빛났다.

"응, 좋은 파티였어!"

나는 조용히 말하고 내 자리를 확인하려고 돌아섰다.

물론, 모는 아직 그곳에 살았다. 모는 조부모님이 돌아가신 뒤 집을 물려받았다. 그리고 물론, 할머니는 모를 초대했다. 할머니와 모는 서로 존중하고 칭찬하는 사이였다.

어린 내가 할머니 댁에서 살기 시작했을 때, 그 주위에 진짜 내 또래 친구는 모린 제이콥스뿐이었다. 그 애도 조부모님과 함께 살았다.

모의 아버지가 어떻게 되었는지는 아무도 모르는 비밀이었고, 그 애 엄마가 교도소에 있다는 건 동네에서 할머니와 나만 알았다. 다른 사람들은 모두 모의 엄마가 해외에서 봉사 활동을 하고 있다고 생각했지만, 사실 모의 엄마는 가방 안에 코카인을 넣어두고 있다가 버스 정류장에서 붙잡혔다. 가끔 모의 삼촌이 멋진 휴양지에 가서 코코넛으로 만든 열쇠고리나 조개껍질 팔찌를 보내줬고, 모는 그것을 학교에 가져와 자기 엄마가 아픈 아기들에게 예방접종을 해주고 있는 마을에서 온 것이라고 했다. 나는 모를 배신할 생각이 없었다. 모도 내가 아빠가 돌아가시는 걸 봤다고 사람들에게 말하지 않았다. 하지만 다른 애들은 우리가 노인과 산다는 것을, 우리에겐 진짜 부모가 없고 둘 다 좀 이상하다는 걸 알고 있었다.

"만나서 반갑다."

진심이었으니까, 그렇게 말했다. 세상에서 숨어버리고 싶긴 했지만, 모에게서 숨을 필요는 없을 것 같았다. 어쩌면 여전히 우리는 함께 이상한 존재가 되어도 될 것 같았다.

"키가 더 큰 거야?"

"웃기지!"

모가 여전히 목청 높여 말했다. 줄을 서있는 사람들의 시선이 집중됐다. 모는 매사에 남들보다 조금 더 강렬했다. 위험할 정도로 너덜너덜 찢어진 바지에 작은 파란색 보트가 점점이 그려진 반소매 셔츠를 입고 있었다. 모는 옷가지를 전부 바자회와 중고 상점에서 샀고, 키가 워낙 컸기 때문에 주로 남자 옷을 입었다. 우리는 모의 스타일을 두고 '죽은 남자의 시크함'이라고 농담하기도 했다.

"그럼 여기서 얼마나 지낼 거야?" 모가 물었다.

"아직 모르겠어."

"에릭은 같이 왔어?"

"아니. 나만."

모가 에릭의 이름을 기억하는 것이 놀라웠다. 모는 전화로 이야기를 나누는 성격이 아니었다. 편지도 쓰지 않았다. 컴퓨터를 갖고 있는지도 잘 알 수 없었다. 그러니 내가 떠나자 연락은 끊어졌다. 나는 모의 삶에서 사라졌고, 모도 마찬가지였다. 화가 나서나, 어색해서나, 못돼서 그런 것이 아니었다. 그냥 그렇게 됐다. 어쨌든 결혼한 후로 나는 연락을 하지 않았다. 할머니도 나와 통화하기 힘들었다. 나는 에릭과의 결혼이 잘못된 선택임을 마음속으로 알고 있었고, 사랑하는 사람들과 너무 오래 이야기를 하다보면 그들이 그걸 눈치챌 것 같았다.

"아직 쿠키 맛 못 봤어?" 모가 속삭였다.

"그거 대체 무슨 일이니?" 내가 물었다.

"이 동네 여자들이 죄다 건강에 열중하고 있어. 그거야 잘된 일이긴 하지, 안 그래? 하지만 진짜 맛있는 쿠키를 먹고 싶은 우리는 가끔 짜증이 나."

모는 내 갈색 리넨 반바지를 흘깃 봤고 나는 곧 부끄러워졌다. 내 반바지 단추가 죄는 걸 모가 알아차리지 못하길 바랐다. 모는 쿠키 같은 건 입에 대지도 않을 것 같은 몸매였다.

"남편한테는 언제 돌아가야 해?"

모가 가느다랗고 가무잡잡한 발목의 벌레 물린 자리에 손을 뻗어 긁으면서 물었다.

"우리 이혼했어." 내가 말했다. 그 애에게 거짓말하고 싶지 않았다.

"당분간 여기서 지낼 거야."

"그럼 다시 싸돌아다닐 수 있겠네! 우리 곧 만나야겠다."

모는 양 주먹을 번쩍 들더니 어깨를 앞뒤로 돌렸다. 춤 솜씨는 엉망이었지만, 상관없었다. 시선을 돌릴 수가 없었다.

"그렇게 됐어." 나는 체중을 한 쪽 다리에서 다른 쪽 다리로 옮기며 말했다.

"싸돌아다닌다는 건 정확한 말이 아닐지도 몰라. 회복이라고 해야 할지도."

"웃기다!" 모는 내 팔을 아플 만큼 세게 때렸다.

"할머니가 네게 아무 말 없으셨다는 게 놀랍네."

모는 나를 보며 커다랗게, 장난스러운 미소를 지었다.

"말씀하셨어. 네가 말할 생각인지 알고 싶었지."

우리가 어릴 때도 이런 장난을 쳤다. 모는 등에다 미스터 구토 스티커를 붙이고 하루 종일 지낸 적도 있었다. 모는 내 수학책에 땅콩버터를 발라 복수했다. 그리고 나는 모가 그래서 좋았다. 비록 우리 클럽엔 우리 둘 뿐이었지만, 그래도 함께라는 느낌은 좋았다.

"이 나쁜 녀석."

나는 모를 향해 미소를 지으며 말했다. 내가 계산대 앞에 서자 직원이 나를 노려봤다.

"아, 당신에게 한 말이 아니에요! 얘요!"

나는 모를 향해 턱짓을 했다.

"야, 꼬맹이."

모가 말했다. 그리고 내게 다가오더니 뺨에 키스했다.

"할머니 댁으로 데리러 갈게. 싸돌아다니자!"

〜〜〜〜

6
루카 펠라요

집에 돌아오니, 바크가 보통 강아지처럼 꼬리를 흔들며 혀를 내밀고서 문 앞에서 나를 맞이했다. 할머니도 바크의 파란 괴물 인형 머레이를 가지고 따라 나왔다.

"던지기 놀이를 하고 있었어."

할머니가 웃으면서 말했다.

"집에서요?"

놀란 척 물었다. 할머니는 늘 모에게 던지기 놀이는 밖에서 하는 거라고 잔소리를 했다. 바크가 펄쩍 뛰어오르더니 할머니 손에서 머레이를 물어갔다. 할머니는 바크를 그냥 뒀다.

"네 친구가 잡기를 잘 하는구나."

할머니는 내게 이렇게 말하며 바크의 머리를 긁어줬다. 바크는 장난감을 떨어뜨리더니 할머니가 다시 던져줄 때까지 짖어댔다. 바크는 머레이를 물더니 머레이의 머리를 미치광이처럼 흔들어댔다.

"인어 수업에는 왜 안 가셨어요?" 내가 물었다.

"빗시가 알아서 할 거야." 할머니가 말했다.

"네가 돌아온 첫날 아침이잖니."

"저 때문에 수업에 빠지실 필요 없어요."

"난 네가 보고 싶었어." 할머니가 말했다.

"아침 먹을래? 스크램블 두부가 있단다."

"괜찮아요."

나는 배에서 꼬르륵 소리가 나지 않도록 주의하면서 주유소에서 도넛을 사오지 않은 것을 후회했다. 두부 요리를 하는 할머니와 살려면 새로운 생존 전략이 필요할 것 같았다. 할머니는 나를 빤히 쳐다봤다. 두부에 대한 내 감정을 살피는 것뿐일 수도 있었지만, 나는 할머니가 에릭과 내가 포기한 모든 것에 대해 이야기를 꺼낼까 봐 걱정이 됐다. 나는 할머니의 시선을 피하며 바크와 뺏기 놀이를 하려고 쪼그리고 앉았다. 바크는 으르렁거리면서 머레이를 당기다가 놀이를 계속하려고 내 손에 도로 밀어 넣었다.

할머니는 아주 중요한 이야기를 하려는 것처럼 소리 내어 숨을 들이쉬었다.

"참."

할머니가 말을 꺼내기 전에 내가 먼저 말했다.

"페이스북에서 할머니의 인어 친구들을 찾아볼까요? 컴퓨터를 가져올게요."

"아, 그럴 필요는……."

"재미있을 거예요."

나는 바크에게 머레이를 내주면서 말했다.

"할머니 친구들을 보고 싶어요."

"인터넷이 안 될 거다, 케이."

할머니가 주머니에서 핸드폰을 꺼내며 말했다.

"그냥 이걸 쓸게. 작은 글자는 네가 읽어주면 되니까."

나는 할머니 핸드폰의 와이파이 신호를 가리켰다.

"인터넷이 된다는 뜻이에요. 루스의 와이파이를 같이 쓰는 게 아니라면 말이에요."

"루스는 아직 폴더 핸드폰을 쓰는걸." 할머니가 진지하게 속삭였다.

"누가 집에 와서 와이파이를 설치해줬어요?" 내가 물었다.

"불이 깜빡거리고 안테나가 달린 상자가 있어요?"

"아! 그렇지!" 할머니가 말했다.

"저기 텔레비전 옆에 있어. 그건 케이블인 줄 알았는데."

"그걸 누가 설치했어요?"

"회사에서 나온 사람이겠지."

"기억을 못하세요?"

"치매에 걸린 건 아니다, 케이."

할머니가 말했다. 그것도 걱정스러운 것 중 하나이긴 했지만, 할머니의 입꼬리가 떨리고 있었다. 와이파이에 대해서 할머니가 거짓말하는 이유는 알 수 없었다. 하지만 분명 거짓말이었다.

나는 옷장에서 노트북을 찾아내 아빠에게서 물려받은 책상 위에 올려놓았다. 업데이트 바가 조금씩 검정으로 변하는 것을 지켜보는 동안, 부드러운 소나무에 새겨진 스마일리 무늬를 쓰다듬었다. 어릴 때 나는 아빠가 언젠가 내가 그 책상을 물려받을 것을 알고 그것을 메시지로 남겨놓았다고 생각했다.

노트북은 누군가 기계에 당밀을 쏟은 것처럼 느리게 움직였지만 작동되긴 했다. 노트북 업데이트를 마친 뒤, 페이스북에서 다시 로나 그릭스를 찾아 할머니를 불렀다. 할머니는 내 뒤 침대에 앉아서 내가 클릭하는 로나의 프로필을 지켜봤다. 일주일 전 주말에 찍은 사진 앨범이 있었다. 누군가의 덱deck에서 파티를 하는 모습이었다.

"우우다!"

루카 펠라요

87

할머니가 통통한 아기를 무릎에 앉힌 채 라운지 의자에 앉아있는 흰머리 여성을 가리켰다. 함께 박수를 치며 웃고 있는 그들은 눈가의 귀여운 주름이 닮아있었다.

"정말 좋아 보이네!"

할머니는 손으로 입을 가렸다.

"정말 좋아 보이는구나, 케이."

할머니의 눈에 눈물이 글썽였다.

"걱정했거든. 빗시 다음으로 좋아하는 친구였는데."

"딸에게 메시지를 보낼까요?"

내가 물었다. 할머니의 눈이 반짝였다.

"응."

나는 할머니가 하는 말을 그대로 받아 타이핑했다. 할머니는 우우에게 내 아버지가 죽고 나를 키운 이야기를 했고, 나와 바크가 돌아와서 축복받은 느낌이라고 했다. 할머니는 빗시와 함께 수영 강습을 한다면서, 날마다의 일과를 설명했다. 그리고 백만 가지 질문을 했다. "아직 수영하니?"부터 시작해서 "안고 있는 예쁜 천사는 누구니?"까지.

나는 우선 짧은 편지를 보내자고 할까 생각했지만, 친구가 자신을 다시 알아주기 바라는 할머니 마음은 여리고 순수했다. 할머니의 사랑이 담긴 편지를 편집하는 건 잘못된 일 같았다.

"이제 어떻게 하니?"

내가 보내기 버튼을 누르고 나니 할머니가 물었다.

"이제 기다려요."

할머니는 당장 무슨 일이 일어나길 기대하는 표정으로 화면을 응시했다.

"다른 사람들도 찾을까요?" 내가 물었다.

할머니의 핸드폰에서 소리가 났다. 할머니는 화면을 보더니 미소를 지었다.

"이런! 오늘…… 할 일이 있다."

할머니는 핸드폰을 주머니에 넣으면서 일어났다.

"아, 알겠어요."

나는 이렇게 말하고 설명을 기다렸다. 할머니는 보통 함께 있는 사람에게 하루 일과를 지나치게 자세히 알려주곤 했다.

"언제 돌아올지는 모르겠구나. 두어 시간 뒤쯤?"

할머니는 더 이상 아무것도 알려주지 않았다. 그저 내 뺨에 키스하고 이렇게 말했다.

"나중에 빗시 집에 갈 거지? 네가 버니가…… 버니가 만들던 커튼을 마무리해주면 좋을 것 같았어. 괜찮겠지?"

내가 미처 대답도 하기 전에, 할머니는 문을 열고 나갔다.

짐을 풀어야 한다는 것을 알고 있었지만, 바크가 흐트러진 침대 위에 누워 코를 골고 있었다. 나는 노트북의 선을 가능한 한 멀리까지 당겨서 바크 옆에 자리를 잡았다. 내 페이스북 피드를 훑어보고 있으니 바크가 내 옆으로 다가왔다.

평소 나는 페이스북을 멀리했다. 다른 사람들의 사진을 볼 때면 그게 아무리 무해한 것들이라도 짜증이 날 때가 있었다. 페이스북에는 고등학교 동창이 엄마 생일을 축하하는 사진이나 '아버지가 베프인 사람은 이 게시물을 리포스팅하세요' 같은 메시지나 수없이 많은 아기들의 사진들이 있었다.

다른 사람들의 기쁨을 보고 슬퍼지는 것이 싫었지만, 내 슬픔을 부인하려고 애쓸수록 결국 슬퍼진다는 것이 나를 괴롭혔다. '아버지의 날' 관련 포스팅으로 가득한 피드를 보고 나면 일주일 내내 우울하기도 했다. 행복한 딸들과 아버지들이 서로 얼싸안고 웃고 있는 사진들. 아버지들은 모두 희끗희끗한 머리와 깊은 주름살을 갖고 있었다. 아빠는 돌아가셨을 때 서른두 살이었다. 아빠는 늙지 못했다. 스물일곱은 서른둘과 멀지 않다. 몇 년 뒤 삶이 끝날 거라는 생각이 내 머릿속을 맴돌았고, 그 생각은 원하는 것을 아무것도 얻지 못한 채 죽고 말거라는 생각밖에 안 들 때까지 점점 더 크게 울려 퍼졌다. 다른 사람들처럼 행복한 사진을 찍기 전에 나에게도 곧 무슨 일이 일어날지도 모른다는 생각을 하며 극장 화장실에서 흐느끼곤 했다.

하지만 오늘은 특별한 날이나 명절이 아니라서 피드에 아기들이 별로 없었다. 잘 모르는 고등학교 동창이 베이컨에 대해 철학적인 글을 적고 있었다. 한쪽의 정치적 주장과 또 다른 쪽의 정치적 주장, 휴양지 사진. 모두 휴가 중인 것 같았다. 아무데도 관심이 가지 않았다. 난 그저 루카가 보고 싶었다.

내 피드에는 루카의 사진이 없어서 검색창에 '루카 펠라요'라고 입력했다. 우린 이미 페이스북 친구 상태였지만, 그가 몇 년 전 내 친구 신청을 수락한 이후 우리는 서로 아무 말도 하지 않았다. 나는 그와 친구를 맺은 것만으로 내 결혼에 배신을 하는 것 같았다. 가슴에 주홍 글씨를 다는 느낌이랄까. 비록 소문자라고 해도 말이다. 메시지를 보내는 건 너무 큰 위반을 저지르는 느낌이었고, 그도 내게 연락을 취하지 않았다. 그와 내가 모두 알고 있는 이타카대학교 동창은 여섯 명뿐이었다. 온라인이든 아니든, 의도치 않게 마주치기에는 우리 사이에 접점이 없었다.

프로필 사진 속의 그는 머리에 눈이 쌓인 채로, 코가 빨개져서 하얀 입김을 뿜고 있었다. '선댄스 영화제'라는 설명이 달려있었다. 삼 년 전, 〈뉴 두랑고New Durango〉가 다큐멘터리 상을 받았을 때 찍은 사진이었다. 그의 다큐멘터리는 어머니가 강제 추방당한 이후에 위탁 가정에서 자라는 마코라는 소년을 주인공으로 했다. 루카도 5학년 때 같은 일을 겪었다.

이타카에서 루카는 텔레비전 방송 제작을 전공했고 뉴스

방송국의 카메라와 음향 쪽 일을 하고 싶어 했다. 그러나 그가 졸업을 하자, 마코를 입양한 그의 위탁모가 자기 이야기를 세상에 전할 수 있도록 도와달라고 부탁했고, 루카는 그 이야기를 카메라에 담으면서 자기 이야기도 함께 풀어냈다. 〈뉴 두랑고〉가 개봉한 날 밤, 로체스터의 리틀 극장에 혼자 보러 간 나는 팝콘을 손에 쥔 채 흐느껴 울었다. 아름답고 신랄하고 완벽한 작품이었다.

처음 그와 페이스북 친구가 됐을 때, 그의 게시물을 전부 확인하면서 프로필 사진을 보긴 했지만, 적어도 이번에는 죄책감에 사로잡히지 않았다. 나는 마음껏 사진을 확대해가며 내가 알던 시절과 달라진 흔적이 있는지 얼굴을 뜯어본 후에는 창을 닫고 그를 잊어버릴 수 있었을 터였다. 하지만 나는 그가 목에 두른 검은색 털목도리가 내가 대학 시절 뜨개질해서 그에게 선물한 것임을 깨닫고 말았다. 도서관에서 빌린 책을 보고 독학으로 배운 복잡한 헤링본 스티치의 목도리였다. 나는 그의 페이스북 페이지를 샅샅이 뒤지며 사진 속에서 또 낯익은 것이 있는지, 내가 그를 그리워하듯 그도 나를 그리워한다는 표시가 있는지 찾았다.

그는 페이스북을 많이 사용하지 않았다. 가장 최근에 올라온 포스팅은 누군가 그를 태그한 사진이었다. 사진 속에서 그는 어깨에 카메라를 메고 턱까지 내려온 헝클어진 머리를 귀 뒤로 넘기고 있었다. 사진 설명에는 '촬영 중인 감독'이라고 적혀있었다. 그의 사진은 대부분 다른 사람들이 올린 사진이었다. 세트장에서. 시상식에서. 〈더 데일리 쇼〉 인터뷰 전 백 스테이지에서. 앨런 샤피로 감독과 함께 라디오 부스 안에서 헤드폰을 쓰고 있는 사진도 있었다.

그가 직접 올린 포스팅은 띄엄띄엄 드물게 있었다. 예쁘긴 하지만 사적인 내용은 없는 사진이었다. 삼 개월 전 찍은 석양. 낡은 구두끈의 확대 사진. 별이 뜬 하늘을 배경으로 찍힌 U자형 선인장의 윤곽선. 내 낡은 컴퓨터가 사진을 하나씩, 처음에는 흐릿하다가 또렷하게 띄우기를 기다려 나는 사진을 모두 봤다. 나와 관계가 있는 사진은 하나도 없었다. 더 이상의 '표시'는 없었다. 하지만 그는 아직 그 목도리를 갖고 있었다. 중요한 행사에 그걸 두르고 갔다. 그렇다면 그는 나를 아직 소중히 여기고 있다는 걸까? 아니면 나를 자신의 역사에서 분리시킬 만큼, 그 목도리를 좋아한 걸까?

"이 낡은 목도리 말입니까? 어떤 멍청한 여자애가 만들어 줬죠. 이름도 기억나지 않아요! 케이시? 캐리였나?"

목도리를 하고서 상냥한 입매로 곡선을 그리며 미소 짓고 있는 루카의 사진을 다시 바라봤다.

노트북을 덮자 바크가 소리에 놀라서 깨어났다.

"괜찮아, 친구."

나는 두 다리를 바크 밑에서 빼내며 말했다. 내가 침대에서 내려오자마자 바크는 하품을 하더니 편안한 자세로 돌아갔다.

내 책상 서랍 안쪽 깊은 곳에는 아직도 루카가 가죽 끈을 꼬아서 만들어준 팔찌가 있었다. 루카는 의상 제작실에서 스냅 단추를 구해다가 그것을 완성한 뒤, 눈을 감으라고 하고는 내 손목에 끼워줬다. 그 팔찌는 루카의 추억과 분리되지 않았다. 그것을 오랫동안 바라보고 있으면, 우리가 함께한 모든 순간이 살아날 거란 걸 알고 있었다. 나는 그 팔찌를 손목에 두르고 팔을 가슴에 꼭 붙이고는 스냅이 똑딱하고 닫힐 때까지 눌렀다.

7
버니의 재봉실

나는 초인종을 누르지 않고 들어갔다. 버니가 모은 유리 낚시찌가 아직도 현관 창문에 매달려 벽에 파란색과 초록색의 빛을 드리우고 있었다. 버니의 목소리가 들려올 것만 같았다. 버니가 부엌에서 달려나와 나를 안아줬으면 했다.

"안녕하세요, 빗시!"

더 이상 정적을 견딜 수 없어 이렇게 외쳤다.

"저 왔어요!"

"어서 와라!" 빗시가 외쳤다.

"나 여기 있어."

목소리가 들리는 곳으로 갔더니 빗시는 구석 참나무 책상 아래에서 혼잣말을 하고 있었다.

"그래서 이게 저기로 가고, 저건……. 저건 대체 어디로 가는 거야?"

빗시는 케이블 선을 들고서 나왔다.

"이건 어디 꽂는 거니?" 빗시가 물었다.

"프린터요?"

"그런 거 같네. 청소할 때 빠졌는데, 이젠 대체 어디에 꽂아야 하는지 모르겠구나."

"주세요."

나는 책상 밑으로 몸을 숙이며 말했다.

"대체 어딘지 한 번 볼게요."

빗시는 웃으면서 내게 케이블 선을 건넸다.

"고마워! 아침 내내 편지를 썼는데, 인쇄할 수가 없어."

"누구한테 쓰셨어요?"

나는 책상 뒤로 케이블 선을 밀어 넣을 수 있도록 벽에다 뺨을 꼭 붙이고 물었다.

"국회의원한테."

"무슨 내용인데요?"

"내 의견이지. 매주 편지를 보내거든."

빗시는 아주 당연한 일이라는 듯 말했다. 빗시가 여성 인권, 동성애자 권리 확장, 결혼 평등, 건강 보험 개혁을 위한 시위에 참가한 것은 알고 있었다. 그녀의 서재 벽에는 정부가 여성

운동가들이 사회에 위협이 된다는 것을 알지 못했던 시절부터 그녀가 수집했던 FBI 파일이 액자에 담겨 걸려있었다. 하지만 무슨 일이었는지, 빗시의 확신이 어느 정도인지 나는 잘 알지 못했다. 그 확신이 얼마나 오랫동안 지속된 것인지도.

"매주요?"

나는 케이블 선을 틈 사이로 밀어 넣었다.

"내가 무슨 생각을 하는지 모르면 국회의원이 어떻게 내 뜻을 대변하겠니?"

빗시는 내 팔꿈치를 잡아서 도와주면서 말했다.

"너는 국회의원에게 편지 안 써?"

"네."

나는 이렇게 말하고 갑자기 부끄러워졌다. 나는 투표도 열심히 했고, 내가 관심을 가지는 안건에 대해서는 진정서에 서명도 했지만, 그 이상은 해본 적이 없었다.

"민주주의는 네가 목소리를 낼 때 가장 잘 돌아간단다." 빗시가 말했다.

나는 프린터를 벽 쪽에서 잡아당기고 케이블 선을 제자리에 끼웠다.

"됐어요." 내가 말했다.

"작동할까?"

"편지 어디 있어요? 한번 해보세요."

빗시는 책상 앞에 서서 마우스를 천천히 움직이더니 편지를 쓴 창을 찾았다. 인쇄 버튼을 누르니 종이가 움직이는 소리가 들렸다.

"고맙다, 애야!"

빗시가 하이파이브를 하자며 손을 들었다. 나는 손을 마주쳤다.

"재봉하러 왔어?"

"네."

나는 초조한 기색이 드러나지 않기를 바라면서 대답했다.

"그냥 커튼이야. 네가 알아서 할 수 있겠지?"

빗시는 버니의 재봉실로 나를 데려가더니 문 앞에서 멈췄다.

"혼자 들어가려무나."

빗시는 눈시울이 젖은 채 이렇게 말했다. 나는 빗시가 그 일 이후로 그 방에 들어간 적이 없다는 것을 깨달았다. 나도 들어갈 수 있을지 알 수 없었지만 마치 그 방에 친구가 필요하기라도 한 것처럼, 내가 들어가주기를 빗시가 원한다는 느낌이 들었다.

"돌아가기 전에 뵙고 갈게요."

나는 빗시의 어깨를 꼭 잡아주며 말했다.

"그래야지." 빗시가 말했다.

문을 열었다. 아직도 문이 삐걱거렸다. 버니에게 윤활 스프레이를 가져다가 고쳐주겠다고 한 적이 있었다.

"왜들 그렇게 인생의 음악 소리를 줄이려고 하는지 모르겠구나."

버니는 됐다고 손을 흔들며 그렇게 말했다.

할머니는 빗시가 슈퍼마켓에서 돌아왔을 때, 버니가 커튼을 만들던 하늘색 샘브레이 천을 덮은 채로 의자에서 쓰러져 있었다고 했다. 그 천이 작업대에 놓여있었다. 그것을 들어보니, 버니가 매일 아침 손목에 바르던 장미수 향이 났다.

작업대에는 뒷면에 치수와 함께 스케치를 그려놓은 봉투가 있었다. 버니는 거기에 연필로 조심스럽게 그리스 열쇠 패턴으로 가장자리를 장식하고 가운데는 X를 넣은 직사각형을 그려놓았다. 기계 옆에 천연색 리넨이 개켜져있었다. 그 천을 펼치자 닻처럼 생긴 플라스틱 탬플릿이 나와서, 버니가 그 커튼으로 무엇을 하고 싶었는지 알 수 있었다.

버니의 장례식 경야 때 내 머릿속에는 아빠의 관 뚜껑을 닫기 직전의 순간만 떠올랐다. 아빠에게 마지막으로 작별 키스를 하지 않을 수 없어서 달려가 아빠의 몸을 껴안았다. 아빠는 시멘트를 채운 것처럼 너무 단단했다. 아빠의 이마에 입을 맞춘 나는 그 차가움에 충격을 받았다. 피부 아래에는 피가 흐르지 않았다. 아빠가 돌아가신 건 알고 있었다. 죽음이 무엇을 의미하는지도 알고 있었다. 하지만 그 순간까지 그건 모두 개념에 불과했다. 아빠는 시신이었다. 아빠는 살 아래 감춰진 뼈일 뿐이었다. 아무리 닦아내려고 해도, 아빠 얼굴에 발라놓은 두꺼운 화장품이 내 입술에서 지워지지 않았다.

그때의 기억은 시간이 흘러도 사라지지 않았다. 그것은 항상 내 정신을 빼앗을 태세로 저 끄트머리에 도사리고 있었다. 그래서 나는 버니에게 작별 인사를 할 수 없었다. 굳어 차갑게 식은 버니의 시신을 차마 볼 수 없었다. 로체스터로 돌아간 뒤에는 버니의 장례식이 있었다는 사실조차 머릿속에서 지우려고 했다. 버니를 살려두기 위해서. 내 마음속에서 지금껏 내내 버니는 재봉실에서 이런저런 것을 만들고 있었다.

버니의 미완성 커튼은 최악의 증거였다. 나는 샘브레이 천을 만지작거리면서 입술에 바른 챕스틱이 다른 것으로 변하는 것 같은 느낌과 싸우고 있었다.

소매를 걷고 레코드플레이어를 봤다. 팻시 클라인Patsy Cline의 〈쉬스 갓 유She's Got You〉가 절반쯤 돌아가있었다. 나는 미소를 지었다. 버니와 나는 둘 다 그 노래를 좋아했다. 하지만 팻시가 사랑의 기억이 자신을 놓아주지 않는다는 구절을 부르기 시작하자, 나는 이것이 아마 버니가 마지막 순간 들었을 앨범이라는 걸 깨달았다. 누가 이 레코드플레이어를 껐을까? 빗시였을까? 할머니였을까? 구급대원 중 한 사람이었을까? 마치 구석에 앉아서 아무것도 돕지 못하고 무기력하게 있었던 그 순간처럼, 그때 일어났을 모든 일이 머릿속에 떠올랐다. 팻시의 노랫소리가 들리고, 버니는 바닥에 쓰러져있다. 빗시는 비명을 지르고, 할머니에게 전화를 하면서 흐느낀다. 버니의 우아한 손가락이 굳어간다. 구급대원은 그녀를 살려내지 못하고 그들은 장의사를 기다린다.

버니는 고통을 느끼지 못했다고 했다. 동맥류로 인한 즉사였다고 할머니가 말했다. 떨어진 옷감, 쉽게 빼내어 쓰려고 소맷자락에 꽂아둔 핀들을 봤을 때, 버니는 일을 하던 중이 분명했다. 두통을 느껴 일을 멈추는 일도 없었던 것이다.

빗시가 테라스로 통하는 문을 여는 소리가 들렸다. 빗시에게도 음악이 들렸을까? 음악 소리에 기억이 났을까? 나는 레코드를 엘라 피츠제럴드Ella Fitzgerald의 것으로 바꿨고, 그러자 머릿속의 영상도 달라졌다.

〈블루 스카이즈Blue Skies〉의 도입부가 들려왔다. 버니는 내가 졸업식 무도회에 입고 갈 드레스의 봉재를 도와줬다. 청록색 오간자 천에 스팽글이 잔뜩 달려있었다. 우리는 엘라처럼 노래하려고 했다. 대부분의 사람들을 앞에서는 부끄러워서 바보스러운 짓을 할 수가 없었지만, 버니의 재봉실에서는 내 모습을 솔직하게 드러낼 수 있었다.

나는 버니의 커튼 위에 커튼 봉을 꽂는 포켓을 붙였고, 다리미대에서 나이아가라 사이징 스프레이를 써서 빳빳하고 매끈하게 다렸다. 아플리케 가장자리를 위해 바이어스용 리넨 튜브를 꿰맸지만 버니의 딸기 모양 바늘꽂이에는 핀이 몇 개 없었다.

버니는 벽 선반에 로얄 단스크 버터 쿠키 깡통을 여러 개 쌓아뒀다. 내용물 표시가 없어서 하나하나 열어봐야 했다. 여전히 달콤한 냄새가 났다. 단추, 리본, 자투리 천, 지퍼 들은 모두 저마다의 깡통에 정리돼있었다. 버니는 여러 종류의 쿠키가 담긴 깡통 안에서 프레첼 모양의 쿠키만 따로 남겨두곤 했다. 나를 위해서였다. 나는 소금처럼 결정이 큰 설탕이 묻어있는 그 쿠키가 다른 쿠키보다 더 맛있다고 확신했다.

첫 번째 선반에 핀은 없었다. 다음 선반에 쌓아둔 깡통에는 재봉틀 발과 덮개용 부속품, 다양한 자수용 실크 실이 들어있었다.

떡갈나무 책장 위에는 깡통이 셋 있었다. 첫 번째 통을 열었다. 주름 잡힌 하얀 종이컵에 담긴 프레첼 모양 쿠키가 가득 들어있었다. 나머지 두 통도 마찬가지였다. 버니는 그것들을 계속 모아두고 있었던 것이다. 나를 위해서.

나는 바닥에 주저앉아 깡통들을 끌어안았다. 이곳을 떠났을 때, 난 이제 의미 없는 존재가 됐다고 생각했다. 그러나 버니가 나를 생각하며 모아놓은 쿠키가 너무나 많았다. 하나를 입에 넣고 바삭한 설탕 결정을 깨물면서 엘라가 불쌍한 미스

오티스를 노래하는 소리를 들었다. 깡통 세 개가 가득 차있다니, 나는 너무 오랫동안 떠나있었다. 버니가 내게 얼마나 고마운 존재인지 직접 말해주지 못한 것이 안타까웠다.

나는 버니가 우릴 떠난 자리 옆에 누웠다. 끔찍한 일이지만, 거기 누워 버니가 모아둔 프레첼 모양 쿠키를 먹으면서 그녀의 영혼이 아직 그 방 안에 있는 것처럼 생각하자 기분이 좋았다.

그와 동시에 내 두뇌는 가장 무서운 시나리오를 생생한 색채로 그려낼 수 있었다. 할머니가 침입자에게 공격당하는 장면, 바크가 수영장에 빠지는 장면, 에릭이 늦게 퇴근하는 날 자동차 사고로 온몸이 비틀어지고 부러지는 장면. 좋은 장면도, 심지어 불가능한 장면도 떠올릴 수 있었다.

눈을 감았다.

"아직도 재봉이 즐겁니?"

상상 속의 버니가 상냥한 목소리로 물었다. 부담을 주지 않고서. 내가 잘못된 결혼을 하느라 꿈을 버렸다는 사실을 건드리지 않고서.

"그런 것 같아요." 내가 말했다.

"날 도와줄 수 있겠니?" 버니가 물었다.

"커튼 말이야."

"물론이죠." 내가 말했다.

"얼마든지요."

나에게 재봉을 가르쳐준 것은 버니였다. 로체스터에 두고 온 재봉틀은 버니와 빗시가 내 스무 살 생일 선물로 준 것이었다. 버니는 내게 큰 꿈을 꾸라고 격려했다. 나는 맨해튼으로 가서 메트로폴리탄 오페라 의상 디자이너가 되고 싶었다. 아빠는 돌아가시기 일 년 전 나를 뉴욕으로 데려가서 〈카르멘〉을 보여줬고, 그 후 몇 주간 나는 그 아름다운 붉은 드레스만 생각하며 지냈다. 카르멘이 그 드레스를 입고 무대에 설 때면, 다른 것은 눈에 들어오지도 않았다. 나는 그런 볼거리를 디자인하는 사람, 그런 것을 상상하고 만들어내는 사람이 되고 싶었다. 버니는 내게 그것이 불가능하지 않다고 여기게 해줬다.

"무슨 커튼이에요?"

내가 물었다. 나는 메트로폴리탄 오페라에 인턴 지원조차 하지 않았다. 떨어질까 봐 두려웠고, 에릭은 시도조차 하지 않는 것에 대한 좋은 핑계가 돼줬다.

"빗시의 서재에 달 거란다." 상상속의 버니가 말했다.

"빗시가 좋아하는 쿠션과 어울리게."

"예술 감독이 되어주시면, 제가 손이 되어드릴게요."

내가 말했다. 내가 대학 지원용 포트폴리오 작품을 갖기 위해서 세인트 루시 노인 극단에서 세 시즌 동안 무대 의상을 만들 때, 버니가 나를 도와주며 그렇게 말했었다.

"내일 다시 오겠니?" 버니가 물었다.

나는 고개를 끄덕였다.

"개를 데려와도 된단다."

버니가 미소 짓자 눈가의 아름다운 주름이 따스함을 한층 더 짙게 해줬다. 다른 사람이 같은 말을 했다면, 나는 바크가 그런 개가 아니라는 변명을 했을 것이다. 하지만 바크도 버니를 좋아했을 거라는 생각이 들었다. 버니는 내게 그래줬던 것처럼, 바크의 불안을 잠재워줬을 테니까.

문을 두드리는 소리가 들렸다. 눈을 뜨니 버니는 사라지고 없었다. 빗시가 들어오더니 바닥에 누워있는 나를 보고 깜짝 놀랐다.

"정말 죄송해요."

나는 벌떡 일어나며 소리쳤다. 심장이 두근거렸다. 균형 감각이 돌아올 때까지 실내가 캄캄하게 느껴졌다.

빗시의 눈에 눈물이 글썽였다. 나는 빗시를 끌어안았다.

"정말 죄송해요."

"오, 애야."

빗시가 나를 꽉 끌어안으면서 말했다.

"이러는 게 네게 안 좋다는 걸 미처 몰랐구나."

"아니에요." 내가 말했다.

"좋았어요. 좋아요."

"재봉틀을 거실로 옮길 수 있어. 아니면 네 할머니 집이나. 아니면 커튼을 완성하지 않아도 돼."

"완성해야 해요." 나는 턱으로 뚝뚝 흐르는 눈물을 닦지도 않고 말했다.

"그래야만 해요."

버니를 위해 그 커튼을 완성하고 싶었다. 떠난 데 대한 참회의 뜻으로. 헌사로.

"전 작별 인사도 못한 걸요."

"그래." 빗시가 고개를 끄덕였다.

"그러려무나. 하지만 힘들면 알려줘야 해."

빗시의 뺨이 경련하는 것이 보였다. 눈에 서린 두려움도. 빗시는 아무렇지도 않은 척하느라 애쓰고 있었다.

"커피 마실래?" 빗시가 물었다.

"난 좀 마셔야겠다."

빗시가 나를 보는 것이 힘들지는 않을지, 나 때문에 충격을 받은 것이 아닌지 염려됐지만, 빗시는 커피메이커를 켜고 아무 일도 없었던 것처럼 인어 수업 이야기를 했다.

"한 마디로 말하면 수중 에어로빅이야."

빗시가 조그만 암소 모양 주전자에 두유를 부으면서 말했다.

"수중 호흡관이 없으니까. 인어 의상도 없고. 하지만 물속에서 다시 춤을 추니 기분이 좋아."

"인어 꼬리는 만들어드릴 수 있어요."

미처 제대로 생각도 하기 전에 튀어나온 말이었다.

"할머니는 빵을 팔자고 하시지만요. 꼬리는 만들어드릴 수 있어요."

나는 빗시가 괜찮다고 할 줄 알았다. 나를 성가시게 하고 싶지 않다고. 운동하려는 것뿐이니 괜한 소리 말라고.

"그래?" 그러나 빗시는 갑자기 환해진 얼굴로 물었다.

"해볼 수 있어요."

나는 빗시를 슬프게 만들었지만, 어쩌면 기쁘게 만들 수도 있을 것 같았다.

우리는 식탁에 앉아서 커피를 마시며 냅킨에 인어 꼬리를 그렸다. 인어 달력 만들기를 감당할 수 있을 것 같은 느낌이 들었다.

8
독신 여성으로서 첫 외출

집에 돌아오니 바크는 할머니와 함께 거실 소파에 웅크리고 앉아서 라쿤이 나오는 PBS미국의 공영 방송의 다큐멘터리를 보고 있었다. 바크는 나를 보더니 꼬리를 흔들면서 커피 테이블을 뛰어넘어 인사하러 달려왔다.

"우왓, 바키!"

나는 쪼그리고 앉아서 녀석의 머리를 긁어주며 달랬다.

"바크가 텔레비전을 본다는 걸 알고 있었니?"

할머니가 물었다.

"네. PBS 만화를 좋아해요. 재미있는 목소리가 나와서요."

"이 라쿤을 열심히 보더구나."

나는 소파의 할머니 옆자리에 앉았다. 바크는 뛰어올라 우리 사이에 앉더니 내 무릎에 머리를 얹었다. 나는 녀석의 귀 뒤 폭신한 털을 쓰다듬었다.

그때 자동차 문이 닫히는 소리가 나더니 발걸음 소리가 들렸다. 바크가 목덜미의 털을 쭈뼛 세우고 소파에서 뛰어내렸다. 내 얼굴도 싸늘하게 식으면서 동시에 땀이 났다. 바크가 으르렁거렸다. 현관문 손잡이가 돌아갔다. 바크는 속사포처럼 짖어댔다. 나는 놀라서 벌떡 일어났다.

모가 갈색 종이봉투를 품에 가득 안고 걸어 들어왔다.

"아이고, 너 참 바보로구나." 모가 말했다.

바크는 소리를 낮춰 그르렁거렸다. 그러고는 나와 모를 번갈아본 후 모에게 마지막으로 반항하듯 컹하고 짖고 안락의자 뒤에 숨었다.

"터프한 친구네." 모가 말했다.

"노크는 안 해?"

나는 위협하는 것이 없었음에도 온몸의 신경이 곤두서서 불안한 상태로 물었다.

"케이틀린!" 할머니가 말했다.

"할머니는 내가 오는 거 알고 계셨어."

모는 내가 쏘아붙인 것을 모르고, 봉투를 식탁 위에 내려놓았다. 할머니는 나를 째려보더니 말했다.

"저녁거리를 사다줘서 고맙구나, 모린. 참 착하기도 하지."

모는 내게 테이크아웃 포장 용기를 건넸다.

"채식주의자용 찐만두, 괜찮지?"

"응."

나는 미소를 지었다. 내가 늘 주문하던 것이었다.

"고마워."

"난 지금도 그건 브로콜리를 감싼 지점토 맛이라고 생각해."

"그건 그래." 내가 말했다.

"하지만 그게 좋아."

"이럴 것까지 없는데."

모가 데친 브로콜리와 두부처럼 보이는 것을 건네자 할머니가 말했다. 예전에 할머니는 항상 에그롤과 볶음밥을 먹었다.

"늘 요리를 해주시잖아요."

모는 중국 음식이 든 종이 상자와 플라스틱 포크를 들고 소파에 털썩 앉았다. 커튼에 닭고기 조각이 말라붙어있는 것을 할머니가 발견한 이후로, 모는 거실에서 젓가락 쓰기를 금지당했다.

불쑥 질투심이 느껴졌다. 만약에, 내가 떠나있던 동안 할머니가 나보다 친구를 더 좋아하게 됐으면 어떻게 하지? 내 친구가 나보다 할머니를 더 좋아하게 됐으면 어떻게 하지? 내 아드레날린 수치는 아직 불안정했다. 나는 만두를 들고, 울지 않으려고 애쓰면서 거기 서있었다.

"이리 와, 케이." 모가 내게 앉으라고 소파를 두드렸다.

"뭐 보고 있어요?"

"라쿤을 보던 중이야." 할머니가 말했다.

"우리 집 근처 쓰레기통에 찾아오는 라쿤이 한 마리 있는 데. 그 얘기 제가 했나요? 코언 부인의 비글보다 더 큰 녀석 이에요!"

나는 그들 사이에 앉아서, 최대한 오랫동안 먹기 위해 젓가 락으로 만두를 조금씩 뜯어가며 깨작였다. 어릴 때 모가 나와 할머니와 함께 〈디즈니 극장〉을 보러 왔을 때 그랬던 것처럼.

다큐멘터리의 내레이터가 라쿤의 대변이 지역사회에 일으 키는 질병에 대해 논의하기 시작하자, 할머니는 모를 보더니 말했다.

"네 친구를 이주시켜야 되겠구나."

모는 몸을 부르르 떨었다.

"이젠 못 먹겠어요."

모는 커피 테이블 위에 음식 상자를 내려놓더니 재빨리 상 자 아래에 컵받침을 밀어 넣었다. 모의 식욕에는 문제가 없었 다. 상자는 비어있었다. 모는 고추까지 모조리 다 먹었다.

바크는 안락의자 뒤에서 몸을 낮추고 눈치를 살피면서 슬 그머니 나왔다. 아무도 성급한 행동을 취하지 않자, 바크는 바닥을 툭툭 치고 한숨을 쉬면서 세 바퀴를 돌았다.

"웃기네."

모가 속삭이는 척, 하지만 큰소리로 말했다.

"심술궂은 노인네 같아."

바크는 경계하는 눈으로 모를 보더니 앞발에 머리를 괴고 쓰레기통을 뒤지는 라쿤들을 봤다.

내 심장이 정상 속도로 뛰기 시작했고, 나는 거의 안정을 찾아가고 있었다.

"다 먹었어?"

모가 다가와 내 상자를 들여다보면서 물었다.

"바쁜 일 있어?"

"샐스에서 아홉 시까지 맥주를 한 병 값에 두 병 줘."

나는 어딘가에 가는 것이 부담스러웠다.

"글쎄……."

"가자." 모가 말했다.

"오늘 밤에 나갈 거라면서."

할머니가 흥미롭다는 표정으로 젓가락을 내게 흔들면서 말했다.

"같이 가실래요?" 모가 물었다.

"난 여기 있는 게 좋구나." 할머니는 소파를 두드렸다.

"바크가 친구가 돼줄 테니까."

"가자."

내가 마지막 만두를 입에 넣자마자 모가 말했다.

"좀 꾸미고."

모는 내가 만두를 다 삼키기도 전에 내 팔을 잡더니 소파에서 일으켜 세웠다.

"세상에, 옷이 이게 뭐니!"

모가 내 옷장을 뒤지며 외쳤다. 자기는 색 바랜 파인애플 무늬 하와이언 셔츠나 입은 주제에.

"넌 지미 버핏Jimmy Buffett 콘서트에 가는 사람 같아." 내가 말했다.

"오, 마가리타 마시고 싶다. 로스 타코스에 가자."

나는 앓는 소리를 냈다. 모와 데킬라가 섞이면 좋은 결과가 나오는 법이 없었다.

모는 옷걸이에 접어 걸어둔 검정 레깅스 네 벌과 검정 터틀넥을 가리켰다.

"이거 흥미롭다. 너 혹시 좀도둑이야?"

"작업복이야." 내가 말했다.

"무대 뒤에서 일할 때."

모는 팔꿈치에 구멍이 난 검정 면 스웨터를 집어 들었다.

"이걸 이삿짐에 넣어 왔다고?"

나는 고개를 끄덕이며 웃었다. 나도 내 옷이 싫었다. 나는 내 자신에게 돈을 써도 된다고 느꼈던 적이 없었다. 무대 의상 디자이너의 보조 일을 하면서 나는 돈을 많이 벌지 못했다. 우리가 살 곳은 에릭의 직장에 맞춰 정했고, 로체스터에는 극장이 많지 않았기 때문에 내 수입은 적었다. 에릭과 나의 근무 시간은 같았지만 집안일은 내가 다 했고, 내 수입이 우리 지출의 절반 근처에도 못 미쳤기에 내가 번 돈이 내 것처럼 느껴지지 않았다. 그의 수입과 내 봉사의 복잡한 방정식을 계산하려는 노력 대신, 나는 얼마 안 되는 수입이 너무 부끄러워서 돈 이야기를 모두 피했다. 에릭은 BMW를 살 자격이 있다고 느꼈지만, 나는 새 운동화에 이십 달러를 쓰는 것도 편치 않았다. 그래서 작업복 이외에 내가 가진 것은 반바지 몇 벌과 맞지 않는 청바지, 내가 의상을 담당한 무대의 기념 티셔츠 몇 벌 정도였다.

바크는 침대 위에 앉아서 모를 유심히 지켜봤다. 모는 자주, 바크에게 일부러 눈을 마주치지 않고서 손을 건넸다. 매번 바크는 조금씩 더 가까이 다가가 냄새를 맡았다.

모는 홀치기염색을 한 〈헤어Hair〉의 특대 사이즈 티셔츠를 들어올렸다.

"이거 진심이야, 케이?"

"네가 입고 있는 그 셔츠는 누구 유품인데?" 내가 물었다.

"우리 할아버지."

모가 슬픈 눈을 동그랗게 뜨고서 말했다.

"미안!"

"거짓말이지롱!"

모는 내 어깨를 쿡 찔렀다. 바크가 으르렁거렸다.

"괜찮아." 나는 바크에게 속삭였다.

"근데……." 모의 얼굴이 빨개졌다.

"이거 루스의 남편이 입던 셔츠였을 거야."

나는 얼굴을 찡그렸다가 웃었다.

"우리 너무하다."

바크가 바로 그 순간 한숨을 쉬었다.

"쟤는 우리 유머를 안 좋아하네."

내가 말했다. 모는 이미 다음으로 넘어갔다.

"금방 올게."

모는 이렇게 외치면서 전속력으로 복도를 달려갔다.

모가 할머니에게 뭐라고 말하는 소리가 들렸다. 바크는 귀를 쫑긋 세우고 문 쪽을 바라보고 있었다. 할머니가 말했다.

"아, 물론이지. 바로 저기!"

그러자 모는 맨발로 카펫을 쿵쿵 밟으면서 다시 달려왔다.

"여기 있어!"

모는 내 얼굴에 드레스를 던지면서 말했다. 숨이 차지도 않는 모양이었다. 그건 민소매의 소박한 랩 드레스였다. 검정색에 몸에 딱 붙는 스타일이었고 사이즈도 내 몸에 딱 맞았다.

"그래서 할머니가 나보다 옷을 더 잘 입는다 이 말이야?"

"그럼."

"나는 차려입고 너는 안 그러면 어색해."

"차려입는 게 문제가 아니야. 나는 이 옷을 입어도 멋지다고 느껴."

모가 자기가 입은 시어서커면을 올록볼록한 주름이 생기게 가공한 천 반바지를 가리키며 말했다.

"하지만 넌 그걸 입고 멋지다고 느끼지 않을걸."

나는 너무 딱 맞는 갈색 반바지를 또 입고 있었고, 그 위에는 〈더 뮤직 맨The Music Man〉 제작 때 입었던 티셔츠를 입고 있었다. 그 공연 때, 내 상사였던 이디스는 여러 캐릭터 중 픽-어-리틀-레이디스의 의상 디자인을 내게 맡겼는데, 마지막 순간이 되자 자기 디자인을 써야 한다고 주장했다. 나는 몹시 속이 상했다.

나는 드레스를 들었다.

바크는 여전히 모에게서 눈을 떼지 않고 몸을 옆으로 뉘었다. 바크는 모의 움직임을 좇으면서 눈썹을 움직였지만, 차츰 눈이 감기며 졸기 시작했다.

나는 티셔츠를 벗었다.

"가슴이 더 커졌니?"

모는 내 못생긴 베이지색 브라를 빤히 쳐다보면서 물었다. 세탁기에서 운 나쁘게 에릭의 수영복 벨크로에 붙는 바람에, 브라의 왼쪽 컵에서 실밥이 뜯어져 나와있었다. 에릭이 내 일상에서 완전히 지워지려면 얼마나 걸릴까?

"모든 게 다 커졌지."

나는 드레스에 몸을 집어넣으면서 말했다.

"불임 치료제를 2년이나 먹었는데, 결국 그 사람이 바람을 피운다는 걸 알게 됐으니."

그 말이 떨어지기가 무섭게 나는 도로 주워 담고 싶었다. 내 안에서 배어나는 분노를 모가 목격하지 못하도록.

"떠나있는 동안에 아주 심각한 어른의 삶을 살았구나, 응?"

나는 고개를 끄덕였다. 내가 잃은 아기들에 대해, 묻어버리지 못한 외로움에 대해 말하고 싶었지만 무엇부터 시작해야 할지 알 수 없었다.

"너는 근사한 사람이야." 모가 말했다.

"그 자식은 잊어."

나는 드레스를 여미고 반바지를 벗었다.

"브라는 벗어버려."

네크라인에 비어져 나온 브라를 모가 가리켰다.

"여긴 플로리다잖아. 이 근방에서 우리 가슴이 최고로 탱

탱하다고.”

나는 소매를 통해 브라를 빼내서는 휴지통을 향해 던졌다. 휴지통에 들어가진 못했다. 하지만 지금 치우는 대신 나중에 버리기로 마음먹었다.

“준비 됐어?” 모가 물었다.

“아니. 하지만 네가 놔주진 않겠지, 그렇지?”

“절대 안 될 말씀.”

모는 내 정수리에 입을 맞췄다.

“그런 일이 있었다니 속상하다. 내가…… 우리가…… 연락을 안 했던 게 속상해.”

“이젠 만났잖아.” 나는 모의 팔을 꼭 쥐며 말했다.

출발하려는데, 할머니가 잠옷과 슬리퍼 차림으로 카메라를 손목에 걸고 현관으로 나왔다.

“어머나! 네게 꼭 맞는구나, 케이.”

할머니는 등의 주름을 펴주면서 말했다.

“사진 한 장 찍자.”

“졸업 무도회에 가는 고등학생이 아니거든요. 우린 마가리타를 마시러 가는 거라고요.”

“독신 여성으로서 첫 외출이잖니!”

할머니는 뷰파인더를 들여다보면서 나더러 모에게 바짝 붙으라고 손짓했다.

"이런 걸 기억하고 싶을 거야."

나는 앓는 소리를 냈다.

"내 기분 좀 맞춰다오."

할머니가 말했다. 모는 헐크처럼 주먹을 꽉 쥐고 목의 근육을 긴장시키면서 팔을 뻗었다.

"어서, 케이! 후손들을 위해!"

나는 원더우먼처럼 골반에 손을 얹고 자세를 취했다. 플래시가 터지면서 조금 더 강해진 느낌이 든 것 같기도 했다.

할머니는 립스틱 하나와 사십 달러를 내 손에 쥐어줬다.

"할머니!" 내가 말했다.

"괜찮아요."

"내가 주고 싶어서 그래." 할머니는 윙크했다.

"네가 돌아오니 좋아서."

9
어른이 되는 건 엿 같아

"우선 시동을 걸어보자."

들어서자마자 데킬라 샷 두 잔을 시키면서 모가 말했다. 바에 간 것은 오랜만이었다. 우린 신분증을 보자는 말도 듣지 않았다.

"나 이제 술이 정말 약해졌어." 내가 말했다.

"그럴수록 마셔야지."

바텐더는 반짝이는 바 위로 우리가 시킨 술과 얇게 썬 라임을 가득 넣은 유리잔을 밀어 보냈다. 그의 뒤에는 막 뛰어오르려는 듯 몸뚱이를 구부린 거대한 청새치가 벽에 걸려있었다. 가짜이길 바랐지만 정확히 알 수 없었고, 저렇게 멋진 물고기가 다이브 바의 벽에 걸리게 됐다고 생각하니 서글퍼졌다.

"그리고 당신이 만드는 최고의 마가리타 두 잔이요!"

모가 외쳤다. 그러고는 선반 맨 위의 술병들에 눈길을 줬다.

"음, 최고는 아닐지도 모르겠네. 그래도 마가리타잖아요? 가장 보통의 마가리타 두 잔이요!" 모의 말에 바텐더는 웃으며 물었다.

"축하할 일이라도 있어요?"

"그럼요."

모는 내 쪽으로 고갯짓을 했다.

"이 친구가 자유를 얻었어요!"

"축하해요."

바텐더가 바에 몸을 바짝 붙이고 말했다.

"교도소?"

"결혼이요." 모가 말했다.

"다를 것도 없죠."

나도 대화에 끼려고 애쓰며 말했다. 바텐더는 다시, 필요 이상으로 크게 웃었다.

그가 우리 술을 만들려고 돌아섰을 때, 모가 팔꿈치로 나를 찔렀다. 모는 눈썹을 치켜떴다. 그는 귀여운 편이었다. 큰 키에 마른 체형, 가무잡잡한 피부, 금발이었다.

나는 미소를 짓고 고개를 저었다. 나는 대학 시절 에릭을 만났고, 우리 둘은 커플이 될 때까지 그저 함께 어울려 다녔다. 성인으로서 특정한 의도를 가지고 데이트를 한다는 건 생각만 해도 겁이 났다. 아니, 모가 생각하는 건 둘이 어딘가 구석에 가서 관계를 갖는 것이었을까? 사람들이 그런 짓을 한다는 말이었을까? 모는 그런 짓을 했을까? 아마 에릭은 그런 짓을 했을 거라는 생각이 들었다.

"원 샷이야."

모는 이렇게 말하고 자기 손을 핥았다. 나는 바에 들어올 때 다른 사람들이 죄다 손댄 문손잡이를 쥐었다는 것을 생각하지 않으려고 애쓰면서 내 손등을 핥았다. 모는 바에 놓인 소금 통을 들더니 우리 손에 소금을 뿌렸다. 우리는 잔을 부딪치고, 소금을 핥고, 샷을 마신 뒤, 입에 라임 조각을 넣었다. 모는 치아에 초록색 라임 껍질을 붙이고서 날 보며 씩 웃었다. 모의 반짝이는 눈빛을 보니 초등학교 시절 구내식당이 떠올랐다.

"으앗, 어떡해! 이것 봐!"

다급한 일이 벌어진 것처럼 모는 이렇게 외치고 내가 쳐다보면 입을 벌려 씹던 샌드위치를 보여주곤 했다. 고등학교에 가서도 모가 여전히 그런 짓을 하고 있었을 때, 나는 부끄러웠다. 나는 근사한 여자애들이 잠옷 파티에 날 불러주기를 바랐다. 대수학 수업을 같이 듣는 데이브라는 남자애가 나를 알아봐주기를 간절히 바랐다. 그리고 내 곁에는 달걀 샐러드를 입 안 가득 넣고 있는 모가 있었다. 이제는 데이브의 성이 뭐였는지 기억나지 않았고, 그 여자애들은 내 기억 속에 특징 없이 무표정한 얼굴로 남아있지만, 모는 아직도 나를 웃게 하려고 애쓰고 있었다. 나도 활짝 웃으면서 내 앞니에 붙어있는 라임을 보여줬다.

바텐더는 우리 마가리타를 가지고 돌아왔다.

"멋지네요." 그는 내 입을 가리키며 말했다.

"이건 제가 드리는 거예요. 자유를 축하드려요."

나는 냅킨에 라임 껍질을 뱉으며 대답했다.

"고마워요."

"고마워요!"

모는 초록색 껍질이 가득한 입으로 웅얼거렸다. 바텐더는 우리에게 윙크를 하고, 카우보이 부츠 모양 유리잔에 담긴 맥주를 마시는 바 끄트머리의 남자에게 시선을 돌렸다.

"저 사람 몇 살 같니?"

나는 모에게 바텐더를 가리키며 물었다. 솔직히 그가 나보다 나이가 많은지 어린지 알 수 없었다. 모가 손바닥에 라임을 뱉었다.

"오오. 마음에 들어?"

"그냥 궁금해서. 지난 오 년 동안 방공호에 갇혀있다 나온 느낌이거든. 모든 게 좀 어색하달까?"

"알지, 알지." 모가 말했다.

"할머니가 돌아가신 다음에, 할아버지를 보살펴야 했어. 병원에도 모셔가고. 약마다 드시는 시간이 다 다른데 할아버지는 늘 기억을 못하셨어. 그리고 내가 할아버지를 살리려고 그렇게 애를 쓰는 내내, 할아버지는 할머니가 돌아가셨을 때 당신도 같이 죽었어야 한다고 말씀하시더라고. 너무 슬프고 지쳐서, 다 끝나고 나니까 '잠깐! 올해가 몇 년이지?' 싶더라니까. 정말로 몰랐어."

"그때 못 와서……"

"나도 알아, 케이. 너한테 죽음이 감당하기 힘든 일이라는 거."

얼굴이 뜨거웠지만, 모는 내 팔을 잡아줬다.

"할아버지 장례식에서 난 아무하고도 말하고 싶지 않았어. 다른 사람을 돌보면서 1초도 더 보내고 싶지 않았거든."

모는 마가리타를 한 모금 꿀꺽 마셨다.

"네가 보낸 꽃은 잘 받았어."

할머니가 대신 보낸 것이 분명했다. 모의 할아버지는 내가 처음 유산을 하고 삼 주 후에 돌아가셨다. 그때 나는 사람도 아니었다. 다른 사람의 삶이 진행되고 있다는 사실조차 납득하기 어려웠다. 그러나 다른 사람의 슬픔을 인식하자 내 고통은 특별하거나 분리된 것처럼 느껴지지 않았다. 거기에서 기묘한 위로가 느껴졌다.

"어른이 된다는 건 엿 같아."

모는 마가리타를 마저 삼키면서 말했다. 머리가 띵한 듯 인상을 찌푸렸다.

"다시 애들이 되자."

우리 둘 다 그다지 좋은 어린 시절을 보낸 것도 아니지만, 나는 그렇게 말했다. 모는 손으로 바를 두드려 바텐더를 불렀다.

"예거로 바꿀래요."

"으엑." 내가 말했다.

"애들이 하는 짓이네, 그렇지?"

모가 씩 웃었다. 그걸 한 잔 마시고, 우리는 곧바로 마가리타로 돌아갔다. 그리고 모는 맥주도 마셨다. 우리는 이야기하고 웃고 바텐더가 귀엽다는 사실에서 관심을 거뒀다. 모는 인명구조원 일을 이야기해줬고 나는 내가 이룬 것이 없다는 사실이 조금 편하게 느껴졌다. 모가 포트 세인트 루시 예술 위원회와 작업 중인 프로젝트 이야기를 하기 전까지는 말이다.

"대형 금속 동물 다섯 개를 의뢰받았어."

모가 말했다.

"나는 이 정도 크기의 개미를 만들었어."

모는 어깨 높이로 손을 들어보였다.

"그리고 상어, 해파리, 바다거북이 있고 지금은 바다소를 만들고 있지."

"대단하다!"

나는 질투심이 새어나오지 않기를 바랐다. 모가 너무나 자랑스러웠다.

"할아버지가 돌아가시기 전까지는 예술 작업은 한 적이 없었는데."

내가 들어야 할 말이 무엇인지 아는 사람마냥, 모가 말했다.

"할아버지 돌보기가 끝난 다음에야 시작할 수 있었어."

모는 웃으며 말을 이었다.

"사실은 거짓말이야. 그게 끝난 뒤에, 육 개월 동안 뒹굴며 지내다가 할아버지의 차고를 내 작업실로 쓸까 생각하게 됐어. 그리고 일주일 동안 울었지. 그런 다음에 아주 작게 시작했어. 할아버지가 쓰던 못과 나사못으로 거미 모양의 문진을 여러 개 만들었어. 그걸 벼룩시장에서 팔았고, 싸구려 장사꾼이 된 느낌이었지만 그래도 계속했지."

모는 나를 봤다.

"뒹굴기가 중요했어. 지금 돌이켜보니 알겠더라. 내게 필요한 시간이었다는 게 말이야. 하지만 그때는 하루도 빠짐없이 내 자신이 끔찍했거든."

"할머니가 나를 격려해주라고 하셨어?"

"응."

모는 이를 드러내며 씩 웃었다.

"고마워."

"네 걱정을 하고 계셔."

"난 괜찮아."

모는 맥주병의 젖은 라벨 가장자리를 돌돌 말았다.

"네가 다시 좀 불안해하는 것 같다고 하셨어."

"다시가 아냐."

나는 모와 눈이 마주치지 않으려고 바 뒤의 청새치를 바라보며 말했다. 청새치 몸의 파란 줄무늬는 진짜라고 보기에는 너무 완벽한 간격을 유지하고 있었다.

"'여전히'에 가깝지."

"정말? 아니, 전에는……."

"그걸 더 잘 감춘 적은 있었지."

"어휴, 속상하다, 케이." 모가 말했다.

"정말 뭣 같은 기분이겠다."

"응, 그래."

"할아버지는 할머니가 돌아가신 뒤로 졸로프트우울증 치료제를 드셨어."

"나도 먹었어." 내가 말했다.

어른이 되는 건 엿 같아

"임신 시도를 할 때 끊었지. 게다가…… 별 도움도 되지 않더라고. 모든 게…… 안개가 자욱한 것처럼 느껴졌어."

"할머니가 만들어주시는 이상한 차를 마시면 나을지도 몰라." 모가 말했다.

"쐐기풀 진액이나 그을린 도롱뇽 즙 같은 거."

"그 무엇으로도 못 고칠 것 같아."

나는 바 쪽으로 몸을 숙여 손으로 이마를 짚으면서 말했다.

"그럼." 모가 말했다.

"견디면서 살아야지."

모는 일어나더니 내 손목을 잡았다.

"이리 와."

구석에 주크박스가 있었다. 구식처럼 생겼지만, 구식은 아닌 기계였다. 모는 주머니에서 이십오 센트 동전 두 개를 꺼내더니 노래를 골랐다. 거긴 춤을 추는 곳은 아니었지만, 모는 신경 쓰지 않았다.

첫 곡은 〈브라운 아이드 걸Brown Eyed Girl〉이었다. 모는 걸걸한 목소리로 음정을 죄다 틀려가며 요란하게 노래를 불렀다.

"이리 와, 케이!"

모는 이렇게 외치고 내게 손을 내밀었다. 나는 모에게 몸을 맡기고 빙글빙글 돌았다. 내가 계속 춤을 추는 것에 만족한 모는 나를 놓아주고 부츠 잔에 맥주를 마시던 남자를 의자에서 끌어 내렸다.

"나랑 춤춰요!"

그의 여자 친구가 혼자 남는 것에 짜증을 내는 것 같아서 내가 그녀에게 손을 내밀었다. 그녀는 발놀림이 가벼웠고 나는 그녀의 움직임을 따라 오른쪽, 다음에는 왼쪽으로 스텝을 밟았다. 우리는 손을 흔들었다. 그리고 나는 진심으로 즐겼다.

그녀는 노래를 부르기 시작했고, 나도 마치 내 자신에게 바치는 사랑의 노래를 부르듯 따라 불렀다. 곧 바에 모인 사람들 모두가 후렴구를 따라하며 "샤―라―"라고 노래하고 있었다. 모는 두 손을 위로 뻗고 빙글빙글 돌고 있었고, 솔직히 말하면 다른 모든 것도 돌고 있었다. 바텐더가 껴들더니 내 허리를 잡았다. 그는 정말로 춤을 잘 췄다. 나는 그와 맞추기 위해 플립플롭을 벗었다. 그는 내 몸을 뒤로 넘겼고 나는 깔깔 웃어댔다.

"존이라고 해요."

노래가 끝나자 그가 말했다. 하지만 난 상관하지 않았다. 그건 중요하지 않았다. 그의 문제가 아니었다. 나는 그럴 준비가 돼있지 않았다. 하지만 나 자신과 내 친구에게 관심을 가지고, 나쁜 일을 견디면서 살 준비는 돼있었으므로 이렇게 말했다.

"저기요, 존, 한 잔씩 더 마실게요."

그리고 계속해서 모와 함께 〈스위트 캐롤라인Sweet Caroline〉을 불렀다.

존이 폐점 시간을 알렸을 때, 우리 둘 다 운전할 상태는 아니었다. 모가 택시를 불렀다. 우리는 기다리는 동안 바에 앉아있었다.

"내일 네가 차 가지러 올 때 내가 태워줄게."

내가 말했다. 모는 손사래를 쳤다.

"이쪽으로 조깅을 할 거야."

"멀어."

"십 킬로미터 정도인걸." 모가 어깨를 으쓱였다.

"전에도 해봤어. 가끔 같이 일하는 애들이랑 여기 오거든."

바를 닦고 있던 존의 얼굴이 창백해졌다.

"진짜 '애'들은 아니라고 말해줘요." 그가 말했다.

"그럼요." 모가 진지한 척 말했다.

"모두 성인이고 건실한 시민이에요."

나는 택시가 오는지 보려고 창밖을 내다봤다. 멀리서 하늘이 노랗게 빛났다. 혈관 속에 전율이 느껴졌다.

"이런." 존이 말했다.

"걔들 여기 다시는 오면 안 돼요."

모는 어깨를 으쓱였다.

"적어도 다들 믿을 만한 신분증을 갖고 있다고요."

우르릉거리는 소리. 굵은 빗방울이 창문을 때리더니, 더 세게 내리쳤다. 나는 바크와 함께 집에서, 담요 밑에 함께 누워 녀석의 숨을 들이쉬고 싶었다.

"괜찮니, 케이?"

모가 내 팔을 잡으면서 물었다.

"응, 응. 괜찮아."

나는 억지로 미소를 지었다.

존과 모는 잡담을 나눴다. 모의 손이 내 팔을 계속 잡고 있었다. 안심하라는 손길이었지만, 나는 사로잡힌 느낌이었다. 아무도 날 만지지 말았으면 싶었다. 그들이 하는 말에 집중할 수 없었다. 모든 것이 느리고 무겁게 느껴졌다. 창문에 택시 라이트가 비쳐졌다. 나갈 때가 됐다. 모는 내 손을 잡았고 우리는 택시를 향해 달렸다.

"사우스이스트 돌핀 로드요."

모가 택시 기사에게 말했다.

"아니." 내가 말했다.

"할머니 댁 가는 길에 너희 집이 있잖아. 네가 먼저 내려."

나는 기사에게 모의 주소를 알려줬다. 진한 표백제 냄새가 섞인 공기가 답답했다. 나는 구역질이 나서 눈을 감았다.

"괜찮아, 케이?" 모가 다시 물었다.

"응, 응."

나는 양손으로 코를 감싸고 공기를 다시 들이쉬려고 하면서 대답했다.

"토할 것 같은데."

"이봐요!"

기사가 속도를 늦추면서 외쳤다.

"택시 안에 토하면 안 돼요!"

"괜찮아요."

나는 눈물을 글썽이며 말했다. 혼자 있고 싶은 마음이 너무나 간절했다.

"이 친구는 술도 그렇게 안 마셨어요."

모가 기사에게 다시 속도를 올리라고 손짓하면서 말했다.

"폭풍우를 안 좋아해서 그래요."

모가 그걸 알고 있다는 데 놀랐다. 나는 내가 항상 잘 감추고 있다고 생각하고 있었다.

모가 나를 감싸 안았다.

"번개가 칠 땐 자동차를 타는 게 가장 안전해. 고무 타이어 잖아."

나는 고개를 끄덕였지만, 번개가 두려운 것이 아니었다. 천둥소리가 내 머릿속에 그려내는 모든 것이 두려웠을 뿐이다.

"같이 집에 가도 돼." 모가 말했다.

"할머니 댁 빈방에서 자는 것도 오랜만이네."

"괜찮아."

모가 나와 함께 가지 않았으면 했다. 내가 버틸 수 있는 시간은 정해져있었고, 무너져 내릴 때는 모두에게서 멀리 떨어져있고 싶었다.

10
천둥소리와 아빠

집에 도착하니 바크가 나를 맞이하러 복도를 달려와 내가 벗어놓은 플립플롭을 밟았다. 바크는 선더셔츠를 반대로 입고 있었다. 할머니가 적어도 노력은 하신 거였다.

스토브 위의 불이 아직 켜져있었다. 할머니가 카운터 위에 끔찍한 쿠키 한 접시를 남겨둔 게 보였다. 그러나 아무리 맛있는 쿠키라도 먹고 싶지는 않았을 것이다.

밖을 내다보지 않으려고 애쓰면서 테라스 쪽 커튼을 소리 나지 않게 천천히 닫았다. 그러다가 밖을 보고 말았다. 거센 빗줄기가 수영장 물 위로 떨어지며 번개가 칠 때마다 은색으로 번쩍였다. 나는 손가락의 따끔거림을 멈춰보려고 손을 쥐었다 폈다. 심호흡을 해도 심장박동은 느려지지 않았다.

바크는 다리 사이로 꼬리를 내리고 낑낑거렸다.

나는 바닥에 앉아 허리를 숙이고는 차가운 바닥에 뺨을 댔다. 그리고 주위의 세세한 것들에 집중하려고 노력하면서 타일 사이 틈을 손끝으로 문질렀다. 차가운 바닥. 커튼의 목련꽃. 냉장고가 울리는 소리. 스토브 위의 전등 불빛. 주방 의자 밑에 떨어진 시리얼 한 조각. '난 여기 있어. 난 여기 있어. 난 무사해.' 목이 죄는 걸 막을 수 없었다. 마음속에 현재를 붙잡아두기가 힘들었다. 차가운 살. 검은 물. 젖은 나무. 포름알데히드. 번개. 천둥. 번개. 따끔거리는 코. 고인 눈물.

바크가 털썩 엎드리더니 떨면서 옆구리를 내 옆구리에 붙여왔다. 또 한 차례 번개 불빛이 커튼 아래 공간으로 흘러들어왔고, 천둥이 집 전체를 흔들었다. 폭풍우가 바로 우리 위를 지나가고 있었다.

아빠는 폭풍우 직전의 고요한 때 수영하는 것을 좋아했다. 아빠는 무모하게 눈을 반짝이면서 내게 시합을 하자고 했고, 우리는 첫 천둥소리가 들리기 직전까지 호숫가에서 독dock 사이를 할 수 있는 한 여러 번 헤엄치곤 했다.

"감전되겠어!" 엄마가 아빠를 나무랐다.

"괜찮아, 젠. 우리가 번개보다 빠르니까."

아빠는 내게 윙크했고, 그러면 엄마는 화를 냈다. 엄마는 우리를 말리지 못했다. 엄마도 나처럼 아빠에게 매료돼있었던 것이다.

그해 봄 두 번째로 수영을 하러 나간 때였다. 우리는 그 전 주말에 독을 설치했다. 언제나 그렇듯이 호숫가에서 정확히 이백 피트 떨어진 위치였다. 5월 초였고, 이웃들에겐 물이 아직 너무 차던 때였다. 부활절에도 눈이 오곤 했으니까. 하지만 그날은 따뜻하고 습했다. 공기가 답답했고, 아빠와 나는 둘 다 수영을 하지 못해 안달이 났다. 우리는 움직이는 것을 좋아했다. 엄마는 이해하지 못했다. 엄마는 여름이면 커다란 검정색 모자를 쓰고 애거서 크리스티의 소설을 읽으면서 덱에서 시간을 보냈다.

엄마는 식료품점에 갔기 때문에 잔소리를 하지 못했다. 일기예보에 따르면 초저녁에 폭풍우가 온다고 했다. 구름이 몰려들고 있었다.

"시합이다!"

나는 이렇게 외치고 모래밭을 가로질러 물속으로 달려갔다. 아빠는 나를 따라 달렸다. 평소보다 속도가 늦었다. 아홉 살이었던 나는 슈퍼히어로처럼 빠르게 달리는 기분이었다. 겨울이 지나는 동안 키도 이 인치나 컸다. 세상에는 다른 변수들이 생겨났다. 어쩌면 내가 아빠를 이길 수도 있었다.

물속에서 나는 주먹을 쥐고 팔을 흔들며 힘차게 발을 굴렀고, 요란한 심장박동 소리를 들으며 머리를 양옆으로 기울였다. 행복했다. 우리 주위로 물이 에워쌌고, 아빠는 바로 뒤에 있었다. 우리는 저마다 파도를 만들었다.

독에서 몇 피트 떨어진 곳에서 아빠 목소리가 들렸다. 고함소리. 나는 아빠가 장난치는 것이라고 생각했다. 날 멈추게 해서 자기가 이기려고. 나는 더 빨리 헤엄을 쳐서 독으로 올라가는 사다리를 올랐다.

"이겼다!"

나는 고함을 지르면서 물속을 봤다. 아빠는 헤엄을 치고 있지 않았다. 고개를 뒤로 젖힌 아빠의 얼굴이 수면에 겨우 떠 있었다.

고함을 치고 싶었지만, 내 뇌는 소리를 내는 법을 기억해내지 못했다. 아빠는 비명소리를 냈다. 그건 말이 아니라 그저 소리일 뿐이었다. 스타카토의 소리. 끔찍했다. 나는 다시 물로 뛰어들었다. 수면이 배에 닿아 따끔거렸다.

아빠를 독으로 끌어올리기는 힘들었다. 물속에 들어가면 가벼워진다고들 하지만, 아빠의 겨드랑이에 한쪽 팔을 끼고 있으니 발차기를 하고 팔을 저어도 앞으로 나아가지지가 않았다. 아빠의 팔다리가 움직이는 것을 느낄 수 있었다. 도와주려고. 아빠는 아직 정신을 잃지 않았다. 아직 싸우고 있었다. 나 혼자서는 아빠를 독 위로 밀어 올릴 수 없었을 테니. 의식이 있었을 거라고 생각하지만, 그 후로 아빠의 눈에서 생기를 본 기억은 없다.

가끔, 그 순간, 아빠의 몸이 독 위에 쓰러지고 우리에게서 떨어진 물이 널빤지 사이로 뚝뚝 떨어졌던 때가 생각난다. 아빠의 표정이 기억나기를 바라며, 머릿속으로 그때를 자꾸만 돌려본다. 생명의 불꽃이 있었는지. 감추어진 대답이 있었는지. 어쩌면 마지막 순간 아빠가 나를 너무나 큰 사랑과 애정을 가지고 바라봐서, 영화에서 그런 것을 알게 되면 모든 게 고쳐지듯이 그 기억이 내게 평화를 주기라도 할 것처럼 말이다.

아빠는 유언을 남기지 않았다. 아빠가 마지막으로 한 말은 호숫가에서 한 것이었다. 너무 흔한 말이라서 기억이 나지 않는다. 내가 시합하자고 했을 때 아빠는 신문을 읽고 있었다. 그 직전에도 아빠가 뭐라고 했는지 모르겠다. 스포츠 경기 점수였을까? 만화 〈피너츠〉의 대사였나?

내가 "시합이다!"라고 외치기 전에 아빠가 무슨 말을 했는지 기억해내는 데 들인 시간을 다 합치면 아마 몇 달은 될 터였다.

나는 심폐소생술을 할 줄 알았다. 응급구조사가 우리 학교에 와서 팔다리가 없는 마네킹을 놓고 가르쳐줬다. 나도 숨을 헐떡이고 있었지만, 켁켁거리며 아빠에게 숨을 불어넣으려고 했다. 있는 힘껏 아빠의 가슴을 눌렀지만, 그것은 거의 움직이지 않았다. 나는 온몸을 아빠의 몸에 던졌다. 아빠가 텔레비전에 나오는 사람들처럼 기침을 하면서 물을 뱉고 살아날 거라고 생각했다. 언제라도 일어나 앉을 거라고. 언제라도. 그래서 계속해야 했다.

하지만 아빠는 일어나지 않았다. 천둥이 우르릉거렸다.

"헤엄쳐서 돌아가야 해."

내가 말했다. 물론 아빠는 대답하지 않았다. 아빠의 손목에서 제대로 맥박을 확인했는지 알 수 없었다. 내 맥박을 확인하고, 아빠에게서 똑같은 자리를 찾으려고 했지만 제대로 했는지 알 도리가 없었다.

"이리 와!"

엄마 목소리가 들려서 호숫가 쪽을 봤다. 엄마가 호숫가에 서있었다.

"이리 오라고!"

엄마는 팔을 흔들며, 하늘을 바라보면서 다시 외쳤다.

"어서!"

나는 엄마를 빤히 봤다. 팔다리가 돌덩이 같았다. 입이 바짝 말랐다. 엄마는 계속 외쳤다. 나는 멍하니 봤다. 엄마는 더 크게 외쳤다. 나는 마침내 이렇게 외칠 기운을 끄집어냈다.

"아빠가 죽었어."

그제야 심폐소생술을 하던 내내 아빠는 사망한 상태였다

천둥소리와 아빠

는 걸 깨달았다. 아빠의 피부가 차가웠다. 그래도 나는 다시 시도했다.

경찰 보트가 도착했을 무렵, 저 멀리 나무들 위로 번개가 치는 것이 보였다. 엄마는 나를 데리러 보트를 타고 오지 않았다. 엄한 목소리를 가진 덩치 큰 경관이 나를 아빠에게서 떼어내어 보트에 타고 있던 경관에게 아기를 건네듯이 넘겼다. 그들의 손이 내 젖은 살갗을 긁었다. 경관은 나를 은색 포일 담요로 쌌다. 구깃구깃한 그 담요가 맨 어깨에 닿았고, 물을 흡수하지 않았던 것이 기억난다. 경관은 내가 그걸로 얼굴을 덮지 못하게 했다.

"비닐봉투 같은 거란다." 그가 부드럽게 말했다.

"숨이 막힐 거야."

붉은 머리에 여드름자국이 난 경관이었다. 그의 눈은 충혈돼있었다.

그가 나를 데려가고, 아빠와 덩치 큰 경관이 독에 남겨지자 나는 소리를 질렀다. 그들은 검시관을 기다려야 한다고, 그런 소리를 하면 내가 헤어지기 더 쉬울 거라는 양 말했다. 나는 검시관이 무엇인지 알고 있었다. 경관이 그 말을 하면서 유감스럽게 생각한다는 것도 알 수 있었다.

호숫가에서는 옆집의 카웰 씨가 엄마에게 물을 마시게 하고 있었다.

하늘이 더 컴컴해지고 비가 내리기 시작하는데, 나는 모래 사장에 앉아서 독을 보고 있었다. 천둥소리가 커졌다. 나는 포일 담요를 우의처럼 썼다. 굵은 빗방울이 버석버석 소리를 냈다.

보트는 폭풍우가 멈출 때까지 다른 경관을 호숫가로 실어 가려고 떠났지만, 검시관이 올 때까지 아빠는 옮길 수 없었다. 아무도 내게 번개가 치니 들어오라고 하지 않았다. 나는 번갯불에 호수가 환해지는 것을 바라봤다. 아빠가 좋아했을 광경이었다.

엄마를 실으러 구급차가 왔다. 엄마는 계속해서 비명을 지르다가 기절했다. 나는 도우려고 하지 않았다. 도와야 할 것 같았지만 이웃들이 엄마를 돌보느라 난리였고 나는 다리가 움직여지지 않았다. 번개가 멈춘 뒤 경찰 보트가 검시관을 독으로 실어갔다. 조명등과 카메라 플래시가 번쩍였고 나는 그들이 아빠를 한 쪽으로 밀고 시신 운반용 부대를 밑에 까는 모습을 봤다. 아빠의 몸은 사람 몸처럼 움직이지 않았다. 그 것은 이제 사람이 아니라 사물이 됐다. 그들이 검정 비닐을 내려놓으면서 잠시 빛을 가렸다. 어두워졌다가 다시 밝아졌다. 경관들과 검시관은 엄숙한 윤곽선이 됐다. 그들의 무게에 독은 수면 아래로 깊이 내려앉았다.

나는 카웰 씨 집에서 그날 밤을 보냈고, 엄마는 병원에 입

원했다.

"어른들은 충격을 받으면 약이 필요하기도 하단다."

카웰 씨가 말해줬다. 카웰 부인은 내게 그릴드 치즈 샌드위치를 만들어줬지만, 나는 먹을 수 없었다. 우리는 그들을 잘 알지 못했다. 그 집 부엌에 가본 적도 없었다. 테이블에는 반짝이는 녹색 개구리 조각이 있었는데, 위로 난 구멍에 이쑤시개가 꽂혀있었다.

카웰 씨 집에서 며칠 동안 지낸 것 같긴 하지만, 첫날 밤 이후 그곳의 기억이 나지 않는다. 그들의 손님 방 담요에서는 좀약 냄새가 났다.

카웰 부인은 내게 장례식에 입을 검정 드레스를 사줬고, 엄마는 고마워하는 대신 화를 냈다. 애들이 검정색 옷을 입으면 볼품없어 보인다는 이유였다. 나는 고마웠다. 나는 제대로 애도하고 싶었다. 해야 할 일은 다 하고 싶었다. 다른 건 전부 다 제대로 못했으니까. 나는 아빠 가슴을 세게 누르지 못했다. 적어도 내가 아빠를 얼마나 그리워하는지는 보여주고 싶었다.

나는 아빠의 당당하고 용감한 딸이 되고 싶었지만, 관을 교회로 운구할 때 어찌나 크게 울었던지 숨이 막히기 시작했다. 할머니가 나를 안아줬고, 나는 내내 아기처럼 할머니 무릎에 앉아 가슴에 머리를 묻고 할머니 심장소리를 들었다.

장례식 후, 엄마가 호숫가 집을 팔기 전까지 나는 날마다 독으로 헤엄쳐갔다. 그러고는 아빠가 죽은 자리에 누워서, 떠나던 아빠가 무슨 느낌이었을지 상상해봤다. 어쩌면 아빠가 아직 거기 있을지도 모른다고 생각했다. 나는 구름을 바라보면서 구름이 어떻게 생겼는지 말하곤 했다. 소심해서 아빠한테 말을 하지는 못했지만, 아빠가 어디 있든지, 내가 이렇게 말하는 것을 들을 수 있기를 바랐다.

"넌 아이스크림콘처럼 생겼어. 넌 용처럼 생겼어."

그리고 내 말에 아빠도 동조하며 미소 지었으면, 하고 바랐다.

엄마는 그걸 싫어했다. 가끔 엄마는 수영하러 가지 말라고 사정하면서 영화관에 데려가겠다, 버터스카치 아이스크림이나 비디오게임을 사주겠다고 약속했다. 가끔 엄마는 고함을 치고 소리를 지르곤 했다. 하지만 내가 물가로 나가면 엄마는 더 이상 말리기를 포기했다. 엄마가 뭐라고 하든지 내 멋대로 할 힘을 가지는 건 두려운 일이었다. 나는 가을까지도 수영을 했다. 날마다 학교가 끝나면, 학교 버스에서 내려 집에 들어가지 않아도 되도록 티셔츠에 팬티만 입고 물에 들어갔다. 11월 초, 엄마는 집을 팔고 콘도로 이사했다. 그렇지 않았다면 호수가 얼어붙을 때까지 계속 수영을 했을 것이다. 난 추위조차 느끼지 못했다.

호수를 떠난 후, 물속을 헤엄쳐 아빠가 누워있던 독 위에 눕지 못하게 되자 공포가 시작됐다. 나는 밤이면 잠들지 못하고 천장을 응시하면서 독에 부딪치는 검푸른 물과 아빠를 집어삼킬 수도 있었던 깊은 물을 떠올리지 않으려고 애썼다. 학교 아이들은 내가 책상에 앉은 채 잠든다고 놀렸다.

대학에 입학한 뒤 도서관에 가서 그날 신문을 찾아 기억을 떠올려보려고 한 적도 있었다. 그날의 〈피너츠〉에는 대사가 없었다.

"케이!"

나와 바크가 바닥에 함께 누워있는 걸 보고 할머니가 외쳤다.

"얼른. 일어나라!"

할머니는 나를 일으켜 세웠다. 나는 할머니 어깨에 얼굴을 파묻고 흐느꼈다.

"죄송해요. 죄송해요."

"이러지 마라. 넌 혼자가 아니야. 혼자서 이러지 마."

할머니는 키친타월로 내 얼굴을 닦아주고 물을 한 잔 마시게 했다.

우리는 할머니 침대에서 잤다. 바크는 할머니와 내 사이에 자리를 잡았다. 그들은 빠르게 잠이 들었다. 나는 손가락으로 머리카락을 문지르며 어둠속에서 천장을 보려고 했다. 폭풍우는 점점 더 멀리 떠났고 우르릉거리는 소리는 내 머릿속에서만 들리는 것이 분명했다. 마침내 그들의 숨소리 박자에 맞추어, 내 심장박동도 느려졌다.

11
바크의 신고식

할머니가 일어나는 소리를 듣지 못했다. 나를 깨운 것은 루스가 베란다에서 울부짖는 소리였다. 실제로 울부짖은 것은 아니었다. 늑대 같은 소리였지만. 늑대가 브롱크스Bronx 억양으로 울부짖을 수 있다면 그런 소리였을 것이다. 그러다가 웃음소리가 들렸다. 바크도 설명 좀 해달라는 표정으로 나를 봤다.

"나도 영문을 모르겠다." 내가 말했다.

"가끔 루스는 저런 소릴 내곤 해."

바크는 내가 얼마나 걱정하는지 살펴보려는 듯 눈을 빤히 보더니 한숨을 쉬면서 머리를 베개에 묻었다. 눈꺼풀이 무겁고 부어있는 것 같았다. 나는 똑바로 누워 천장을 응시하면서 무슨 내용인지 제대로 들리지 않는 대화 소리에 귀를 기울였다. 머리가 맑아지길 바라면서 관자놀이를 문질렀다. 나는 아직 루카에게 받았던 오래된 팔찌를 차고 있었다. 가죽은 갈라지고 가장자리는 색이 바랬지만 잃어버린 것을 되찾은 것 마냥 내 팔목에 잘 어울렸다.

바크는 처음에는 부드럽게, 그 다음에는 점점 세게 나를 코로 눌러 일어나라고 했다. 할머니의 친구들이 돌아갈 때까지 일어나고 싶지 않았지만, 바크가 내 얼굴을 핥으며 끙끙댔다.

"알았어." 내가 말했다.

"알겠다고. 그래."

나는 바크가 테라스에 모인 사람들과 마주치지 않도록 앞마당으로 데려가서 오줌을 누게 했다. 바크는 앞마당 전체를 킁킁거린 뒤 마음에 드는 장소를 찾았지만, 막 일을 보려는데 자동차가 지나가는 바람에 겁을 먹고는 그 과정을 처음부터 다시 반복했다.

안으로 들어오니 알디아의 깔깔거리는 웃음소리가 집 전체에 울려 퍼졌다. 바크의 다리가 떨렸다. 발이 타일에 미끄러졌다. 나는 바크의 목줄을 풀어 내 방으로 달려가도록 했다.

"케이티, 우리 여기 있다!"

내가 모를 거라는 듯이 할머니가 불렀다.

부엌의 미닫이 유리문이 열려있었다. 할머니, 마타, 루스,

알디아가 테라스 테이블에 앉아 머핀 바구니를 앞에 놓고 커피를 마시고 있었다. 수영장 쪽을 보지 않으려 애썼다. 나는 아직도 구겨지고 개털이 잔뜩 붙은 할머니의 검정 드레스를 입은 채였다.

"고양이가 이 집에 뭘 끌고 왔는지 좀 봐."

루스가 커피에 넣을 저칼로리 감미료 봉지를 뜯으면서 말했다. 어릴 때 나는 루스가 이럴 때마다 무슨 고양이냐고 되묻곤 했다.

"케이틀린은 어젯밤에 모린이랑 나가서 놀다 왔어."

할머니가 말했다. 알디아가 동정하는 미소를 지었다.

"나도 알지. 물 좀 마셔라."

'안다'는 알디아의 말이 일반적인 숙취에 대한 것인지, 아니면 알디아도 모와 술을 마시러 나간 적이 있다는 것인지 나는 알 수 없었다.

할머니가 내가 앉도록 옆의 빈 의자를 당겨줬다. 좋은 날, 머릿속이 안정되고 상황에 둔감할 수 있는 날이면 테라스에서 아침 식사를 할 수 있었을 것이다. 하지만 나는 폭풍우 중에 머릿속에 들어온 생각을 아직 다 떨치지 못한 상태였다. 수영장 옆에 앉아 할머니들과 이야기를 나누는 건 종이에 벤 상처가 가득한 손으로 레몬을 짜는 것과 다름없었다. 나는 할머니의 행동을 못 본 체 하고, 대신 시리얼을 찾아 찬장을 뒤졌다.

"빗시는 어디 있어요?"

왜 모두 우리 집에 왔느냐고 묻는 것보다 그 편이 예의 바른 것 같아서 이렇게 물었다.

"빗시는 금요일마다 늦잠을 잔다." 할머니가 말했다.

"괜찮은 거예요?"

찾을 수 있는 시리얼은 그레이프 넛츠뿐이었다. 포기하고 커피를 한 잔 따랐다. 나는 여전히 대화를 나눌 수 있을 만큼 떨어진 부엌 카운터에 몸을 기대고 있었지만, 그들이 자기들끼리 이야기를 시작하면 빠져나갈 수 있기를 노리고 있었다.

"빗시는 괜찮아. 〈범죄의 재구성〉을 보느라 늦게 잤대."

할머니가 테이블 위의 머핀을 가리켰다. 나는 고개를 저었다. 알팔파라든가 두부, 브로콜리 같은 이상한 재료가 들어갔을 게 뻔했다.

"녹화하라고 했는데, 안 해." 알디아가 말했다.

"그때 이후론 안 하지."

할머니가 루스를 째려봤다.

"빗시가 그걸 안 봤는지 내가 어떻게 알았겠어?"

루스는 가슴에 손을 올리며 말했다. 마타가 고개를 저었다.

"난 안 봐. 너무 폭력적이야."

"당신은 모든 게 다 너무 폭력적이라고 생각하잖아." 루스가 말했다.

"우리한테 인어 의상을 만들어 준다면서, 케이." 마타가 말했다.

"빵을 구워 파는 편이 나은데."

할머니는 말하면서 내 얼굴을 살폈다. 내 얼굴은 분명 퉁퉁 붓고 눈물 자국이 나있었을 것이다.

"하지만 이게 더 재미있잖아, 나넷!" 루스가 어깨를 흔들면서 말했다.

"좀 재미있게 살아봐!"

"별것도 아닌 일에 힘만 들이는 거라고 생각해."

할머니가 말했다. 루스는 뭔가 말하려는 듯 숨을 들이쉬었지만 입을 꾹 다물었다. 그러고는 빈 감미료 봉지를 더 이상 접을 수 없을 때까지 반으로 접었다. 할머니는 커피 잔을 들여다보고 있었다. 침묵이 어색하게 느껴졌다.

"케이트, 네 강아지 데리고 나와서 인사 좀 시키지 그러니?" 알디아가 물었다.

"녀석이 낯을 가려요. 지금은 좀……."

"괜찮아! 우리 안 문다!"

루스가 말했다. 마타는 고개를 저었다. 루스에게 동의하는 것인지 반대하는 것인지 알 수 없었다.

"내가 좀 도와줄까? 샘이 죽은 뒤로 잭스랑 시간을 많이 보냈거든."

알디아가 말했다. 알디아의 남편 샘은 경찰이었고 잭스는 그의 경찰견이었다. 내가 어렸을 때, 샘은 할머니의 파티에서 나를 자기 발 위에 서게 했고, 아빠와 그랬던 것처럼 같이 춤 추곤 했다. 샘은 내가 고등학생 때 근무 중 자동차 사고로 사 망했다.

"모두 바크를 보고 싶어 해."

할머니는 바뀐 화제를 밀어붙이면서 말했다. 너무 많은 낯 선 사람들을 보고 놀란 바크가 뒷걸음질 치다가 수영장에 빠 지는 모습이 머릿속에 또렷이 떠올랐다.

"걘 헤엄칠 줄 몰라요. 베란다는……."

"에구, 케이." 할머니는 한숨을 쉬었다.

"개들은 헤엄칠 줄 알아. 가르칠 필요도 없단다."

"그렇지 않아요." 내가 말했지만 아무도 듣지 않았다.

"녀석은 방에 갇혀있어." 할머니가 말했다.

"데리고 나와!"

내가 바크에게 잘못하고 있다는 듯한 할머니의 암시가 마 음에 들지 않았다. 바크는 갇혀있는 것이 아니라 숨어있었다. 그리고 바크가 그러는 것은 관심이나 노력, 훈련의 부족 탓 이 아니었다. 내가 처음 키우기 시작했을 때, 바크는 자기 이 름도 두려워했다. 보호소 서류에는 '럭키'라는 이름이 등록돼

있었지만, 내가 그렇게 부르니 녀석은 귀를 머리에 딱 붙이고 뒷걸음질 쳤다. 몇 달 동안 나는 늘 주머니에 간식을 넣은 채로 녀석이 새 이름에 익숙해지도록 가르쳤다. 앉는 법, 악수하는 법, 눕는 법, 부르면 오는 법을 훈련시켰다. 수화 명령도 가르쳤다. 이제 바크는 다른 것에 겁을 먹지 않는 한 내가 요청하는 일을 완벽하게 해냈다. 바크는 아주 많이 발전했지만, 아직 낯선 사람들 사이로 꼬리를 흔들며 달려오는 개는 아니었다.

"어제 바크랑 던지기 놀이를 하면서 얼마나 재미있었는데. 걘 참 귀여워."

할머니는 마타가 손녀의 댄스 수업에 대해 이야기할 때와 똑같이 자랑스럽게 말했다. 나는 할머니 친구들 앞에서 할머니와 말다툼하고 싶지 않았다. 그렇게나 힘든 밤을 보낸 후에는 더욱. 내가 보통 개를 키우는 보통 사람이라는 걸 보여줘야 한다는 생각이 들었다. 할머니에게 자랑거리를 선사하고 싶었다.

바크를 데리러 복도를 걸어갈 때 배 속이 메슥거렸다. 바크는 와플스 씨를 베개 삼아 침대에 가로누워있었다. 어쩌면 내 생각이 틀렸고 할머니 말이 옳아서 바크가 괜찮을지도 모른다는 생각이 들었다.

"이리 와, 친구."

나는 짐짓 신난 듯 목소리를 높여 말했다. 문을 향해 달려 갔다. 바크는 꿈쩍도 하지 않았다.

"맛있는 거 먹을래?"

나는 서랍장 위의 봉투에서 간식을 한 줌 쥐며 물었다. 바 크의 왼쪽 귀가 내 쪽을 향했다.

"간식?"

바크는 한숨을 쉬었다. 나는 바크 머리에 키스했다. 바크는 내 손에서 간식을 받아먹었다. 나는 침대에서 물러났다.

"더 먹을래?"

바크는 간식 쪽으로 목을 뻗었다. 나는 뒤로 물러났다. 바 크는 침대에서 뛰어내렸다. 나는 커튼을 열고 테라스 쪽 문을 밀어 열었다. 바크는 밖으로 나왔다. 내가 문을 닫을 때 바크 는 손님들을 봤고 목덜미의 털이 쭈뼛 일어섰다. 나는 배신자 가 된 느낌이었다.

"아우우우우우! 아우우우우우우!"

바크의 특이한 울음소리가 점점 높아지면서 화난 어린 남 자애 같은 소리가 됐다. 바크는 유리문을 향해 뒷걸음질 쳤 다. 마타는 겁에 질려 양손으로 얼굴을 가렸다.

"저런, 할 말이 많구나, 그렇지?"

루스는 새침한 척 말했다. 알디아는 나를 쳐다봤다. 그녀는 바크가 수다를 떠는 게 아니라는 걸 알고 있었다. 알디아는 의자에서 일어났지만, 허리를 숙이고서 바크를 향해 조심스레 돌아서 다가갔다.

"안녕, 친구."

알디아는 바크의 눈을 똑바로 응시하지 않고서 이렇게 말했다.

"괜찮아."

알디아는 손을 내밀고 몸을 낮게 숙이고서 다가갔다.

"괜찮아, 친구. 강요하지 않을게."

알디아는 옆으로 피했다. 바크는 알디아가 뒤로 물러나니 흥미가 생긴 듯 공기를 킁킁거렸지만, 그때 루스가 외쳤다.

"비스킷 먹을래? 비스킷 좀 줘라!"

"아우우우우우!"

바크는 그녀에게 다시 외쳤다. 바크는 돌아서서 미닫이문을 미친 듯이 긁어댔다. 할머니의 얼굴이 붉어졌다. 아마 부끄러웠을 것이다. 나는 칵테일파티에서 카펫에 발이 걸려 넘어지고 무릎이 까져 우는 바람에 꾸중을 들었던 기억이 났다.

"사람들이 있잖니."

그때 할머니는 나를 방으로 데려가면서 속삭였다. 내가 들은 설교는 부드러웠다. 하지만 내가 운 것과 열한 살짜리가 일으키는 사고 같은 건 생각도 못 한 채로 마투니와 안주를 즐기려던 손님들이 놀라서 탄성을 지른 것에 부끄러움을 느껐던 건 기억이 난다. 사람들 앞에서 그렇게 울기에 나는 너무 큰 아이였다. 바크도 비슷한 상태였다. 모든 것이 새로운데 또 낯선 사람들이 들이닥친 것이었다. 바크는 거기에 대해 감정을 느꼈고 나는 조용히 하라고 말하기 싫었다. 그 애 잘못이 아니었으니까.

"비스킷을 주는 게 어떨까?" 루스가 다시 말했다.

"아니면 머핀이나!"

루스는 머핀 한 조각을 떼어 일어났다. 바크는 문 긁기를 그만두고 겁에 질려 나를 봤다. 내 도움이 절실하다고 사정하면서도 내가 도와줄 거라는 확신은 가질 수 없다는 듯한 얼굴이었다. 알디아는 루스를 보더니 고개를 저었다. 나는 내 방문을 밀어 열었고 바크는 뛰어 들어갔다.

"아휴."

루스는 풍선을 놓친 사람마냥 말했다.

"뭐, 너라도 머핀 먹으러 오렴."

그녀는 그 머핀 조각을 내게 흔들었다.

"저, 먹기 전에 뛰러 나갈 참이었어요."

나는 바크를 확인하려고 이렇게 말했다.

"아! 그래, 가라! 어서 가!"

루스가 말했다. 알디아는 다시 고개를 저었지만 루스는 알아차리지 못했다.

"조심해라!" 마타가 말했다.

나는 방으로 들어가 문을 듣고 커튼을 쳤다.

"아우우우우우우!"

바크는 침대에 서서 울부짖었다. "어떻게 그럴 수가 있어!" 라고 말하는 것처럼. 못마땅한 한숨을 내쉬며 털썩 주저앉았다.

"정말 미안해."

나는 누워서 온몸으로 바크를 감싸 안으며 말했다.

"내가 잘못했어. 다시는 안 그럴게."

나는 바크의 귀 뒤를 긁어줬다. 이마의 매끄러운 털에 키스했다. 결국 바크는 내 턱을 핥았다.

"나도 사랑해." 내가 말했다.

바크가 진정한 것처럼 보이자 나는 일어나서 반바지로 갈아입었다. 손님들은 아직도 테라스에서 수다를 떨고 있었다. 적어도 달리기를 하는 척 시늉이라도 해야 했다.

12
내향적 인간

결혼한 이후로 꾸준히 운동한 적은 없었다. 그래도 근육의 기억력이 작용해서 어색하게 걷다 뛰다 하는 단계 없이 마법처럼 능숙하게 달릴 수 있기를 바랐다. 처음에는 힘차게, 사우스이스트 돌핀 로드를 따라 꽤 빠르게 느껴지는 속도로 달리기 시작했다. 그건 겨우 주택 다섯 채를 지나는 거리였지만, 숙취에 시달리는 와중에도 나는 잘 해냈다.

길을 건너기 위해 멈춰 서서 차가 지나가길 기다렸고, 그리고 다시 속도를 내려고 하자 그때부터 고통이 시작됐다. 몸이 달아올라 그만두라고 비명을 지르고 있었다. 몸속의 지방이 욱신거렸다. 허벅지가 흐느적거리며 한 걸음 옮길 때마다 터질 것만 같았다. 모든 것이 흔들리는 와중에 근육의 기억은 아무런 힘도 발휘하지 못했다. 나는 폐가 견디지 못할 만큼 세게 달렸고, 거리가 끝날 때마다 멈춰 서서 결리는 옆구리를 붙잡고 헉헉거리다가 또 달렸다. 땀이 흘러 살갗이 근질거렸다. 다리를 긁으면 손톱자국이 부어올랐다.

길 건너에서 모가 그렇게 데킬라를 마시고도 멀쩡하게, 짧은 반바지에 스포츠 브라를 입고 가젤처럼 내달리는 모습이 보였다.

"케이!" 모가 외쳤다.

"같이 달릴래?"

나는 고개를 저었다. 모는 우아하게 몇 걸음만으로 길을 건넜다.

"왜 멈췄어?"

모가 물었다. 나는 다시 고개를 저었다.

"괜찮아?"

모의 잘 그을린 복근은 탄탄했다. 숨도 차지 않은 것 같았다.

"나……."

헉헉.

"인터벌……."

헉헉.

"훈련해."

모가 나를 믿는 척 해서 체면을 지켜주길 바라면서 이렇게 말했다. 모는 웃었다.

"기절할 것 같은데. 이리 와! 나랑 같이 달리자."

"그럼 정말 기절할 거야."

"웃기다!"

모는 땀이 흐르는 내 팔을 찌르면서 말했다. 모는 반바지에 손을 문지르고 달리기 시작했다.

"어젯밤에 정말 재미있었어." 모는 어깨너머로 말했다.

"조만간 또 같이 나가자!"

그리고 모는 모퉁이를 돌아 사라졌다. 나는 카네이션 로드로 돌아서서 다리를 절다시피 느릿느릿 뛰었다. 빗시의 집에 닿았을 무렵에는 그냥 걷고 있었다.

빗시는 버니의 밀짚모자를 쓰고 밖에 나와서 꽃에 물을 주고 있었다.

"고양이가 무슨 짓을 했는지 봐라!" 빗시가 외쳤다.

"보통 사람들은 인사라는 걸 한다구요." 내가 외쳤다.

"안녕이라거나 좋은 아침이라거나."

빗시가 웃었다.

"'커피!'는 어떠냐."

"최고네요."

빗시는 내게 호스를 건넸다.

"이거랑 저거."

빗시는 버니의 장미덤불을 가리키며 말했다.

나는 땅이 젖되 질척해지지 않도록 물을 줬다. 버니가 가르쳐준 것이었다. 두 사람이 집을 비울 땐 내가 집을 보곤 했다. 버니는 아침마다 한 시간 가까이 정원을 돌봤다. 빗시가 그 일을 맡고 있다고 생각하니 기분이 이상했다. 빗시는 그런 방면으로는 인내심이 별로 없었지만 장미는 여전히 무성하게 자라고 있었다.

빗시는 커피가 든 머그잔 두 개를 들고 나와서 하나를 내게 건넸다. 우리는 현관 입구 계단에 앉았다. 나는 다리를 긁지 않으려고 애썼다.

"버니에게 원래 자라던 식물이나 키우자고 했었지." 빗시가 말했다.

"일할 것도 줄고 물도 덜 든다고. 그런데 지금 내가 아침마다 장미에 물을 주고 있잖니. 버니가 스프링클러를 설치하면 뿌리에 물이 찬다고 했으니까."

빗시는 몸을 기울여 주황색 집시 장미 꽃송이를 당겨서 향기를 맡았다.

"정성을 들일 가치가 있지 않니?"

빗시는 장미덤불과 손을 잡듯이 줄기를 잠시 더 붙잡고 있었다.

"버니가 가장 중요한 건 정성이라고 했어요."

빗시는 미소를 지었다.

"버니다운 말이네."

빗시는 커피를 한 모금 마셨다.

"너희 집에 다들 모였지?"

나는 고개를 끄덕였다.

"그거 아니? 나는 한 번씩 결석이 필요해."

나는 눈썹을 치켜떴다.

"얘, 놀란 표정 짓지 마."

빗시가 말했다.

"너도 한계가 있잖아. 그래서 이러는 거 아니니?"

빗시는 내 반바지를 가리켰다.

생각해보면 당연한 일이지만, 빗시가 자기도 사람들과 거리를 둘 필요가 있다는 걸 인정하다니 뭔가 우스웠다. 빗시는 늘 잊어버린 버터를 사러 가게에 다녀오겠다거나, 주방에서 저어줘야 하는 루를 지키겠다거나, 다른 방에서 자고 있는 누군가의 잠투정 많은 손자손녀를 돌보겠다고 자청했다. 하지만 함께할 때는 제대로 함께했다. 파티의 활력소가 됐다. 나는 빗시가 늘 아무 힘도 들이지 않고 그러는 줄 알았다.

"우리 같은 사람들을 가리키는 이름이 있단다, 케이."

빗시가 머그잔을 내 잔에 부딪히며 말했다.

"네?"

"내향적 인간. 참 예쁜 이름이지? 내가 네 나이 때 사람들은 '이상한 사람'이라고 불렀어."

"인터넷 유행어를 보고 있었어요?" 내가 웃으면서 물었다.

"그게 뭔지도 모르는걸." 빗시는 고개를 저었다.

"버니가 내향적인 사람들에 대한 책을 사줬어. 그 책을 읽고 필요할 때 거리를 좀 두는 것도 괜찮다는 걸 깨달았지."

"하지만 빗시가요? 빗시는 정말……."

"요란하다고?" 빗시가 말했다.

"'달변'이라고 말하려고 했어요."

"대학에서 배운 어려운 말 쓰지 마!" 빗시는 어깨로 내 어깨를 툭 쳤다.

"좋아요. 요란하다고요." 나도 어깨를 밀며 말했다.

"내가 어렸을 때는 개성을 발휘하기가 어려웠어. 우리 어머니는 '넌 예뻐지진 않겠지만 매력적인 사람이 될 순 있다'고 말씀하셨지."

"너무하시네요!"

"그러게 말이야!"

빗시는 머그잔의 커피를 빙글 돌리면서 말했다.

"희망을 가지라고 하신 말씀이었어. 나도 괜찮은 사람이 될 방법이 있을 거라는 식으로."

"빗시는 아름다워요."

내가 말했다. 빗시의 눈처럼 반짝이고 맑은 눈은 본 적이 없었다.

"내 주둥이는 큰부리새 같고 목은 거북이 같아. 그러니 그 매력이 너한테는 먹히나 보다."

"어휴, 빗시!"

"물론 나는 자식을 낳은 적이 없지만, 엄마라면 모두 자기 딸이 세상에서 가장 아름다운 존재라고 믿어야 한다고 생각해." 빗시가 내 무릎을 톡톡 두드렸다.

"그리고 딸에게 똑똑하고 재미있고 친절하다고 말해야지."

내가 아빠의 갈라진 턱을 물려받은 것이 참 안됐다던 엄마의 말이 떠올라 나는 억지 미소를 지었다.

"여자애한테는 안 어울리잖니."

엄마는 3학년 때 연극 발표에 오기 전 파운데이션을 내 얼굴에 바르면서 말했다. 내 턱의 갈라진 부분은 아주 작았다. 거의 눈에 띄지도 않았다. 사춘기가 되어 체중이 약간 늘면서 그것은 없어졌지만, 엄마가 그렇게 관심을 보이는 바람에 나는 얼굴 끄트머리에 그랜드 캐니언을 달고 다니는 기분이었다. 5학년 내내 사진 속의 나는 1980년대 진지한 비즈니스맨처럼 턱을 손으로 가리고 있었다.

"그런 표정을 짓는 건 무슨 생각을 할 때니?" 빗시가 물었다.

"어떤 표정이요?"

"아름다운 표정. 그리고 똑똑하고, 재미있고, 친절한 표정이지. 하지만 멍한 표정이기도 하고. 딴 데 가있는 사람마냥."

"엄마가 제 턱이 이상하다고 한 걸 생각하고 있었어요."

"세상에! 넌 기막히게 예쁜 아이였어. 그 커다란 갈색 눈이란! 네가 말 한 마디 안 했는데도 우린 다 너한테 반했잖니. 그 아련한 얼굴을 보고 네 마음을 상하게 할 수 있는 사람이 있었을까."

"그냥 제 턱에 관한 헛소리였어요."

나는 흙에서 어린 민들레를 뿌리가 상하지 않게 살그머니 뽑으면서 말했다.

"애, 네 엄마가 너한테 뭐라고 했는지 나도 들었어. 네 아빠가 돌아가신 뒤에, 네 엄마가 너를 데리고 왔을 때. 좋은 말은 아니었다."

나는 민들레 줄기를 꺾어 냄새를 맡았다. 빗시 말이 옳았다. 엄마가 무슨 일을 시킬 때 내가 빨리 움직이지 않으면 지겹다는 듯 한숨 쉬던 것도 기억났다. 별로 잘못한 것도 없는데, 저녁 식탁에서 나를 노려보던 눈빛도. 아빠가 돌아가신 뒤, 엄마는 내게 점점 더 짜증을 냈다. 내가 무슨 말을 하고 무슨 행동을 해도 나아지지 않았다. 적어도 믿을 만한 방식으로 나아지는 건 없었다. 그렇다고 내가 노력을 멈추지는 않았다. 엄마가 떠날 때까지, 계속해서 노력했다.

"엄마들은 자기 자신에게 마음에 들지 않는 부분이 있으면 자식을 공격하는 것 같아." 빗시가 말했다.

"그럴지도 모르죠."

나는 민들레 두 조각을 비틀며 말했다. 하얀 수액이 흘러나와 손이 끈적였다.

빗시는 내게 미소 지었다.

"재봉실에서 버니의 옷감을 다 봤니?"

"네."

"그건 네가 가져라."

"어머, 아뇨."

나는 중얼거렸다. 감당하기 힘든 양이었다. 그 천은 버니가 평생 모은 유산이었다.

"옷은 만들어드릴 수 있어요. 파일을 보니 예쁜 원피스 패턴도 있었고, 좋은 깅엄 천도 있었어요."

"아니."

빗시가 쓰고 있던 버니의 모자를 두드리며 말했다.

"이거 하나면 돼. 이건 집에서도 쓸 수 있으니까. 그리고 가끔 버니의 셔츠를 입고 잘 수 있지만, 그런 때는 힘든 밤이지."

빗시는 한숨을 쉬었다.

"버니의 옷을 입고 마트에 가면 진열대 앞에서 엉엉 울게 될 거야."

나도 아빠의 셔츠를 보면 그런 느낌이었다. 아빠가 입던 옷은 상자에 넣어 할머니의 다락에 보관해뒀다.

"옷감도 마찬가지야." 빗시가 말했다.

"버니가 나를 끌고 가게를 돌아다니면서 어떤 무늬의 옷감을 고를지 고민하던 게 전부 기억나거든. 옷감은 버니 같아. 추억을 걸치고 다니면서 정상적인 인간처럼 행동하길 바랄 순 없어."

"지금 자리에 그냥 둘 수도 있어요. 굳이 제가……."

"버니는 네가 옷감을 가져주길 바랄 거야. 확실해. 뭔가 만들어서 가지려무나. 그러면 좋겠어. 버니의 추억이 퍼져나가게 말이다."

"제가 그렇게 할 때 마음에 들지 않는 게 있으면 말해줄 거라고 약속해요?"

"약속해."

빗시가 이렇게 말하며 내 팔을 꼭 잡았다.

"오늘 재봉하러 올래?"

"네."

나는 일어섰다.

"오늘 오후에 커튼을 완성해서 걸 수 있을 것 같아요."

나는 손에 남은 민들레를 구겼다.

"그리고 꼬리에 대해서도 의논하구요."

그렇게 말하자마자 웃음이 나왔다.

"내 꼬리는 의논할 가치가 있지!"

빗시도 웃으면서 말했다.

"커피 잘 마셨어요."

나는 빈 머그잔을 건넸다.

"언제든지 여기 와서 숨어도 돼."

"고마워요."

나는 금요일 아침마다 조깅을 하게 될 것 같다고 생각하면서 말했다.

"내가 일어났다고 말하지 마라!"

내가 걸어나가는데 빗시가 외쳤다.

나는 할머니 집까지 조깅하는 동안 민들레를 들고 있다가 차고 쓰레기통에 버렸다. 그 후손이 버니의 장미 화단을 침범하게 둘 수는 없었기 때문이다.

13
다 함께 춤을

"바크를 데리고 산책 좀 나가야 하지 않겠니?"

할머니가 거실에서 물었다. 손님들은 가고 없었다. 할머니는 깃털 먼지떨이를 꺼내 들고 커피 테이블을 털었고, 바크는 경계하는 눈빛으로 보고 있었다.

'해야 하지 않겠니?'라는 말은 옛날에도 늘 그랬듯이 반사적으로 반항심을 불러 일으켰다.

"괜찮아요."

나는 중얼거렸다. 바크는 개들이 어떤 상황이 어색하다 싶으면 그러듯이 요란하게 하품을 했다.

"로체스터에서 함께했던 트레이너가 복종 연습을 시켜줬어요. 그거면 바크의 자신감을 키우는 동안 충분히 행복하게 해줄 정신적인 자극이 된다고 했어요."

"개들에겐 정신적 자극만으론 부족하다, 케이. 몸을 움직여야지. 모두 마찬가지야."

할머니는 파워 워킹을 하듯이 팔을 움직였다.

"바크에겐 에너지가 너무 많이 쌓여있어. 알디아는 잭스를 정기적으로 운동시키면……."

"바크는 감당하지 못해요!"

나는 지나치게 큰 소리로 말했다. 시선을 돌렸다. 내가 5학년 미술 시간에 만든 못생긴 찰흙 병아리가 아직도 책장에 놓여있었다. 그런 것까지 간직해준 사람에게 고함을 치다니, 내가 잘못했다는 느낌이 들었다.

"할 수 있을 거야!" 할머니가 말했다.

"루스와 마타가 간 뒤에 알디아가 바크에게 앉으라고 하고 악수도 하고 복도를 나란히 걷기도 했어. 바크는 잘했다고."

"그건…… 밖에 나가면 달라져요."

나는 짜증이 나서 말했다. 바크는 주변이 조용하면 말을 잘 들었다. 바크가 집 안에서 간식을 먹기 위해 가만히 앉아있었다고 해서 할머니와 알디아가 바크를 이해했다고 생각하는 것이 싫었다.

에릭과 내가 보호소에서 바크를 데려온 날, 우리는 함께 산책을 나가려고 했다. 그때 옆의 옆집에서 키우는 슈나우저가 목줄을 매지 않아 우리에게 달려오더니 바크의 코를 물었다. 피가 났다. 겁이 날 정도였다. 바크를 집으로 데리고 오면서 나는 덜덜 떨었다. 에릭은 상처가 작고 별 거 아니라고 했지만 내겐 큰일이었다. 바크에겐 더 큰일이었다. 그 후로는 바크를 데리고 산책을 나가기가 고역이었다.

한 번은 바크를 데리고 나가서 내가 살던 블럭의 모퉁이를 반쯤 돌았다가 녀석이 회전초tumbleweed처럼 보도 위를 날아오는 비닐봉투를 보고 놀라 겁에 질린 적도 있었다. 바크는 다리 사이에 꼬리를 끼우고, 내가 아무리 사정을 해도 한 발자국도 더 내딛지 않았다. 녀석을 안아들고, 몇 발자국마다 숨을 몰아쉬고 녀석의 부들거리는 몸뚱이를 고쳐 안으면서 집으로 돌아와야 했다. 집까지 돌아갈 수 없을 것만 같았다. 게다가 그때는 다들 근무 중인 대낮이었고 다른 개는 한 마리도 보이지 않았다. 그러다가 갑자기 개가 보이기라도 하면 바크의 목덜미 털은 빳빳하게 곤두섰다. 바크는 으르렁거리며 달려들었고 이웃들은 겁에 질린 채 지켜보고만 있었다.

"음, 해보긴 했니?"

할머니가 새롭고 혁신적인 아이디어를 내놓는 것처럼 물었다.

"네, 해봤어요."

내 목소리가 날 선 것이 느껴졌지만, 주워 담을 수는 없었다. 나는 모든 것을 다 해봤다. 코 위에 씌우는 개목걸이도 써봤다. 긍정적인 칭찬을 해주기도 했고 무리의 대장처럼 굴어보기도 했다. 겁 많은 강아지 친구들 교실에도 다니게 했다. 집으로 찾아와주는 트레이너도 불러봤다. 우울증 치료제도 먹여봤다. 모유에 함유돼있으며 진정 작용을 하는 단백질과 성분이 '일치'한다는 효소도 천연식품 매장에서 구매해 먹여봤다. 벽에 붙이면 심신을 안정시키는 향기가 퍼지는 장치도 써봤다. 강아지들을 위한 특수 음악 CD도 샀다. 하지만 그 무엇도 바크를 고치지 못했다. 그건 종이봉투에 대고 숨을 쉬라고 가르치는 셈이었다.

"주위에 개가 한 마리도 없을 때 밖으로 데리고 나갔다가 무서운 것이 보이면 간식을 줘야 해요." 내가 할머니에게 말했다.

"밖의 뭐가 무서운데?"

"모든 것이요."

할머니는 그 모든 상황이 터무니없다는 듯 고개를 저었다.

"바크에겐 운동이 필요하다, 케이." 할머니가 말했다.

"운동은 한다니까요."

할머니는 더 자세한 대답을 원하는 것처럼 나를 봤다. 나는 결국 말했다.

"춤을 춰요." 내가 중얼거렸다.

"뭐?"

"춤을 춰요. 음악을 틀고, 춤을 추면서 도는 것 비슷하게 해요."

밤늦게 에릭이 집에 없고 와인을 한두 잔 마셨을 때, 바크와 나는 댄스파티를 하곤 했다. 내가 점프하면 바크도 점프한다는 걸 어떻게 알아냈는지 기억나지 않지만, 그건 내가 가장 좋아하는 순간이 됐다. 우리는 유튜브로 뮤직비디오를 틀어놓고 바지에 불이라도 붙은 것 마냥 거실을 방방 뛰며 돌아다녔다. 바크는 짖기도 하고 꼬리도 흔들었다. 괴물 머레이 인형을 가져와서 공중에 던지기도 했다. 나는 천식이 도질 때까지 춤을 추다가 바크와 함께 헉헉거리며 소파에 쓰러졌다.

"그래. 춤을 추자."

할머니는 스테레오 아래 캐비닛을 열더니 레코드를 뒤졌다.

어릴 때 나는 그 캐비닛 앞에 앉아서 참 많은 시간을 보냈다. 나는 레코드 커버의 색만 봐도 그게 무슨 레코드인지 다 알고 있었다. 캐비닛에는 할머니가 자기 부모님께 물려받은 빅 밴드의 히트곡이 담긴 레코드 몇 장과 아빠의 클래식 록 음악 레코드, 할아버지의 클래식 레코드, 할머니의 모타운Motown과 재즈 레코드, 그리고 할머니가 나를 위해 중고장터에서 사준 80년대와 90년대 레코드가 몇 장 있었다.

할머니는 앨범 한 장을 골랐다. 축음기의 바늘을 올리자 스모키 로빈슨Smokey Robinson의 곡인 〈더 티어스 오브 어 클라운The Tears of a Clown〉의 장난스러운 피콜로작은 플루트 같은 관악기 연주가 스피커에서 흘러나왔다.

"예전에 네가 좋아하던 곡이지."

"나가 계시면 바크랑 춤출게요."

내가 말했다. 다른 사람 앞에서 하고 싶은 일은 아니었다.

"바보 같은 소리. 난 얘가 춤추는 걸 볼 거다."

할머니는 팔짱을 끼고 박자에 맞추어 양옆으로 조금씩 뛰기 시작했다.

"어서! 춤추자!"

어색해서 닭살이 돋았다. 바크는 나를 빤히 봤다. 나는 고등학생 시절 내가 '댄스'라고 불렀던 바보 같은 발장단을 맞추면서 어깨를 아주 조금 흔들었다. 바크가 꼬리를 흔들었다.

"바크가 춤을 안 추네."

할머니는 양팔을 흔들며 내게 다가오면서 말했다. 할머니 양손은 비둘기의 퍼덕이는 날개 같았다. 할머니의 동작에는 내가 물려받지 못한 우아함이 있었다. 바크는 할머니에게 관심을 돌렸다. 꼬리 흔드는 속도는 느려졌지만, 여전히 흔들고 있었다.

"바크도 춤을 춰요." 내가 말했다.

"하지만…… 모든 게 낯설어서 그래요."

"이걸로는 운동이 안 되겠다." 할머니가 말했다.

카니발의 테마곡이 다시 연주되고 위풍당당한 호른이 시작됐다. 나는 하늘로 펄쩍 뛰어올라 빙글 돌았다. 바크가 짖었다. 나는 다리를 구르며 더 높이 뛰었다. 바크도 나와 함께 뛰어올랐다. 나는 방의 끝에서 끝으로 내달렸고 바크도 뒤따라 내달렸다. 할머니에 대해서도, 부끄러움과 다른 모든 것에 대해서도 잊었다. 나와 바크, 스모키 로빈슨만 생각했다.

우리가 카펫을 가로질러 다시 내달리자 할머니는 춤을 멈추고 심장이라도 안 좋은 것처럼 무릎을 붙잡았다. 나는 뛰어오르다가 멈추느라 벽에 부딪힐 뻔 했다.

"괜찮아요?"

나는 쿵쾅거리는 가슴을 안고, 숨을 헐떡이며 외쳤다. 할머니는 눈물을 흘리면서 고개를 들었다.

"어머! 어머!"

내가 외쳤다. 마치 다른 사람에게서 나오는 목소리 같았다.

"내 평생 본 것 중에 제일 웃기는 광경이구나!"

할머니가 웃느라 숨도 제대로 쉬지 못하고서 말했다.

나는 어릴 때 상황을 모면하고 싶을 때 했듯이 파란 안락의자 뒤로 숨어들어 보드라운 벨벳에 뺨을 대고 싶었다. 할머니는 공포에 질린 내 표정을 봤는지, 내 팔을 잡았다.

"잘했어." 할머니가 웃음을 그치면서 말했다.

"정말 잘했어. 이런 모습 처음 보는구나."

할머니는 나를 끌어안았다. 나는 할머니를 안지 않았다.

"오, 얘야. 아니야, 좋아서 그런다니까. 네가 춤을 추니까 바크가 너무 좋아하더라."

나는 고개를 끄덕였다. 여전히 안락의자 뒤로 숨고 싶은 마음이 간절했지만, 내가 어디 숨었는지 모두가 다 알 거라는 자각이 들었다.

"어떻게 시작한 거니?" 할머니가 물었다.

"모르겠어요." 내가 말했다.

"혼자 집에 있다가. 와인 한잔하고. 신디 로퍼Cyndi Lauper 노래가 나와서."

할머니는 완벽하게 일리 있는 이야기라는 듯 고개를 끄덕였다. 그리고 쪼그리고 앉았다. 바크가 달려와서 할머니 얼굴을 핥았다.

"참 착한 아이로구나, 그렇지?"

할머니는 바크의 귀를 긁어줬다.

"그리고 내 손녀를 잘 돌봐주고."

할머니는 캐비닛으로 가서 할머니가 내게 사준 레코드들 중에서 신디 로퍼의 〈걸즈 저스트 원트 투 해브 펀Girls Just Want to Have Fun〉을 꺼내 틀었다.

"나도 이걸 항상 좋아했지."

할머니는 허벅지를 두드려 박자를 맞추면서 말했다.

"바크, 춤추자!"

그리고 우린 다시 춤을 췄다.

14
아이작의 양복점

할머니는 점심을 먹으러 마타의 집으로 갔다. 할머니가 나가자 바크는 할머니가 곧 돌아오길 바라는 것처럼 문가에 앉아있었다.

"할머니 가셨니?"

내가 물었다. 바크는 내 질문이 무슨 뜻인지 생각하느라 고개를 한 쪽으로 기울였다.

나는 샤워를 한 뒤 할머니의 옷장을 뒤져 흰색 캡 소매 스웨터를 찾았다. 거기에 내 진청색 반바지—아직 내게 맞는 바지 중에서 유일하게 괜찮은 것이다—를 맞춰 입고 커다란 발을 할머니의 굽 없는 진청색 구두에 밀어 넣고는 머리 위로 큼지막한 빨간 플라스틱 목걸이를 쓰듯 걸었다. 약간 대놓고 선원 느낌을 주는 복장이었지만, 결단력이 있어 보였다. 게다가 스웨터가 길고 두꺼워서 여러 가지 결점을 감춰줬다. 나이 든 여자들은 옷 입는 방식에 있어서 훨씬 더 사려 깊은 법이다.

할머니는 옷장에 있는 것은 무엇이든지 쓰라고 할 테지만, 내가 괜찮은 옷을 한 벌도 갖지 못했다는 사실을 인정하고 싶지 않았다. 할머니에게 일자리를 찾고 있다고 말하면, 당장 그럴 필요가 없으며 원하는 만큼 오랫동안 함께 지내도 되고, 맙소사, 가끔은 누가 널 돌봐줘도 괜찮다는 반응이 나오리라는 것도 알고 있었다. 하지만 나는 바쁜 일과 급료와 삶의 목표가 필요했다. 그리고 더 이상 할머니에게 짐이 되고 싶지 않다는 것도 분명히 밝혀야 했다.

* * *

나는 양복점 옆 빵집에 들러 마들렌 여섯 개와 얼그레이 홍차 두 잔을 샀다.

진정이 되지 않았다. 내가 두려워한다는 것이 어처구니없이 느껴졌다. 아이작이 거절하면 집으로 가서 할머니의 옷을 원래대로 넣어두고 아무 일도 없었던 것처럼 침대에 드러누우면 그만이었다. 하지만 나는 아이작의 가게에서 일하는 것이 참 좋았다. 고등학교 시절 내내 바짓단을 재봉하고 웨딩드레스를 맞추면서 아이작의 말마따나 '기초를 완성했다'. 그의 가게에서 다시 일을 하게 되는 것이 새 출발의 버튼을 누르는 것과 같은 의미이기를 바랐지만, 나로서는 무언가를 바란다는 것 자체가 쉽지 않은 일이었다.

가게 안에 들어서자 문에 달린 종이 땡그랑거렸다.

"안녕하세요, 아이작."

아이작이 내실 커튼을 열고 나오자 내가 인사를 건넸다. 아이작은 활짝 웃으면서 나를 맞이했다. 나는 그에게 홍차와 마들렌 봉투를 건넸다.

"할머니 파티에서는 이야기를 못 나눴잖아요. 인사드리러 오고 싶었어요."

인사 외에 또 다른 목적이 있다는 사실이 싫었다. 물론 그 일이 아니더라도 내가 인사하러 왔을지는 알 수 없는 일이었다. 나는 이유 없이 다른 사람과 만나는 법을 알지 못했다. 알고 싶었지만 말이다.

"고맙다!" 아이작이 말했다.

그는 봉투 안을 보더니 눈을 반짝였다.

"내가 제일 좋아하는 걸로 사왔구나!"

그는 카운터 뒤 의자에 앉더니 발판사다리에 앉으라고 손짓했다. 나는 거기 앉았다. 씹는 일에 주의를 온통 집중해야 하는 것처럼, 우리는 종이컵을 들고 마들렌을 먹었다. 내 머릿속에 일자리에 대한 질문이 없었더라면, 편안한 침묵이었을 것이다. 결국 나는 임무를 포기하기로 결정했다. 스트레스 때문에 그와의 시간이 즐겁지 않았다.

"그래서."

아이작은 이렇게 말을 꺼내더니, 하려는 말의 통역이 필요한 사람마냥 멈췄다.

"고향으로 돌아왔구나."

아이작의 부모는 독일에서 덴마크로 탈출했고, 거기서 아이작을 낳았다. 열네 살에 가족이 뉴욕으로 이주할 때까지 그는 코펜하겐에서 자랐다. 그의 영어는 완벽했지만, 하려는 말을 영어로 분명하게 하려면 덴마크어에서 독일어로, 다시 독일어에서 덴마크어로 바꿔야 하는 모양이다. 그래서 그가 늘 그렇게 조용한 것인지, 아니면 모국어를 썼더라도 조용했을 것인지 나는 항상 궁금했다.

"네. 돌아왔어요." 그 말을 하려니 목이 메었다.

"네 할머니는 정말 기뻐하신다." 아이작이 차를 한 모금 마시면서 말했다.

"물론…… 기뻐하셔……야지."

"그랬으면 좋겠어요. 할머니와 같이 지내게 돼서 저도 기뻐요."

"할머니는 늘 그러실 거다." 아이작은 미소를 지으면서 말했다.

"어떻게 지내셨어요?"

나는 예의 바른 대화를 적은 대본을 보며 대사를 읽는 사람마냥 말했다. 아이작은 머리를 양쪽으로 갸우뚱거리면서 손가락을 뻗었다가 꼭 쥐었다.

"관절염인가요?" 내가 물었다.

"응. 일을 그만두고 싶지 않은데, 의사들은 곧 그만둬야 한다는구나."

나는 도움을 구하는 법은 알지 못했지만, 도와주겠다고 제안하는 데에는 아무런 문제가 없었다.

"제가 도와드릴까요?"

그는 안도한 표정으로 재빠르게 고개를 끄덕였다.

"일요일에 시작할 수 있겠니?"

"할 수 있어요."

나는 참 복잡하게 느껴졌던 내 인생의 다른 모든 것들과는 달리 너무 쉽게 이루어진 소망에 웃지 않으려고 노력하면서 대답했다.

"결혼식 피로연이 있는데, 신부가……."

아이작이 눈살을 찌푸렸다. 아마 말이 많은 사람인 모양이었다. 대부분의 사람들은 아이작의 신호를 알아차렸다. 고객들은 작은 소리로 요구사항을 말했다. 하지만 이따금 어떤 사람은 계속해서 세게 밀어붙였다. 아이작의 얼굴을 보니 그것 때문에 신경이 날카로웠다는 것을 알 수 있었다. 나라면 아이작보다 좀 더 잘 처리할 수 있었겠지만 나는 아이작의 고충을 이해할 수 있었다.

"몇 시예요?" 내가 물었다.

"오전 열 시."

"그때 올게요."

아이작은 카운터를 톡톡 두드렸다.

"잘됐구나, 잘됐어."

그는 이렇게 말하고 내게 따뜻하게 웃어줬다.

"네 할머니 목걸이가 예쁘게 어울리는구나."

"빌렸어요. 소문은 내지 마세요."

"아. 신경 쓰지 않으실걸."

차를 다 마신 뒤, 아이작은 내실로 가서 가봉 중인 드레스들을 보여줬다. 신부 드레스는 A라인의 드레스에 튈로 만든 헐렁한 주름 장식을 붙이고 어깨를 드러내는 스타일이었다.

나는 아이작을 쳐다봤다.

"나도 알아."

그는 내 생각을 읽은 사람처럼 말하고는 신부 들러리들의 드레스가 걸려있는 옷걸이를 보여줬다. 아홉 벌이었다. 전부

스타일이 달랐는데, 모두 끔찍한 민트 색조였다. 바느질도 엉성했다. 스트랩은 구겨져있었고 어깨를 드러낸 드레스의 뼈대가 보이지 말아야 하는 곳에 드러나있었다.

"인터넷에서 주문했다는구나."

아이작이 믿을 수 없다는 표정으로 말했다.

"적어도 들러리 중에 저걸 다시 입고 싶어 하는 사람은 없겠네요. 그날 하루도 제대로 버틸지 모르겠어요."

"제대로 안 만든 옷에 작업하는 건 싫은데."

"저도요."

나는 극장 무대의상실에서 일하던 시절, 이디스가 퇴근한 후 그녀가 저지른 실수를 내가 고치곤 했던 것을 떠올렸다.

"흠." 아이작이 말했다.

"우린 최선을 다해야지. 언제나 그렇듯이."

그 말에서 느낀 소속감에 내가 얼마나 감동해버렸는지 깨닫고 나는 충격을 받았다. 울음을 터트리지 않으려고 참고 있는데, 아이작이 내 얼굴을 살폈다.

"잘됐어, 잘됐어."

그는 마지막 옷 가방의 지퍼를 올리며 말했다.

"할 수 있는 일을 하자꾸나."

그의 음성이 갈라졌다. 어쩌면 그에게도 그것이 의미가 있기라도 한 듯이.

아이작과 헤어진 뒤, 집에 들러 옷을 갈아입고 빗시의 집에 재봉하러 갔다. 일터에 입고 갈 적당한 옷이 필요했다.

15
페이스북-스토킹

빗시의 집에서 재봉을 마치고 귀가하자, 바크가 머레이를 물고, 엉덩이 전체가 출렁이도록 꼬리를 흔들면서 현관으로 달려와 나를 맞이해줬다. 바크의 보디 랭귀지는 로체스터에서 나를 맞이했을 때와 달랐다. 나도 귀가하는 기분이 달랐다. 할머니가 나를 미치게 할 때도 있지만, 에릭을 만날 때처럼 마음을 단단히 먹을 필요는 없었다.

"바크! 신났어?"

바크는 내 다리에 머리를 대더니, 따라오라는 듯이 어깨너머로 돌아보면서 부엌으로 달려갔다. 구운 마늘 냄새가 났다. 할머니는 부엌에서 감자를 으깨고 있었다. 오븐에서 뭔가 다채로운 고기 냄새가 흘러나오고 있었다.

"미트 로프 만드셨어요?" 내가 물었다.

"음, 고기 대신 렌틸콩으로 만든 렌틸 로프란다."

할머니는 이렇게 말하고 내가 불평하길 기다리는 것처럼 말을 멈췄다.

"냄새 좋은데요."

나는 할머니 뺨에 키스했다.

"이러실 필요는 없는데!"

"함께 맛있는 식사를 하면 좋을 것 같았단다."

"할머니께 일거리를 만들어 드리고 싶지 않아요."

"말도 안 되는 소리."

할머니는 접시 두 개에 매시트포테이토를 떠서 담았다.

"고마워요. 잘 먹겠습니다. 그리고 바크가 좋아하는 것 같아요."

"우린 거실에서 춤을 췄단다. 그래도 괜찮겠지?"

둘이 함께 뛰어다니는 모습을 떠올리자 코끝이 시큰했다.

"물론이죠!"

내가 말했다. 아마도 우리에게 필요한 건 이것뿐인 것 같았다.

할머니는 렌틸 로프를 썰고 아스파라거스 접시에 샐러드 드레싱을 부었다. 나는 식탁을 차렸다. 스테레오에서는 쳇 베이커Chat Baker가 흘러나왔다. 할머니는 창문을 열어뒀고 밤바람에서 치자나무 냄새와 갓 깎은 풀냄새가 났다.

식사를 하려고 자리를 잡은 뒤 할머니가 말했다.

"어젯밤에 네가 바닥에 누워있는 걸 봤을 때 말이야…….
그런 일이 자주 있니, 케이?"

가슴이 죄어왔다. 긴장을 푸느라 너무 힘을 줘서 어지러웠
다. 이 저녁 식사가 그것 때문이었나? 나를 잡아두고 심문하
려고? 나는 고개를 저었다.

"미안하다." 할머니가 단호한 어조로 말했다.

"이 이야기는 해야 할 것 같아."

어린 내가 병원에서 주사를 맞아야 할 때 할머니가 쓰던 어
조였다.

"못해요."

나는 목이 죄어오는 느낌으로 중얼거렸다. 할머니는 손을
뻗어 내 팔을 두드렸다.

"도와주려는 거야."

할머니는 이렇게 말했고 그것이 진심이라는 것을 알 수 있
었다. 할머니는 최선의 의도를 가지고 귀를 기울일 것이고,
내가 걱정하는 것을 걱정하지 말아야 하는 이유에 대해 말할
것이다. 그것이 해결책이라는 듯이. 그러면 나는 할머니가 나
를 고쳐줬다고 느낄 수 있도록 내 걱정거리를 감추게 될 것
이다. 나중에, 그렇게 노력하다 지쳐버리면 나는 다시 무너질
것이고, 할머니를 실망시킨 것에 훨씬 더 상심하게 될 것 같

았다.

"괜찮을 거예요." 나는 진심이기를 바라며 말했다.

"변화가 많았으니까요. 곧 적응할 거예요."

할머니는 내 팔을 계속 쥐고 말없이 식사했다. 나는 배 속이 메슥거리고 체할 것 같았다. 접시 위의 음식을 이리저리 밀면서 적당한 양을 먹은 것처럼 보이려고 했다. 식탁을 치운 뒤 할머니는 딴 데 정신이 팔려있는 것 같았다.

"우우의 딸이 답장을 썼을지도 몰라요."

내가 남은 렌틸 로프를 랩으로 싸면서 말했다.

"확인해봐요."

"그래라. 난 여기 정리를 마저 할게."

"제가 도와드릴게요. 할머니가 저녁을 차리셨는데, 설거지까지 하실 필요는 없어요."

"오, 애야. 괜찮아." 할머니가 한숨을 쉬며 말했다.

나는 페이스북에 접속했다. 내 피드에 처음 뜬 것은 에릭이 관계 상태를 이혼으로 바꾸었다고 전하는 글이었다. 그 포스팅에 열여섯 명이 '좋아요'를 눌렀다.

에릭은 온타리오 비치 공원 잔교에서 찍은 사진으로 프로필 사진도 바꿨다. 석양. 바람에 꺼칠해진 두 뺨. 빛나는 눈. 그는 대학교 4학년 때 우리가 처음 데이트하던 시절처럼 보였다. 희망에 가득 찬 모습이었다.

한 가지 기억이 스치고 지나갔다. 처음 유산하고 몇 달이 지난 후, 퇴근한 에릭은 내가 부엌 바닥에 쓰러져있는 것을 발견했다. 내 셔츠는 푹 젖어있었고 내가 흘린 눈물이 정말로 웅덩이를 이루고 있었다. 에릭은 나를 일으켜 세워 의자에 앉히고 곧바로 최고 효율 모드로 들어갔다.

"이거 마셔, 여보."

그는 차가운 물 한 잔을 건네며 말했다. 손등으로 내 얼굴을 닦아주고 머리카락을 치우고 이마에 키스했다.

"괜찮아."

그의 음성은 단단하고 상냥했다.

"다시 가질 거야. 이번 아이는 태어날 운명이 아니었던 거야."

하지만 바닥에서 내 눈물을 닦아내는 에릭은 이를 앙다물고 고통스러운 눈빛을 하고 있었다. '행주가 젖을 만큼 눈물을 흘린 사람은 대체 얼마나 운 것일까'라고 그가 생각하고 있다는 걸 나는 알 수 있었다.

그날 나를 무너뜨린 상상은 주의하지 않으면 언제라도 떠오를 태세로 내 머릿속을 잠식했다. 우리의 작은 아기가 호수에 누워 둥둥 떠있고 통통한 뺨에 물이 부딪치는데 그 위 하늘에는 구름이 모여드는 광경이었다.

에릭은 세탁실에 행주를 갖다놓으려고 나갔다. 나는 피가 날 때까지 뺨 안쪽을 깨물었고 그 통증을 이용해 멍한 상태에서 깨어났다. 물을 한 모금 마시자 잔에 피가 흘러나왔다. 에릭이 보지 못하도록 그 물을 마셨다. 너무 세게, 빨리 마시느라 목구멍이 갈라지는 줄 알았다.

"좀 나아."

에릭이 돌아와서 말했다. 질문이 아니었다. 자신에 내게서 원하는 것을 말한 것이었다.

나는 딸꾹질을 하며 고개를 끄덕였고, 피를 감추려고 입을 꼭 다물고 웃으려고 안간힘을 썼다. 에릭은 피자를 주문했고 나는 소파에서 그의 무릎을 베고 잠들었으며 그는 스포츠 뉴스를 봤다. 며칠 만에 처음 잠든 것이었다.

에릭이 바닥에 쓰러진 나를 발견한 건 그때가 마지막이 아니었다. 결코. 가끔 내 머릿속은 카웰 씨네 식탁에서 본 초록색 개구리 도자기의 기억을 떨쳐버리지 못하곤 했다. 내 머리는 개구리 머리에 꽂힌 이쑤시개와 거미줄 같은 발에 생긴 금에 유약이 모여있는 모습에서 벗어나지 못했다. 그것만으로도 나는 망가졌다. 카웰 씨네 부엌에서 나는 퀴퀴한 토스트 냄새가 머릿속을 가득 채웠다. 그러면 그 모든 것이 되돌아왔다. 진청색 물. 바스락거리는 은색 담요. 엄마의 비명소리. 장례식장에 깔려있던 무늬 있는 붉은 카펫. 내 입술에 닿은 밀랍 같은 화장품. 그 다음엔 정신없이 울어대던 기억을 떨칠 수 없게 되었고, 점점 더 커지는 거미줄마냥 공포에 공포가 더해졌다.

내가 무너지는 까닭을 에릭에게는 설명할 수 없었다. 왜 저녁 식사를 준비하지 못하고, 어떻게 지냈는지 묻지 못하고, 그의 연인이나, 아내, 친구가 될 수 없는지. '개구리가 생각나더니 모든 게 다 떠올랐어.' 그건 나도 납득할 수 없는 설명이었다. 나는 에릭이 갑자기 이해하고 나를 용서해주거나, 내가 무엇이 문제인지 잘 이해해서 그에게 설명해주거나, 아니면 그냥 나아질 거라는 희망을 붙잡고 있었다.

내가 그의 희망을 죽인 걸까? 그의 '친구'가 그 희망을 되살려냈을까? 나는 그의 상태 글에 표시된 '좋아요'를 보며 누가 에릭의 자유에 환호하는지 확인했다. 열두 명은 그의 직장 팀원이었고 두 명은 그의 고등학교 시절 친구였으며, 나머지 두 명은 니키 로저스라는 사람과 그녀의 어머니였다. 이 사람들은 마녀가 죽은 것에 즐거워하고 있었고 그 마녀는 바로 나였다. 그건 아주 날카롭고 낯선 방식으로 내 감정을 다치게 했는데, 그것이 내 감정을 다치게 했다는 사실이 내 감정을 더욱 다치게 했다. 마우스 패드 위에 얹어진 손이 떨렸다.

니키 로저스를 클릭했다. 그녀는 바로 복도에서 본 그의 '친구'였다. 가짜 손톱을 붙인 여자. 나는 그녀의 이름을 알지 않으려고 했고, 그녀는 우리가 만났을 때 이름을 밝히지 않았다. 프로필 사진에서 그녀는 항공 선글라스를 쓰고 붉은 립스틱을 바르고 지나치게 새하얀 치아를 드러내며 활짝, 매력적으로 웃고 있었다. 그녀는 팔을 누군가의 목에 감고 업혀있었는데, 그 남자는 고개를 카메라 쪽으로 숙이고 있어서 보이는 건 귀 하나와 짧은 갈색 머리카락뿐이었다. 나는 그가 누구인지 알았다. 그의 관자놀이에서 희끗해진 머리카락을 자세히 들여다 볼 필요도 없었다.

그 사진을 클릭했다. 이 년 전 사진이었다. 복도에서 할머니 발소리가 들렸고, 나는 할머니가 그냥 지나가기를 기도했다. 아드레날린이 분출하며 온몸이 땀으로 끈적거렸다. 나는 무릎 사이에 머리를 파묻었다.

"괜찮니?" 할머니가 복도에서 물었다.

"이 년 전이라니."

나는 울음을 터뜨리며 말했다. 할머니에게 말하고 싶지 않았지만, 그 사실을 혼자 안고 있을 수도 없었다.

"에릭이에요. 그 여자랑. 이 년 전에."

"이게 무슨…… 쓰레기 같은 놈!" 할머니가 외쳤다.

"전 정말 멍청했어요."

이 년 전. 처음으로 임신했을 때였다. 그토록 노력하고, 그토록 많은 호르몬 처방을 받던 때. 아직 희망이 위험하게 느껴지기 전이었다. 그 사진은 여름에 찍은 것이었다. 가을에 나는 딸아이를 잃었다. 그는 아이가 태어나면 그만두려고 한 거였을까? 그 시절 나는 우리가 불행하다는 생각은 해본 적도 없었다.

"케이!"

할머니가 내 어깨를 감싸 안았다.

"뱀 같은 놈이야. 네가 어떻게 알았겠니? 철저하게 감췄는데."

"감추지 않았을지도 몰라요. 제가 못 본 것일지도 몰라요."

"넌 힘들었잖아."

"신경도 쓰지 않았어요. 에릭을 내쫓았고."

할머니의 포옹에 어깨가 의자 등받이의 나무옹이에 부딪혔다. 아팠다.

"옆에 둘 가치가 없었던 거지." 할머니가 말했다.

"그게 증명됐어. 그걸 언제 증명했는지가 중요하니? 어차피 이혼했는데."

할머니는 내 어깨를 놓고 침대 가장자리, 바크 옆에 앉았다.

"나도 유산을 한 적이 있었다. 네 아버지가 태어나기 전에. 가끔은 하루가 다 지나가도 어떻게 지나갔는지 알 수 없었어. 네 할아버지가 집에 오면 나는 거실에 앉아 책을 멍하니 보고 있었어. 할아버지가 나간 사이 한 페이지도 넘어가지 않은 책을."

바크가 할머니 손 밑에 머리를 밀어 넣었다. 할머니는 바크의 귓등을 긁어줬다.

"네 할아버지도 결점이 있었지만 내가 관심을 갖지 않는다는 사실을 이용하진 않았어. 적어도 내가 알기로는."

할아버지가 돌아가셨을 때 나는 겨우 다섯 살이었지만, 할아버지가 늘 내 곁에서 이런저런 것들을 가르쳐준 것이 기억났다. 할아버지에게 '친구'가 있다는 건 상상할 수 없었다. 나에게 할아버지는 그런 생각 자체를 할 수 없는 사람으로 보였다.

"할머니도 유산하신 건 몰랐어요. 왜 말씀하지 않으셨어요?"

통화를 하다가 내가 우는 소리가 들리면 할머니는 구체적인 이야기는 할 것이 없는 사람처럼 '시간이 모든 상처를 낫게 해준다'라고만 말하곤 했다. 나도 며칠씩 멍하니 앉아서 보냈다. 다른 사람들도 그런 식으로 시간의 흐름을 잊어버리는지는 몰랐다. 나는 그것을 나만의 문제라고 생각했다.

"내 슬픈 일로 너를 성가시게 하고 싶지 않았어."

할머니가 다가와 내 뺨의 눈물을 소맷부리로 닦아주며 말했다.

"그리고 뭐라고 해야 할지 모르겠더구나. 그때의 고통이 나아진 건 네 아빠를 낳고 난 뒤였거든."

할머니는 잠시 눈을 감았다. 감정을 자제하고 싶을 때면 할머니는 늘 그렇게 잠시 멈췄다.

"나는 그것 때문에 너무 심하게 의지했던 것 같아. 네 아빠는 그냥 아이가 아니라 내 반창고였어. 하지만 새로운 누군가가 너의 그 상실을 채워주지 않는다면 어떻게 화해해야 할지 나는 모르겠구나. 너무나 괴로운 일인데."

"아빠는 자기를 반창고라고 느끼지 않았을 거예요. 할머니를 많이 사랑했으니까요."

나는 눈물을 흘리면서 동시에 미소를 지었다.

"아빤 할머니를 숭배했어요. 그래서 엄마를 미치게 했잖아요."

할머니는 미소를 지으며 내 무릎을 꼭 잡았다.

"네 아빠를 잃었을 때, 네가 없었으면 난 제대로 살지 못했을 거야."

그 말이 어떻게 사실일 수 있는지 알 수 없었다. 하지만 나도 마주 보고 웃었다. 내가 함께 살면서 할머니에게 얼마나 큰 부담이 됐는지 알고 있었는데, 지금 그 상황이 다시 벌어지고 있었다.

"'네겐' 내가 있어." 할머니가 말했다.

"바크도 있고."

할머니는 숨을 들이쉬더니 잠시 멈췄다.

"그걸 잊지 마라."

진부한 말처럼 느껴지지 않았다. 진심이 담긴 약속처럼 느꺼졌다.

"고마워요."

나는 조그맣게 말하고 책상 위에 아빠가 새긴 스마일리 무늬를 쓰다듬었다.

"좋아."

할머니는 허벅지를 탁 치며 말했다.

"이제 페이스북-스토킹을 하자. 이거 맞는 말이니?"

나는 웃었다.

"네."

할머니가 어디서 그런 말을 들었는지 궁금했다.

"니키라는 사람을 페이스북-스토킹하고 마음을 정리하자."

할머니와 이런 일을 하는 것이 어색했다. 우리 사이는 이런 것이 아니었다.

"괜찮아요. 제가……."

"어쨌든 너는 할 거잖니. 누구라도 그럴걸. 우리 그걸로 이별 파티를 하자."

할머니는 부엌으로 가더니 와인 잔 두 개와 화이트와인 한 병을 가지고 왔다. 그리고 와인을 따랐다.

"건배."

할머니는 컴퓨터 화면의 에릭 머리 쪽으로 잔을 까딱였다.

"쓰레기 같은 놈 잘 치웠다."

"건배."

그렇게 단순한 일이 아니었지만, 나도 말했다. 에릭이 상냥하던 순간과 거짓말을 어떻게 분리해서 생각해야 할지 알 수 없었다. 그가 항상 쓰레기는 아니었으니까.

"좋아." 할머니는 와인을 꿀꺽 삼키고는 말했다.

"시작하자."

나는 니키의 페이스북 계정으로 돌아갔다. 맨 위에는 어제 날짜의 앨범이 있었다. 그녀는 내 집 앞에서, 로체스터 레드윙즈 모자 뒤로 완벽한 금발 포니테일을 늘어뜨리고 서있었다. 그녀는 종이 상자를 카탈로그 촬영이라도 하듯이 들고 있었다. 사진 아래에는 '이사 완료!'라고 적혀있었다.

"이게 왜 이렇게 놀랍죠?" 나는 떨리는 목소리로 물었다.

"이 여자가 에릭과 함께 사는 건 당연한데!"

"마음이 아파도 괜찮다."

할머니가 내 어깨뼈 사이를 둥그렇게 문지르면서 말했다.

"이런 일에는 누구라도 상처를 받을 거야. 아픈 일이니까."

니키가 찢어진 청바지를 입고 내 부엌 수납장을 검정 페인트로 칠하는 사진도 있었다. 그다음에는 식료품 저장실의 문에 분필로 '여기 사랑이 살아요'라고 휘갈겨놓은 사진이 나왔다.

"너무 열심이네." 할머니가 말했다.

"불안한 심리의 표출이다."

나는 와인을 꿀꺽 마셨다.

내가 만든 모든 쿠션과, 내가 제일 좋아하는 골동품점에서 찾아낸 런던 리버티 백화점의 빈티지 프린트가 모두 거실 한가운데 쌓여있는 사진이 나왔다. 그 사진에는 '내 집에서 모닥불 피울까?'라는 글이 달려있었다.

니키는 내가 제일 좋아하는 독서용 의자에 기대 앉아 내가 늘 사랑했던 펜던트 스탠드를 가리키고 있었다. '이 못난이 원하는 사람?'

나는 우리 집을 꾸민 방식에 자부심을 갖고 있었다. 중요한 것은 대체로 에릭이 골랐다. 벽은 무광택 페인트로 칠하고 주방은 베이지 타일로 꾸몄다. 그 지긋지긋한 소파도 그가 골랐다. 나는 그에게 모두 양보했다. 하지만 우리 집이 주는 따뜻한 느낌은 내 노력 덕이었다. 나는 검소하고 영리했기 때문에 그렇게 돈을 쓰는 것을 정당화할 수 있었다. 에릭은 내가 만들고 수선한 쿠션과 중고 의자를 보고 내 창의적인 활동에 깊은 인상을 받는 것 같았다. 그래서 나는 우리 집에 공헌을 한다는 느낌을 받을 수 있었다. 그런데 저 여자가 내 작품을 조롱하고 있다니. 에릭도 그렇게 느꼈을까? 그는 죄책감 때문에 내 비위를 맞춰줬던 것일까? '못생긴 쿠션이나 만드는 이 여자 좀 보게! 어찌나 멍청한지 내가 진짜 야근을 한다고 믿다니.' 온몸에 수치심이 차올랐다.

"둘이 아주 잘 만났다." 할머니가 말했다.

"유부남을 만나기 시작했으면서 어떻게 상대에게 안정감을 느낄 수 있겠니?"

할머니 말이 옳다는 건 알았지만, 그 결과는 내게도 마찬가지였다.

"이게 좋은 건지 나쁜 건지 모르겠네요."

나는 억지로 웃으면서 말했다. 텅 빈 소리 같았다.

"너무해요. 그리고 제 스탠드가 아까워요."

"아름다운 스탠드구나."

할머니는 이렇게 말했다. 할머니도 어색해하는 것을 알 수 있었다. 할머니는 뭐라고 말해야 할지, 어떤 느낌을 받아야 할지 갈피를 잡지 못했다. 그래도 할머니는 애쓰고 있었다.

나는 다음 사진을 클릭했다. 에릭이 내가 처음 보는 이불을 덮고 우리 침대에서 곤히 자고 있었다.

"코가 참 이상하게 생겼구나."

할머니가 내 잔에 와인을 더 부어주며 말했다.

"다른 사람 얼굴에 붙어있는 것 같아."

나는 하도 크게 웃어서 코로 컹컹거리는 소리를 내고 말았다.

우리는 니키의 사진을 하나도 빠짐없이 봤다. 그녀는 고등학생 때 치어리더였다. 대학에서는 여학생 클럽 회원이었다. 스키니 진과 긴 부츠를 아주 좋아했다. 3년 전 셰그 헤어다양한 길이로 층을 낸 헤어스타일를 했다가 그만뒀다. 모든 사진 속에서 그녀는 메이크업을 하고 미인 대회에 나간 것처럼 웃고 있었다. 나는 그녀가 되고 싶지 않았다. 나와는 너무 다른 사람이었다. 그녀의 존재에 기운이 빠졌다. 나 대신 그녀를 택한 사람과 함께하고 싶지 않았지만, 내 집과 내 남편, 내 인생이라고 생각했던 모든 것을 놓치는 기분은 묘했다.

"네 페이지도 보고 싶구나."

마침내 니키의 페이지 끝에 다다르자, 할머니가 말했다. 내 프로필을 클릭했다. 다행히 에릭과 결혼하면서 성을 바꾸지 않아서 나는 여전히 아빠와 할머니처럼 '엘리스'였다.

"새 사진을 올려야겠네!"

할머니가 말하고 작년에 나와 에릭이 나이아가라 폭포에서 찍은 사진을 가리켰다.

"자!"

할머니는 핸드폰을 내게 건넸다.

"우리 셀카 찍자."

할머니가 '셀카'라고 말하는 것이 재미있었다. 내가 로체스터로 떠났을 때, 셀카라는 단어는 존재하지도 않았다.

할머니는 바크 쪽으로 몸을 기울였다. 나는 그들 앞에 무릎을 꿇고, 바크가 내 얼굴을 핥는 순간에 사진을 찍었다. 초점이 약간 맞지 않았다. 나는 눈을 감고 콧잔등을 찡그리고 있었다. 우리의 와인 잔은 천장 불빛을 반사시키고 있었다. 하지만 나는 웃고 있었고, 할머니도 웃고 있었다. 바크도 행복해 보였다.

나는 핸드폰을 할머니에게 건넸다.

"우리 참 예쁘구나!"

할머니가 이렇게 말하고 바크의 귀를 긁어줬다.

"그러네요. 너도 정말 예쁘다, 바키."

바크는 할머니의 뺨을 핥았다. 바크는 일 년 동안 함께한 에릭보다 겨우 이틀 함께 지낸 할머니와 더 가까워졌다.

"그래서⋯⋯."

할머니는 내 노트북을 가리켰다.

"이 사진을 거기 어떻게 올리니?"

할머니 핸드폰의 페이스북 앱에는 내 계정으로 로그인돼 있었기 때문에 곧바로 사진을 업로드하고 노트북의 페이지를 새로 고침해서 할머니에게 더 큰 화면으로 보여줬다.

"멋지다." 할머니가 작은 소리로 말했다.

"근사한 프로그램이네."

할머니는 와인 잔을 내 잔에 부딪혔다.

"새 출발을 위해서."

"새 출발을 위해서."

나도 말했다.

"우우에게서는 아무 소식이 없어?"

할머니가 물었다.

"아직은요."

할머니 얼굴에 실망한 기색이 역력했다.

"딸이 페이스북을 매일 확인하지 않을지도 몰라요."

내가 말했다. 할머니는 남은 와인을 한 모금에 마셨다.

"어쩌면 날 기억하지 못할지도 모르지. 오래 전이니까."

"분명히 기억할 거예요."

나는 좋은 대답이 곧 오기를 빌면서 말했다.

"이제 열한 시가 다 됐어요. 내일 올지도 모르죠."

"잘 시간이 한참 지났네!" 할머니가 일어섰다.

"괜찮니?"

나는 고개를 끄덕였다.

"아니면 와서 날 깨워라."

할머니는 내 정수리에 키스했다.

"도움이 됐어요, 할머니." 내가 말했다.

"정말로요."

마음이 더 안정된 것은 사실이었다. 할머니 기분이 좋아지라고 한 소리만은 아니었다.

바크가 할머니를 따라 할머니 방으로 갔다가, 목적지까지 안전하게 바래다준 것이 자랑스럽다는 듯 꼬리를 흔들며 달려왔다.

　잠자리에 들기 전, 나는 루카의 페이지를 클릭했다. 세 시간 전, 그는 스페인 이끼와 담쟁이덩굴로 뒤덮인 살아있는 참나무와 그 구부러진 가지 사이사이로 새파란 하늘이 보이는 사진을 올렸다. 햇빛처럼 빛나는 은색 이끼는 바람에 날리는 긴 머리처럼 흔들렸다. 아무 설명도 없었다. 위치 태그도 없었다. 하지만 루카가 이 나무를 보고 걸음을 멈추고 그 아름다움을 감상하느라 말없이 서있다가 사진 찍는 모습을 나는 상상할 수 있었다.

16
우리의 첫 만남

대학 시절 루카는 내 침대에서 자주 잤다. 그건 우리가 처음 만난 날 밤부터 그랬다.

루카는 극장 파티장 벽에 기대어 서있었는데, 나처럼 어쩔 줄 몰라 하는 듯한 느낌이었다.

"프레츨 먹을래요?"

나는 주방에서 채워온 빨간색 종이컵을 내밀며 말했다. 나로서는 대담한 행동이었다. 보통 그렇게 대담하게 굴지는 않았는데, 어째서인지 그에게서는 안전하다는 느낌을 받았다.

"그럼요."

그는 조용히 말했다. 컵에서 프레츨을 집어먹는 그의 뺨은 불그스레하게 달아올랐다. 딱 하나만 집어든 프레츨. 스쳐지

나가는 미소. 그와 같은 사람이 수줍어하다니 놀라웠다. 루카는 매력적이고 예쁜 사람이었다. 매끈하고 넓은 이마와 높은 광대, 깊은 곡선을 그리는 핑크빛 입술. 진갈색 눈동자에서 뿜어지는 빛은 따뜻했고, 애원하는 듯 했다. '나를 조심스럽게 대해줘요'라고 말하는 듯한 표정이었다. 거기에 빠져드는 사람이 나뿐이라는 것을 믿을 수 없었다. 아름다움의 종형곡선에서 아치 부분을 넘어서는 수준이 되면, 사람들은 그 아름다움을 감당하지 못하는 모양이라고 나는 생각했다.

우리는 함께 벽에 등을 기대고 서서 프레츨을 먹으면서 사람들을 구경했다. 망토를 두른 어떤 여자가 춤을 추기 시작했고, 루카가 나를 슬쩍 밀어서 우리는 둘 다 같은 움직임을 주시하고 있었다. 그 상황은 어릴 적 놀이터에서 다른 아이가 나타나 모래상자에 든 내 삽을 쓴 후, 갑자기 같이 놀게 되던 때를 떠올리게 했다. 나는 내 과자를 나눠줬고 이제 우리는 친구가 된 것이다.

프레츨을 다 먹고 나자 그는 내게서 컵을 받아 부엌으로 갔다.

"누가 프레츨 봉지에 맥주를 쏟았어요."

그는 감자칩을 가지고 와서 이렇게 말했다.

"고마워요."

나는 미소를 지어 보이며 말했다. 그의 회색 상의 맨 위 단추가 떨어질듯 실에 매달려있었다. 나는 그걸 다시 달아주고 싶다고 무심히 생각했다.

우리는 다시 등을 기대고 아무 말 없이 구경하기 모드로 돌아갔지만, 대화를 피한 것은 아니었다. 반 학기 동안 사람들과 나눈 잡담과 자기소개를 다 합쳐도 그와 잠깐 있으면서 느낀 연대감을 이길 수는 없었다. 백 년에 한 번 느낄 수 있는 그 감정이 그날 밤만의 착각인 건 아닌지, 다음번에 그를 다시 만나 그가 내 전공이 무엇인지 물으면 다른 사람들과의 상호작용과 다를 바 없이 느껴지진 않을지 걱정하지 않을 수 없었다.

파티가 끝나가자 그가 말했다.

"집까지 데려다줘도 될까요?"

나는 좋다고 답하고는 그도 우리 사이가 끝나지 않기를 원해서 그렇게 물은 것이기를 바랐다.

한참 이리저리 걷고 "달 좀 봐요!"라고 외치고 누구 입김이 더 센지 찬 공기 속에 후 불기를 한 뒤 내 기숙사에 도착했을 때, 내가 말했다.

"영화 볼래요?"

어쨌든 내 룸메이트는 귀가하지 않았기 때문이다. 너무 늦은 시간이라 내 기숙사 층의 불은 대부분 꺼져있었다. 나는 내가 마지막으로 깨어있는 사람이라는 느낌을 싫어했다. 졸린 머릿속에서 그 느낌은 항상, 무슨 일이 생겼는데 나만 남은 것처럼, 마지막으로 살아남은 사람이 되었다는 느낌으로 돌변했다. 아침이 되면 멍청한 생각을 했다고 자각했지만 밤이면 텅 빈 어둠은 매번 나를 당혹시켰다. 그런 일은 자주 있었다. 잠들지 않으려고 버티다가 너무 늦게까지 깨어있다 보면 그 당혹감이 나를 덮쳤다. 그걸 느끼느니 방금 만난 이 남자를 방에 들이는 것이 훨씬 이성적인 일이라고 느껴졌다. 심지어 현명하다고 느껴졌다. 세상이 멸망하거나, 내 머릿속에서 그려낼 수 있는 재난이 일어나는 경우, 적어도 나는 혼자가 아닐 터였고, 남는 것은 우리 둘일 테니까.

우리는 내 방 바닥에 가만히 앉아서 〈로마의 휴일〉을 봤다. 내가 제일 좋아하는 영화 중 하나였고, 그는 본 적이 없다고 했다. 나는 하품을 참았다. 그에게 가야 한다는 구실을 주고 싶지 않았다. 그러다가 너무 늦어져 거의 아침이 됐고 내 기숙사에서 깨어있는 사람은 우리 둘뿐이라는 확신이 들었다.

"자고 가도 돼요."

이렇게 말해도 대담한 짓처럼 느껴지지 않았다. 방금 만나서 별 이야기도 하지 않은 이 남자에게 그렇게 제안하는 것이 자연스럽게 느껴졌다. 그 순간 그는 이미 내게 중요한 사람이었다.

우리는 끌어안은 채 내 침대에 함께 누웠다. 그는 내 목에 머리를 댔고 나는 울음을 참아야 했다. 숨을 너무 오랫동안 참고 있다가 겨우 내쉬는 듯한 느낌이었다. 아빠가 돌아가신 후 처음으로 나는 곤히 잤다.

그다음, 우리는 그저 침대에 누워 서로 손을 잡고 있었다. 밤이면 밤마다, 그가 내 몸의 일부처럼 느껴질 때까지.

17
모와의 작업

이튿날 오후, 할머니는 빗시와 외출하고 나는 바크와 소파에 누워 주택 관련 리얼리티 방송을 보고 있었다. 그때 모가 연락도 없이 들어와 우리 옆에 털썩 앉았다. 모가 어찌나 당연하다는 듯 그랬는지 바크는 짖지도 않았다. 그저 내 무릎 너머로 모를 가만히 지켜보기만 했다.

"나도 이거 좋아해."

모는 그렇게 말했고, 에피소드 두 개를 보는 내내 대화는 그걸로 끝이었다. 우리는 방과 후에 함께 만화를 보던 것처럼 사람들이 집을 구하는 모습을 봤다. 내 공간에 모가 당연하다는 듯 있어주니 갈증이 해소되는 느낌이었다. 모가 강박적으로 발목을 돌려 우두둑 소리를 낸다는 걸 깜빡하고 있었지만,

모가 그럴 때마다 내 팔꿈치는 자연스럽게 모의 옆구리를 찔렀다. 그러면 마치 익숙한 안무를 추듯이 모는 나를 팔꿈치로 찌르고 노려봤다. 그럴 때마다 뻗치고 짧은 단발머리를 하고 무릎에는 상처가 가득한 열한 살의 모가 떠올랐다.

2화에 나오는 부부는 집을 잘못 골랐다. 그들은 외관은 좀 별로여도 마당이 괜찮은 집을 골라야 했다. 모는 이마를 손으로 철썩 쳤다.

"나라면 저러지 않을 거야."

엔딩 크레딧이 올라갈 때, 모는 믿을 수 없다는 표정으로 고개를 저었다.

"맥주 있니?"

모는 대답을 기다리지 않았다. 일어나서 부엌으로 가더니 맥주 두 병을 가지고 왔다. 우리는 현관 계단에 앉아서 그걸 마셨다. 바크는 안에 있었다. 잠시 문 뒤에서 낑낑거리는 소리가 들렸지만, 타일을 발톱으로 긁는 소리는 멀어져갔다. 바크는 아마 머레이를 찾아서 침대에서 낮잠을 잘 것이다.

"우리에게 뭔가 필요한 것 같아."

모와 시간을 보낼 구실이 필요해서 이렇게 말했다. 모가 너무 바빠지거나 내가 너무 슬퍼져서 우리 우정이 다시 시드는 일은 없었으면 했다.

"뭐?"

모는 맥주병에서 라벨을 떼어 귀퉁이를 돌돌 말았다.

"모르겠어. 정기적으로 같이 하는 거라든가. 새로운 전통을 만드는 거야."

"해피 아워 같은 거?"

모와 함께 술을 마시는 습관을 들이는 건 내게 좋지 않을 거란 걸 알고 있었다.

"공예 같은 거. 수업을 듣거나. 가라테를 배울까?"

모는 웃었다. 분명 내가 발차기를 하는 모습을 상상했을 것이다.

"마타가 노인 센터에서 화요일 밤마다 스테인드글라스 만들기를 가르쳐."

모가 말했다.

"우린 노인이 아니잖아."

"마타는 상관하지 않아! 나도 몇 번 가봤어. 꽤 재미있긴 했지만 나는 금속으로 작업하는 게 더 익숙해서. 유리를 많이 깨뜨렸어."

모는 맥주를 마시며 말을 이었다.

"너도 와도 돼. 용접하는 법 가르쳐줄게."

"용접?"

나는 내 맥주병 라벨을 떼어냈다.

"응. 안 될 것도 없지."

모는 트림을 하더니 고개를 저었다.

"도와줄 사람이 있으면 좋지. 그리고 넌 조심스럽잖아. 조심스러운 게 좋아."

모는 빈 병을 계단 옆에 놓고 일어서더니 손을 청바지에 문질렀다.

"지금?"

내가 물었다. 내 말은 주로 가정형으로 이뤄져있었다. 목표를 아주 조금씩 찾아내는 것 같은 기분만 느끼고 다시 소파에 드러눕고 싶어 하는 것이 나였다.

"바크도 데려와."

"글쎄. 거기 시끄럽지?"

"괜찮을 거야. 너무 정신없는 일은 안 할 테니까."

나는 모의 병을 들고 할머니에게 남길 쪽지를 쓰러 안으로 들어갔다. 바크는 꼬리를 흔들며 달려 나왔다. 바크가 마법이 일어난 듯 정상적인 개처럼 행동하고, 모의 집에 가서 재미있는 시간을 보내고, 그렇게 모든 것이 잘 되기를 바랐다. 하지만 목줄을 매려고 하니 바크는 내 방으로 달려가 침대 밑에 숨었다.

"얘, 바키." 내가 뒤쫓아가면서 불렀다.

"이리 와!"

바키는 꼬리를 배에 딱 붙이고 귀를 납작하게 눕힌 채 뒷걸음질 쳤다.

"오, 바키! 괜찮을 거야."

바크는 이번에는 목줄을 걸게 해줬지만, 복도를 걸어갈 때는 내 뒤로 축 처져서 따라왔다. 현관문을 열었다. 바크는 모를 한번 보고는 얼어붙었다.

"방금 전에 봤잖아."

내가 말했다. 하지만 바크에게 바깥의 모는 집 안의 모와 완전히 다른 사람이었다. 나는 계속 걸었지만 바크는 멍한 눈빛으로 꼼짝도 안 하고 서있었다. 녀석의 줄을 한 번 당겼다. 바크가 내는 신음소리는 "난 못 해!"라고 외치는 것 같았다.

"얘, 바크."

모가 높은 음성으로 부드럽게 말했다. 바크의 귀가 쫑긋거렸다.

"우리 친구잖아, 잊었어?"

모가 쓰다듬어주려고 다가갔지만, 바크는 움츠렸다.

"알았어, 이제 알겠다. 힘든 거구나."

모는 바크에게 등을 돌리고는 계단에 앉아서 한 손을 등 뒤로 최대한 멀리 뻗었다. 바크는 목을 뻗어 공기 냄새를 맡더니 모에게 조금 가까이 다가갔다.

"착하지."

내가 속삭였다. 바크는 모의 손을 한 번 킁킁거리고는 모가 공격이라도 할 것처럼 움츠렸다. 모는 등을 곧게 펴고 가만히 앉아있었다. 바크는 다시 모의 팔을 킁킁거리더니 핥았다. 모는 아주 조금 어깨를 으쓱였다.

"어머나. 키스한 거야?"

바크는 뒤로 물러났다가 다시 시도했다. 이번에는 모 옆에 앉아서 그녀를 가만히 바라봤다. 모는 천천히 바크 쪽으로 고개를 돌렸다. 모가 바라보면 바크는 시선을 돌렸다. 모가 시선을 돌리면, 바크는 고개를 돌려서 모를 봤다. 하지만 그 순간 오토바이 한 대가 매연을 내뿜으며 거리를 달려갔다. 바크는 내 손에서 줄을 당겨 집으로 달려 들어가더니 복도를 지나서 보이지 않게 됐다.

"불쌍한 녀석!" 모가 말했다.

"쟤는 집에 잘 있도록 해놓고 우리끼리 가야 할까?"

나는 모가 이해해준 것에 안도하며 고개를 끄덕였다.

"한 걸음씩." 모가 말했다.

"계속 노력해야지."

"항상 바크가 발전하려는 순간에 무슨 일이 생겨. 그리고 바크는 너무나…… 너는 잘 모르겠지만, 참 상냥하거든. 그걸 보여주지 못하는 게 슬퍼."

"나도 알아. 얼굴을 보면 알 수 있어."

우리는 바크에게 줄 간식을 좀 가져갔다. 바크는 혀가 아니라 이빨로, 모에게서 간식을 하나 받기도 했다. 그리고 물러나서 침대 위로 뛰어올라 그것을 먹으면서 모를 지켜봤다. 모가 실수로 준 것이니 돌려달라고 할지도 모른다는 듯이.

"그래, 바키." 내가 바크의 귓등을 긁어주면서 말했다.

"금방 돌아올 거야."

바크는 씹던 것을 멈추고 슬픈 눈으로 고개를 들었다. 나는 바크의 이마에 입을 맞췄고, 나도 나가기 싫다는 생각이 들기 전에 서둘러 출발했다.

우리는 모의 집까지 걸어갔다. 모 할아버지의 로드마스터 웨건이 할머니의 베이지색 커트라스 슈프림 옆에 주차돼있었다. 그걸 보니 꼭 두 분이 집 안 식탁에 앉아서 크로스워드 퍼즐을 하고 계실 것만 같았다. 모가 그 차들을 운전하는지, 아니면 1월 중순이 되면 거실의 크리스마스트리가 신경 쓰이지 않게 되는 것처럼 그 차들이 더 이상 모의 눈에 안 띄게 된 것인지 궁금했다. 눈여겨보지 않는 것들은 너무나 쉽게 풍경의 일부가 돼버리니까.

모의 흰색 1976년형 비틀은 도로 경계석 옆에 서있었다. 고등학교 시절, 모는 도서관에서 빌려온 책을 보고 엔진 재조립하는 방법을 독학했었다.

모는 차고 키패드에 암호를 입력했다.

"F-U-C-K야."

문이 올라가기를 기다리고 있을 때, 모가 말했다.

"네가 들어올 일 있으면 써."

나는 웃음을 터뜨렸다.

"암호를 자꾸 잊어버렸거든. 근데 이건 절대 안 까먹으니까."

"그렇겠네."

차 두 대가 들어가는 차고 안에 살아나기를 기다리는 듯한 생물체의 척추가 퍼즐 조각처럼 세워져있었다. 그것은 해초처럼 구불구불 뻗어있는 금속으로 에워싸인 단에 철근 두 개로 고정돼있었다.

"바다소를 만들려고." 모가 구부러진 등뼈를 쓰다듬으면서 말했다.

"아주 큰 노끈으로 만든 것처럼 보이게 기다란 금속을 감을 거야."

잘 상상이 되진 않았지만 나는 고개를 끄덕였다.

"이것처럼."

모는 내 손에 엽서 한 장을 쥐어주며 말했다. 틀에 기다란 금속 줄을 감아서 만든 상어였다. 추상적이면서도 생생했다. 크기를 비교할 수 있도록 모의 차가 사진 속에 있었는데, 차는 마치 태엽 장난감처럼 보였다.

"그거 가져도 돼." 모가 엽서를 가리키며 말했다.

"나는 프린트해놓은 게 많아."

모는 양손을 주머니에 넣었다.

"바다소는 그만큼 크지 않을 거야. 기초 작업을 집에서 하고 싶었거든. 다른 곳에서는 작업하기가 어려워. 인명구조원일이 끝날 시간이면 날은 어두워지고 창고들은 다 형편없는 곳에 있단 말이지. 난 그런 면에는 겁이 많아서."

놀라웠다. 모는 항상 두려움 같은 건 느끼지 않을 것만 같았다.

"조금 더 작게 만들걸 그랬어. 그렇지만 이웃들이 불평하지만 않으면 집 앞에서 작업할 수 있을 거야. 작업실이 작다고 해서 형태를 희생시키지 않도록 주의해야 해. 일을 편하게 만드는 선택을 하기 쉽거든."

"그럼, 내가 어떻게 도울까?"

나는 심오한 철학적 논의를 피하며 이렇게 물었다. 모의 작품을 보니 내 자랑거리가 적은 것이 더욱 부끄러웠다.

"얼마나 더러워져도 괜찮아?"

나는 낡은 청바지와 악몽 같았던 〈데임즈 앳 시Dames at Sea〉 공연 티셔츠를 바라봤다.

"필요한 만큼."

모는 할아버지의 미니 냉장고에서 맥주를 가져와 벽에 튀어나와 있는 못으로 뚜껑을 땄다.

"자."

모는 내게 맥주를 건네주고는 움직이는 바다소와 몇 가지 각도에서 찍은 골격 사진을 보여줬다.

"갈비뼈가 어떻게 생겼는지 보이지? 점점 넓어지고 얇아지다가, 여기서는 거의 휘어지는 거."

모는 손으로 가리키며 말했다. 그리고 어색한 미소를 지었다.

"대부분의 사람들은 틈 속에 뭐가 있는지 들여다보지 않을 것 같지만, 내겐 중요하거든."

"이해해."

내가 말했다. 나도 작업을 하면서 그런 느낌을 가졌었다. 쉽게 보이지 않는 세세한 것들도 모이면 중요한 것이 됐다. 그런 이유에서, 나는 학교에 다니던 시절 〈햄릿〉에 나오는 오필리아의 드레스에 은별을 수놓았고, 〈메리 스튜어트〉에 나오는 엘리자베스 여왕의 옷깃을 더 진짜처럼 보이게 장식하는 법을 배웠다.

모는 작업대 뒤쪽에 손을 넣더니 내게 노란 스웨이드 장갑을 던지고는 바닥에 놓여있던 할아버지의 작업 부츠를 가리켰다.

"저건 네가 신기엔 크겠지만, 플립플롭을 신고 일하면 안 돼. 발가락이 잘릴 거야."

나는 부츠의 상태를 자세히 생각하지 않으려고 노력하면서 맨발을 넣었다.

"갈비뼈에 생긴 녹은 그대로 유지하고 싶어."

모는 크기에 맞추어 잘라 유성 연필로 숫자를 적어둔 녹슨 철근 더미를 가리켰다.

"저걸 순서대로 정리해주면 내가 장비를 합칠게."

내가 철근을 정리하는 동안 모는 수레에 구부러진 쇳덩이를 담아 집 앞으로 밀고 나갔다. 그러고는 작업실 스탠드를 세우고 산소 아세틸렌 토치를 밖으로 밀고 나갔다.

우리는 필코Philco에서 나온 오래된 레코드플레이어로 할아버지의 조니 캐시Johnny Cash 레코드를 틀어놓고 밤늦도록 작업했다. 모가 토치로 철근을 가열하면 철근을 하나씩 틀 주위로 구부려 감았다. 그런 다음 모가 양끝을 가열하면 우리는 그 금속을 망치로 두드려 바다소의 갈비뼈처럼 희한한 노 모양을 만들었다. 철근은 무거웠다. 녹이 내 팔에 떨어지고, 땀이 눈 위로 흘렀다. 그러나 강철의 형태를 바꾸는 데서 오는 만족감이 있었다. 우리는 저녁을 먹기 위해 쉬기 전까지 열두 개의 갈빗대를 만들었다.

모는 청결 상태가 의심스럽고 짝이 안 맞는 그릇에 레토르트 맥앤드치즈를 담더니 할아버지 작업대 끄트머리에 놓인 아주 오래된 전자레인지로 데웠다. 삑 소리가 나기를 기다리는 동안 나는 물러나서 작업대 밑을 들여다봤다.

"아직 거기 있어." 모가 씩 웃으면서 말했다.

"찾아봐."

나는 작업대 밑으로 기어들어가서 목재 문을 치웠다. 콘크리트 블록을 통과하는 입구는 내 기억보다 작았고 폐쇄된 공간에 대한 두려움이 살짝 느껴졌지만 어쨌든 계속 나아갔다. 손으로 더듬어 스위치를 찾았다. 모가 갈아 끼운 것인지 알전구 하나가 아직 켜졌다.

냉전 기간, 모의 할아버지는 차고에 가벽을 세워 방공호를 지었다. 할아버지는 진짜 문을 달지 못했고 그곳은 지하도 아니었다. 할아버지가 그곳이 쿠바의 미사일로부터 가족을 지켜줄 거라 믿었다고는 생각하지 않는다. 할아버지는 그저 할 수 있는 일이 그것뿐이었기 때문에 방공호를 지었을 것이다. 하지만 어릴 적 모와 나는 여기가 세상에서 가장 안전한 곳이라고 진심으로 믿었다. 안에는 군용 침대 두 개와 취침용 매트 몇 개가 있었다. 나와 모보다 나이가 더 많은, 유통기한이 지난 옥수수와 복숭아 캔이 선반에 가지런히 서서 먼지를 뒤집어쓰고 있었다. 무선 라디오, 양동이 화장실도 있었다. 모와 나는 식수라고 적힌 두 개의 드럼통이 마치 살롱의 의자라도 되는 양 앉아서 RPG 게임을 하곤 했다.

퀴퀴하고 축축한 공기의 냄새를 맡으니 내가 어릴 적에 쓰던 파워퍼프걸 침낭과 우리만의 비밀 요새에서 캠핑하던 것도 생각났다.

"거기서 먹을래?" 모가 바깥에서 물었다.

"응."

나는 군용 침대를 밀었다. 모가 자면서 뒤척일 때처럼 캔버스 천이 프레임에 닿아 끼익거리는 소리가 들렸다. 모가 거기, 내가 필요로 하면 팔만 뻗으면 닿는 거리에 있다는 의미였으므로 나는 그 소리가 좋았다.

모는 맥앤드치즈 그릇을 문을 통해 내게 넘기고 기어 들어왔다.

"와, 여기 정말 오랜만이다."

모는 일어나서 예전보다 훨씬 많은 공간을 차지하면서 말했다.

우리는 드럼통에 앉아서 먹었다. 이제는 발이 땅에 닿았다. 배가 고파서, 전자레인지의 열 때문에 그릇에 묻었을 이상한 것은 다 죽었을 거라고 믿었다. 우리는 말없이 빠른 속도로 접시를 비웠다. 식사를 마친 뒤, 모는 주머니에서 바다소 뼈대 사진 한 장을 꺼내 우리가 얼마나 완성했는지 보여줬다.

"갈비뼈는 대부분 각도가 비슷하지만, 마지막 몇 개는 손으로 구부려야 해. 아마 이것들을 맞춰야 할 거야. 그러면 모두 붙일 수 있어."

모는 하품을 하고 눈을 깜빡였다.

"너무 지치기 전에 여기서 그만둬야겠다."

나도 하품을 했다.

"네가 이 일을 싫어하지 않았으면 좋겠어."

모가 걱정스러운 듯 눈썹을 치켜뜨고 말했다.

"진심이야?"

내가 물었다. 모의 표정이 시무룩해졌다.

"아니! 좋은 뜻으로 진심이냐고 물은 거야. 정말 즐거웠어."

"정말? 네 도움을 받으니까 정말 좋았어. 그리고…… 네가 있다는 것만으로도."

모는 내 어깨를 감싸 안더니 옆에서 끌어안았다.

"후우!"

모는 몸을 떼어내면서 얼굴에 손으로 부채질을 했다.

"너니, 나니?"

우리 둘 다 겨드랑이 냄새를 맡았다.

"나야."

나와 모는 동시에 말했다.

"완전 나야."

나는 웃었다.

"웃기다!"

차고로 다시 기어들어간 뒤, 모는 나를 일으켜 세우고 등을 두드려줬다.

"이제 샤워하게, 케이틀린 엘리스!"

나는 할아버지 부츠에서 발을 빼내어 플립플롭을 신었다.

"자네도, 모린 제이콥스." 내가 말했다.

모는 콧잔등을 찡그렸다.

"너 그거 진짜 안 어울린다. 스포츠 같은 거? 완전 별로야."

"시끄러."

나는 걸어가며 웃었다.

"나도 알아."

"조심해서 가."

"집에 들어가다가 발 헛디디지 마."

"시끄러."

모가 발을 헛디디는 척하면서 말했다.

"사랑해, 모."

어릴 적에 그랬던 것처럼 나는 어깨너머로 말했다.

"사랑해, 케이!"

모도 외쳤다.

18
인어와 스케치

바크가 나를 맞이하러 너무 빨리 뛰어오다가 타일 바닥에 미끄러져 내 다리에 부딪혔다. 녀석은 몸을 일으키더니 내게 달려들었다.

"얘! 어디 보자!"

나는 바크가 마찰력을 잃고도 겁에 질리지 않은 것을 보고 놀랐다. 나는 허리를 숙여 바크 머리에 키스했고 바크는 내 뺨을 핥았다. 깨끗한 빨래 냄새가 났다.

"할머니는 어디 계셔?"

나는 목소리를 낮춰 속삭였다.

"저런, 주무시니?"

바크는 귀를 긁어달라고 내 손에 대고 머리를 밀었다. 나는 할머니 소리에 귀를 기울였다. 할머니 방에서 텔레비전 소리가 들리지 않았다. 거실은 껌껌했고, 부엌에는 스토브 위의 전등만 켜져있었다. 냉장고에는 쪽지가 붙어있었다.

나중에 보자, 음식 넣어놨어. XO

냉장고 안을 보니 또 쪽지 하나가 접시에 붙어있었다.

나를 먹어요.

폴렌타옥수수를 끓여서 만드는 수프의 일종 그리고 아스파라거스였다. 오줌에서 이상한 냄새가 나는 것이 지겨웠지만, 철근을 그렇게 들고 날랐더니 모가 만들어준 맥앤드치즈로는 충분하지 않았다. 음식을 전자레인지로 데우고 바크의 저녁 식사도 준비했다.

접시 두 개를 내 방으로 들고 가는 동안 바크가 등 뒤에서 팔짝팔짝 뛰었다. 내가 그릇을 바닥에 내려놓기도 전에 바크는 먹기 시작했다. 그 애 옆에 앉을 필요도 없었다.

"배고팠어, 바키?"

이렇게 물었지만 바크는 먹느라 바빠 내게 신경 쓰지 않았다. 나는 책상에 앉아 노트북을 켜고 대학 시절 포트폴리오 사진이 로딩되기를 기다리며 폴렌타를 입에 쑤셔 넣었다.

로체스터 극장에서 이디스의 보조로 일하는 동안 나는 내 자신에 대한 믿음을 잃었다. 그녀가 내 디자인을 쓰지 못하겠다고 할 때마다 그건 샘이 나서 하는 헛소리라고 생각했지만,

나는 그녀에게 도전하지 못했다. 그녀는 그곳의 주요 인물이었다. 로체스터 사람들은 모두 이디스를 알았다. 그리고 아무도 이디스의 부사령관이 누군지는 알지 못했다. 그녀의 작업이 진부하다는 사실, 역사적 고증이나 장인정신에는 무관심하다는 사실은 중요하지 않았다. 그녀는 한두 시간 정도 시간을 들여 고치는 대신, 1940년대를 배경으로 한 연극에 1890년대 퍼프소매를 재사용하곤 했다. 그녀는 그런 것들을 중요하게 여기지 않았지만, 의상 작업은 디테일이 전부다. 나는 늘 더 나은 결과물을 만들고 싶었지만 이디스는 그렇지 않았고, 결국 나는 가능성보다는 한계를 보기 시작했다. 내가 반항심을 드러낼 때마다, 그녀는 나를 쓰러뜨렸다. 분노를 계속 유지하는 것보다는 내 작품에 대한 믿음을 잃는 편이 더 쉬웠다. 내가 부족하다고 믿어버리면, 내 자신을 속이는 온갖 방법을 생각해낼 필요가 없었다.

예전 포트폴리오 사진 중 첫 세트를 열었다. 〈한여름 밤의 꿈〉에 나오는 티타니아의 의상은 진청색 샌팅 실크와 회백색 오간자를 겹겹이 더한 스커트 위로 몸통을 에워싸고 있는 청회색 실크 리본이 늘어져서, 마치 달빛으로 만들어낸 드레스 같았다. 맨 위의 옷감을 여기저기 잡아당기고 다른 곳은 주름을 잡은 덕분에 드레스에는 무정형의 마법 같은 느낌이 있었다. 나는 최종 드레스 리허설 중인 배우의 사진을 멍하니 보다가 내 작품에 대한 경외심을 느꼈다. 그건 다른 버전의 내가 만든 것만 같았다. 그 디자이너는 훌륭했다. 그리고 나는 그녀를 실망시켰다.

이론적으로는 메트로폴리탄 오페라에서 일하면서 가정을 꾸리는 것은 충분히 가능한 일이었지만, 내게는 현실의 여러 요소가 그렇게 맞아 떨어지지 않았다. 나는 에릭과 에릭이 로체스터에서 구한 안정적인 직장, 학군 좋고 가로수가 늘어선 지역에 자리 잡고 있으며 아이들이 뛰어놀 큰 마당이 딸린 집을 선택했다. 내 선택은 틀렸다. 에릭은 그런 타협을 해줄 가치가 없는 존재였다. 우리는 아이들을 갖지 못했다. 그리고 지금, 나는 새 출발을 하기 위해 뉴욕으로 가서 인턴 자리를 구하려고 싸우고, 인터넷에서 찾은 룸메이트와 원룸을 나눠 쓸 생각을 하고 있는 것이다. 이 생각을 하는 것만으로 피곤해졌다. 희망은 크고 기대하는 건 적은 사람으로 나는 돌아갈 수 없었다. 내게 남은 마지막 인내는 닳아 없어졌다. 가족도 없고, 큰 꿈도 없는 나는 무엇을 해야 할지 알 수 없었다. 예전의 내게는 약속이 있었지만, 내가 그걸 망쳐버렸다.

오베론과 함께 있는 티타니아의 사진을 클릭했다. 나는 매일 상연되기 전, 오베론의 관에 새 월계수 잎을 엮어 넣었다. 이끼로 덮인 그의 조끼는 정말로 살아있는 것 같았다.

"얘, 케이."

할머니가 복도를 걸어 내 방으로 오면서 불렀다. 졸고 있던 바크가 깨어나서 컹 짖었다. 우리는 할머니의 차가 차고로 들어오는 소리를 듣지 못했다.

"저녁 먹었어?"

"네, 잘 먹었어요." 나는 뭔가 변태스러운 짓을 하다가 걸린 것 마냥 부끄러움을 느끼면서 말했다.

"무슨 일 있었니?"

할머니가 물었고 나는 내가 어떤 사람이 될 수 있었는지, 어디서 나의 이야기를 잃어버렸는지 북받치는 감정을 쏟아낼 뻔했지만, 할머니가 콧잔등을 찡그리는 것을 보고서야 내가 얼마나 지저분한 상태인지 깨달았다.

"모가 바다소 만드는 걸 도왔어요."

"잘했구나."

할머니는 평정심을 유지하려고 노력하는 것처럼 딱 잘라서 말했다.

"예술을 하는 거 말이야. 그건 좋은 일이지."

"모의 예술이죠." 내가 말했다.

"하지만, 맞아요. 재미있었어요."

"자기 전에 샤워할 거지?"

할머니는 내가 아직 그런 언질을 줘야 하는 아이인 것처럼 말했다.

"네, 할머니."

나는 애써 아무렇지도 않은 어조로 말했다. 할머니는 손가락에 침을 묻히더니 내 뺨을 문질렀다.

"씻을 거예요. 약속해요. 잠깐 딴 데 정신이 팔렸어요."

할머니는 내 컴퓨터 화면을 보더니 티타니아를 가리켰다.

"그거 보러 비행기 타고 가길 정말 잘했어. 네 드레스를 입고 배우가 무대에 들어왔을 때, 관객들이 모두 탄성을 질렀다."

나는 밀려드는 자부심과 실망감을 내가 통제할 수 있는 것으로 바꿔보려고 애썼다.

"넌 재능이 많아."

할머니가 말했다. 현재 시제로. 내게 아직도 재능이 있다는 듯이. 할머니는 내 머리를 쓰다듬더니 녹이 잔뜩 묻은 자기 손을 봤다.

"샤워해라!"

할머니가 말했다. 나는 할머니가 다시 불평하기 전에 씻으려고 욕실로 갔다.

흐르는 온수 밑에 서있으니 인어들이 떠올랐다. 스팽글과 따개비로 장식한 하이웨이스트 꼬리와 모조 진주가 달린 1950년대 풍의 상의. 수영복 포스터와 같은 분위기에 뭔가 더 강한 느낌을 더한 것.

나는 머리카락에 거품을 묻힌 채로 욕실에서 뛰어나왔다. 책상 맨 위 서랍에는 오래된 공책과 색연필이 몇 개 있었다. 젖은 수건을 몸에 감고 거기 앉아 종이 위의 인어들이 내 머릿속의 모습과 비슷해질 때까지 스케치했다.

잠자리에 들기 전, 페이스북에 접속했다. 용기를 잃기 전에 재빨리, 루카의 프로필에서 메시지 버튼을 눌렀다.

안녕.

나는 이렇게 쓰고서 엔터키를 눌러 아무 생각 없이 보내버렸다. 그것을 지울 수 있는지 알아보려고 했지만 페이스북에은 내 메시지를 상대방이 이미 읽었다고 알려줬다. 화면을 응시하며 답을 기다렸지만, 젖은 수건만 두르고 있기에는 너무 추웠다. 노트북을 닫고 침대로 가서 졸다가 깨다가를 반복했다. 새벽 세 시. 결국 마음을 먹고 핸드폰으로 페이스북을 확인했다. 새로 온 메시지는 없었다.

19
두 번째 기회

"그렇게 차려 입고 어딜 가니?"

이튿날 아침, 출근하기 전에 할머니가 현관에서 나를 보고 물었다.

나는 버니의 옷감으로 만든 소박한 리넨 원피스를 입고 있었다. 머리를 단정하게 뒤로 묶고 속눈썹에 마스카라를 발랐다. 립스틱은 바르지 않았다. 옷감, 특히 웨딩드레스 옷감을 다루면서 립스틱을 바르는 건 말썽을 자초하는 짓이었다.

"예전 일을 다시 하게 됐어요. 아이작의 가게에서요."

할머니에게 말하지 않은 것이 어이없는 짓이라는 걸 알고 있었지만, 할머니에게 말하려고 할 때마다 우리의 대화가 어떤 방향으로 나아갈지 몰라 불안했다. 할머니는 잘됐다고 하거나 그럴 필요 없다고 할 것인데, 무슨 말을 하든지 나에 대한 염려가 느껴질 것 같았다.

"알고 있어." 할머니가 씩 웃었다.

"그럼 어디 가냐고 왜 물어보셨어요?"

"네가 말할지 알고 싶었거든."

할머니는 벽에 기대서더니 만족스러운 표정으로 팔짱을 꼈다.

"할머니는 모보다 더 나빠요!"

"모가 나한테서 배웠지." 할머니가 말했다.

"어떻게 아신 거예요?"

아이작은 가십을 주고받는 사람이 아니었고 나는 아무에게도 말하지 않았다.

"슈퍼마켓에서 아이작을 만났어."

"그래서 그걸 알아낸 거예요?"

"그런 셈이지."

"생산적인 일을 하고 싶었어요."

나는 할머니의 반응에 대비해 마음을 단단히 먹으며 말했다. 하지만 할머니는 이렇게 말했다.

"아이작은 네가 돌아와서 안심했단다."

할머니는 손을 뻗어 내 귀 뒤의 머리카락을 쓰다듬어줬다.

"두 사람 모두에게 도움이 될 것 같아. 상냥한 사람 옆에 있으면 강해지는 법이니까."

"고마워요."

나는 할머니가 찬성해준 것에 안도감을 느끼며 말했다.

"보기 좋구나. 네가 만든 거니?"

나는 고개를 끄덕였다.

"대단한 재능이야."

할머니가 말했다. 나는 할머니의 뺨에 키스하고, 바크를 긁어준 뒤 서둘러 출근했다.

아이작은 나를 위해 쿠키와 얼그레이 홍차 한 잔을 준비해뒀다.

"첫 출근 축하한다."

그가 미소를 지으면서 말했다. 나는 다가가 그를 한 팔로 감싸 안았고 우리 둘 다 얼굴이 붉어졌다. 우리는 함께 카운터 뒤에 앉아있었다.

"바빴어요?"

내가 물었다. 아이작은 고개를 끄덕였다. 우리는 차를 홀짝였다.

한참 침묵 끝에, 아이작이 말했다.

"한동안 도와주던 젊은 애가 있었어. 아, 재미있는 아이였지!"

아이작은 짓궂은 미소를 지었다.

"랩 음악을 좋아했어. 믿어줄지 모르겠지만, 나도 조금은 좋아하게 됐다. 매클모어Macklemore, 미국의 랩 가수라는 친구는 착한 아이 같더구나."

나는 웃지 않으려고 애썼다.

"매클모어 들어봤니?"

아이작이 물었다.

"네."

나는 어떤 젊은 애가 아이작의 음향기기를 차지하고 빙 크로스비Bing Crosby대신 유튜브 비디오를 틀어놓는 모습을 머릿속에 그려봤다.

"그 중고가게에 관한 노래 재미있더라."

아이작은 미소를 지으면서 말했다.

"하지만 아티미스는 작년에 대학에 갔어. 그리고…… 내가 계속 일을 할 수 없다면 새로운 아이에게 희망을 주고 싶지 않았단다."

아이작은 손가락을 쥐었다가 폈다. 손가락이 끝까지 펴지지 않았다.

"물론 네게도 괜한 희망을 주고 싶지 않지만, 경우가 다르니까. 너는 나 없이도 이 일을 할 수 있잖니."

나는 그의 얼굴에 비친 나의 슬픔을 봤다. 모를 제외하면,

내가 사랑하는 사람들은 너무 많이 늙었고 이따금 그것이 고통스러웠다. 아빠를 보면서 젊은 사람에게 젊음이 반드시 보장되지 않는다는 것을 깨달았지만, 노년은 달랐다. 아이작, 할머니, 빗시, 그들 친구들 모두가 젊어질 일은 없었다. 나도 마찬가지였다.

"아티미스는 봄 방학에 돌아올 거야. 너도 그 앨 만나면 좋겠구나."

"저도요. 아저씨가 그 앨 좋아하신다면, 저도 당연히 그럴 거예요."

신부와 친구들은 이십 분 뒤 요란하게 수다를 떨고 셀카를 찍으면서 등장했다.

"여긴 정말 구식이다."

신부 들러리 하나가 계산대 뒤 벽에 걸린 커다란 구리 가위를 찍으면서 말했다. 그 가위들은 오래된 것이 아니었다. 우리가 고등학생 때 모가 아이작에게 만들어준 것이었다. 모가 처음으로 의뢰를 받아 만든 물건이었다. 아이작은 재료비로 이백 달러를 지불했고 재능의 발견을 축하하는 파티도 했다.

"마음에 안 드니?" 신부 마리사가 말했다.

"난 좋아."

아이작의 얼굴이 빨개졌다. 그는 벌써부터 어쩔 줄 몰라 눈썹을 내리깔고 내게 눈길을 보냈다.

"와!" 나는 활짝 웃으면서 말했다.

"많은 분이 오셨네요! 그럼 이렇게 합시다. 마리사, 먼저 피팅을 하세요. 다른 분들은 간식을 드시고 싶으면 옆에 아주 훌륭한 베이커리가 있어요."

키 큰 들러리가 핸드폰을 꺼냈다.

"리뷰 사이트에서 삼 점밖에 못 받았는데."

그녀는 한숨을 쉬며 이렇게 말했고, 아홉 명 전부 우리를 따라 커튼 뒤로 들어와서 소음과 체온으로 공간을 메웠다. 아이작은 재봉 테이블 밑에 숨고 싶다는 표정이었다.

"브리트니!"

마리사가 탈의실에서 불렀다. 키가 가장 작은 들러리가 고개를 들더니 커튼 사이로 밀고 들어갔다.

"아니!" 마리사가 외쳤다.

"다른 브리트니!"

붉은 머리가 일어나더니 건너갔다. 다급하게 토론이 진행되더니 두 브리트니 모두 키득거리며 탈의실에서 나왔다.

내가 신부를 도와 스탠드에 올라서게 했을 때, 그녀의 입에서는 위스키 냄새가 진동했다. 아이작이 드레스에 핀을 꽂기 시작했을 때, 나는 옆집으로 달려가 그들이 술이 깨도록 마들렌을 스물네 개 사왔다. 드레스 비용을 늘릴 좋은 방법을 찾앉던 것이다.

  그들이 떠난 뒤, 아이작과 나는 피자를 시켜서 드레스에 기름이 묻지 않도록 뒤쪽 계단에 앉아서 먹었다. 추억 속에서 사는 느낌이었다. 저녁때를 알리는 가로등과 옆의 빵집 오븐에서 굽는 디너롤의 깔끔한 맥아 냄새. 아이작의 완벽한 자세와 냅킨처럼 그의 무릎 위에 펼쳐진 이니셜을 새겨 넣은 손수건. 버니가 세상을 떠나고 집에 돌아오니, 아이작과 함께 하는 이 식사와 그전의 모든 식사를 내 머릿속에 영원히 생생하게 기억하고 싶었다.

  "깜빡했구나!"

  아이작은 첫 조각을 먹고 나서 말했다. 그는 안으로 들어가더니 카베르네 와인 한 병과 머그잔 두 개를 가지고 나왔다.

  "축하를 해야지!"

  아이작은 머그잔을 내게 건네고 재킷 주머니에서 코르크 스크루를 꺼냈다. 코르크는 쉽게 빠지지 않았다. 그의 손이 떨렸다.

  "주세요."

  나는 머그잔을 내 옆의 계단에 내려놓았다. 병을 받아서 코르크를 뽑고 그가 따라줄 수 있도록 병을 다시 건넸다. 그는 잔을 내 잔에 부딪히며 말했다.

"집에 돌아온 걸 환영한다."

"고마워요."

나는 한 모금 마시면서 말했다. 오래된 좋은 와인이었다. 그는 이걸 아껴둔 것이다.

"오늘 힘들었니? 웨딩드레스 작업 말이다."

"사실 괜찮았어요."

그렇지 않았다 해도 솔직하게 인정할 수 있도록 해주는 그의 질문 방식이 마음에 들었다.

"난리법석이긴 했지만, 모두 귀여웠어요. 신이 나 있었고. 좋은 거잖아요?"

아이작은 고개를 끄덕였다.

"좋지."

"제 자신 때문에 슬플 수도 있겠죠. 행복한 사랑은 저 바깥에 있으니까. 그렇죠?"

"그런 것 같구나."

아이작은 희고 숱 많은 눈썹을 모으면서 생각에 잠겼다.

"결혼 예복 맞추는 게 힘드세요?" 내가 물었다.

"그랬지."

아이작은 상자에서 피자를 한 조각 더 집어 들며 말했다.

"프리다가 돌아가신 다음에요?"

"그 전에도."

아이작은 한숨을 쉬었다.

"프리다랑 나는 별로 행복하지 못했어."

"그거 정말 유감이네요."

아이작처럼 상냥하게 질문하는 기술이 내게 없다는 것이 미안했다. 하지만 그는 개의치 않는 것 같았다. 그는 이렇게 기억을 풀어놓게 된 것이 행복하다는 듯 말했다.

"우리가 결혼한 건 그게 이치에 맞는 일이었기 때문이야. 프리다의 아버지가 우리 아버지를 아셨거든. 프리다는 학교에서 우등생이었고 나도 그랬어. 적절한 한 쌍이었고 우리는 그거면 됐다고 믿었지. 하지만 프리다는 늘 조금은 남처럼 느껴졌어. 우리는 같은 배에 타고 있었지만, 다른 방향으로 나아가고 싶었단다."

아이작은 말을 더 골라야 하는 사람처럼 잠시 멈췄다.

"가끔, 신랑이 예복을 맞추러 왔는데, 그런 게 느껴질 때가 있단다. 환희 말이야. 그걸 보고 집에 가서 어색함을 느끼는 건 힘들었지."

뭐라고 말해야 할지 알 수 없었다. 와인을 한 모금 마시고 아이작을 계속 봤다. 나는 그저 그가 내게 이런 이야기하는 것이 편하기를 바랐다. 그는 나를 찬찬히 바라봤다.

"우린 두 번째 기회를 얻는단다." 그가 말했다.

"진짜 사랑 같은 게 있다고 생각하세요?"

    나는 와인에 살짝 취해서, 하지만 그의 생각이 궁금하기도 해서 물었다.

    "동화에 나오는 진정한 사랑이 아니라, 진짜 사랑이요. 두 사람이 하나인 것처럼 느끼는 거?"

    아이작은 고개를 끄덕였다.

    "좀 더 일찍 그걸 찾았으면 좋으련만."

    "아직 늦지 않았어요. 아저씨는 탐나는 상대라구요."

    아이작은 미소를 지으며 와인을 한 모금 마셨다.

    "이거 좋은 와인이란다."

    그가 말했고 나는 그렇게까지 깊은 이야기를 한 것이 갑자기 어리석게 느껴졌다.

    "맛있네요. 감사합니다."

    "계속 노력하려무나."

    아이작이 너무나 희망으로 가득한 시선으로 나를 바라봐서, 나는 눈물이 날 것 같았다.

    "하나가 되도록."

    나는 고개를 끄덕였다.

    "네 할머니께 피자 이야기는 하지 마라. 네게 치즈를 먹였다고 날 죽이려 들 테니."

    나는 가슴에 손을 댔다가 들었다.

    "안 할 게요. 맹세해요."

"나도 이제는 이렇게 먹지 않아." 아이작이 말했다.

"하지만 옛날이 그리워졌어. 예전처럼 말이야, 그렇지?"

아이작의 흰머리가 주차장 불빛에 금색으로 빛났다. 이가 나간 머그잔. 흠 하나 없이 닦은 그의 구두. 피자 상자에 묻은 기름. 나는 이 모든 것을 기억할 것이다.

"네." 내가 말했다.

"그래요."

20
인어들의 답장

저녁 식사 후, 아이작은 나를 차에 태워 할머니 집까지 데려다줬다. 집까지 걸어가도 괜찮다고 했지만, 그가 고집을 부렸다.

"저녁 거의 다 됐다."

문을 열고 들어가자 할머니가 부엌에서 말했다. 바크는 코끼리 봉제 인형을 물고 나를 맞으러 달려 나왔다. 바크는 그것을 공중으로 던졌다가 인형이 땅에 닿으려고 하면 다시 덤벼들었다. 나는 녀석이 마타의 손녀가 남긴 장난감을 고른 게 아니기를 바랐다.

"바크가 이거 가져도 돼요?"

나는 부엌으로 들어가면서 물었다. 바크는 코끼리를 물고 따라왔다.

"내가 사준 거야. 저 파란 건 빨려고."

"머레이요."

"머레이에게서 오래 신은 양말 냄새가 나."

할머니는 오븐에서 구운 감자가 올려진 트레이를 꺼냈다.

"다른 장난감도 안 주고 그걸 빼앗기는 미안했어."

"장난감까지 사주실 거 없어요."

바크는 코끼리를 기절시키고 싶은 것처럼, 꽉 물고서 흔들어댔다.

"사주고 싶었어." 할머니가 말했다.

"얼마나 좋아하는지 보렴!"

"고마워요. 정말 친절하세요."

"배 안 고파?"

"저녁 먹었어요."

"있잖니." 할머니는 한숨을 쉬며 말했다.

"집에서 저녁을 안 먹을 거면 나한테 말해줄 수도 있잖아."

"죄송해요."

낯이 뜨거워졌다. 나도 에릭에게 똑같은 어조로 똑같은 말을 천만 번은 했을 것이다.

"아이작이 음식을 주문해서, 저도……."

"아." 할머니가 누그러졌다.

"그거 잘했네. 아이작은 참 좋은 사람이야."

"네."

"뭘 주문했니?"

할머니는 감자 위에 영양이 많은 이스트 양념을 뿌리면서 물었다.

"샐러드요." 내가 말했다.

"맛있었어요."

그리고 나는 할머니가 더 이상 캐묻기 전에 내 방으로 가서 페이스북을 확인했다.

루카나 우우에게서 온 메시지는 없었다.

자기 파괴적인 충동에 사로잡힌 나는 니키의 계정을 클릭했다. 니키는 내 하드우드 마룻바닥을 망치고 있었다. 나는 거실에서 노란 빛깔과 지나치게 꼼꼼한 카펫 고정 장치를 없애기 위해서 몇 주일이나 들여 소형 전기 사포를 가지고 구석구석 사포질을 했다. 큰 사이즈의 전기 사포를 빌리기가 두려웠기 때문이다. 기온이 사십 도나 되는 날씨에 창문을 모두 열고 마루를 전부 착색하고 봉합했다. 그런데 니키는 내가 깔끔하게 마감해놓은 곳에 도장 페인트를 가지고 검정색 V자 무늬를 그리고 있었다. 그녀는 광택제를 갈아내지도 않았다. 흡연자의 립스틱처럼, 페인트는 테이프 아래로 번졌다. 그녀가 그린 선은 비뚤어졌고, 곧 벗겨지고 긁힐 것이다. 하지만 그녀는 머리를 붉은 손수건으로 묶고 에릭이 들고 있을 카메라를 향해 웃고 있었다.

내 새로운 프로젝트!

그리고 그녀의 친구들은 전부 댓글로 환호하고 있었다.

넌 정말 솜씨가 좋아! 그리고 그거 다하면 우리 집도 좀 해줘!

니키는 완벽하지 못하다고 징징거리지도, 더 잘 할 수 있었던 것에 집착하지도 않았다. 내가 공들여 한 일에서도 갖지 못하는 자부심을, 그녀는 대충 해놓은 일에서도 마음껏 뿜어대고 있었다. 나는 평생 누구도 그녀만큼 부러웠던 적이 없었다. 그건 그녀가 내 남편을 훔쳤기 때문이 아니라, 나도 그녀처럼 생각할 수 있기를 바랐기 때문이다.

그때 화면에 메시지 알림이 떴다. 반가움에 가슴이 뛰었다. 루카! 숨을 멈추고 클릭했다.

그건 로나 그릭스가 보낸 것이었다.

안녕하세요, 케이티! 보내주신 소식에 엄마가 기뻐하셨어요. 우릴 찾아줘서 고마워요. 엄마의 메시지를 보내드릴게요.

보고 싶은 나넷,

네 소식을 듣게 돼서 얼마나 반가운지 몰라! 너와 손녀의 사진을 보니 가슴이 뭉클했어. 손녀는 우리가 함께 헤엄치던 시절 너를 꼭 닮았더라. 네 영혼이 세상에 더 퍼져있다고 생각하니 기뻐.

나는 꽤 잘 지내고 있어. 로나네 집 근처에 살고 있지. 로나는 내 세 딸 중 첫째야. 손자 둘, 손녀 넷, 증손녀가 하나 있어. 행크는 아들을 갖고 싶어 했지만 딸 키우기에 푹 빠져버렸어. 세 아이들이 각자의 특별한 매력으로 아버지를 사로잡아버렸거든.

행크는 오 년 전에 떠났어. 크리스마스 다음 날. 혼자 남는 거, 힘들지? 날씨나 새로 살게 된 집에 대해 예의 바른 소릴 해야 할 것 같지만, 너는 내 가장 친한 친구였고 우린 그런 잡담을 하는 사이가 아니었으니, 그저 보고 싶다고 말하고 싶어. 행크를 잃고 의지할 곳 없는 느낌이 들어서 괴로워. 노년이 얼마나 우아하고 고통스럽고 아름다운지 이야기 나누고 싶어. 네 아들에게 무슨 일이 있었는지 알고 싶고 내가 마음을 다해 슬퍼한다고 전하고 싶어. 손자손녀들에게 수영을 가르칠 때, 너와 빗시와 우리가 물속에서 한 모험을 이야기했어. 너는 그 애들에게 《이상한 나라의 앨리스》에 나오는 인물 같은 존재란다. 이제 그 애들이 널 만나게 되면 좋겠다. 빗시에게 사랑한다고 전해줘. 둘이 가까운 데 산다니 부럽다. 이번에는 계속 연락하자. 네게 이야기하고 싶었던 것들을 늘 생각했어.

사랑하는,

우우

눈물이 나서 눈이 따끔거렸다. 나도 우우를 동화 속에 나오는 인물로 상상하며 자랐다면 얼마나 좋았을까 생각했다. 할머니가 이 위대한 우정을 인생의 일부로 추억하기를 바랐다. 할머니가 그 일을 한 번도 말하지 않은 까닭, 빗시의 달력 아이디어에 반대하는 까닭을 나는 알고 있었다. 우리는 물에 대해서 이야기하지 않으려고 했으니까. 하지만 더 이상 할머니가 나 때문에 옛일을 잃는 것은 보고 싶지 않았다.

할머니가 부엌에서 통화하는 소리가 들려서, 메시지를 복사해서 문자 메시지로 보냈다.

그러고 나서, 루카에게서 답장을 받지는 못했지만 난 다시 메시지를 보냈다.

안녕, 수영장에서 사진을 찍는데 고해상도 이미지가 필요하다면, 어떤 카메라를 쓸 거야?

나는 반사적으로 엔터키를 눌렀고 내 메시지는 보내졌다. 가슴이 두근거렸다. 적어도 잘 지내는지 물어봤어야 하는데. 그의 다큐멘터리를 잘 봤고, 멋진 애들은 모두 파티를 하러 나갔을 때 그와 함께 내 기숙사 방바닥에 앉아 버팔로 치킨 칼초네를 나누어 먹으며 〈새터데이 나이트 라이브Saturday Night Live〉를 보던 것이 그립다고도 말했어야 하는데.

재빨리 이렇게 적었다.

잘 지내고 있길 바랄게.

그러고는 실수로 엔터키를 눌렀다.

조만간 한번 만나자.

엔터.

젠장!

케이티가.

내 메시지 아래 연락을 줘서 기쁘다는 상냥한 말이 나타나기를 바라며, 어색한 기분으로 화면을 응시했다.

아무 일도 일어나지 않았다.

"케이!"

할머니가 눈물을 글썽이며 달려왔다.

"너도 읽었니?"

나는 고개를 끄덕였다.

"지금 답장 써도 될까?"

우우에게 장편 서사시급의 긴 답장을 보낸 뒤, 나는 스케치북에 그린 인어를 할머니에게 보여줬다.

"세상에, 케이."

할머니는 페이지를 넘기면서 말했다.

"정말 아름답구나!"

할머니는 눈물을 글썽이며 손으로 입을 가렸다.

"이건 빗시 같아!"

"달력을 만드는 게 어때요?"

나는 불편하게 죄는 가슴을 무시하면서 물었다.

"오, 그건 아닌 것 같구나."

할머니가 말했지만, 할머니의 눈빛은 그걸 바라고 있었다.

"일거리도 너무 많을 것 같고, 난⋯⋯."

"할 수 있어요. 무대 의상을 만드는 건 이것보다 일이 훨씬 더 많은 걸요."

"일뿐만 아니라⋯⋯."

"우우 의상도 만들 수 있고, 애틀랜타에서 사진작가를 구해서 우우의 사진을 찍어달라고 할 수 있어요."

나는 숨을 깊이 들이쉬었다.

"다른 인어들도 찾아보면 어떨까요?"

할머니는 내 팔을 꼭 잡았다.

"정말로 할 수 있겠어?"

"네."

나는 최대한 믿음이 가는 미소를 지어 보이며 말했다.

"하고 싶어요."

"그래, 그래."

할머니는 내 컴퓨터를 가리켰다.

"오드리 미첼."

나는 페이스북에 그 이름을 입력했다.

"찾기 어려울 수도 있어요." 내가 말했다.

"미첼은 워낙 흔한⋯⋯."

오드리 미첼 맥클란토크가 화면에 떴다. 그녀는 자기 프로필을 갖고 있었다.

"항상 새로운 것을 빨리 배우는 친구였어."

할머니는 자세히 보려고 가까이 다가오며 말했다.

"이것 좀 봐라! 아름답지!"

오드리는 눈처럼 하얀 머리를 길게 옆으로 땋고 목에는 보라색 실크 스카프를 두르고 있었다. 그녀는 자신에게 가장 좋은 앵글을 아는 사람처럼 카메라를 향해 미소 짓고 있었다. 상냥한 눈을 한 사람이었다. 그녀는 시카고에 살았다. 남편도 아직 살아있었다. 둘 다 은퇴를 했고, 여행 사진이 많았다. 아이들도 많았다.

"잘 사는구나, 그렇지?"

할머니는 이렇게 말했고 나는 할머니가 함께 모험을 할 파트너와 농장 식탁을 채울 만큼 많은 아이들, 손자손녀들, 그 자녀들을 바라는지 궁금했다. 하지만 할머니가 오드리에게 보내라고 불러준 메시지에 부러움의 기색은 없었다. 나는 유치나 월경처럼 부러움도 나이가 들면 없어지는 것이기를 바랐다.

"됐다."

그 메시지를 보낸 뒤 할머니가 말했다.

"한나 위트필드."

비슷한 연령대의 한나 위트필드는 찾을 수 없었다.

"한나라는 이름이 요즘 다시 유행이거든요."

내가 할머니에게 말했다.

"이런 유행이 돌다니 참 우습지……. 잠깐만!"

할머니는 내 팔을 잡았다.

"노박! 걔는 노박이라는 남자랑 결혼했어. 청첩장을 보냈
는데, 결혼식 장소가 캘리포니아여서 네 할아버지가 가고 싶
어 하지 않았지."

페이스북에서 한나 노박은 찾을 수 없었지만, 구글로 검색
하니 그녀 남편의 웹사이트가 나왔다. 패트릭 노박은 볼티모
어의 상원의원이었다.

"어머나."

할머니는 화면을 가리켰다. 한나가 조지 H. W. 부시의 부
인 옆에 서있는 사진이 있었다. 최근 사진은 찾을 수 없었지
만, 이십 년 전 사진은 아주 많았다. 한나와 남편은 믹 재거부
터 스티븐 킹까지 온갖 사람들을 다 만났다.

"한나의 메일 주소를 못 찾겠어요." 내가 말했다.

"하지만 패트릭의 사무실로 메일을 보내면 누군가 연결해
줄 거예요."

"아, 아니야." 할머니가 미소를 지으며 말했다.

"아마…… 한나는 어리석은 짓이라고 생각할 거 같구나. 성가시게 하지 말자."

"정말요?"

"응."

할머니는 이렇게 말했지만 음성에서 슬픔이 느껴졌다. 아는 사람이 자신보다 훨씬 많은 경험을 한 것을 보는 것은 힘든 일일지도 모른다. 어쩌면 할머니는 자기가 한나를 의미 있게 생각하는 것만큼, 한나가 자기를 생각하지 않을까 봐 염려하는 것 같기도 했다.

"우우의 메일을 다시 읽을래."

할머니는 내 머리에 키스하고 나갔다. 바크도 뒤따라갔다. 할머니는 주머니에 바크의 간식을 넣어 다니기 시작했다.

어쨌든 나는 한나의 남편 사무실에 메일을 보냈다. 인어에 대해서는 아무 말도 하지 않았고, 소식을 듣고 싶은 옛 친구의 손녀라고만 말했다.

모는 페이스북 계정을 한 번도 쓰지 않았다. 흐릿한 프로필 사진에 그래요, 여러분. 나 여기 있어요! 라고 쓴 2008년 포스팅 하나가 있었다. 다른 것은 없었다.

나는 핸드폰을 들고 침대에 올라가서 문자 메시지를 보냈다.

넌 정말 좋은 친구야. 고마워.

몇 분 뒤, 모가 답장을 보냈다.

-너 죽을 때가 된 거야? :)

나는 하트 이모지를 보냈다. 모는 외계인 머리를 보냈다.

-내일 조깅할래?

모가 물었다.

응, 근데 너랑은 말고.

-흥!

그리고

-잘 자.

나는 달을 보냈다.

모는 똥을 보냈다.

21
사라진 바크

아이작과 나는 바쁜 오전을 보냈다. 어떤 남자가 아버지의 정장을 한 아름 안고 와서 자기가 입을 수 있도록 수선해달라고 했다. 그는 아버지가 얼마 전 돌아가셨다고 하면서 고개를 푹 숙이고 울먹였다.

아이작은 내게 피팅을 부탁했다.

"남자들은 다른 남자들 앞에서 울기가 힘들지."

아이작이 속삭였다. 나는 상냥한 목소리로 말하며 말수를 줄였고, 고객이 청하기 전에 티슈를 건넸다. 내가 사이즈 표시를 하자마자 아이작은 첫 번째 정장을 받아가더니 재빨리 작업을 해서 나머지 피팅을 마치기도 전에 완성했다.

"아버지 옷을 가지고 들어와 빈손으로 나가는 건 너무 슬플 것 같아서."

그 남자가 돌아간 뒤 아이작이 말했다. 할머니 말이 옳았
다. 아이작처럼 상냥한 사람 곁에 있으니 좋았다. 에릭은 언
제나 내가 너무 예민하다고 불평했지만, 아이작은 섬세함이
강점이 될 수 있다고 느끼게 해줬다.

정오에 핸드폰을 확인하니 모에게서 메시지가 세 개 와있
었다.

오늘 밤에 모티 작업 도와줄래?

바다소 말이야. 걔 이름이 모티야.

식사는 제공함.

아이작과 내가 먹을 샌드위치를 사러 가면서 할머니에게
전화를 걸었다.

"오늘 밤에 모와 일할 거예요. 거기서 저녁 먹을게요."

"알려줘서 고맙다." 할머니는 최선을 다해 아무렇지도 않
은 척 말했다.

"말씀하세요."

"뭘?" 할머니는 아무것도 모르는 척 물었다.

"말씀하시라니까요."

"봐라, 그게 그렇게 힘드냐?" 할머니는 재빨리 작은 소리
로 말했다.

"견디기 힘들 정도로 지치네요."

할머니가 웃었다.

"제가 만약……. 계속할……. 힘을 낼 수만 있다면. 저녁 식사 좀 가져와주세요."

"세상에, 너 정말 네 아빠 같구나!"

할머니의 웃음이 아름다운 한숨으로 변했다. 아빠가 없을 때 아빠를 떠올리는 걸 좋아하진 않았지만 할머니가 나를 아빠와 닮았다고 생각해주는 건 좋았다. 할머니가 그렇게 말하면 그건 칭찬이었으니까.

"모린에게 조만간 바다소를 보러간다고 전해주렴."

"오늘 밤에 오세요." 내가 말했다.

"오늘 밤은 말고. 나갈 일이 있어."

"그럼 어쨌든 저녁 식사는 안 차리실 거였어요?"

할머니는 다시 웃으며 답했다.

"응."

퇴근 후에 집에 들러 옷을 갈아입었다. 할머니는 이미 외출한 뒤였다. 바크가 현관에 나오지 않았다.

"바크?"

타일에 닿는 그 애 발톱 소리를 기다리며 불렀다. 침묵뿐이었다. 바크가 내 방 바닥에 쓰러져 죽어있는 모습을 상상하며 복도를 달려갔다. 바크는 거기 없었다. 할머니 방에서 핸드 로션을 먹고 토하다 숨이 막혀 죽었나 하고 봤지만 거기도 없었고, 다리미대에 깔려있나 하고 세탁실에 가봤지만 거기도 없었고, 커튼에 목이 졸렸나 하고 거실에 가봤지만 거기도, 자동차 오일을 핥아 먹었나 하고 차고에 가봤지만 거기도 없었다.

나는 테라스로 나가서 수영장 가장자리에 서서 끝에서 끝까지 살폈다. 물속에서는 왜곡되어 보이니까 바크가 거기 분명히 없는지 확인하려고 천천히.

밖에 나간 것일까? 나는 "바크! 바크!" 비명을 지르면서 다시 집을 가로질러 내달렸다. 두려움에 목이 메었다. 숨도 제대로 쉴 수 없었다. 현관문을 활짝 열고 밖에서 바크를 찾았는데, 거기 바크가 처음 본 목줄을 매고 있었다. 그리고 그 목줄 끝을 알디아가 잡고 있었다. 그녀는 문을 열려는 참이었다. 나를 보고 깜짝 놀란 채로.

"어디 있었어요?" 그렇게 묻는 내 목소리는 심하게 긴장돼 있었다.

"나갔는지 몰랐어요!"

"미안하다, 케이티." 알디아가 말했다.

"내가 바크와 산책 나갔다는 얘길 들은 줄 알았어."

"아무도 말해주지 않았어요! 그냥 없어졌다구요!" 나는 흐느꼈다.

"바크를 네 방에 데려다주마. 애가 놀라지 않게."

알디아는 나를 지나쳐서 걸어갔고, 바크는 기쁘게 뒤따라갔다.

내 머릿속에는 여전히 바크의 죽음으로 끝나는 온갖 시나리오가 펼쳐지고 있었다. 바크가 정신을 잃고 축 늘어져있는데, 데리고 돌아올 방법이 없는 광경이 그려졌고, 내 몸은 그것이 사실인 것처럼 반응했다. 또다시 그 심장박동 소리가 들렸다. 너무 요란했다. 살갗 아래 흐르는 피가 따끔거렸다. 내 온몸이 끓어올라 터질 것 같았다.

"어떻게 그럴 수가 있어요?"

알디아가 돌아오자 내가 외쳤다.

"어떻게 바크를 데려갈 수가 있어요?"

알디아는 놀란 기색도 보이지 않았다.

"정말 미안하다, 케이."

느리고 부드러운 목소리였다.

"네가 아는 줄 알았어."

"애가 없어진 줄 알았어요. 전……."

숨이 찼다. 심장이 위험하게 느껴졌다.

"어떻게 데리고 갈 수가 있냐구요?"

"알겠다, 케이티." 알디아가 말했다.

"바닥에 좀 앉으려무나. 그 자리에. 응?"

"앉고 싶지 않아요!"

나는 종종걸음을 치면서 말했다. 살갗의 느낌이 이상했다. 몸에 너무 꽉 끼는 느낌이었다. 살갗 표면에 신경이 너무 많은 것 같았다.

"진정하게 도와줄까?"

"내 개를 데리고 가지 마세요!"

내 행동이 정상이 아니라는 걸 알고 있었지만, 멈출 수가 없었다. 움직임을 멈출 수 없었다. 내 심장, 심장소리가 귓전에 너무 요란했다. 근육이 경련했다. 그녀가 날 보는 게 싫었다.

"그만 가세요!"

"널 그냥 두고 가고 싶지 않아, 케이틀린."

"가세요."

나는 엉엉 울면서, 그녀가 내 눈물을 보지 않으면 덜 창피할 거라는 듯 얼굴을 가리고 말했다.

"나넷을 부를까?"

나는 고개를 저었다.

"그냥 가세요."

그녀가 떠난 뒤, 나는 방으로 달려갔다. 바크가 침대에서 뛰어내려 나를 반겼고, 내가 앉아 얼굴을 마주할 때까지 낑낑거렸다. 바크는 미친 듯이 내 턱에서 눈물을 핥았다.

"미안해, 미안해, 미안해."

알디아도 내 사과를 들을 수 있길 바라며 나는 계속 말했다.

22
최선의 방식

모는 오 분 늦게 나타나 문을 열고 들어왔다.

"안녕, 안녕!"

모가 현관에서 불렀다. 복도를 걷는 발자국 소리를 듣고 손으로 얼굴을 문질렀다. 모는 노크 없이 내 방으로 들어왔다.

"괜찮아." 내가 말했다.

"뭐, 아주 괜찮아 보이네."

모가 내 곁에 앉았다.

"마스카라는 속눈썹에 붙어있어야 하는 거 아닌가."

모는 자기 눈 밑을 가리켰다.

"너 여기에 뭐가 생겼는데. 미식축구 선수처럼."

나는 머리 위로 베개를 끌어당겨 얼굴을 가렸지만 모가 그걸 잡아당겨 내렸다.

"알디아가 바크를 데려가서……."

"응, 나도 들었어."

"세상에, 이 동네에선 똥만 싸도……."

"똥도 쌌어? 그 부분은 못 들었네."

모는 씩 웃으면서 말했다. 나는 모의 얼굴을 베개로 친 후 그걸 갑옷처럼 가슴에 끌어안았다.

"바크가 죽은 줄 알았다구. 정말 창피하다. 난 바크가……."

"물에 빠진 줄 알았어?" 모가 물었다.

"시끄러."

"너 아직도 물 근처에 안 가지?"

"시끄러."

"플로리다에 살면서 바닷가에 안 가는 사람은 너밖에 없어."

나는 모에게 등을 돌리고 누웠다. 머릿속에는 아직도 끔찍한 생각이 빙빙 돌아가고 있었다. 나도 정상적인 인간이 될 수 있으면 좋겠지만 그럴 가능성이 없으니, 내가 할 수 있는 것은 비정상인 나를 더 잘 감출 수 있기를 바라는 것뿐이었다. 모가 내 옆에 털썩 누웠다.

"난…… 그저 무슨 일인지 이해한다는 말을 하려는 것뿐이야."

나는 아무 말도 하지 않았다. 모는 한참 입을 다물고 있었다.

"알겠어. 있잖아."

모가 한참 뒤에 말했다.

"난 널 혼자 두지 않을거야. 내 작업실로 가서 일을 도와줘도 좋아. 아니면 여기서 이렇게 널 빤히 보고 있을 거라구."

모는 내게 가까이 다가와 아련한 눈빛으로 나를 바라봤다. 나는 웃지 않으려 애써야 했다.

모의 집으로 걸어가는 길에 모는 내 어깨에 팔을 툭 걸치더니 말했다.

"있잖아, 할아버지가 돌아가신 후에, 할아버지가 숨을 안 쉴까 봐 겁이 나서 한밤중에 깨곤 했어. 할아버지가 돌아가셨다는 걸 완전히 잊었던 거야. 거실로 달려가 보면 할아버지도 안 계시고 호스피스 병상도 사라져있었지. 난 꼭 미친 것 같았어."

"하지만 넌 그러다가 말았지. 이제 안 그러잖아?"

모가 겪은 끔찍한 일을 미처 이해하기도 전에 이 질문이 자동적으로 튀어나갔다. 모가 거실로 달려 들어가 할아버지가 더 이상 계시지 않다는 걸 깨달았을 때, 내가 거기 소파에서 자고 있다가 모를 안아줄 수 있었으면 얼마나 좋았을까.

"응." 모가 말했다.

"결국엔 안 그러게 됐어."

"그게 아마 너와 미친 사람의 차이일 거야." 내가 말했다.

모는 내 어깨에 팔을 둘렀다. 그러니 우리 둘 다 걷기가 더 힘들어졌다. 모는 흐느적거리고, 나는 그러지 않아서.

"네가 미쳤다고는 생각 안 해."

모가 말했다. 나는 모의 생각이 틀렸을까 봐 두려웠다.

우리는 모퉁이를 돌았다. 모티는 집 앞에 나와있었고, 작업용 조명이 완성된 뼈대를 비추고 있었다.

"네게 도움이 될 게 있을까?" 모가 물었다.

"고치는 거 말고, 도움이 되는 거."

"예를 들면?"

나는 조금 날카롭게 말했다.

우리는 모의 집으로 걸어갔다. 모의 마스크와 장갑이 모티 옆 바닥에 놓여있었고 차고 문은 열려있었다. 모는 알디아의 전화를 받자마자 달려온 것이 분명했다.

"심리치료라든가……."

나는 고개를 저었다. 낯선 사람에게 내게 일어난 일을 전부 말하고 싶지 않았다. 아는 사람과 이야기하는 것도 싫었다. 모는 내게서 몸을 떼고 장갑을 주워들었다.

"아니, 너 이혼했잖아."

하도 웅얼거려 잘 들리지도 않았다.

"그것도 심리치료를 받아야 하는 거 아냐?"

나는 아직도 아드레날린이 과잉 분비되는 상태였다. 모의 말이 내 살갗을 긁는 느낌이었다. 말을 멈췄으면 싶었다.

"이혼은 정신 상태가 아니야."

나는 작업대에서 장갑을 들며 말했다.

"음……."

모는 한숨을 쉬었다.

"뭐, 다른 문제도."

"무슨 문제?"

내가 밀어붙이면 모가 그만둘 거라고 생각했다. 모는 대부분의 문제에 있어서 나보다 강했지만 우리가 진짜로 싸우는 것처럼 느껴지면 견디지 못했다.

"뭐 말이야?"

"모두 다."

모의 목덜미에 분홍색 반점이 생기기 시작했다. 나는 이제 모가 "됐어"라고 중얼거릴 거라고 생각했다. 우리는 항상 그랬다.

"모두라니 뭐?"

"넌 돌아가신 아빠를 물에서 건졌잖아." 모의 얼굴이 빨개졌다.

"그걸 어떻게 감당할지 아는 사람이 있을지도 모르지."

"아빠는……."

나는 말을 끝맺지 않았다. 그렇다고 해서 나아지는 건 없었지만, 내가 아빠를 건졌을 때 아빠는 돌아가시지 않았다. 살아있었던 것이 분명하고, 이유는 모르지만 그 차이는 내게 중요했다.

"내 생각엔, 어쩌면······. 그러니까, 슬픈 일은······ 자꾸 쌓이고, 우린 남들보다 장례식을 많이 치렀잖아." 모가 말했다.

"특히, 너는 죽음에 파묻혀있는 것 같아. 그건 좋을 리가 없어."

모의 기억은 틀렸다. 할머니가 나를 장례식에 데려가면 나는 할머니가 감당할 수 없을 만큼 울어댔다. 나는 주로 집에 혼자 있으면서 시계를 보다가 때가 되면 장례식이 끝난 뒤 조문객들을 접대하는 사람의 집으로 가서 할머니를 만났다. 그런 날 밤이면 할머니가 식사 준비를 하지 않아도 되도록, 우리는 차가운 햄과 감자 샐러드로 배를 채웠다. 친구가 죽었는데, 누가 요리를 하고 싶겠는가?

"이런 이야기는 하고 싶지······. 일 안 할 거야?"

모에게 못되게 구는 것이 싫었고, 그것이 부끄러워 나는 더욱 화가 났다. 맨발을 할아버지의 더러운 부츠에 밀어 넣고 끈을 꽉 묶었다.

"널 속상하게 할 생각은 아니었어." 모가 말했다.

"난······ 이런 걸 잘 못해."

"속상한 거 아니야!"

짜증 섞인 내 목소리를 듣자 내가 문을 닫아버릴 때 바크가 내는 소리가 떠올랐다.

우리는 작업하는 동안 거의 입을 다물고 있었다. 내가 기다란 금속을 잡고 있으면 모는 그것을 가열해서 구부리고 또 구부려 모티의 뼈대를 감쌌다. 모가 쓰는 토치의 불꽃과 내 팔 근육이 만들어내는 작업에 집중하다 보니 머릿속에 정신없는 생각이 떠오르는 속도가 줄어들었고, 나는 그 생각을 하나하나 살핀 뒤 그보다는 분별 있고 합리적인 사실을 생각하려고 노력했다. 알디아는 화나지 않았다. 바크는 집에 잘 있었다. 모는 도와주려는 것이었다. 아무도 다치지 않았다.

"네가 무슨 짓을 해도 난 네가 좋아."

한 겹을 거의 다 마쳤을 때, 모가 마스크 밑에서 웅얼웅얼 말했다.

"나는 네가 가끔 좋아."

내가 짓는 미소는 마스크에 가려 모가 볼 수 없었다. 모가 웃었다.

"모티 멋있다." 내가 말했다.

"응." 모가 말했다.

"거의 다 되어가."

그때 내 핸드폰이 울렸다. 나는 겨드랑이로 장갑 한 쪽을 빼고, 마스크를 올리고, 화면을 보지도 않고 한 손으로 전화를 받았다. 내게 전화하는 사람은 할머니뿐이었으니까.

할머니와 통화하고 싶지 않았지만 할머니가 날 걱정하는 걸 바라지도 않았다.

"여보세요, 저 아직 모의 집에 있어요. 우리 완전 더러워요."

"알려줘서 고맙네."

남자 목소리가 흥미롭다는 투로 말했다.

"죄송해요. 할머니인 줄 알았어요."

"그런 말은 처음 듣는데."

나는 부드러운 리듬감이 느껴지는 그의 말투를 눈치챘다.

"어머나! 루카?"

모는 마스크를 벗고 키스하는 시늉을 했다. 나는 모를 향해 혀를 내밀었다.

"응."

루카가 말했다. 그의 음성에서 미소를 느낄 수 있었다.

"메시지 받았어. 물속에서 뭘 찍는데? 참, 잘 있었어? 그걸 먼저 물어야지, 응? 몇 년 만이지? 오 년?"

"거의 육 년만이야."

나는 금속 조각을 제자리에 잡아두기 위해서 어깨로 핸드폰을 받쳤지만, 마스크가 협조해주지 않았다. 모가 손짓으로 됐다고 했다.

"저, 네 영화 정말 좋았어. 극장에서 봤어."

나는 화제를 내게서 돌리고 싶어서 루카에게 이렇게 말했다.

"고마워! 우리 엄마, 음, 칼라가 어제 전화해서 마코가 코넬의 농공학과 프로그램에 들어갔다고 알려줬어!"

그는 내가 자기 '엄마'와 '어머니'의 차이를 잊어버렸을까 봐 이렇게 말했다.

"대단하다!"

나는 마스크를 벗고, 할아버지 부츠 속에서 발이 미끄러지는데도 길가까지 걸어갔다.

루카의 영화 속에서 칼라는 마코가 컨테이너 정원을 가꾸는 것을 도와준다. 마코는 매일 아침 식물의 키를 잰다.

"자라고 있어! 자라고 있어!"

그는 눈빛에 경이를 가득 담고서 부엌으로 달려가 칼라에게 말한다.

"어제보다 사 밀리미터 자랐어."

마코의 너무 짧은 바짓단을 보면 그도 자라고 있음을 알 수 있다. 루카는 그것을 암시하기만 했지만, 마코의 엄마가 텍사스의 수용시설에 있는 동안 마코가 변화하고 자라는 모습을 보면 가슴이 저릿했다.

"그래서, 모랑 함께 있는 거야?"

내가 다시 집 쪽으로 걸어가는데 루카가 물었다.

"응." 내가 말했다.

"모가 용접하는 거 도와주고 있어."

"안녕, 루카!" 모가 외쳤다.

"모가 인사해."

루카가 웃었다.

"들었어! 할머니 댁에 갔어?"

"음, 그런 셈이지."

"가끔 겨울에서 벗어나면 좋을 거야."

"응."

그리고 대화가 최종 결론에 도달하기 전에, 나는 이렇게 말해버렸다.

"에릭이랑 이혼해서 머리가 정리될 때까지 할머니랑 살고 있어."

"아, 와아. 그거 유감이야, 케이. 힘들었겠네."

루카의 음성은 친절하고 솔직했다. 그 이상의 감정은 읽히지 않았다.

"그게 최선이었어."

모는 우리가 그때까지 한 작업을 살피고 있었다.

"집에 오니 좋아."

"음, 할머니 쿠키를 누가 싫다고 하겠어?"

"아, 아냐, 루카."

나는 화제가 바뀐 것에 안도하며 말했다.

"상황이 달라졌어."

모는 맥주 두 병을 따더니 하나를 내게 건네고 엄지손가락을 들어 계속 통화하라고 했다. 모는 루카의 팬이었다. 루카는 봄방학이면 항상 나와 함께 여기로 왔다. 우리 셋은 밤늦게 포커 게임을 하고 할머니의 스냅스schnapps, 스웨덴식 보드카를 마셨다. 모가 루카를 데리고 해변에 가면 나는 두통이 있는 척하며 집에 있곤 했다.

나는 모의 바다소와 할머니의 건강 취미, 인어와 달력에 대해 이야기했다.

"미친 짓일지도 모르지." 내가 말했다.

"최선의 방식으로 미친 짓이야. 빵을 구워 파는 것보다는 낫잖아?"

그의 음성에서 느껴지는 익숙한 리듬에, 가슴이 안도하듯 부풀어 올랐다.

"맞아. 그래서 그 일로 바쁠 거야."

"그럼 물속에서 촬영할 거야?"

"할머니랑 빗시는 그걸 원하셔."

나는 검지손톱으로 엄지손톱 가장자리의 거친 부분을 뜯었다.

"하지만 다시 생각해보는 중이야. 땅에서 찍는 게 더 쉽겠지?"

할머니에게는 감당할 수 있다고 약속했지만, 나는 여전히 누군가가 나서서 도와주기를 바라고 있었다. 그것이 불가능하다고 말해주거나 할머니들이 거부할 수 없도록 덱 의자에 모여 앉은 인어들을 찍는 것이 좋겠다고 추천하는 사람이 나타나주기를. 사진을 찍어줄 사람을 구한다 하더라도 나는 인어 의상의 착장과 혹시 모를 때를 대비해 촬영 현장에 나가야 할 터였다. 그들이 물속에 들어가는 모습을 볼 거라고 상상만 해도 나는 배 속이 메슥거렸다.

"아, 아냐." 루카가 말했다.

"충분히 할 수 있지."

그는 자기라면 이런 걸 쓰겠다며 카메라와 렌즈, 조명 장치의 종류에 대해서 늘어놓았다. 나는 모의 연필로 카드보드 조각에 받아 적었다.

"이런 거 내가 빌릴 수 있을까?"

비용이 얼마나 들지 궁금했다. 비용 문제가 내게 필요한 장해물이 돼줄 수도 있을 것 같았다.

"올랜도에 친구가 있는데, 내가 잘 부탁하면 아마 빌려줄지도 몰라."

"정말?"

나는 한 발을 다른 발 앞에 놓으면서 걸어가며 통화를 이어 갔다. 한쪽 뒤꿈치가 다른 쪽 발가락에 닿고, 또 뒤꿈치가 발가락에 닿고, 그런 반복이 이어졌다.

"좋은 일에 쓰는 거잖아." 루카가 말했다.

우리는 조금 더 잡담을 나누었고, 나는 내게 있는 자제심을 모두 끌어내 이렇게 말했다.

"있잖아, 모가 다음 일을 시작해야 할 것 같으니 그만 가봐야 될 것 같아."

사실은 루카의 숨소리만 듣는다 해도 평생 통화를 할 수 있을 것 같았다. 나는 보통 먼저 전화를 끊자는 말을 잘 못했다. 대화가 이상한 방향으로 나아가 힘들어지더라도 상대방이 인사를 먼저 하도록 기다리는 편이었다. 하지만 루카와는 모든 것을 제대로 하고 싶었다. 사소한 것까지 전부.

"친구한테 물어볼게." 루카가 말했다.

"내일 전화할까?"

"좋아."

나는 끓어오르는 흥분을 가라앉히며 말했다.

"고마워."

내일 다시 통화할 예정이었다. 우리는 다시 연락을 취하게 됐고, 내가 걱정한 것처럼 어색한 느낌은 없었다.

"좋아." 루카가 말했다.

"네가 그리웠어."

"나도."

루카가 나를 감싸 안는 팔과 귓전에 닿는 따뜻한 숨결이 느껴지는 것만 같았다. 그도 우리가 함께 살던 그 완벽하고 작은 세상을 생각하고 있는지 궁금했다.

"그래." 그가 말했다.

"그럼 또 봐."

"안녕."

"피자 시켰어."

차고로 돌아가니 모가 말했다.

"버섯이랑 앤초비?"

이틀 밤 연속으로 피자를 먹는다는 게 우스웠다. 할머니가 안다면 분명 충격을 받을 게 뻔했다.

"다른 건 뭐 하러 시켜?"

우리는 맥주를 세 병째 마시고 있었지만, 바쁘게 작업을 해왔고 피자를 먹고 있었기 때문에 내가 철저하게 망가졌다는 기분은 들지 않았다.

"내가 원한 건 걔였어."

나는 우리가 지금까지 계속 루카에 관한 이야기를 하고 있었던 것처럼 말했다.

"둘이 한 적은 있어?"

모는 엄지와 검지로 원을 만들고 다른 검지로 그 원을 찌르며 물었다. 나는 웃다가 맥주를 뿜었다.

"한 번."

"한 번뿐이야? 별로였어?"

"내가 루카를 너무 좋아했어."

나는 한 번도 입 밖으로 내뱉은 적 없는 사실을 마침내 인정했다.

"걸린 게 너무 많았어. 나는 망쳐버렸지."

맥주병의 라벨을 벗겨 모의 팔에 붙였다.

"난 아주 망했어."

"아, 그러지 마." 모가 말했다.

"그렇게 많이 마시지도 않았잖아!"

"아니, 내 말은, 전체적으로 말이야. 루카는 좋은 남자인데 나는…… 나는 최고의 인간 같지 않아."

모는 나를 팔로 감싸 안았다. 겨드랑이 냄새가 고약했다.

"널 낮추지 마. 남을 그렇게 높은 단 위에 올리지도 말고."

"넌 루카를 나만큼 몰라." 내가 말했다.

"루카는 엄청나. 그리고 마음속은…… 더 대단하다구."

모는 팔에서 젖은 맥주 라벨을 떼어내더니 내 뺨에 붙였다.

"넌 자신의 안전을 지킨다는 명목으로 바깥세상을 더 무섭게 만드는 것 같아."

모는 맥주를 한 모금 마시더니 요란하게 트림했다.

"이제 넌 취하면 짜증나게 철학적으로 구는구나."

나는 얼굴에서 라벨을 떼어내며 말했다.

"옛날에는 방귀 얘길 하더니."

"내 명철함을 더 이상 거부하지 않기로 한 거지."

모는 숨을 크게 들이쉬었다.

"A―, B―, C―, D―, E―, F―, G―……."

모는 Z까지 다 읊는 동안 트림을 두 번 했다.

"트림하면서 말하지 않기!"

나는 예전에 정해둔 규칙을 외쳤다. 나는 모 앞에서 노래를 흥얼거리지 말아야 했고, 모는 내가 있을 때 트림하면서 말을 해서는 안 됐다.

"야! 해봐. 해. 보. 라. 고."

모는 내 맥주병을 내 입으로 기울이다가 셔츠에 맥주를 쏟았다.

"젠장."

나는 입고 있던 셔츠가 중요하기라도 하다는 듯 말했다. 어차피 녹과 검은 기름과 금속 가루로 뒤덮여있었으면서.

"오늘 도와줘서 고마워."

모는 자기 병을 내게 부딪치며 말했다.

"정말 좋다."

나는 우리가 해낸 작업을 훑어보면서 말했다. 모티는 뼈대 위에 피부처럼 금속 줄을 감고 있었다.

"그리고 날 데리러 와줘서 고마워."

"얼마든지 할 수 있지." 모가 말했다.

나는 〈뮤지컬 스크루지Scrooge: The Musical〉의 〈땡큐 베리 머치 Thank You Very Much〉를 서툰 런던 억양으로 부르기 시작했다.

"그건 노래 같지도 않다." 모가 말했다.

"네가 지어낸 거지?"

나는 고개를 젓고 더 크게, 진부한 라임을 열정적으로 불렀고, 모는 내가 휘청거릴 만큼 세게 내 어깨를 밀었다.

"알디아랑 이야기했다."

내가 문을 열고 들어서자마자 할머니는 덤비려고 기다리고 있던 사람 마냥 말했다. 바크도 달려 나왔다. 나는 쪼그리고 앉아 바크의 머리에 키스했고 바크는 내 얼굴을 핥았다.

"말씀해주셨으면 좋았잖아요."

나는 쓰라린 무릎을 펴 일어나면서 말했다.

"음, 네가 뭘 괜찮다고 할지 몰라서 말이야." 할머니가 날카롭게 말했다.

"물어보시면 되잖아요."

"알디아는 바크랑 산책을 잘 했다!" 할머니가 말했다.

"바크에게 좋은 일이야!"

"제가 반대하는 건 그게 아니에요. 제가 반대하는 건……

겁이 나서 죽을 뻔 했다구요, 할머니!"

할머니는 혀를 찼다.

"왜 그렇게 긴장을 하니." 할머니가 말했다.

"노인 센터 명상 수업이라도……."

"그거 아세요? 하시고 싶은 대로 하세요."

내 목소리는 지나치게 날카로웠지만, 뭐가 날 고쳐줄 것인

지 듣는 것은 이제 지겨웠다.

"어쨌든 마음대로 하실 거잖아요, 그렇죠? 하시고 싶은 대

로 하세요. 다만…… 알디아가 바크를 데려가면, 쪽지라도 남

기든가 하세요, 네?"

나는 더 지독한 말을 하지 않으려고 방으로 들어가버렸다.

잠자리에 들기 전, 루카의 페이스북 계정을 확인했다. 루카

는 마코에게 팔을 두른 자기 사진을 올리고 이렇게 적었다.

이 친구가 코넬에 입학했습니다.

나는 '좋아요'를 누르고 니키의 사진을 또 보기 전에 핸드

폰을 내려놓았다.

23
루카의 엄마와 어머니

루카의 위탁모 이야기를 들은 것은 그와 친구가 되고 몇 달이 지나서였다.

저녁 식사를 하고 있었는데, 핼러윈 호박 조각 이야기를 하던 중에 루카가 말했다.

"내 엄마, 위탁엄마가 한 해는 너무 큰 호박을 가져온 거야. 혼자 들지 못해서 함께 옮기려는데 엄마가 발을 헛디뎌 그걸 현관에 떨어뜨렸어. 와그작!"

그는 그 자리에 없었던 사람에겐 별로 재미있는 얘기가 아니라는 걸 의식하지 못하고 웃어댔다.

나는 그가 좋은 기억에 젖어드는 모습이 좋았다. 호기심이 생겼지만, 그는 더 설명하지 않았고 나는 물어보는 것과 놔두는 것 중에 어느 것이 더 예의 바른 것인지 알 수 없었다. 그 전까지는 위탁가정에서 자란 사람을 본 적이 없었다. 적어도 내가 알기로는 그랬다.

몇 달 뒤, 침대에서─우린 맥주를 마셨다─그는 나를 끌어 안더니 자기 어머니는 아들이 미국인이 될 수 있도록 국경을 건너와서 자신을 낳았다는 이야기를 해줬다. 그는 그녀를 생모라고 부르지 않았다. 그녀는 여전히 '어머니'였다. 위탁모는 '엄마'였다.

"내 어머니, 어머니는 날 낳으러 여기 온 거야. 나 때문에 자기 가족을 버리고 와서 정말 열심히 일했어. 밤이면 직원들이 퇴근한 사이에 사무실 건물 바닥을 닦았고 낮에는 사람들이 출근했을 때 집 청소를 했어. 하루에 두 번 잠을 잤지. 잠을 두 번 나눠서 짧게 자면서도 저녁은 우리가 함께 먹을 수 있도록 애썼어."

그의 심장박동이 들렸다. 너무 컸다. 너무 빨랐다.

"어머니가 일을 할 때." 루카가 말했다.

"나는 나 같은 애들을 봐주는 이웃 아주머니랑 함께 있었어. 우리는 그 아주머니를 이모라고 불렀지만, 진짜 이모는 아니었어. 괜찮은 사람이었지. 좋은 사람은 아니었지만, 심술 궂지도 않았어. 그러다 어머니가 달려와서 마구 키스를 해주고, 엄마 향수 냄새를 맡으면 기분이 훨씬 좋아졌어. 알지? 너무나 좋아졌어."

그는 나와 손깍지를 끼고 내 팔을 자기 몸 위로 당겼다.

"어머니 차의 미등이 망가졌어. 사무실 청소를 마치고 집에 오는 길에 경찰이 차를 세웠지."

그는 익숙한 이야기를 반복하는 것처럼 말했다. 내가 만약 그래야 한다면 아빠가 어떻게 돌아가셨는지 침착하게 보고할 수 있는 것처럼. 나는 그의 손을 꼭 잡고서 무언가 그의 어머니를 구해주었기를 간절히 바랐다. 그랬더라면 루카에겐 위탁모가 없었으리라는 것을 알았으면서도.

"어머니 면허증은 멕시코 거였어." 루카가 말했다.

"기간이 만료된 거였고. 그걸 갱신하려고 국경을 넘었다가 다시 돌아오지 못할까 봐 두려웠던 거지."

루카는 떨리는 소리로 한숨을 쉬었다.

"어머니는 수용 센터에서 한 달을 보냈어. 이모는 어머니가 나를 키우지 못하게 됐다고 했고, 그래서 사회복지사가 학교에서 나를 데려다가 위탁모 집에 데려다줬어. 칼라에겐 나 같은 애들이 더 있었어. 미국인 부모를 갖지 못한 미국인 아이들. 칼라는 내 어머니를 찾으려고 며칠이나 여기저기 전화를 걸었지만 그쪽에선 아무것도 말해주지 않았어. 대답을 구하려면 싸워야 했지. 하지만 나는 열한 살이었어. 싸우는 법을 몰랐어."

루카의 눈물이 내 스웨터를 적시고 쇄골에 고였다.

"너희…… 어머니는 무사하셔?"

나는 그를 더욱 꽉 안으면서 물었다.

"결국 어머니는 멕시코로 보내졌어. 하지만 어머니가 무사한지 몇 달 동안 알 수가 없었어. 나는 너무 겁이 났어. 그래도 어머니가 멕시코에 가고 난 뒤에는 적어도 다시 통화는 할 수 있게 됐어. 어머니는 우편으로 전화카드를 보내줬거든. 내게 노래도 불러주고, 이야기도 해주고, 스페인어를 잊지 말고, 일요일마다 전화하라는 약속도 하게 했지. 지금도 어머니에게 전화를 해. 매주. 하지만 어머니는 나를 만나러 오지 못해. 그리고 내가 두랑고에 가지도 못하게 해. 거기가 안전하다면, 우린 거기서 살았을 거라고 하시지."

"정말 속상하다." 내가 말했다.

"그런 일이 있었다니 정말 속상해."

"난 여기 다른 애들하고 달라." 루카가 말했다.

"마음이 너무 무거워."

나는 그를 꼭 끌어안았다. 우리가 하나인 것 같은 느낌이었다.

24
멈추지 않는 아이디어

다음날 퇴근하고 돌아오니 바크가 집에 없었다. 할머니는 바크의 목줄이 놓여있던 테이블 위에 포스트잇 쪽지를 남겼다.

나랑 같이 나간다.

할머니가 알디아의 집에서 열리는 타코 모임에 간 것을 알고 있었고, 거기에 나도 초대받은 것을 알고 있었지만 도저히 발걸음이 떨어지지 않았다. 알디아에게 사과해야 했지만, 거기 모두 모여있을 때 하고 싶지는 않았다. 나는 오트밀을 한 그릇 만들어 내 방으로 가지고 갔다. 바크가 없으니 너무 조용했다. 사방이 지나치게 고요하게 느껴졌다. 텔레비전을 켜고 흑백화면이 나올 때까지 채널을 돌렸다. 〈유령과 뮤어 부인〈The Ghost and Mrs. Muir〉이 방영되고 있었다. 너무 여러 번 본 영화라서 마치 옛 친구가 뒤에서 잡담을 나누는 걸 듣는 기분이 들었다.

책상 서랍을 뒤져 줄자를 찾아서 내 치수를 쟀다. 나는 할머니나 빗시보다 크지만 시험용 꼬리를 만들 재료를 주문하기 위해서는 대충의 숫자만 알면 됐다. 나는 스케치를 하고 치수를 계산했다.

시대극을 준비했을 때처럼 진짜 같은 의상을 만들고 싶었지만, 빗시는 예전에 입던 꼬리의 라메 천이 너무 뻣뻣해서 구부러지는 부분에서는 다리에 자국이 남았다고 했다. 빗시는 그것을 자랑거리로 이야기했지만—자신들이 얼마나 강인했는지—나는 자유롭게 움직일 수 있는 의상으로 만들고 싶었다. 스판덱스는 조잡해 보일 것 같았고 다른 옷감은 늘어나지 않거나 물을 흡수해서 처질 것 같았다. 라텍스나 실리콘은 너무 비쌌다. 네오프렌은 30년대부터 존재하던 소재긴 해도 내겐 60년대 느낌이 나지 않았다. 그래도 성능 면에서 네오프렌이 가장 적합했다. 시험 삼아 꼬리 하나만 만들 재료를 주문하려고 하다가 평범한 색의 네오프렌 사 야드보다 더 싸게 파는 겨자색 네오프렌 삼십 야드를 발견했다. 끔찍한 색이었지만, 색을 덧입히기에는 좋은 바탕색이 돼줬다.

인어들은 쇼를 할 때 꼬리에 지느러미를 두 개 연결해서 사용했다고 빗시가 말해줬다. 하지만 발의 자세 때문에 스무 살이었던 그들도 허리가 아팠다고 했다. 나는 스쿠버 숍에서 오리발을 주문했다. 끄트머리가 우스꽝스럽게 둥근 모양이었다. 추가로 모양을 넣어줘야겠지만, 작업하기 좋은 물건이었다.

톡톡 튀는 영감을 얻으려고 핀터레스트Pinterest.com에 가입했다. 인어 모양의 벽걸이, 성냥갑, 재떨이, 비누 받침, 밸런타인 카드 등을 찾아봤다. 그 사진들을 보고 영감을 얻어 아이디어를 조정하며 몇 시간 동안 스케치했다. 고개를 들어보니 어느새 렉스 해리슨 대신 험프리 보거트가 보였다. 나는 〈유령과 뮤어 부인〉이 〈키 라고Key Largo〉로 바뀐 것도 깨닫지 못했다.

연필을 손에 쥔 채 깜빡 잠이 들었다가, 내게 달려드는 바크 때문에 깨어났다. 바크라는 걸 거의 순간적으로 알았지만, 본능과 이성 사이에는 시간차가 존재했다. 나는 비명을 질렀다. 바크는 짖어대며 침대에서 내려갔다. 눈을 가늘게 뜨고, 상처를 받고서.

"우리 왔다, 케이티." 할머니가 내 방으로 달려오며 말했다.

"알아요." 내가 말했다.

할머니는 한숨을 쉬었다. 예전에도 나는 할머니가 학교에 가라고 깨울 때 똑같이 비명을 지르곤 했다. 우리는 항상 같이 잤기 때문에 바크는 그런 내 모습에 익숙하지 않았다. 바크가 나를 깨울 때면 작은 움직임으로 서서히 깨웠기 때문에 나는 악몽을 버리고 일어날 수 있었다.

"미안해, 바크."

나는 손을 뻗어 바크의 귀를 긁어주며 말했다. 바크는 그르렁거리며 거리를 두었다. 나는 알디아의 집에서 어땠냐고 묻지도 않았다. 바크에게 아무 일도 없었기를 바랐지만, 내가 없을 때 더 좋아 보인다는 사실은 마음 아팠다.

"와."

할머니는 바크가 구긴 스케치를 침대에서 집어 들며 말했다.

"바빴구나."

"네." 내가 말했다.

"여기요."

나는 스케치를 뒤지면서 손놀림을 빨리 해 손이 아직 떨리고 있다는 사실을 감추려고 했다.

"할머니 꼬리로는 이게 어떨까 했어요."

"케이." 기쁨에 할머니 얼굴이 누그러졌다.

"완벽하다!"

"죄송해요. 어제 일은."

할머니도 내게 아무 말 없이 알디아더러 바크를 데리고 산

멈추지 않는 아이디어

285

책하러 나가게 한 것에 사과할 줄 알았지만, 할머니는 이렇게만 말했다.

"안다, 아가."

그리고 내 이마에 키스했다.

데리고 나가 오줌을 누게 하고 저녁을 먹이고 나니 바크는 내가 비명을 지른 것을 용서해줬다. 나는 바크를 끌어안고 텔레비전을 다시 봤지만, 영화는 끝나고 전자레인지로 완벽한 달걀 요리를 할 수 있는 장치에 대한 정보성 광고로 바뀌어있었다. 그렇게 늦은 시간인지 모르고 있었다. 타코 모임은 보통 아홉 시면 끝났으니까.

바크는 베개에 머리를 대자마자 코를 골기 시작했다. 하지만 내겐 아직 아이디어가 더 있었다. 바깥의 어둠이 연한 파란 빛으로 바뀔 때까지 스케치를 하다가 그린 것을 옆에 치워두고 잠을 청했다.

25
다른 세상

네오프렌을 주문하면서 주소를 빗시의 집으로 했는데 그 얘기를 하는 것을 깜빡 잊고 말았다.

"있잖아, 얘야?"

인어 꼬리의 시험작을 만들어보려고 빗시의 집에 갔더니 빗시가 물었다.

"네가 이 아기 똥 색 스쿠버 천을 주문한 거니?"

"아뇨." 나는 포커페이스를 유지하고 말했다.

"영리한 것."

"거기 색을 칠할 거예요. 정말이에요."

"다행이네. 그 색은 영 아니거든."

작업을 시작하기 전에 나는 빗시에게 인어에 관한 영감을 준 핀터레스트 게시물을 보여줬다.

"어머나."

빗시는 꽃으로 가득한 조개껍질을 들고 있는 천사 같은 얼굴의 도자기 인어 사진을 가리키며 말했다.

"우리 엄마한테 저 꽃병이 있었는데."

빗시는 손으로 입을 가리고 귀신에 홀린 듯한 표정으로 화면을 봤다.

"저걸 보니 기분이 정말 이상하다."

"좋게 이상한 거죠?" 내가 말했다.

"아버지가 저걸 깨뜨렸어."

빗시는 슬픈 미소를 짓더니 꽃병이 우연히 깨진 것이 아니라고 했다.

"하지만 저 꽃병은 부엌 식탁 위에 있었고, 엄마는 거기 카네이션을 꽂아두곤 하셨지. 참 아름답다고 생각했어."

빗시는 멍하니 엄지로 결혼반지를 쓰다듬었다. 그것이 아직 거기 있는지 확인하는 것처럼.

"그때부터 인어를 좋아하게 된 게 아닌가 싶어."

"색상이 마음에 들어요."

나는 뭐라고 해야 할지 몰라서 어색하게 말했다.

"저 꽃병은 까맣게 잊고 있었는데." 빗시가 말했다.

"놀랍구나."

빗시의 눈빛이 여전히 슬펐다.

"괜찮으세요?"

"기억은 보는 관점에 따라 달라지는 게 아니라는 이야기를 어디선가 읽었어. 강렬한 것들, 번개처럼 뇌리를 스치고 지나가는 그런 기억들은 우릴 속이지. 일흔다섯 살의 내가 그 꽃병을 보는 것 같지 않아. 꼭 여섯 살로 돌아간 느낌이야."

나는 빗시의 팔을 꼭 잡았다. 나도 아빠가 돌아가신 날의 기억이 머릿속에 스치고 지나갈 때면, 그 순간 녹화한 비디오를 보는 것 같았다. 아무것도 희미해지지 않았다. 아무것도 변하지 않았다.

"모두 다 여기 있지."

빗시는 머리를 가리켰다.

"원할 때 항상 꺼내거나 그냥 간직할 수는 없어."

"죄송해요. 그걸 끄집어내서……."

"응?"

"어머니께서 그 꽃병에 어떤 색 카네이션을 꽂으셨어요?"

"붉은색."

빗시는 미소를 지으면서 말했다.

"항상 붉은색이었어."

"그 색을 저도 생각하고 있었어요. 이 인어의 꼬리처럼 터키석 색깔에, 새빨간 색과 푸르스름한 색조로. 그리고 거기

맞게 나머지 색도 정할 거예요."

"어머니는 취향이 훌륭하셨어."

빗시는 고개를 끄덕였다.

"아름다운 것들을 좋아하셨지."

빗시가 어머니로부터 아름다워지지 못할 거라는 말을 들었다는 것이 기억났다.

"제일 멋진 인어로 만들어드릴게요."

내가 말했다. 빗시는 내 어깨에 팔을 두르고 꼭 끌어안았다.

"고마워, 아가."

빗시는 인어 꽃병 사진을 다시 봤다.

"어머니는 평생 당신의 목소리를 별로 내지 못하셨어."

빗시는 올바른 관점을 가지려고 애쓰는 사람마냥 고개를 끄덕였다.

"나도 마찬가지였지. 그 시절 우리 이야기는 그랬어. 우리는 선택받기를 기다리면서, 우리가 얻게 될 삶이 마음에 들기를 바랄 뿐이었거든. 어머니가 얻게 된 건 형편없는 아차상 같은 거였어. 나는 그것보다는 나았지만, 더 큰 목소리를 내고서야 얻게 된 거였지."

"저도 비슷한 느낌이었어요."

에릭이 청혼했을 때, 나는 시험을 통과한 기분이었다. 다음

단계로 넘어갈 수 있을 만큼 정상인 척, 솜씨 좋게 내 자신을 포장했다.

"에릭에 관한 것 중에 내가 제일 좋아했던 건 그가 절 원한 다는 사실이었어요."

나는 한숨을 쉬었다.

"그런데 그 사람은 절 원하지 않게 됐죠."

"하지만 너는 네 뜻을 밝혔잖니. 실행에 옮기지는 않았다 하더라도."

빗시는 상냥한 얼굴로 미소를 지었다.

"내가 네 나이 때는 아버지나 남편의 동의 없이는 은행 계 좌도 만들 수 없었단다."

"네? 정말요?"

그건 빗시의 할머니 시절에나 어울리는 고대의 규칙 같았 다. 최근까지 그런 일이 벌어졌다는 것이 믿어지지 않았다.

"지금은 참 다른 세상이 되었단다, 아가."

빗시가 건조한 목소리로 말했다.

"예전에 우리가 세상에 존재하기 위해서는 남자가 필요 했어."

"그런 억압이 있었다는 걸 짐작은 하고 있었지만, 예쁜 드 레스랑 만찬에 카나페가 나오는, 도나 리드Donna Reed가 주인공 인 재미있는 영화의 시대 배경인 줄 알았어요."

내가 할머니와 빗시의 삶에 대해 가진 이해는 거대 영화관에서 본 영화에서 비롯된 것이라는 생각이 들었다.

"그렇지." 빗시가 말했다.

"재미있는 종류의 억압이라니! 흥!"

빗시의 웃음소리는 요란하게 끊어가며 짖는 소리 같았다.

"그럼 이건 아니네요." 나는 화면을 가리켰다.

"이런 걸 보시면 답답한 기분이 드시죠?"

나는 심호흡을 했다. '자존심보다는 작품. 자존심보다는 작품.' 좋은 작품을 버리고 나쁜 작품을 선택하고 싶은 충동이 들 때, 미칠 듯한 감정과 맞서 싸우기 위해 대학 시절 내가 읊조리던 주문이었다. 이 의상은 할머니와 빗시를 행복하게 만들어줘야 했다. 그렇지 않다면 아무런 가치가 없었다. 하지만 잘못된 것을 좋아하는 사람은 아무도 없고, 감정이 적응하기 위해서는 시간이 필요했다. 그래서 예술가에게는 명예에 관한 규칙이 필요했다. '자존심보다는 작품.'

빗시는 잠시 아무 말이 없더니 입을 열었다.

"우리가 어디서 왔는지 기리는 데도 즐거움은 있는 것 같아. 하지만 지금 우리 자신을 기념하고 싶구나."

"저건 어때요?"

대학시절 내가 가장 좋아하던 디자인 교수가 늘 하던 질문이었다.

"글쎄다. 하지만 네가 잘 해낼 거라 믿어."

빗시는 미소를 지으면서 말했다.

"꼬리를 시작하는데, 그걸 꼭 알아야 하니? 내 말은, 꼬리는 꼬리고, 꼬리일 뿐이라는 거야. 그렇지?"

"맞아요."

우리가 무엇을 하든지, 인어들에겐 꼬리가 생길 것이었다. 그리고 우리에겐 해결해야 할 공학적인 작업이 남아있었다.

"도와주실 수 있어요?"

"내가 도와주려고 하면 버니는 늘 짜증을 냈어. 난 직선을 똑바로 긋는 것도 잘 못한단다."

나는 웃음을 터뜨렸다.

"동성애자들끼리 하는 농담 직선을 의미하는 스트레이트(straight)에는 이성 애자라는 의미도 있다은 아니야." 빗시가 씩 웃으며 말했다.

"사방치기 놀이 하는 법을 가르쳐주셨을 때 기억나세요? 그때 할머니는 빗시가 집 앞에 그려놓은 보드판을 제가 그린 건 줄 알고 '얘는 학교에서 보충수업을 받아야 되겠다'고 생각하셨대요."

"세상에!" 빗시는 웃으며 말했다.

"그건 잊고 있었네."

"재단은 제가 다 할게요." 내가 말했다.

"모델이 돼주세요."

빗시는 한 손을 머리 뒤에 얹고 엉덩이를 내밀었다.

"자기야, 기뻐요."

빗시는 우스꽝스러운 쉰 목소리로 이렇게 말했다.

나는 그녀가 버니의 방바닥에 눕지 않아도 되도록 거실에서 그녀의 윤곽선을 땄다. 빗시에게는 그 방은 공간이 충분하지 않다고 말했다.

"여긴 참 조용하구나."

네오프렌 위에 빗시의 체형을 다 표시하고 나자 빗시가 말했다.

"버니의 레코드를 들을 수는 없고, 버니의 레코드가 아닌 것 중에서는 내가 무슨 음악을 좋아했는지 기억도 안 나서. 여긴 항상 너무 조용해."

나는 내 핸드폰을 건넸고, 내가 옷감에 핀을 꽂는 동안 빗시는 내 핸드폰 속의 음악을 살펴봤다.

"아! 이 노래 좋아해!"

빗시가 외치더니 음량을 높였다.

하트Heart의 〈바라쿠다Barracuda〉가 핸드폰의 작은 스피커로 퍼져 나왔다. 나는 웃었다.

"좋은 선택이네요."

"이 곡을 연주해야겠다."

빗시가 엉덩이를 흔들면서 말했다.

나는 빗시가 춤추는 것을 보고 〈바라쿠다〉에 맞추어 춤을 추는 인어는 무엇을 입어야 할까 생각해봤다.

한참 뒤, 빗시는 자리를 잡고 앉아 옷감에 핀을 꽂는 것을 도와줬다. 마지막 핀을 꽂고 나서 나는 꼬리를 들어봤고, 우리는 빗시가 옷감을 카펫에 붙여놓았다는 것을 알게 됐다. 나는 웃었지만 빗시는 시무룩해졌다.

"봤지? 이래서 버니가 근처에도 못 오게 한 거야."

"도움이 됐어요. 응원이 필요했거든요."

"너는 항상 참 착하구나, 케이."

빗시는 내 뺨을 만져주며 말했다.

나는 일이 많이 지체되는 것처럼 느껴지지 않도록, 최대한 빠른 손놀림으로 빗시 쪽의 핀을 다시 꽂았다.

세 시간 뒤, 최소한의 시행착오를 거쳐 대략적인 꼬리를 완성했다. 빗시는 검정색과 흰색의 물방울무늬 비키니 위에, 의상을 입은 뒤에도 걸을 수 있도록 뒤에 낸 구멍을 통해서 다리를 끼워 넣어 꼬리를 착용했다. 물속에서 다리를 제 위치로 하면 네오프렌이 겹쳐지며 구멍은 닫히도록 돼있었다.

"백만 달러짜리로 보여요." 내가 말했다.

"겨우 백만 달러?"

빗시는 게임 프로그램의 진행자처럼 한 손을 올리고 다른 손은 허리에 대고 물었다.

"이 꼬리만으로도 최소한 이백오십만 달러는 되겠어. 색깔만 무시하면."

나는 웃었다.

"맞아요. 삼백만 달러짜리로 보여요. 칠을 하면, 사백만이죠."

"밖에 나가서 입어보자!"

빗시가 말했다. 당혹감이 번개처럼 내 배 속을 날카롭게 때렸다.

"안 돼요."

나는 물건을 챙기며 말했다.

"바크에게 먹을 걸 줘야 해요."

빗시는 내 눈에서 공포를 읽을 수 있었다. 그녀에겐 그게 가능하다는 걸 나는 알았다.

"어머, 얘야, 잠깐만!" 빗시가 말했다.

"차를 한잔 마시자꾸나."

"아뇨, 아뇨. 물에 들어가시려는 거 알아요. 할머니를 보낼게요. 할머니 없을 때 시험하진 마세요, 네?"

"밖에 나가서 밀크셰이크를 먹을까?"

"죄송해요, 빗시."

나는 억지로 눈을 맞추며 말했다.

"집에 가야 해요."

"그래, 그래. 알겠다."

"할머니가 여기 오실 때까지 그 꼬리를 입고 수영장에 들어가진 않을 거라고 약속하실 거죠?"

빗시는 어깨를 으쓱였다.

"기다릴게."

하지만 그 약속이 진심인지 확신할 수 없었다.

26
할머니의 사랑

밖에 나오자마자 할머니에게 전화를 걸었지만 할머니는 받지 않았다. 나는 집까지 달려갔다. 차는 집 앞에 세워져있었다. 바크가 머레이를 문 채로 꼬리를 흔들며 나를 맞으러 나왔다.

"할머니!" 내가 불렀다.

"계세요?"

할머니가 침실에서 누군가에게 이야기하는 소리가 들렸다. 전화 통화를 하고 있는 건가 싶어 집 전화를 들어봤지만 수화기에서는 신호음이 들렸다. 나는 할머니의 휴대폰으로 전화를 걸어보려고 했다.

그때 안쪽에서 남자의 음성이 들렸다.

얼굴이 달아올랐다. 할머니는 내가 이렇게 일찍 돌아올 줄 몰랐던 것이다.

"케이?"

할머니가 방에서 나를 불렀다.

"네."

내가 대답했다. 나는 다시 집 밖으로 나가 할머니에게 혼자 만의 공간을 주고 싶었지만, 빗시가 꼬리를 혼자서 시험하게 하고 싶지는 않았다.

"별일 없니?"

"네. 할머니는요?" 내가 외쳤다.

"빗시가 전화를 했어."

할머니가 외쳤고, 그제야 나는 빗시가 나를 붙잡아두려고 했다는 것을 깨달았다. 빗시는 그래서 밀크셰이크를 먹으러 가자고 했던 것이다.

"괜찮아." 할머니가 누군가에게 속삭이는 소리가 들렸다.

"괜찮아."

복도를 걸어 나오는 할머니의 머리카락은 조금 헝클어져 있었고 입술에는 립스틱이 새로 발려있었다.

"손님이 계세요?"

내가 조그맣게 묻자 할머니는 뺨을 떨며 조심스레 웃었다.

"그래도 괜찮아요." 내가 말했다.

"좋은 일이잖아요?"

할머니는 눈물을 글썽이며 고개를 끄덕였다.

"그럼 우실 거 없어요."

나는 할머니를 끌어안았다.

"정말 창피하구나." 할머니가 말했다.

"네 할아버지를 사랑했는데."

"알아요."

나는 내가 어릴 적 할머니가 해준 것처럼 할머니의 등을 둥글게 문질러줬다.

"잘된 일이라고 생각해요, 할머니."

할머니는 몸을 떼더니 나를 봤다.

"그래?"

"물론이죠!"

이십이 년 전에 죽은 남자를 잊고 새로운 남자를 만나기로 했다고 누군가 속상해할 거라고 여기다니, 그게 더 충격적이었다.

"처음에는 이야기할 필요가 없다고 생각했어." 할머니가 말했다.

"잘 안 될 수도 있으니까. 그러다 네가…… 네가 또 유산을 했을 때, 말할 때가 아니라고 여겼지. 그리고 네가 이혼을 해서…… 남자를 사귄다고 자랑하고 싶지 않았고, 네가 할아버지 말고 다른 사람을 만나는 걸 못마땅해 할지도 모른다고 생각했지. 아니면, 터무니없는 짓이라고 생각하거나. 늙은 여자가 애인을 사귀다니."

"그런 생각을 하시다니 믿을 수가 없네요! 정말 죄송해요."

나는 내가 할머니에게 그런 느낌을 주는 말이나 행동을 하지 않았기를 바랐다.

"할머니에게 사랑하는 사람이 있으면 좋겠어요."

"그래." 할머니가 말했다.

"저 사람을 정말로 사랑해. 이제 그걸 확신할 수 있어."

"만나봐도 돼요?"

팔다리가 후들거렸다. 할머니가 지금껏 그를 숨겼다면, 할머니에게 좋은 상대가 아닐지도 모른다는 생각이 들었다. 내가 가능한 한 에릭과 할머니를 떼어놓으려 했던 것처럼 말이다.

그때 아이작이 들어왔고 나는 그만 울음을 터뜨리고 말았다.

"어머."

할머니가 달려와 나를 안았다.

"어색할 줄 알았다니까! 정말 미안하다."

나는 뭔가 사려 깊은 말을 할 수 있을 만큼 마음을 진정하려고 애를 썼지만, 그렇게 되지 않아서 이렇게 외쳤다.

"좋아서 우는 거예요! 좋아서!"

아이작은 미소를 지었다. 나도 미소를 지었다.

"제가 반기지 않을 거라고 생각하시다니, 할머니는 정말 어이없어요."

할머니는 빗시가 꼬리 시험하는 것을 도와주러 나갔다. 아이작은 냉장고 위 선반에 감춰둔 고급 커피로 우리 둘이 마실 커피를 끓였다. 그는 할머니의 낡은 퍼콜레이터를 쉽게 조립했고, 할머니의 주방을 편하게 사용했다. 아마 와이파이를 세팅한 것도 아이작이었을 것이다.

우리는 식당으로 커피를 가져갔고 나는 식탁 위에 스케치를 펼쳤다.

"와."

아이작은 활짝 웃으며 말했다.

"멋진 작업을 했구나."

나는 자기 작품을 자랑하는 어린아이가 된 기분이었다. 어색했지만 좋은 느낌이었다.

"아직 고민 중이에요."

나는 빗시가 한 말을 자신 있게 털어놓지 못하고, 원래 계획대로 할 수 없는 까닭을 최대한 설명했다.

"고민하는 것도 과정이잖니, 그렇지?" 아이작이 물었다.

"고민은 작업에 도움이 된단다."

그날 밤, 아이작은 평소 나와 할머니만 쓰는 작은 식탁에서 함께 저녁 식사를 했다. 할머니는 봉헌 양초를 켰다. 할머니는 수수로 만든 낯선 요리를 차렸는데, 아이작은 맛있게 먹는 것 같았다. 우리는 수줍은 미소를 주고받았고, 빗시와 꼬리에 관한 이야기를 나눴다.

"예전에 입던 것보다 좋더구나, 케이."

할머니가 흥분해서 말했다.

"훨씬 좋아. 그리고 뒤쪽에 만든 오버랩도 마음에 들어. 안전을 위해 아주 좋은 장치더구나."

아이작이 고개를 끄덕이며 말했다. 할머니는 무슨 뜻이냐는 듯 그를 봤다.

"스케치에서 봤어. 등지느러미가 오버랩을 감춰주는 게 좋더군."

"입으면 아주 멋져."

할머니는 아이작이 더 달라고 청하지 않았는데도 접시 위에 수수 요리를 더 떠주면서 말했다.

"가르쳐주신 거잖아요, 아이작 아저씨." 내가 말했다.

"솔기를 감추는 장식을 넣으라고."

아이작은 얼굴을 붉혔다.

"내가……."

그는 이렇게 말하더니, 목청을 가다듬었다.

"내가 옷감을 좀 기부할 수 있을 것 같은데."

"정말요?"

"아는 사람들이 좀 있거든." 아이작이 씩 웃으며 말했다.

"그러면 정말 고마울 거야." 할머니가 말했다.

식사를 마치자 할머니가 일어나 자기 접시 위에 아이작의 접시를 쌓았다. 아이작은 할머니를 짐짓 엄격한 표정으로 쳐다보는 척했다. 할머니는 다시 앉더니 아이작이 식탁을 치우도록 했다. 그는 휘파람을 불며 설거지를 했다.

나는 그 순간을 조금 더 누리려는 마음에 차를 한 주전자 끓였다. 아빠가 돌아가신 이후로 내가 늘 꿈꾸던 가족의 저녁 식사였다. 타인의 연애가 나를 좀 더 채워줄 수 있다는 것이 놀라웠다.

아이작은 차를 마시고 집으로 갔다. 그가 할머니와 밤을 보내도 상관없다는 말을 어떻게 해야 할지 알 수 없었다. 어쩌면 그들은 밤에는 각자 집에 돌아가는 것을 원칙으로 삼았을 수도 있었고, 그런 말을 하면 할머니가 당황할 수도 있었으니까.

할머니가 잠자리에 든 뒤, 나는 빗시에게 전화를 했다.

"다 알고 계셨다니 믿을 수가 없어요."

"내 평생 최고의 연기였다, 얘야." 빗시가 웃었다.

"있잖아, 꼬리는 아주 좋더라."

"할머니가 말씀하셨어요!"

"우리가 전에 입던 것보다 훨씬 더 좋아!" 빗시는 한숨을 쉬었다.

"그리고, 얘야, 난 그게 필요했단다. 이 작업이. 너와 함께 보낸 하루가."

"저도요. 게다가 아직 시작도 안 한 거예요."

"알고말고!"

빗시는 신난 목소리로 말했다.

27
추억이 주는 영감

아이작이 자고 가도 상관없다고 할머니에게 말하려던 계획은 필요 없어졌다. 이튿날 밤 집에 오니 빗시랑 볼링 치러 간다. 아이작 집에서 잘게. XO 할머니 라는 쪽지가 있었다.

루카는 전화하지 않았다. 루카에게서 연락이 없다는 것은 솔직히 장비를 구할 방법을 알 수 없으며 땅 위에서 사진을 찍어야 한다는 의미였다. 어쨌든 나는 실망했다. 그를 더 원했다. 그가 나를 더 원하기를 바랐다. 나는 페이스북을 멀리하려고 다양한 노력을 했다. 그에게 밤늦게 오글거리는 메시지를 보낼 위험이 너무 컸다.

할머니와 빗시는 몇 주 내로 달력 촬영을 시작하고 싶어 했다. 로체스터 극장에서는 의상만 준비하면 됐지만, 이제 나는 아이작의 가게에서 종일 근무하면서 일주일에 두 번 모의 작업을 도왔고, 여하튼 할 일이 너무 많아 정신이 좀 없었다. 할머니들을 위해서 혼자만의 밤 시간을 최대한 활용하기로 결심했다.

"좋아, 바크." 내가 말했다.

"무슨 음악을 들을까?"

바크는 음악이라는 말을 알아듣기라도 하는 것처럼 흥분했다. 우리가 거실에서 춤을 출 거라고 생각한 바크가 실망하지 않도록 나는 〈바라쿠다〉를 틀어 함께 한 바퀴 신나게 돌고 나서 브레인스토밍을 시작했다. 빗시가 그 노래를 좋아한다면, 그걸 듣고 있는 나도 올바른 방향으로 나아갈 수 있을 것 같았다.

나는 방을 한 바퀴 뛰어다녔고 바크도 덩달아 내 뒤를 따라 달렸다.

록 앤드 롤 인어? 날카로운 바라쿠다 이빨? 앤과 낸시 윌슨처럼 긴 머리? 인어들의 머리가 길어야 할까? 할머니와 빗시는 삐죽삐죽한 커트 머리가 잘 어울렸고, 나는 그들을 보통 인어와 연결되는 젊음의 이미지에 끼워 맞추고 싶지 않았다. 나이 든 인어의 묘사는 지금껏 본 적 없었다. 그들은 흡혈귀처럼 영원히 젊은 것인가? 그들의 수명이 짧은 것인가? 예부터 전해 내려오는 신화가 무엇이든, 그건 바뀌어야 했다. 이 인어들의 핵심은 젊음이 아니라 지혜였다.

　노래가 끝난 뒤, 나는 공책에 '지혜!' 라고 휘갈겨 적고 밑줄을 그었다. 하지만 지혜라는 말에서는 대지의 여신의 기다란 잿빛 머리와 부드러운 분홍색과 보라색 색조가 떠올랐다. 그건 정확한 단어가 아니었다. 나는 그것을 지우고 '생명력! 힘! 기쁨!' 이라고 적었고, 그러자 머릿속에 뭔가 떠올랐다. 나는 예술가인 체, 자유로운 영혼인 체 하는 것이 늘 부끄러웠지만, 그것 없이는 진전이 없었다. 영감을 떠올리는 작업을 하지 못하면, 그 다음 작업 진도가 나가지 않았다. 디자인이 거짓처럼 느껴지기 시작했고, 처음부터 눈덩이처럼 커진 모든 잘못된 선택을 전부 끌고 가야 하는 것처럼, 앞으로 나아가기가 점점 더 어려워졌다. 바보처럼 느껴진다 해도, 무정형의 창조 사고 작업을 먼저 하는 것이 더 생산적이었다.

　나는 할머니의 인어 앨범을 들고 소파에 앉아 페이지를 넘겨봤다. 드레스를 입고 하이힐을 신은 여자들의 사진이 있었다. 한나의 A라인 드레스 자락에는 물방울처럼 커다란 원들이 달려있었다. 우우는 커다란 가짜 진주 목걸이를 하고 있었다. 할머니는 1960년대 유행하던 올림머리를 하고 있었고 빗시는 날씬한 다리를 드러낸 체크무늬 트래피즈 드레스를 입고 있었다.

　그 사진을 보니 B-52의 〈러브 섹Love Shack〉 뮤직비디오가 떠올랐다. 아빠는 차에 B-52의 카세트테이프를 잔뜩 싣고 있었다. 나는 B-52의 보컬 프레드 슈나이더Fred Schneider가 무표정하게 가사를 전하는 방식이 정말 우습다고 생각했고, 그래서 아빠는 가끔 나를 웃기려고 다른 노래에 맞춰 그 가사를 읊곤 했다.

아빠의 낡은 스테이션왜건을 타고 가는 동안, 아빠가 롤링스톤스를 틀고 〈와일드 호스Wild Horse〉를 부르는 믹 재거를 따라 프레드 슈나이더 식의 스프레히게장말하는 것과 유사한 노래 방식을 하던 것이 기억났다. 우리는 미니 골프장에서 집으로 가던 길이었다. 내가 들고 있던 초콜릿 소프트콘에서 초콜릿이 녹아 팔로 흘러내렸다. 너무 심하게 웃어서 배가 아팠다. 그때 몇 살이었는지는 잘 모르겠지만, 그 순간, 나를 즐겁게 하려는 것 이상으로 아빠도 즐거워했던 것이 떠올랐다. 아빠는 내 즐거움을 좋아했고, 그 원인이 되는 것을 즐겼다. 그때 처음으로 나는 아빠를 단순히 내 아빠가 아닌, 한 사람의 인간으로 봤다.

나는 미소를 지었고, 가슴이 따뜻해지는 것을 느꼈다. 아빠에 대한 좋은 기억에 빠져드는, 드문 순간이었다. 나는 주로 아빠의 마지막 순간을 떠올렸다. 하지만 혹시, 노력한다면, 아빠를 기억하는 것이 편안해질 수도 있을 것 같았다. 눈을 감고 그 차에 아빠와 함께 타고 있으면 어떤 느낌이었는지 모든 것을 떠올려보려고 했다. 햇볕에 탄 콧잔등을 찡그릴 때 따끔거렸던 것, 끈적이는 손, 더러운 발에서 반짝이는 보라색 플립플롭, 해는 하늘에 낮게 떠있었고 해가 지면서 솜사탕 같은 구름이 분홍빛으로 물들었다.

테이프 데크에 〈코스믹 씽Cosmic Thing〉을 넣을 때 똑딱하고 돌아가는 소리가 기억났다. 창문을 열고, 바람에 머리카락이 아이스크림 쪽으로 날리는 와중에 아빠와 함께 〈러브 섁〉을 불렀다. 가사의 뜻을 알 수는 없었지만, 즐거움은 충분히 이해할 수 있었다.

아빠의 저음이 떠올랐다. 낡은 붉은색 티셔츠, 볕에 그을린 팔, 긁힌 자국이 난 선글라스. 아빠는 남은 아이스크림을 입에 넣고 내게 손수건을 건넸다.

"너 엉망이 됐다."

아빠는 씩 웃고는, 마치 내가 여름이 만든 걸작이라도 된다는 듯한 표정으로 바라보며 말했다. 나는 아빠가 그때 집까지 가는 길을 빙 돌아서 갔다고 생각했다. 아빠도 그 순간이 빨리 끝나지 않기를 바랐던 것이다.

핸드폰으로 B-52의 〈러브 섁〉 뮤직비디오를 틀자 소름이 오소소 돋았다. 제대로 찾았다. 그 뮤직비디오의 세트장은 뒤죽박죽 어지러운 간이식당과 중고품 상점의 허름하고 야단스러운 물건으로 가득했다. 일렉트릭한 감성 때문에 시대 고증에 대한 기대는 할 수가 없었다. 케이트 피어슨Kate Pierson이 주황색 프린지술이나 스카프의 가장자리에 붙이는 술 장식가 달린 일체형 점프 슈트를 입은 채로 뛰어오르고 춤을 추는 것을 보고 그녀를 뮤즈로 삼기로 했다. 빗시에게는 조개껍질이 아니라 프린지가 필요했다. 할머니에게 필요한 것은 은은한 광채였다. 얌전한 모양새는 하지 않을 것이다. 이들은 바위에 앉아서 선원이 찾아오길 기다리는 인어가 아니었다. 그들은 스스로의 강인함을 즐기는 이들이었다.

B-52를 검색해보니 머리를 새빨갛게 하고 빛나는 보라색 점프 슈트를 입은 케이트 피어슨의 최근 사진이 나왔다. 그것을 핀터레스트의 인어 보드에 올렸다. 비용을 절약하면 사진발이 잘 받는 가발도 몇 개 구할 수 있을 것 같았다.

커피 테이블 위에 색연필을 흩트려놓고, 다 먹은 팝콘 부스러기를 바닥에 떨어뜨린 채로 새벽까지 깨어있었다. 바크는 내 발 옆에 누워 코를 골고 있었다. 바크를 깨워 침대에 갈 필요가 없을 것 같아서 나도 소파에서 잤다.

현관문이 열리는 소리에 잠에서 깼지만, 할머니가 날 그냥두고 지나가도록 쿠션으로 얼굴을 덮었다. 바크는 짖어대며 현관으로 달려갔다. 할머니라는 것을 알면 진정할 줄 알았는데, 짖는 소리가 더 강해졌다.

"바크!" 내가 외쳤다.

"이리 와!"

하지만 바크는 돌아오지 않았고 더 으르렁거렸다.

"세상에."

나는 소파에서 일어나며 외쳤다. 햇볕에 눈이 따가웠다. 술도 마시지 않았는데. 수면 부족 탓이었다. 수분도 부족했다. 팝콘 말고는 아무것도 먹지 못했다.

"떨어져!"

누군가 말했는데, "더러져!"라는 것처럼 들렸다.

"루스?"

나는 눈을 문지르며 현관으로 비틀거리며 갔다. 루스가 곧 공격당할 것처럼 현관문에 등을 대고 있었다. 바크는 루스 만큼이나 겁에 질려 대여섯 발자국 앞에 있었다.

"쟤를 떼어내줘!" 루스가 외쳤다.

"덤벼든 건 아니잖아요."

나는 어쨌든 바크의 목걸이를 잡았다.

"어떻게 들어왔어요?"

루스는 열쇠고리를 들어 보였다.

"할머니는 안 계세요."

할머니가 아이작의 집에 계신다고 말해도 되는지 잘 알 수 없었다.

"음, 여기서 만날 건데."

내가 억지로 쫓아내기라도 할 것처럼, 루스는 팔짱을 끼며 말했다.

"농산물 장터에 갈 거야."

"그렇군요. 그럼 곧 돌아오시겠네요."

나는 내가 침대로 돌아가도 될지 궁금했다.

"커피 있니?" 루스가 물었다.

"직접 끓이시면요"라고 말하고 싶었지만, 나는 부엌으로 가서 퍼콜레이터를 조립했다. 루스는 뒤따라오더니 테라스 문을 묻지도 않고 열었다. 거기 대해 짜증을 내는 건 옳지 않다는 것을 나도 알았다. 루스는 할머니에게도 묻지 않았을 것이고, 할머니는 루스가 물어볼 거라고 생각지도 않았을 것이다.

루스는 모두에게 퉁명스럽게 굴었지만, 나는 그것을 유난히 예민하게 느꼈다. 루스는 아들이 있었다. 다섯이나. 남편은 군인이었다. 그녀는 내 예민한 구석을 신경 쓸 여유가 없었다.

한 번은 할머니가 프릴이 달린 새 이불 세트를 사줬을 때, 내가 일어나서 "공주님이 된 것 같아"라고 했다고 할머니가 루스에게 말한 적이 있었다. 루스는 "쟤는 공주 맞지"라고 모욕이 분명한 어조로 말했다. 할머니는 그걸 칭찬으로 받아들였지만 말이다.

루스는 테라스 테이블에서 자기 자리를 차지하고 앉았다.

나는 냉장고에서 콩 요거트를 꺼내 기다리는 동안 함께 앉아 있었다. 테라스에 앉는 것이 싫었지만, 무례하게 굴고 싶지 않았다. 그리고 그녀의 막내아들 조이가 예전에는 반사회적인 행동을 했지만 남편이 그걸 참아주지 않아서 조이가 그러지 않게 됐다는 독백을 듣고 싶지도 않았다. 그녀는 늘 조이 이야기를, 조이가 다른 애들보다 낫다는 이야기를 늘어놓곤 했다. 그녀의 다른 아들들을 불쌍하게 여겨야 할지, 그녀가 조이를 가지고 부산을 떠느라 다른 아들들을 성가시게 하지 않는 것이 더 나은지 잘 알 수 없었다.

바크는 테이블에 머리를 얹고 루스를 빤히 봤다.

"저 개는 좀 이상해."

루스가 말했다. 나는 웃는 척 해보이고 맛없는 요거트로 되돌아갔다. 루스의 좋은 점은 말을 할 때 내가 대답을 하느냐가 중요하지 않다는 점이었다.

"내 아들 조이한테는 매스티프가 한 마리 있는데." 루스가 말했다.

"내가 본 개 중에 제일 착하지. 하지만, 알잖니, 조이가 노력을 한 결과란다."

나는 아무 말도 하지 않았다. 요거트만 먹었다. 하고 싶은 말이 혈관 속에서 부글거렸다.

"개가 제멋대로 굴게 내버려두면 안 돼." 루스가 말했다.

"버릇을 잡는 수업에 데려가야지. 그리고 처음부터 좋은 놈을 구해야 해. 순종으로. 잡종 말고."

끓는점에 도달하려는 순간, 현관문이 열리는 소리가 들렸다. 바크는 문으로 달려갔지만, 할머니가 반가워 짖지 않았다.

"그래! 정말!"

할머니는 핸드폰에 대고 말했다.

"빗시가 바로 건너에 살아……, 음, 너도…… 너도 여기로 오면……."

할머니는 루스에게 손을 흔들었다. 핸드폰 마이크를 손으로 가리고, 할머니는 내게 미소를 지으며 말했다.

"넌 정말 고약해!"

나는 겨드랑이 냄새를 맡았다. 할머니가 웃었지만 내게 웃는 것인지 통화중인 상대에게 웃는 것인지 알 수 없었다. 할머니는 핸드폰을 귀에 댄 채로 걸어갔다.

다행히 루스는 매스티프에서 화제를 바꿨다.

"조이는 핸드폰에 매다는 시계가 있어. 딕 트레이시Dick Tracy, 1990년에 개봉한 미국의 액션 형사물 영화의 주인공처럼 말이야."

그녀는 손목을 턱까지 올렸다.

"꼭 딕 트레이시처럼!"

다른 방에서 할머니의 칵테일파티용 웃음소리가, 교회 종소리처럼 울려 퍼지는 것이 들려왔다.

"있잖니."

루스가 내게 손가락질을 하며 말했다.

"네 머리는 그 길이가 좋다. 네게 어울려."

"고마워요."

나는 놀라서 말했다. 루스는 그랬다. 항상 못되게 구는 것은 아니었고, 이렇게 상냥한 말을 할 때면 그녀를 싫어하는 내가 나쁜 사람이 된 것 같았다. 루스는 내게 마법이라도 건 것처럼 웃었다. 치아를 전부 드러내는 어색한 미소였다. 내가 그녀를 좋아하지 않는다는 사실이 떠올랐다. 그녀는 시끄럽고 무례하며, 큰소리를 치면서도 누군가 자신과 의견을 달리하면 쉽게 상처 받았다. 나는 어른에게 그런 종류의 비판을 할 자격이 내게 있다고는 생각하지 못했다. 어른들은 정해진 존재며, 그들의 구미에 맞춰줘야 하고, 내가 할 일은 그들 주위에 있기 위해 조용하고 착하고 상냥하게 구는 것이었다. 하지만 이제 나도 어른이었고 루스는 나를 불편하게 했다. 그녀는 내 친구가 아니라 할머니의 친구였고 나는 그녀와 시간을 보내겠다는 선택을 한 적이 없었다. 그녀를 증오하는 것은 아니었지만, 그녀를 좋아하지 않았고, 그건 그녀가 나를 좋아하는지 신경 쓰지 않아도 된다는 의미 같았다.

할머니는 통화를 마치고 우리에게 왔다.

"예전 친구 한나였어."

할머니는 내 어깨를 다시 꼭 잡았다.

"여기 얘가 뭔가 관련이 있지 싶네."

나는 잘못을 한 것이 아닌지 걱정됐지만, 할머니는 미소를 지으며 내 옆에 앉아서 이렇게 말했다.

"케이, 고마워. 한나 목소리를 다시 들으니 정말 반갑더구나."

루스에게 할머니는 이렇게 말했다.

"한나는 상원의원의 부인이야! 매릴랜드의 패트릭 노박 말이야."

"대단하네!" 루스가 부채질을 하며 말했다.

"좋겠어."

나는 할머니의 얼굴에 짜증이 스치고 지나가는 걸 본 것 같았다.

28
살아 움직이는 그녀들

내가 출근하자 아이작은 멋쩍어 했다. 할머니가 아이작의 집에서 밤을 보내는 것이 아무렇지도 않다고 말하고 싶었지만, 내가 허락한다는 말로 들리지 않기 위해서는 뭐라고 해야 할지 알 수 없었다. 대신 나는 모든 것이 정상적이라는 듯 최선을 다해 연기했고 곧 어색한 분위기는 사라졌다.

아이작은 오전 내내 모스 데프Mos Def의 음악을 틀어놓았다. 주문받은 작업을 마친 뒤, 그는 할머니 의상의 디테일을 정하는 것을 도와줬다.

퇴근하니 할머니와 빗시가 거실에서 고함을 지르고 있었다. 할머니는 우우와 영상통화 중이었고 빗시는 오드리와 영상통화 중이었다. 그들은 내 컴퓨터까지 쓰고 있었는데, 한나인 것 같은 여자가 화면에 보였다. 바크는 할머니와 빗시 사이 소파에 앉아 고개를 이리저리 돌리며 누구를 봐야 할지 갈등하고 있었다. 어찌나 난리법석인지 내가 들어가는 소리를 아무도 듣지 못했다.

"이보다 나은 방법이 있을 것 같은데요."

내가 말했다. 셋이 모두 고개를 들고 나를 봤다. 바크는 소파에서 뛰어내려 나를 맞이했다.

"잘 되고 있다."

할머니는 우우를 빗시의 전화에 대어줘서 오드리에게 인사를 하게 해주며 말했다.

"세상에!"

오드리가 우우에게 말했다. 음량을 끝까지 높여 양쪽 전화에서 잡음이 일어났다.

"이거 정말 대단하다!"

빗시는 내 컴퓨터까지 그 사이에 끼워 넣었다.

"오드리! 한나야!"

그들에게 서로가 보이는지 알 수 없었지만, 오드리와 한나는 흥분해서 비명을 질러댔다. 그들은 이 마법 같은 영상통화로부터 해상도를 크게 기대하지 않았다. 나는 웃음이 나왔다. 할머니와 빗시는 핸드폰과 컴퓨터를 내 쪽으로 돌렸다.

"어머나!" 오드리가 외쳤다.

"네 손녀 맞니, 나넷?"

"그렇다니까!"

할머니가 다시 자기 쪽으로 핸드폰을 돌리면서 말했다.

"이제 다 컸네!" 오드리가 말했다.

"네 코를 닮았어." 한나가 고개를 끄덕이며 말했다.

"안녕하세요! 감사합니다."

나는 조금 멍한 느낌으로 말했다. 인어 시절 사진만 그렇게 자세히 살펴보다가 움직이는 그들을 보니 기분이 이상했다.

"필요한 걸 말해줘." 할머니가 말했다.

"의상을 만들 수 있도록 치수를 보내주세요. 어디를 재야 하는지 알려드릴게요. 그리고 사진에 필요한 건 의논할 수 있어요."

주머니에는 아직도 아이작의 가게에서 쓰던 줄자가 들어 있었다. 그것을 꺼내 비행기 승무원이 산소마스크를 쓰는 시늉을 하듯이 엉덩이, 허리, 가슴 치수 재는 법을 보여줬다.

"거기로 피팅하러 가면 안 될까?" 우우가 말했다.

"음, 이건 자선 모금을 위한 거니까, 이런 식으로 해서 비용을 낮추는 것이 타당하다고 생각했어요." 내가 말했다.

"치수 잴 사람을 구하는 건 어렵지 않을 거예요. 근처에 양복점이 있으면……."

"칫." 우우가 말했다.

"너희들이 보고 싶어서 그러지!"

"그러면 훨씬 더 재미있겠다!" 한나가 말했다.

대화는 여행 계획으로, 누가 누구 집에서 지내도 되는지의 이야기로 이어졌다. 나는 부엌으로 가서 차를 한 잔 끓였다. 돌아오니 할머니는 한나에게 잡지 〈스캔들〉에 실린 내용이 정치적으로 정확한지 묻고 있었다. 오드리와 우우는 손자손녀들의 사진을 들고 있었고 빗시는 아기들의 통통한 발가락이 귀엽다고 난리였다. 그 사이에 다시 껴들 수는 없었다.

몇 시간 뒤, 오드리에게서 페이스북 메시지를 받았다.

다른 친구들에게 나는 못 간다고 전해줘. 이번 주에 방사선 치료를 시작하거든. 얼굴을 봐서 정말 좋았어. 사진을 보내주길 바랄게.

나는 물론이죠라고 답장을 쓰고 하트를 덧붙였다. 나중에 흥분이 가라앉고 나면, 할머니에게 그 소식을 전해야겠다고 생각했다.

29
소중한 존재

    이튿날 가게에 신부와 들러리들이 따로 두 차례 찾아왔다. 그 사이에 아이작은 내가 프린지가 달린 빗시의 인어 상의를 디자인하는 것을 도와줬다. 우리는 남은 저지 천과 브래지어의 패드로 모형을 만들었고 진짜 의상에는 어떤 옷감이 더 나을지 의논했다. 할머니의 애인과 브래지어를 만드는 것은 어색할 거라고 예상했지만, 전혀 이상하지 않았다. 아이작이었으니까. 우리는 둘 다 신체의 모든 면면과 그것을 가리는 방법에 대해서 잘 알고 있었다.

    두 번째 신부의 드레스는 어머니로부터 물려받은 예술 작품이었다. 천연 실크를 완벽한 바느질로 흠 잡을 데 없이 주름을 잡은 드레스였다. 그렇게 고급스러운 작품에 작업하는 과정은 행복했다.

아이작과 함께 시간을 보내는 것에 새로운 의미가 생겼다. 나는 아이작이 단 위에서 내려오는 신부에게 손을 내미는 모습을 지켜봤다. 그는 드레스를 입은 딸을 보는 엄마를 위해 티슈 상자를 준비해놓았다. 이런 행동을 처음 보는 건 아니었지만 할머니도 그의 친절과 관심을 받는다고 생각하니 더 큰 의미가 있었다.

집에 돌아오니 집 앞에 붉은색 픽업트럭이 서있었다. 나는 현관에서 신발을 벗고 테이블에 열쇠를 올려놓았다. 할머니와 빗시가 부엌에서 이야기하고 있었다. 긴장이 돼서 심호흡을 했다.

"그런데, 그 사람이 그걸 접시 위에 도로 얹었어! 아무 일도 없었던 것처럼!"

빗시가 외쳤다. 할머니는 웃었다. 남자 웃음소리도 들렸다. 하지만 아이작이나 레스터나 재키 아저씨가 아니었다. 더 맑은, 젊은 목소리였다. 버니의 아들 처키였으면 싶었다. 처키는 빗시에게 살갑게 대했고 내게서 아무것도 요구하지 않았으니까. 그것이 최고의 시나리오가 될 것 같았다. 다른 시나리오는 대부분 칵테일파티를 포함했지만, 처키는 나처럼 조용했고 사람들은 실제로 그의 의견을 귀담아 들었다.

바크는 머레이를 물고 내게로 살그머니 다가왔다. 나는 머레이를 눌러 삑 소리를 내고 바크에게 돌려줬다. 바크가 꼬리를 너무 세게 흔들어 엉덩이 전체가 씰룩거렸다. 바크는 나를 따라 부엌으로 갔다. 남자 목소리의 주인은 내게 등을 향하고 있었다. 잿빛이 아닌 갈색 머리. 하지만 그는 처키보다 키가 작고 날씬했다.

바크가 복도 카펫에 털썩 주저앉더니 '여기까지만 갈 거야'라는 표정으로 나를 봤다. 바크는 머레이를 내려놓고 휴대용 베개처럼 그 위에 턱을 괴었다. 나는 바크의 머리를 한 번 긁어주고 부엌으로 향했다.

"오, 왔네." 할머니가 말했다.

남자가 돌아봤다.

루카였다.

바로 거기. 부엌에서. 나를 향해 미소를 짓고 있었다. 무릎이 후들거렸다. 나는 뒤로 물러났다. '울지 마, 울지 마, 울지 마.' 나는 이렇게 생각하며 마음을 굳게 먹었고, 거의 결심대로 됐다.

"안녕, 케이." 루카가 일어나며 말했다.

나는 루카가 대학시절 만들어 준 가죽 팔찌를 찾아낸 날부터 차고 있었다. 등 뒤에서 그것을 빼내어 주머니에 쑤셔 넣었다.

루카는 나를 안았고, 나는 마치 내가 머리 위에서 우리를 내려다보는 것 같은 느낌이 들었다. 내게서 냄새가 나는 건 아닐까? 머리에 비듬은 없을까? 지퍼가 열려있는 건 아닐까? 나는 루카가 나를 꼭 끌어안아서 내가 떨고 있다는 사실을 알아차릴까 봐 두려웠다.

루카에게선 올드 스파이스 애프터셰이프 향이 나지 않았고, 가벼운 비누 향에 약간의 머스크 냄새만 섞여있었다.

"여기 언제 왔어?" 내가 물었다.

"어떻게?"

뭐라고 물어야 할지 알 수 없었다. 내 속의 여러 자아 중 하나는 "널 보지 못한 시간이 너무 길어서, 더 이상 이렇게 지내고 싶지 않아서, 그래서 온 거야"라는 대답을 듣고 싶어 했고, 또 다른 자아는 최대한 빨리 뒤돌아서서 거리로 뛰쳐나가 더 멀리, 더 멀리, 더 멀리 도망치고 싶어 했다.

"할머니랑 메시지를 좀 주고받았지." 루카가 말했다.

"친구가 하는 프로젝트 때문에 사바나에 있었거든. 하지만 어제 작업이 끝나서 인어 작업을 도와주러 온 거야." 루카가 씩 웃었다.

"나 와도 괜찮은 거지?"

"물론이지."

나는 분명 떨리는 목소리로 말했다. 그러고는 할머니를 한 번 노려봤다. 할머니의 핸드폰에는 아직 내 페이스북 계정이 로그인돼있었다. 그래서 일이 이렇게 된 것이었다. 할머니는 내 사생활을 침범했다는 사실을 전혀 모른 채, 내게 미소 지었다. 그걸 가지고 따지면 내가 한나에게 이메일을 보낸 것과 다를 바 없다고 말할 것이 틀림없었다. 하지만 내가 알기로 할머니는 한나를 미친 듯이 사랑한 적이 없었다.

루카가 내 뺨에 키스했다.

"정말 반갑다."

그의 헤어스타일은 달라져있었다. 양 옆은 짧고 정수리는 흐트러져 있어서, 머리를 공들여 매만진 것인지 아닌지 도무지 알 수가 없었다. 하지만 그의 턱에는 예전과 똑같이 낯익은 수염이 나있었고, 갈색 눈은 반짝이고 있어서 보고 있자니 가슴이 뭉클해졌다.

"케이!" 빗시가 말했다.

"네 스케치를 보여주렴!"

나는 웃었다.

"아, 안녕, 지난 육 년간 어떻게 지냈어? 내 스케치 볼래?"

루카도 웃었다.

"네 디자인 이야기를 하고 있었단다." 할머니가 말했다.

"하지만 네 방에 들어가서 꺼내 오진 않았어."

"그럼 할머니한테도 사생활이란 것에 대한 개념이 조금은 있는 거네요." 나는 농담처럼 들리도록 말하려고 노력했다.

"그 스케치북에 누드 스케치가 있을까 봐 말이야." 빗시가 내게 말했다.

루카는 예의 바르게 웃었지만, 그 농담을 이미 한 차례 이상 했다는 걸 알 수 있었다.

"저기요, 전 방금 퇴근했거든요. 잠깐 정신 좀 차리고요."

나는 루카를 바라봤다.

"괜찮아?"

"마투니 만들어주신대." 루카가 말했다.

"난 괜찮을 거야."

나는 방에 가서 부스스한 머리를 하나로 묶어 신경 쓰지 않은 것 같으면서도 단정해 보이도록 했다. 입술을 깨물어 부풀리고 이미 마스카라를 칠한 속눈썹 위에 한 번 더 덧발랐다. 그런 다음 가슴골에 향수를 뿌리고 스케치북을 들고 다시 나갔다. 아마 오 분을 넘기지 않았을 테지만 그건 문제가 아니었다.

"방에서 자다 나왔니?" 할머니가 물었다. 칵테일파티 분위기일 때의 할머니는 무슨 일에든지 한 마디씩 해야 했다.

"네."

화장실에 다녀온다고 해도 할머니는 똑같은 농담을 하는 걸로 유명했다.

루카는 나를 보고 있었고, 자의식을 느끼지 않기가 힘들었다. 내가 너무 달라진 것처럼 보일까? 아니면 하나도 달라진 게 없는 것처럼 보일까?

할머니는 셰이커에 진을 부었다.

"전 됐어요."

내가 말했다. 빗시가 내 이마에 손등을 댔다.

"너 어디 아프니?"

"아뇨. 아이작이랑 내일부터 엄청난 결혼식 드레스 준비가 있어요. 숙취가 있으면 안 돼요."

할머니는 미소를 지었다.

"그 신부 어머니 얘기 들었다."

"그분이 사사건건 방해를 하지만, 다른 곳으로 가라고 하면 우리가 최고라고 고집을 부려요."

"내가 안 좋은 때 온 건가?" 루카가 물었다.

"아니, 아니. 아침에 두어 시간 가서 일해야 하지만, 점심때는 돌아올 수 있어. 그래도 괜찮지?"

이 말을 하자마자 어색한 느낌이 들었다. 그가 나와 함께 시간을 보내기를 바랄 거라고 여기다니, 주제 넘는 짓 같았다. 어쩌면 루카는 할머니를 도우러 온 것일지도 모르는데.

"루카는 우리랑 있으면 돼." 빗시가 말했다.

나는 페퍼민트 차 한 잔을 끓여 마투니를 마시는 그들과 함께 앉았다. 빗시는 루카가 만든 다큐멘터리와 사바나에서 도와준 작품에 대해 백만 가지 질문을 했다. 나는 할 말을 찾으려고 애를 쓰면서 엄청나게 자주 미소 짓고 고개를 끄덕였다. 하지만 머릿속으로는 우리의 역사를 다시 쓰며, 내가 에릭과 결혼하지 않았다면 루카와 나는 어디쯤에 있을까 상상하고 있었다. 나는 그와 함께 다큐멘터리 촬영을 하고 있을까? 어쩌면 그는 다큐멘터리를 만들지 않을지도 몰라. 내가 그에게 걸림돌이 될 수도 있어.

내 머릿속 작고 어두운 틈 속에, 대학 졸업 후 루카와 내가 뉴욕시의 오래된, 엘리베이터도 없는 건물의 작은 원룸으로 이사를 가서, 나는 메트로폴리탄 오페라 의상실의 디자이너 보조로 일하고 루카는 계획대로 지역 뉴스 방송국의 촬영기사로 일하는 달콤하고 작은 평행세계가 펼쳐지고 있었다. 그 세계에서 우리는 저녁으로 라멘을 먹고 센트럴 파크의 가장 좋아하는 바위에서 피크닉을 하고 사랑하는 연인이자 가장 좋은 친구로 지냈다. 루카는 무슨 일이 있어도 우리가 가족이라고 느끼게 해줬을 것이다.

"로버트 레드포드가 아직도 아주 근사한 남자라고 말씀드리게 되어 영광이네요."

루카가 이렇게 대답했지만, 나는 할머니가 뭐라고 물었는지 듣지도 못했다.

루카가 너무 가까이 앉아있어서 그의 음성이 일으키는 진동이 내 가슴께로 느껴졌다. 그의 손은 무릎 위에 단정히 놓여있었다. 나는 그 손을 잡아 깍지를 끼고 그의 피부의 감촉을 느끼고 싶었다.

"음." 할머니가 말했다.

"난 이제 혼자가 아니니 물어볼 자격도 없는 것 같지만."

할머니는 미소를 짓더니 아이작과 사귀게 된 이야기를 시작했는데, 다른 때였더라면 나도 흥미를 가지고 들었을 것이다. 그러나 나는 루카와 내가 헤어지지 않고 지내는 다른 세계를 상상하느라 정신이 없었다. 이 세상으로 돌아오고 싶지 않았다.

* * *

할머니는 저녁 식사로 채식 초밥을 만들었다. 할머니와 빗시는 밥에다 오이와 구운 붉은 파프리카를 얹고 김으로 말았다.

루카와 나는 거실 소파에 나란히 앉아 내 스케치를 봤다. 바크는 내 무릎을 너머로 수상쩍은 눈을 하고 루카를 보고 있었다.

"이거 대단하다, 케이."

루카가 페이지를 넘길 때마다 팔이 내 팔을 스쳤다.

"복고적이면서도 새로운 느낌이 좋아." 루카가 웃었다.

"게다가 이건 진짜 빗시처럼 생겼잖아."

"고마워. 예전에 쓰던 천 때문에, 그 의상은 위험했을 거 같아."

"할머니는 빗시의 꼬리가 물속에서 아주 멋있다고 하셨어."

"아직 물속에 들어간 건 못 봤어. 난……, 아이작과 일하느라 바빠서."

루카는 나를 봤다. 거짓말을 한다고 지적할 줄 알았지만, 루카는 이렇게 말했다.

"네 얼굴 다시 보니까 참 좋다."

나는 미소를 지었다.

"다시 만나서 정말 반가워."

서로 말없이 응시하는 순간이 흘렀다. 아주 부적절하지만, 우리가 키스할지도 모른다고 생각했다. 너무 오랜만이었다. 너무 많은 일이 있었다. 나는 이제 그의 다큐멘터리 작업 이외에는 그에 대해서 아무것도 알지 못했다. 그는 페이스북 페이지에 연애에 관한 것을 올린 적이 없었다. 하지만 그 표정은 그가 내게 소중한 만큼 나도 그에게 소중한 존재라는 증거처럼 느껴졌다. 아니면 그저 내 상상이던가.

루카가 가까이 다가왔다. 바크는 하품을 했다. 웃음이 나왔다.

"바크는 나랑 친구가 될지 잘 모르겠나 봐." 루카가 말했다.

"다른 낯선 사람에게는 너에게 하는 것처럼 가까이 다가가 앉아 있진 않아."

"바크가 날 좋아한다는 뜻이야, 아니면 너를 보호해야 한다는 뜻이야?"

"자."

나는 주머니에 손을 넣어 강아지용 육포 조각을 몇 개 꺼내 건넸다. 루카는 손바닥을 펼치고 간식을 바크에게 내밀었다. 바크는 내게 몸을 기대고 루카의 손을 킁킁거리고는 나를 건너가서 당당하게 루카의 뺨 냄새를 맡았다. 루카는 얼굴을 많이 움직이지 않으려고 애쓰면서도 미소를 지으며 말했다.

"이거 좀 어색한데."

바크는 루카의 뺨을 핥더니 다가가 머리를 숙여 그의 손 위에서 간식을 가져갔다. 그러고는 우리 사이에 자리를 잡아 우리를 떼어놓았다. 루카는 바크의 귓등을 긁어줬다.

"빨리 사귀네." 내가 말했다.

"네가 오기 전에 대단한 환영식을 했어. 바크가 나한테 이 집의 규칙을 읽어주는 것처럼 짖어댔지."

나는 웃었다.

"아주 똑똑하지?"

"응."

"똑똑해지긴 어려워." 루카가 말했다.

"모든 걸 관찰해야 하니까, 그렇지?"

내 기억은 대학 시절 파티에서 우리 둘이 빨간색 종이컵에 든 프레첼을 나누어 먹으며 함께 사람 구경을 하던 순간으로 되돌아갔다.

30
온전한 환희

할머니는 접시에 높다랗게 쌓은 채식 초밥을 거실의 커피 테이블로 가져와서 놓았다. 바크가 음식 냄새를 맡으려고 소파에서 뛰어내리자 할머니가 무릎으로 막았다. 정상적인 개들의 행동을 하다니, 너무나 바크답지 않았다. 그때 빗시가 접시와 젓가락을 잔뜩 들고 왔다.

"엄청 많네요."

나는 이렇게 말하고는 어릴 때 느꼈던 것과 같은 가슴이 철렁한 느낌을 받았다. 무슨 일이 일어나고 있는지 알 수 있었다.

초인종이 울렸다. 바크가 짖더니 현관으로 달려가 새로운 손님에게 단속령을 읊어주려고 했지만, 손님이 아이작인 것을 보더니 뛰어올라 그의 얼굴을 핥으려고 했다. 나는 활기찬 바크의 모습에 놀랐지만, 아이작은 신경 쓰지 않는 것 같았다.

"나도 오래 전에 개를 키웠어."

아이작은 바크의 턱을 긁어주며 말했다.

마타와 루스는 곧 이어서 도착했다. 할머니는 루카를 설득해 그들에게 〈뉴 두랑고〉를 보여 달라고 했다.

"알디아는 요가 수업이 있어."

루스가 누구에게랄 것 없이 말했고 나는 싫지만 안도했다. 사과해야 한다는 생각에 마음이 무거웠다. 어쩌면 알디아는 내가 싫어서 오지 않은 걸지도 모른다는 생각 때문에 걱정이 됐다.

"핫 요가는 안 좋다고 했는데."

마타가 고개를 저으면서 말했다.

"기사에서 읽었어. 무릎을 다칠 거야."

아이작과 루카는 루카의 노트북을 텔레비전에 연결했다. 할머니는 부엌에서 의자를 더 가져왔다. 루스가 조명 밝기를 낮추고 커튼을 닫은 탓에 초밥이 잘 보이지 않아서 우리는 모두 손으로 집어먹어야 했다.

루카의 이름이 화면에 뜨자 루스와 마타는 박수를 쳤다. 빗시는 입술에 손을 대고 휘파람을 불었다. 내 옆에 앉은 루카는 얼굴을 붉혔다. 보이진 않았지만, 알 수 있었다. 루카는 아직도 내 일부처럼 느껴졌다. 나는 그의 부록이었고, 그는 내

부록이었으며, 우리의 연결 고리는 끊어지지 않았다.

　다큐멘터리에서 루카의 위탁모 칼라는 루카에게 전화를 해서 다큐멘터리를 찍어달라고 요청한다. 화면은 칼라 스스로 전화하는 모습을 캠코더로 찍으면서 시작한다. 칼라에겐 새로운 아이가 오고 있다. 그 애는 열두 살, 예전의 루카보다 조금 더 나이가 많다.

　"지쳤어."

　칼라가 말한다.

　"우리 애들이 너무 힘들어하는 데 지쳤어. 가족들이 흩어지는 것에 지쳤어. 그들은 서로 사랑해……. 그게 가장 힘들어. 부모들은 당연하게 자기 자식에게 가장 좋은 일을 하려고 하잖아. 이 부모들은 자식을 위해 이러는 거야. 우리는 그들을 실망시키고 있어."

　겁에 질려 눈을 동그랗게 뜨고 있는 마코를 데리러, 루카는 카메라를 가지고 경찰서로 간다. 마코의 이야기를 추적하는 동안 루카는 자신의 이야기를, 마코가 아직 어떻게 전해야 할지 모르는 이야기를 함께 전한다.

　칼라는 정말 열심히 싸운다. 전화를 걸고, 법적 도움을 받고, 그녀의 식탁 위에는 이민법 관련 서적이 산더미처럼 쌓여 있다.

"칼라는 슈퍼히어로예요."

루카는 카메라를 자기 쪽으로 돌리고 눈물을 글썽이며 그녀에 대해 이야기한다.

루카가 어릴 적 쓰던 방 장롱에는 아이 옷들이 가득 차있다.

"내가 입던 옷이야."

루카는 초록색 터틀넥을 마코에게 건네며 말한다.

"그걸 입고 난 내가 닌자 거북이라고 생각했어."

마코는 잠깐 웃어 보인다. 다음 장면에서는 칼라가 카메라를 들고 있다. 루카와 마코는 낡아빠진 붉은색 경주용 자동차 모양 침대에서 잠들어있고, 마코에게 팔베개를 해준 루카의 가슴 위에는 《해리 포터》 책이 펼쳐져있다. 칼라의 울음소리가 들린다.

루카는 어머니를 만나러 간다.

"까리뇨Cariño, 소중한 사람."

어머니는 손으로 루카의 얼굴을 감싸 쥔다.

"노 데베리아스 에스타르 아키. 여기 오면 안 돼."

그녀는 흐느끼며 이렇게 말하고 루카를 끌어안는다. 으스러져라 세게 끌어안는다.

"마마, 만나러 와도 돼요." 루카가 말한다.

"그래도 괜찮아요. 전 괜찮아요."

하지만 어머니가 두려워하는 건 법이 아니다. 두랑고의 폭력이다. 그녀는 아들이 멀리서, 안전하기를 원한다.

그들은 마코의 어머니를 되찾지 못한다. 루카는 카메라맨과 함께 텍사스로 그녀를 만나러 간다.

수용 센터는 둥그런 텐트로 이루어진 도시 같다. 침대가 층층이 쌓여있고 사람들도 쌓여있다. 마코의 어머니가 멕시코로 돌아가겠다고 하면 멕시코로 보내지지만, 그녀는 아들과 함께 있으려고 하기 때문에 실제 수감자나 마찬가지로 수용소에 갇혀있다. 모두가 빈틈을 찾고 있다. 하지만 빈틈 같은 건 없다.

루카가 인터뷰를 하는 장면에서, 그녀의 뺨에 희미하게 노란 멍 자국이 보인다. 그 상처가 어떻게 생긴 것인지 그녀는 말하지 않는다.

수용 시설을 나설 때, 카메라맨이 루카가 고개를 돌리고 눈물을 닦는 모습을 포착한다.

"괜찮아?"

카메라 뒤에서 부드러운 목소리가 들린다.

"저분을 데리고 가고 싶었어."

루카가 속삭인다. 그는 선글라스를 쓰고 화면 밖으로 걸어나간다.

나는 자기 자신을 보는 루카를 보지 않으려고 애썼지만 흘끔거리지 않을 수 없었다. 그는 화면을 별로 보지 않았다. 그는 바크의 귓등 솜털을 쓰다듬었다. 바크는 기분 좋아 보였다.

다큐멘터리의 마지막 장면에서 마코와 루카는 칼라의 집 테라스에서 마코의 컨테이너 화분에 난 잡초를 뽑고 있다. 식물은 튼튼하고 무성하게 자라고 있다.

"자."

마코가 루카에게 토마토를 건네며 말한다.

"먹어봐요."

마코의 얼굴에 드러난 자랑스러움에 늘 사라지지 않는 슬픈 눈빛이 거의 가려진다. 루카가 한 입 베어 물자, 즙이 사방에 퍼진다. 마코가 웃는다.

"맛있죠?"

"대단해." 루카가 말한다.

"네."

마코는 몸을 비틀었다가 다시 제대로 선다.

"내 형 맞죠?" 마코가 묻는다.

"내 형이 돼줄 거죠?"

"네가 내 동생이 돼주면." 루카가 말한다.

"좋아요." 마코가 고개를 끄덕인다.

"그럴게요."

마코는 자기 토마토를 하나 따서 한 입 베어 문다.

엔딩 크레딧이 올라간다.

루카는 내 옆에서 자세를 고쳐 앉았다. 사람들에게 자신의 모든 고통을 화면으로 보여주는 건 어색한 일이 분명했지만, 그에겐 지나치게 반복된 일이었을 것이다. 그게 점차 편안해졌는지, 아니면 어색함이 밀려들었다가 사라지는 것인지 궁금했다. 루카가 어색함을 예상할 수 있었는지도 궁금했다. 지인과 함께 보는 게 더 힘들까? 낯선 사람들과 함께 보는 게 더 힘들까?

빗시가 박수를 치기 시작하자 모두가 함께 쳤다. 할머니는 조명을 밝게 했다. 루스의 눈시울이 붉어져있었다. 마타는 아직 울고 있었고 아이작은 셔츠 소매를 만지작거리고 있었다.

"두 번째 보니까 더 좋네."

할머니가 다가와 루카를 포옹하며 말했다. 할머니는 이 다큐멘터리가 처음 나왔을 때 극장에서 봤다.

"네가 정말 자랑스럽다."

루카는 할머니의 말을 기쁘게 들었다. 그런 느낌이 어떤지 나도 알고 있었다. 할머니가 루카를 그렇게 격려해줄 수 있는 것이 다행스러웠다.

"어머니는 지금 산 미구엘 데 아옌데에 살고 계세요."

루카가 할머니에게 말했다.

"바예 델 마이스에 집을 사드렸거든요. 여행자 숙소를 운영하고 계세요."

할머니는 루카의 이마에 키스했다.

"좋은 아들이야."

"언젠가 할머니도 가보세요. 어머니는 할머니에 대해 잘 알고 계세요. 저를 여기서 늘 재워주신 것도요. 어머니는 할머니가 가시면 반가워하실 거예요. 아름다운 도시예요. 아주 안전하고요."

"그러고 싶구나."

할머니가 말했다. 루카가 활짝 웃었다.

결국 모두 돌아가고 난 후에야 할머니는 잠자리에 들었다. 루카와 나는 욕실에서 이를 닦는 동안 거울을 보면서 서로에게 바보 같은 표정을 지었다. 내 기숙사에서 그랬던 것처럼. 나는 아직도 그에게 뭐라고 해야 할지 전혀 알 수 없었다. 나는 본래 말재주가 없었다. 루카가 나를 팔꿈치로 쿡 찔렀다. 나도 쿡 찔렀다. 그는 칫솔을 입에 문 채로 나를 안았다. 오랫동안 꼭 끌어안았다. 나는 코로 숨을 제대로 쉴 수 없었고, 입에는 치약이 가득했지만, 그 포옹이 끝나지 않기를 바랐다.

그를 놓아주느니 숨이 막히는 편이 낫다고 생각했다.

마침내 그는 몸을 떼더니 세면대에 치약을 뱉었다. 나도 그렇게 했다. 우리는 손을 모아 물을 받아서 입을 헹궜다.

"네가 정말 그리웠어."

루카는 거울 속에서 눈을 맞추며 말했다. 그러는 편이 더 쉬웠다. 정말로 서로를 마주보면, 감당할 수가 없을 것 같았다.

"나도."

내가 말했다. 루카가 나와 함께 침대에 누워 예전처럼 잤으면 좋겠다고 생각했다. 그리고 한 순간, 그렇게 될 줄 알았다. 그는 내 뺨에 키스했다. 나는 그러는 그의 모습을 거울을 통해 바라봤다. 그는 살이 빠져 턱 선이 전과 달리 날카로웠다.

"잘 자."

루카가 말했다. 그리고 욕실을 나갔다.

루카는 복도를 지나 손님방으로 갔다. 예전에도 나와 함께 할머니 집으로 오면 늘 지내던 방이었다. 복도로 나가니 그가 문을 완전히 닫지 않은 것이 보였다. 그것이 무슨 신호일까 미처 생각하기도 전에, 그는 불을 껐다.

내 방에 들어오니 바크가 침대에 누워있었다. 긴장으로 온 몸이 경직돼서 잠을 잘 수가 없었다. 나는 바크가 남긴 좁은 자리에 누워서 천장을 멍하니 바라보며 열린 문은 생각하지 않으려고 애썼다.

우리의 대학 친구들은 전부, 루카와 내가 실제로 한 것보다 훨씬 이전에 섹스를 했다고 여겼다. 루카와 사귀는 기간 내내, 나는 우리가 함께 노는 아기 곰들 같다고 생각했다. 여기 저기 굴러다니다가 밤이면 온기를 구해 서로 끌어안는 아기 곰들. 우리는 순수의 선을 지켰다. 내가 루카에게서 원한 건 섹스 이상이었고, 그 균형을 무너뜨리기가 두려웠다.

그러나 4학년이 시작됐을때, 마감이 있다는 부담감이 모든 것을 바꿔놓았다. 우리는 더 이상 이런 보호막 속에 살 수 없었다. 우리는 함께하려면 선택을 해야 했고, 그 선택의 부담감이 내가 스스로에게 허락하지 않았던 호기심을 건드렸다. 그가 기지개를 펴려고 팔을 뻗을 때 셔츠가 바지 위로 올라가면서 드러나는 털이 눈에 띄기 시작했다. 그가 운동장에서 축구를 하고 나면 몸에서 풍기는 머스크 향도. 그가 나를 보는 눈빛. 가끔 그는 밤에 침대에서 내게 등을 돌리고 누웠다. 일부러. 숨기기 위해서.

나는 그의 손을 기억한다.

그 일은 클라크 극장에서, 어두운 관람석에서 시작됐다. 내가 참석해야 하는 대본 리딩이었다. 루카도 나와 함께 갔다. 항상 그랬으니까. 그리고 그는 항상 그랬으니 내 손에 깍지를 꼈는데, 내 손바닥에 닿는 그의 손의 느낌이 어딘가 달랐다. 가슴이 두근거리고 목이 멘 것이 기억난다. 내 혈관을 내달리는 당혹감에는 흥분이 서려있었다.

극장에서는 갓 칠한 페인트 냄새와 금속 용접부의 퀴퀴한 냄새가 났다. 루카는 플란넬 셔츠를 입고 있었는데, 소매가 너무 길었다. 그의 소맷단이 내 손목에 부드럽게 닿았다.

나는 그것이 끝이라는 걸 알고 있었다. 나는 그걸 막을 수 없었다. 그의 골반 뼈가 내게 닿기를 원했으니까. 아랫배의 부드러운 살갗을 알고 싶었으니까. 나는 그의 얼굴에서 머리카락을 걷고 입술에 키스하고 모든 면에서 우리가 하나임을 느끼고 싶었다. 그때만큼은 살아있고 싶었다.

첫 번째 행동을 끝내기 전에, 그는 나를 팔꿈치로 쿡 찌르더니 손을 당겼다. 우리는 자리에서 살그머니 나가 로비를 통과해 계단을 내달려 지하로 갔다. 그는 나를 텅 빈 상자무대 극장Black Box Theater으로 끌고 들어가더니 문이 닫히자마자 내 입술에 입술을 겹쳤다. 전에도 키스는 했다. 예의 바르게. 상냥하게. 욕망이 아닌, 애정의 행위로. 하지만 우리는 그걸로 만족할 수 없었다.

나는 피임약을 먹고 있었고 루카도 그걸 알고 있었다. 그는 내가 매일 밤 그걸 먹는 걸 봐왔다. 그러나 우리 둘 다 '이런' 일은 처음이었다. 우리에게 하지 않을 신체적 이유는 없었다. 여기서 내가 초봄의 쌀쌀한 바람에 이 확신을 날려버릴 이유 같은 건 존재하지 않았다.

우리는 어둠속에서 더듬거리며 바닥을 찾았고, 확실한 손놀림으로 옷가지를 벗었다. 나는 그의 셔츠를 벗겼다. 그는 내 발목에서 바지를 벗겨냈고, 우리 몸의 경계는 점점 더 희미해졌다.

나는 늘 첫 섹스는 새로운 발견이자 한계를 배우게 되는 일이므로 어색하게 치러지고 만다는 이야기를 들어왔다. 하지만 그의 몸 대부분은 내 몸처럼 익숙했다. 우리는 배울 것이 별로 없었다. 이건 피할 수 없는 일이었고 필요한 일이었다. 우리는 그 다음에 어떻게 될까 하는 두려움을 밀어냈다. 바닥에 깔린 카펫에 등이 쓸려왔다. 그 순간 내 몸은 그의 몸과 함께 존재했다.

몇 년이 지나고서, 그를 잃은 상처를 끌어안고서도, 뭔가 좋은 일을 기억해야 할 때 나는 그 순간을 찾았다. 그것은 내가 생각하는 환희의 기준이었다. 모든 면에서 최고인 환희. 그때 우리는 온전히 살아있었다.

31
망치기에는 너무 특별한 사람

웨딩드레스 작업 때문에 아이작의 가게로 출근할 시간에
도 루카는 자고 있었다. 나는 복도를 살그머니 걸어가 그를
들여다봤다. 그는 예전에 나를 끌어안고 잤을 때처럼 담요를
몸에 말고 자고 있었다. 나와 헤어진 이후로 다른 여자들을
만났을까? 그들과도 나처럼 가까웠을까? 에릭과 나는 서로
에게서 그런 편안함을 느낀 적이 없었다.

출근을 했지만 나는 루카가 사귀었을지도 모르는 여자들
에 대한 생각을 머릿속에서 밀어낼 수 없었다. 그들은 어떤
사람이었을까? 과거시제였을까, 현재시제일까?

재봉틀 소리는 마음을 잔잔하게 하는 평화로운 흥얼거림
이자 혼란스러운 생각을 반복해서 떠올리게 하는 원동력이

었다. 그러나 일단 신부와 친구들이 도착하자, 그들의 부산하고 요란스러운 데다 가차 없는 요구 덕분에 나는 정신을 차릴 수 있었다.

퇴근하니 루카와 할머니가 거실에서 음악을 틀어놓고 레코드를 살펴보고 있었다. 그들은 바크가 나를 맞이하러 나오는 것도 몰랐다. 나는 바크에게 조그맣게 인사를 하고 복도에서 그들을 지켜봤다.

"이거 좋아해요."

루카는 하얀 커버에 줄무늬 상의를 입은 여자의 사진이 실린 레코드를 알아보고 미소를 지었다.

"어머니는 이디에 고르메Eydie Gormé를 좋아하세요. 이 레코드를 갖고 계셨어요."

"틀어봐."

할머니는 루카를 즐겁게 해주려고 최선을 다했다. 루카는 턴테이블에 레코드를 얹고 바늘을 조심스레 제 위치에 올렸다. 종소리가 시작되자 루카는 음악에 맞추어 고개를 흔들면서 활짝 웃었다.

"정말 오랜만에 듣네요!"

"한 곡 어때?"

할머니가 손을 내밀었다. 루카는 고개 숙여 인사하고 할머니의 손을 잡았고, 에디가 〈블레임 잇 온 더 보사 노바Blame It on the Bossa Nova〉를 부르는 동안 두 사람은 거실 안을 빙빙 돌았다.

대학 때, 루카는 어린 시절 어머니에게 볼룸 댄스를 배웠다고 고백하고는 기숙사 옥상에서 왈츠 추는 법을 가르쳐줬다. 그가 목을 길게 빼고 할머니와 스텝을 밟는 것을 바라보던 그 순간, 나는 가슴이 저릴 정도로 간절히 그를 원하고 있었다. 나는 그들이 나를 보지 못하도록 살그머니 방으로 갔다.

너무 많은 것들이 두려웠지만, 이것보다 더 겁에 질린 적은 없었다. 나는 늘 모든 걸 망쳤고 루카는 망치기에는 너무 특별한 사람이었다.

몇 곡이 지나간 뒤, 루카가 내 방의 열린 문을 두드렸다.

"집에 있는지 몰랐네."

"방금 왔어."

나는 그의 시선을 피하며 말했다.

"내일 아침 일찍 가려고."

"가는 거야? 벌써?"

나는 너무 많은 패를 내보이며 말했다. 그의 주위에서는 대체 어떻게 해야 할지 알 수도 없었던 주제에 막상 그가 떠난다고 생각하니 그건 또 견디기가 힘들었다.

"딱 하루만이야."

그는 딸이라고 말하면 내가 진정하리라는 것을 아는 것처럼 말했다.

"올랜도에 사는 대니라는 친구가 우리에게 빌려줄 카메라 장비를 갖고 있어."

"잘됐네!"

나는 꺼내버린 모든 감정을 도로 집어넣으려고 애쓰며 말했다.

"너도…… 너도 같이 갈래?"

루카는 양팔을 뻗어 문틀 꼭대기를 잡으며 물었다. 나는 드러나는 그의 배를 보지 않으려고 노력했다. 이제는 이따금 축구 경기만 하는 것이 아니라 목적의식을 갖고 운동하는 사람마냥 그의 근육은 탄탄했다.

나의 본능적인 반응은 안 된다고, 아이작이 날 필요로 한다고 말했지만, 나는 아주 짧은 순간 루카와 눈이 마주쳤고 그가 나를 보는 표정에 반영된 나의 욕망을 봤다.

"물론이지."

그는 문틀 꼭대기를 손가락으로 두드렸다.

"좋았어!"

그는 잠시 거기 서서 나를 봤다. 할 말이 더 있는 것처럼.

"난 씻을 거야. 저녁 식사하기 전에. 너도 루스 집에 갈 거야?"

나는 고개를 저었다.

"아니. 빗시 집에 가서 의상 작업을 해야 해."

다른 할머니들과 함께 그를 나누는 건 감당할 수 없을 것 같았다. 게다가 자동차 여행을 위해 에너지를 비축해야 했다.

"아."

루카는 실망한 표정을 지었다.

"내가…… 먹을 걸 가지고 올게."

그가 걸어간 뒤에도 나는 한참 동안 복도를 응시했다.

그날 밤, 빗시의 집에서 작업을 하는 동안, 재봉틀의 윙윙거리는 소리가 내게 이렇게 묻는 것 같았다. '왜 못해? 넌 왜 못해? 왜 못하는 거야?' 용감한 사람이라면 루카의 손을 잡고 저녁 식사를 하러 갔을 것이다.

~~~~~

32
조마조마한 자동차 여행

여유롭게 준비하기 위해 해뜨기 전에 루카보다 먼저 일어나서 여행 준비를 마칠 생각이었다. 하지만 내가 샤워를 마치고 나오자 루카는 이미 부엌에서 커피를 만들고 있었다. 그가 늘 흥얼거리던 콧노래 소리가 들렸다. 나지막하고, 높낮이 없는 그 소리는 스스로를 위로하는 습관이거나, 잘 기억나지 않는 노래인 것 같았다.

나는 욕실에서 옷을 입었다. 젖은 몸에 속옷은 들러붙었고, 원피스는 쉽게 제자리를 잡지 않았다. 그 전날 밤, 버니의 옷장에서 발견한 연한 빛깔의 저지 몇 야드로 나는 후딱 민소매 원피스를 만들었다. 더 자연스러워 보이도록 단을 처리하지 않았다. 나의 모든 면면이 가벼움과는 거리가 있다는 걸 알았지만, "아, 이거? 그냥 아무거나 걸친 거야"라고 말할 수 있는 옷차림을 하고 싶었고, 나는 제법 그래 보였다.

"여긴 달걀도 없어."

부엌으로 가니 루카가 냉장고 쪽으로 고갯짓을 하면서 말했다. 그는 머그잔 두 개에 커피를 따라 하나는 내게 줬다.

"그러게 말이야."

나는 의자에 앉으면서 말했다.

"너무하지? 할머니에게 애인이 생긴 것보다, 채식주의자가 되신 게 더 충격적인 것 같아."

루카는 아침 샌드위치를 얹은 접시를 내게 내밀었다.

"와! 고마워!"

나는 빗시가 루스의 집에서 돌아온 이후에도 일거리가 있다는 걸 핑계 삼아 한참동안 그녀의 집에서 머물며 루카가 확실히 잠들기까지 기다렸다. 루카는 먹을 걸 가져오겠다던 약속대로 냉장고에 캐서롤_{오븐으로 천천히 익혀 만드는, 한국 음식의 찌개나 찜과 비슷한 요리} 같은 것이 든 밀폐용기를 넣어뒀지만, 나는 너무 피곤했고 생리도 시작된 직후였다. 시리얼 이외의 음식은 배 속이 거부하는 것 같았다. 그랬더니 이제 배가 고파 죽을 지경이었다.

"두부랑 아보카도야. 이게 내 최선이야."

나는 한 입 베어 물었다. 루카는 두부 조각에 양념을 묻혀

프라이팬에 구웠다.

"맛있네!"

"휴! 뭘 만드는지도 모르고 만들었네. 그걸 달걀이라고 생각하고 만들었어."

루카는 내 옆에 앉았다.

"그래서 할머니의 새 애인은 마음에 들어?"

"어, 그럼!" 내가 말했다.

"아이작은…… 우리 가게 사장님이야. 고등학교 때부터 거기서 일했고……."

"아아아!" 루카가 말했다.

"그래서 나도 아이작을 아는구나. 전에 여기 있을 때 한 번 그 가게에 갔었어."

"응. 좋은 분이야."

"착한 사람들이 서로 만나면 좋지."

루카는 내 눈을 들여다보며 말했다. 얼굴이 달아오르는 것이 느껴졌다.

내가 샌드위치를 마저 입에 넣자 루카가 말했다.

"이제 출발하자. 그래야 돌아와서 그 카메라를 써보지!"

"좋아."

나는 싱크대에서 접시를 씻었다.

그가 당장 무엇을 찍고 싶어 하는지 잘 알 수 없었다. 의상은 아직 준비되지 않았으니까. 빗시의 상의는 완성했지만, 내가 피팅을 하기 전에 빗시는 잠들었다. 할머니의 상의는 아직 재봉 전이었다. 꼬리에는 칠을 해야 했고 모가 친구의 에어브러시 장비를 빌리려고 애쓰는 중이었다. 다른 인어들은 거의 이 주 후에나 촬영할 수 있었다.

루카에게 얼마나 여기서 지낼 건지 묻고 싶었지만, 그 대답에 대한 내 반응을 제대로 통제할 수 있을 것 같지 않았다.

"좋아!"

루카는 주머니에 든 열쇠를 손으로 두드리며 말했다.

"나 잠깐…… 화장실 좀."

나는 욕실로 달려가 탐폰을 갈고, 혹시 가는 동안 휴게소에 충분히 들르지 못할 경우에 대비해 속옷에 팬티라이너를 잔뜩 붙였다.

나는 정상적인 생리를 동경했다. 내 머릿속에서 다른 여자들, 그러니까 니키 같은 여자들은 위생용품에 귀엽고 조그만 자국을 남기는 귀엽고 조그만 자궁을 가졌고, 다양한 의료적 도움 없이 임신을 하면 귀엽고 조그만 아기가 그 자궁에서 자랄 것만 같았다. 그에 비해 내 자궁은 오스카 더 그라우치〈세서미 스트리트〉에 나오는 녹색 괴물의 집 같았다. 아기가 있어야 할 자리에, 불평 많은 괴물이 사는 쓰레기통 말이다.

준비를 마치고 바크에게 작별 인사를 하려고 방으로 갔지만, 바크는 거기 없었다.

"바크? 바키?"

최대한 침착하게 불렀다. 당혹감은 유리문 너머에 있는 것처럼 느껴졌다. 내게 아직 닿지 않았지만, 눈에는 보이는 그런 상태. 나는 여기저기 돌아다니며 바크를 찾기 시작했다.

"바크?"

"벌써 트럭에 타있어."

내가 거실로 달려가니 루카가 집으로 돌아오며 말했다.

"바크도 데려가고 싶어 할 줄 알았는데?"

창밖을 내다보니 바크는 거기, 루카의 트럭 운전석에 기분 좋게 앉아있었다.

"응."

나는 갈피를 잡지 못한 채 말했다. 알디아와 할머니와 함께 지낸 덕분에 정말로 바크가 나아진 것 같기도 했다.

루카의 붉은색 포드 픽업트럭은 오래됐지만 관리가 잘 돼있었다. 대시보드에는 내 차처럼 먼지가 쌓여있지 않았다. 루카가 운전석에 앉자 바크는 내게 더 다가왔고, 내 얼굴에 닿는 개의 숨결은 뜨거웠다. 바크는 고개를 홱 돌려 소리 나는 쪽을 一키가 달칵거리는 소리와 내 좌석벨트 채우는 소리一보긴 했지만, 루카의 트럭에서는 어딘지 편안해 보였다.

찡그리지도, 숨으려고 하지도 않았다.

시디플레이어에서 흘러나온 거친 목소리가 바위에 부딪히는 파도 같은 노래를 불렀다. 그리움이 가득한 소리였다. 루카가 대학 시절 듣던 탑 40 곡과는 전혀 다른 것이었다. 이쪽이 그에게 더 잘 어울렸다.

"이 곡 좋다."

나는 라디오를 가리키며 말했다.

"크리스 퓨리카Chris Pureka. 언젠가 내 다큐멘터리에 이 사람의 음악을 쓰고 싶어. 딱 맞는 것을 찾으면 말이야."

"딱 맞는 노래, 아니면 딱 맞는 다큐멘터리?"

"둘 다." 루카가 말했다.

"하지만 아이디어가 떠오르면 꼭 맞는 곡을 알게 되거나, 크리스 퓨리카의 노래를 많이 듣다 보면 아이디어가 생겨날 것 같아."

"무슨 말인지 알아." 내가 말했다.

"가끔, 충분히 보지도, 듣지도 못한다는 생각이 들어서 미친 듯이 입력하다가 과부하가 걸리면 문득 뭔가 떠오르거든."

"바로 그거야."

루카의 미소는 나를 인정하는 것처럼 느껴졌다.

"나는 인어 의상 작업을 하면서 주로 B-52의 노래를 듣고 있어."

루카는 두 개의 조합을 생각해보는 것처럼 잠시 잠자코 있더니 미소를 지었다.

"응. 네 스케치에서 느껴져."

나도 미소를 지었다. 루카는 나를 보고, 도로를 보고, 다시 나를 봤다.

"이상하지? 다시 함께 있는 거."

"응."

"이상하면서도 평범한 일 같아. 네 얼굴을 보는 게 당연한 것처럼 느껴져. 너랑 같이 있으니까 좋아."

그가 운전하지 않았다면 나는 그에게 몸을 던졌을 것이다. 있는 힘껏 끌어안았을 것이다.

우리는 둘 다 조용해졌다. 그간 무슨 일이 있었는지 이야기하게 될까 봐 걱정이 됐다. 차에 앉은 채 그 이야기를 하고 싶지는 않았다. 나는 그의 어머니와 칼라와 마코에 대해 수다스럽게 물어봤다. 아이작이 내가 가게를 맡도록 준비를 시키는 것 같고, 그런 책임감은 긴장된다고도 말했다. 루카에게 대학 시절 친구들 중에 연락하는 사람이 있는지도 물었고, 선댄스 영화제는 어떤지에 대해서도 질문했다. 조용해질 때마다 말을 꺼내 우리가 왜 헤어졌는지 루카가 물어볼 기회를 막았다. 아마 그는 이미 알고 있는지도 몰랐다.

바크는 자동차 여행의 절반은 창밖을 내다보며 있었지만,

어느새 내 무릎에 엎드려 졸기 시작했다. 나는 이야기를 하면서 바크의 털을 쓰다듬었다. 쓰다듬기를 멈출 때마다, 바크는 깨어나서 내가 할 일을 안 했다는 듯 올려다봤다.

말을 하도 많이 해서 가는 길에 휴게소에 들러야 한다는 걸 떠올리기도 전에 '올랜도에 오신 것을 환영합니다'라는 간판을 지나치고 말았다.

"아, 있잖아, 휴게소에 들를 수 있을까?"

내가 물었다. 가볍게. 너무나 가볍게.

"이 분 후에 대니의 집에 도착할 거야."

"주유소라도……."

"진짜야, 이 분이야. 약속해."

나는 차라리 아무 말도 하지 않고 있다가 집에 가는 길에 들르자고 할 걸 싶었다.

대니는 옥수수 밭에서 뼈를 발견하고 그게 외계인이 아닐까 의심하는 농부를 주인공으로 하는 초저예산 영화를 만들었다. 그 영화는 영화제에서 많은 관심을 모았고 수백 만 달러를 벌어들였다. 나는 반짝이는 스포츠카가 앞에 서 있는 거대한 저택을 기대했지만, 대니는 도시 남쪽에 자리한 작은 농장 집에 살았다. 루카가 보여준 영화 포스터 사진에 나온 것과 비슷한, 녹슨 노랑 셰비 픽업트럭이 한 대 서 있었다.

"대니를 만날 수 있어서 정말 다행이야." 루카가 말했다.

"여기서 지내는 때가 거의 없거든. 하지만 지금은 다음 촬영까지 두어 달 시간이 있대."

루카는 트럭을 후진시켜 들어갔다. 그러는 동안 집의 현관문이 열렸다. 바크는 갑자기 벌떡 일어나더니 주위를 둘러보며 뒷다리를 떨었다. 루카는 바크가 긴장하는 것을 알아차리지 못한 것 같았다.

대니는 끝이 햇볕에 빛바랜 갈색 곱슬머리를 하고 있었는데, 키는 일 미터 팔십삼 센티미터가 넘었다. 그는 너무 낡아 바람만 불어도 날아갈 것 같은 베이지색 카고 바지를 입고 있었고, 더러운 체크무늬 반스 운동화는 깔창이 떨어져 걸을 때마다 철썩거리는 소리가 났다.

"어이, 친구!"

우리가 트럭에서 내릴 때, 대니는 느릿하고 걸걸한 목소리로 말했다. 그러고는 루카에게 달려갔다. 트럭에 타고 있던 바크는 대니를 향해 으르렁거렸다. 나는 다시 트럭에 올라타 바크의 목줄을 잡았다. 대니는 루카의 허리를 안고 번쩍 들었다. 바크는 목덜미의 털을 곤두세우고 경고하는 소리를 냈다.

루카가 웃었다.

"내려놔! 내려놓으라고!"

그는 다리를 버둥거리며 외쳤다.

"너 때문에 개가 놀라잖아."

대니는 루카를 내려놓고 트럭 안을 들여다봤다.

"이 친구는 누구지?"

바크는 내가 대충 쥐고 있던 목줄을 홱 당기며 대니에게 달려들었다. 살갗이 쓰라렸다.

대니는 놀라지 않았다. 그는 대신 바크에게 냄새를 맡으라고 손등을 내밀었다. 바크는 조심스레 냄새를 맡고, 뒷걸음질치더니, 다시 냄새를 맡았다. 그러고는 대니의 표정을 찬찬히 조사하는 것처럼 얼굴을 살폈다.

대니는 바크를 향해 씩 웃으며 살짝 금이 간 앞니를 드러냈다.

"너 아주 열심이구나, 그렇지, 친구?"

그가 말했다. 그는 함박웃음을 지었는데, 그건 일부러 애쓰지 않고 편안하게 짓는 표정이었다. 그는 그저, 분명히, 행복해 보였다. 나는 마치 유니콘을 보는 기분이었다. 곤두섰던 바크의 목털이 가라앉았다.

"감사합니다." 나는 트럭 창문 쪽으로 말했다.

"아니에요."

그는 바크 쪽으로 손을 내밀어 내게 악수를 청했다.

"대니라고 해요."

바크는 다시 털을 곤두세웠다. 아주 작은 소리라 놓치기 쉬운, 최저음으로 으르렁거리는 소리가 들렸다. 나는 재빨리 대니의 손을 잡았다.

"케이티라고 해요."

"반가워요, 케이티."

대니는 이렇게 말하고 트럭에서 내려 루카의 등을 두드렸
는데, 어찌나 힘이 센지 루카가 휘청거렸다.

"야, 정말 반갑다!"

나는 트럭에서 뛰어내렸다. 바크는 저항 없이 뒤따랐지만,
내 다리에 털끝이 닿을 만큼 가까이 붙어있었다.

"아, 참." 루카가 말했다.

"케이티가 화장실 좀 써도 될까?"

나는 민망해서 움츠렸다.

"그럼." 대니가 말했다.

"들어오세요!"

나는 바크의 목줄을 루카에게 맡기고 집 쪽으로 걸어가기
시작했다. 바크는 줄을 최대한 당겨 나와 함께 걸었다. 내가
계속 걸어가니 바크는 놀라 낑낑거렸다. 대니가 "와아" 하는
소리가 들렸다.

"괜찮아." 루카가 내게 말했다.

"내가 데리고 있어."

하지만 내가 더 멀리 걸어가니 바크는 더 크게 짖었다.

"같이 데려가도 돼요." 대니가 말했다.

그래서 나는 돌아가 바크를 데려갔고 바크는 기꺼이 나를 따라 그 집에 망설임 없이 들어갔다. 바크가 너무 꼭 들러붙는 바람에 나는 비틀거렸다. 대니와 루카가 내가 발을 헛디디는 것을 봤는지 확인하기 위해 돌아보지는 않았다.

대니의 집은 내부도 좀 낡았다. 깨끗하지만 낡은 집이었다. 푹 꺼진 갈색 소파, 금이 간 타일 바닥, 공기 중에는 퀴퀴한 마리화나 냄새가 났다. 벽에는 커다란 프로젝션 스크린이 걸려있었다. 그렇게 작은 방에 놓기에는 너무 커 보이는 스피커들도 있었다.

화장실은 보통 농장 집에서 주로 화장실이 있는 위치에 있었다. 나는 바크와 함께 들어가서 문을 닫았다. 깨끗하면서도 지저분한 화장실이었다. 생긴 지 얼마 안 되는 때는 벗겨냈지만, 욕조에는 녹이 슬어있었고 수도꼭지에는 물 자국이 있었다. 배수가 잘 될지 알 수가 없었다. 쓰레기통도 보이지 않았다. 세면대 밑을 확인해봤지만, 청소 용구와 화장지뿐이었다.

내 핸드백에서 파란색 개똥 봉투를 꺼냈다. 탐폰을 바꾼 후 쓴 것을 세 겹으로 봉해 백에 도로 넣고 루카와 대니가 인사를 마치기 전에 주방 쓰레기통에 몰래 넣을 수 있기를 바랐다. 하지만 변기 물을 내리자마자 현관문이 열리는 소리가 들렸다. 바크는 다시 으르렁거렸다.

내 원피스 겨드랑이 아래 초승달 모양으로 젖은 자국이 나있었다. 창문을 열고 차를 달린 탓에 머리는 부스스하게 엉클어져있었다. 눈 밑에 묻은 마스카라 자국을 닦았다. 이건 산뜻한 가벼움과는 정반대의 모습이었다.

바크와 내가 욕실에서 나가자 대니가 말했다.

"저, 맥주 마실래?"

"안 돼." 루카가 말했다.

"오늘 촬영을 좀 할 수 있게 빨리 출발하고 싶어."

우리가 대니에게 가까이 다가가자, 바크가 다시 으르렁거리기 시작했다.

"괜찮아."

대니가 바닥에 드러누워 바크에게 배를 보여줬다. 바크는 그걸 어떻게 받아들여야 할지 알지 못했다. 고민하던 바크는 조금씩 가까이 다가갔다. 대니는 손바닥으로 바닥을 치면서 바크에게 다가오라고 했다. 나는 숨도 쉴 수 없었다.

바크는 꼬리를 흔들었다.

"그래, 친구." 대니가 말했다.

"난 친구라니까."

바크는 대니의 배를 머리로 밀었다. 대니는 웃으면서 바크의 옆구리를 두드려줬다. 바크는 펄쩍 뛰어 오르더니, 인사를 하듯이 바닥을 앞발로 쳤다. 대니는 일어나 바크의 머리를 쓰다듬었다. 바크는 웃고 있는 것 같았다.

"특이한 녀석이네." 대니가 말했다.

"마음에 들어. 눈이 정말 예쁘다."

그는 카고 바지 주머니에서 핸드폰을 꺼내 바크의 사진을 찍었다.

"이거 보세요!"

그는 핸드폰 화면을 들어보였다.

나는 다가가서 그걸 보면 마치 내가 바크의 눈을 제대로 본 적도 없는 사람처럼 보일까 봐 망설였다. 하지만 그 사진을 보자 대니가 바크의 눈의 대조를 훨씬 더 매력적이고 약간은 야생적으로 보이도록 찍었다는 걸 인정할 수밖에 없었다.

"마음에 드네요."

내가 말했다. 대니는 액정을 두드려 뭔가를 입력했다.

"너한테 보냈어."

대니가 루카에게 말하는데, 루카의 핸드폰에서 신호음이 들렸다.

"케이티한테 보내줘, 응?"

"그러지."

루카는 대니에게 손을 내밀어 일으켜줬다.

"짐을 싸야 할까?"

밖으로 나가기 전에 대니는 바크에게 물을 한 그릇 줬다. 나는 바크가 물을 다 마실 때까지 안에 있었다. 그릇을 씻은 다음, 주방 싱크대 밑에서 쓰레기통을 찾았지만 영수증과 오렌지 껍질이 든 종이봉투밖에 없었다. 거기에 버렸다간 너무 눈에 띌 것 같았다.

나는 바크를 트럭 쪽으로 데리고 나가서 핸드백을 앞자리 밑에 넣어두고 대니와 루카가 짐을 싣는 것을 도우려고 했다.

"사진 촬영 치곤 장비가 많네요."

그들이 장비가 가득 든 케이스를 쌓은 짐수레를 두 개째 차고에서 밀고 나오는 것을 보고 말했다.

"할머니가 말씀 안 하셨어?"

루카가 놀란 표정으로 물었다.

"뭘?"

"다큐멘터리를 찍을 거야." 그가 말했다.

"재회 기념 쇼를 주제로."

"쇼? 달력만 찍는 줄 알았는데. 난……."

"할머니가 말씀을 안 하셨다는 걸 믿을 수가 없네."

루카는 웃으면서 말했다. 그는 그 의미를 이해하지 못했다.

대니는 내 이상한 점을 알아차린 것처럼 나를 찬찬히 살펴봤다. 동작 하나하나를 살피고 이야기를 하는 것이 다큐멘터리 제작자로서 그의 일이었다. 그러나 아무리 그의 머릿속에서만 존재한다 하더라도 나는 이야깃거리가 되고 싶지 않았다.

"할머니가 원래 그래." 나는 억지로 웃었다.

"모에게는 두 번 말씀하시고 나는 잊었을 거야."

"어이, 카메라에 대해서 알아둬야 할 게 있어?" 루카가 대니에게 물었다.

"수중에서 촬영한 적이 없어서."

"여기."

대니는 수레 맨 위의 케이스를 열었다.

"내가 알려줄게⋯⋯."

나는 트럭 쪽을 봤다. 바크는 운전석에 앉아서 뭔가 입에 물고 나를 보고 있었다. 파란색이었다. 꼬리를 흔들고 있는 바크에게 나는 '내려놔'라는 뜻으로 손바닥을 펴서 흔들었다.

대니는 잠시 이야기를 멈추고 나를 봤다. 나쁜 냄새 때문에 내가 그런 손짓을 하는 것처럼 보였을 것이다. 나는 몸을 숙이고 좀 더 확실하게 손짓을 한 뒤, 모기를 잡으려는 것처럼 손을 쥐었다 폈다. 바크가 시야에서 사라졌다.

대니는 루카에게 다시 방수 케이스에 카메라 넣는 법을 알려줬다.

나는 트럭으로 달려갔다.

바크는 시트에 앉아 내 탐폰이 든 너덜너덜해진 파란 봉지를 물고 있었다. 나는 바크의 입 아래 손을 넣었다.

"놔."

작게 말했다. 바크는 고개를 돌렸다.

"놔."

바크는 사냥감의 정신을 잃게 하려는 듯 머리를 마구 휘젓기 시작했다. 루카와 대니는 케이스를 싣기 시작했다. 대니가 트럭 짐칸에 뛰어올랐다.

"놔."

나는 바크의 입에서 탐폰을 빼내며 속삭였다. 대니가 트럭 뒤쪽 창문을 들여다보기 직전, 찢어진 봉지를 핸드백에 도로 넣을 수 있었다. 그는 우리에게 손을 흔들었다. 나도 손을 흔들다가, 손에 피가 묻지는 않았는지 걱정이 돼서 손을 확인했다. 깨끗했지만, 대니는 내가 이상한 사람마냥 자기 손을 보는 것을 다 지켜봤다.

"괜찮아?" 루카가 내게 물었다.

"응."

나는 핸드백을 어깨에 메며 말했다. 트럭에 짐을 싣는 내내 그것을 어깨에 메고서, 비닐이 새지 않기를 기도했다.

집으로 오는 길에 나는 조용했다.

"〈뉴 두랑고〉 이후로 줄곧 다음 프로젝트를 찾고 있어."

루카가 말했다.

"하지만 제안 받은 것은 다 무겁고 우울한 거야. 〈뉴 두랑고〉는 내게는 우울한 게 아니었거든. 그건 희망에 관한 다큐멘터리였어. 난 내 작품이 인간 영혼에 관한 것이길 바라. 정치나 슬픔에 관한 것이 아니라. 핵심은 그게 아니니까."

"응."

나는 도로의 하얀 점선이 뒤로 사라지는 것을 보며 말했다. 할머니가 물속에 들어가서 일어날 수 있는 끔찍한 생각과 내 핸드백에서 피가 샐 지도 모른다는 걱정에 머릿속이 아드레날린에게 압도당하고 있었다.

"그분들 이야기는 아름다워."

루카가 말했다. 그의 음성에서 살짝 망설임이 느껴졌다.

"사람들은 나이 든 여성은 눈여겨보지 않아. 하지만 나는 아직 총천연색으로 빛나는 여성을 보여주고 싶어. 그토록 많은 산을 넘으며 스스로에 대해 강하다는 느낌을 받아야 할 엄마, 그러니까 칼라가 마치 쇠퇴하는 존재처럼 취급 받으며 힘들어 하는 걸 봤어. 그래서 인어 쇼는 내 매니저들이 원하는 것을 충족시켜주기도 하지만 내 마음에도 들어."

그가 하는 말은 사과처럼 느껴지기도 했고, 홍보처럼 느껴지기도 했다. 그러나 가짜처럼 보일 게 분명한 미소를 지어보이는 것 외에는 그에게 보여줄 열의가 내겐 없었다. 할머니와 빗시가 수영하는 것을 보기가 겁난다고 솔직히 말하지도 않았으면서, 내가 배신감을 느낀다는 건 공정하지 않다는 걸 알고 있었다. 이성적인 사람이라면 지금쯤 내가 물에 대한 두려움을 극복했을 것이라고 여길 것이다. 하지만 나는 희망을 가지지 않아야 할 부분에서 희망을 품기도 했다. 루카는 나를 보러 할머니 댁에 온 것이 아니었다. 새로운 이야깃거리를 찾고 있었던 것이지.

바크는 모험에 지쳐, 루카 다리를 베고 곤히 잠들었다. 몰래 핸드백을 확인하고 싶었지만, 탐폰을 넣은 백은 바닥에 떨어져있었다. 제대로 보이지 않아서 주위를 여기저기 뒤지고 싶지 않았다. 루카의 트럭 바닥에 새지 않도록 핸드백을 내 발 위에 올려두었다. 바보 같은 짓이라고 스스로에게 말하려고 할 때마다, 핸드백에서 발로 피가 흘러내리는 광경이 떠올랐다. 할머니가 에어 호스에 뒤엉킨 모습이, 루카가 할머니를 돕는 대신 그 모든 과정을 촬영하는 모습이 떠올랐다. 아무리 노력을 해도 모두가 무사한 장면은 상상할 수 없었다.

집에 돌아왔을 때, 루카는 할머니에게 장비를 어디다 두어야 할지 물으러 안으로 달려갔다. 나는 차고 쓰레기통에 탐폰을 버렸다. 핸드백 안에서 탐폰은 한 방울도 새지 않았다.

33
넌 내 친구야

부엌에 장비를 모두 옮긴 뒤, 할머니와 루카는 지역 문화 센터로 빗시를 만나러 갔다. 충분히 큰 물탱크를 찾기 어려워서, 루카가 수중 카메라와 움직임을 투사할 대형 스크린을 쓰자는 아이디어를 냈다. 그들은 문화 센터 관리자를 설득해 공짜로 수영장을 사용할 수 있기를 바랐다. 쇼 입장권 수익이 문화 센터를 위한 모금에 더해질 거라는 점은 좋은 구실이 되어줄 터였다.

한나와 우우가 치수를 보내왔으므로, 나는 그들의 의상 작업을 해야 했다. 아이작의 맛있는 커피를 조금 훔쳐다가 아몬드 밀크와 메이플 시럽을 이용해서 최대한 프라푸치노에 가까운 음료를 만들었다. 그리고 나니 모에게서 전화가 왔다.

"부탁인데, 나 좀 도와줄래? 발표가 이 주 남았는데, 진도가 너무 안 나가."

"많이는 힘들어." 내가 말했다.

"내 의상 작업도 해야 하거든."

"네가 먼저 도와줘. 그리고 이 일을 마치면, 내가 너를 도와줄게."

공평한 거래가 아니었다. 모는 나처럼 섬세한 작업을 꼼꼼하게 하지 못했다. 모는 큼직큼직한 일들을 잘했다. 대규모로. 내가 하는 일은 더디고 작고 조심스러웠다. 그래도 그러자고 했다. 모니까. 그리고 모가 나를 필요로 했으니까. 그리고 내겐 친구가 필요했으니까.

* * *

커피를 마시고 옷을 갈아입고 더러운 작업 부츠를 신을 때 쓸 양말을 챙겼다. 바크는 현관까지 따라 나왔다. 내가 플립플롭을 신으니 바크는 꼬리를 흔들었다.

"나랑 같이 갈래?"

내가 물었다. 바크는 뒷발로 서서 앞발을 공중에 흔들었다. 나는 믿어보기로 했다. 자동차 여행과 알디아와 보낸 시간 덕분에 바크가 용감해졌을지도 모르니까. 모의 집까지 걸어가는 동안, 바크는 내 뒤에 살짝 처져서 목줄을 거의 당기지 않았다. 보통 개처럼 우편함을 킁킁거리기도 했다.

"안녕, 여행은 어땠어?"

모가 용접 마스크를 쓰고서 물었다. 바크는 모의 모습에 기겁했다. 하지만 모가 마스크를 벗자마자, 바크의 다리는 떨림을 멈췄다. 바크는 목줄을 당겨 모에게 다가가 인사를 했다.

"죽진 않았어."

그 이야기를 하고 싶은 건지 아닌지 알 수는 없었지만 적어도 내가 어리석었다는 소릴 듣고 싶지 않았다.

"꿈에 그리던 남자랑 단둘이 드라이브를 다녀와서는 '아, 죽진 않았어'라니."

모는 바크의 머리를 긁다가 귓등에 검댕을 묻히면서 말했다. 바크는 모의 관심에 꼬리를 흔들어대며 기뻐했다.

"어제 생리가 시작됐어. 그래서 있잖아, 화장실 문제 때문에 난처했지."

나는 바크가 탐폰을 꺼낸 이야기를 했다.

"악! 최악이네!"

모가 말했다. 모는 맥주를 꺼내왔고, 우리는 오래된 목재 운반대에 걸터앉았다.

"목줄 풀어줘도 돼. 바크가 들어갈 수 있는 곳이 없을 것 같

햇살을 향해 헤엄치기

_372_

으니까."

모는 두고 보겠다는 듯이 손가락으로 자기 눈을 가리키더니 바크 눈을 가리켰다.

차고 문이 활짝 열려있었다. 난 개방된 공간에서 바크의 목줄을 풀어주는 데 익숙하지 않았지만, 모가 괜찮을 거라고 워낙 확신해서 목줄을 풀어줬다. 바크가 이 탈주 순간을 기다려온 것처럼 내게서 달아나지 않을까 걱정됐다. 그러나 바크는 모의 차고를 킁킁거리며 돌아다니더니 내 발 옆에 털썩 앉았다.

"한번은."

모가 말했다.

"대학 때 사귀는 것 비슷하게 만났던 남자가 있었는데, 그 남자는 캠퍼스 바깥의 주택에 살았거든. 근데 내가 그 집 변기에 탐폰을 버렸다가 하수도 수리업자를 불러야 했어. 나는 그 자리에서 꺼지고 싶었지. 그런데 그 수리업자가 뭐라고 했냐면, '그게 통에서 나오거나 당신에게서 나온 게 아니라면…….' 그래서 내가 이랬지. '뭐, 저한테서 나온 거 맞아요.' 하지만 너무 창피해서 변명도 못했어."

나는 충격을 받았다. 모는 무엇에 대해서도 부끄러워하는 일이 없었지만, 이 일은 이야기하는 것만으로도 얼굴을 붉혔다.

"그리고 있잖아, 만약 남자들이 생리를 하면 말이야, 그냥 배수구로 탐폰을 처리할 수 있게 될걸. 무슨 말인지 알지?"

나는 웃었다.

"그럴 것 같네."

"하지만, 그때는 대학생 때였었고, 루카는 어른이야. 네가 주유소에 가자는 이유를 설명했다면, 기꺼이 데려다줬을 거야."

"그럴지도 모르지."

나는 모의 말이 옳을 거라고 생각했다.

"사실 그것 말고도 장애물이 있었다는 애긴 안 했네."

탐폰을 걱정하는 건 다른 모든 일을 걱정하는 것보다 훨씬 더 쉬웠다.

"그럼 정말로 괴로웠던 건 뭔데?" 모가 물었다.

"루카가 여기서 지낼 거래."

"잘됐다!"

"인어 다큐멘터리를 찍으려고."

"와!"

"문화 센터에서 인어 재회 기념 쇼를 할 거라서."

나는 쇼를 한다는 말에 모가 흥분할 거라고 생각했지만 모는 그러지 않았다. 모의 얼굴은 시무룩해져 있었다.

나는 시선을 돌렸다. 부끄러워 얼굴이 뜨거웠다. 눈에서 눈물이 났다. 바크가 다가오더니 내 뺨을 킁킁댔다.

"케이"

모는 손으로 내 얼굴에서 눈물을 닦으며 나를 불렀다.

"젠장."

그러고는 내 뺨에서 자신이 건드린 부분을 소맷자락으로 닦더니 검댕이 묻은 손가락을 흔들어 보였다.

"미안. 손이 시커매진 걸 깜빡했어."

모는 반바지에 손을 닦았다.

"이 쇼를 하면서 익사하는 사람은 없을 거야. 첫째, 나도 가끔 인어 수업에 가는데……."

"그래?"

"응." 모가 말했다.

"엄청나게 운동이 되거든. 그 할머니들은 수영을 엄청나게 해. 그리고 둘째, 내가 거기서 일하는 인명구조원을 다 알아. 실력 좋은 사람들이야. 셋째, 내가 최대한 리허설에 많이 참석할게. 그리고 쇼에 무슨 일이 있어도 갈게. 됐지?"

나는 고개를 끄덕였다.

우리는 어깨를 맞대고, 조용히 앉아있었다.

"네가 그 남자한테 키스하고 사랑한다고 말하는 게 어쩌면 훨씬 나을지도 몰라."

모가 어깨로 나를 툭 밀며 말했다.

"루카는 할머니에게만 관심이 있는 것 같아."

내가 말했다. 모가 웃음을 터뜨렸다.

"무슨 말인지 알잖아. 새로운 이야깃거리를 찾으러 온 거야. 내가 아니라."

"둘 다는 아니고? 아니면 너를 만나러 왔는데, 여기서 지낼 구실을 찾았다거나?"

"나를 만나러 왔다 해도⋯⋯ 내가 그럴 순 없어, 모. 루카는 너무⋯⋯."

"루카는 너무 훌륭하고, 나는 너무 쓰레기야."

모가 음성을 반 옥타브 올려 내 목소리를 흉내 내며 말했다.

"그만해. 진짜야. 그만하라고. 너도 좋은 사람이야. 나는 너를 좋아해. 내 평생 거의 내내 널 좋아했어."

"한참동안 내가 떠나있었잖아."

"네가 결혼했을 때, 난 바보짓을 안 했지." 모가 미소를 지었다.

"그래도 널 계속 좋아했어."

바크가 모의 어깨를 쿵쿵대더니 손에다 머리를 밀어 넣으며 긁어달라고 했다.

"하지만 루카는 너무 많은 일을 겪었어." 내가 말했다.

"너도 마찬가지지."

"응. 하지만 나는 어딘가 고장 났는걸."

"고장 난 데가 없는 사람들은 재미없어." 모가 말했다.

"넌 상처를 받았고, 그걸 버틸 수 있을 때까지 숨기지. 그건 괜찮아. 넌 보통사람일 뿐이라고."

"괜찮지 않아."

"난 네가 최악일 때도 다 봤어." 모가 말했다.

"그렇게 나쁘지 않아."

모의 삼촌이 놀러와서 우리를 시월드Seaworld에 데려갔을 때, 내가 공황장애를 일으킨 일이 기억났다. "날 내버려둬! 날 내버려둬!" 그렇게 외치는 내 목소리가 콘크리트 블록 벽에 울려 퍼졌다. 모에게 그런 여행은, 그러니까 삼촌의 관심을 받는 것은 아주 중요한 일이었다. 그렇지만 나를 두고 가는 대신, 모는 화장실 바닥에 주저앉아 문 아래로 손을 밀어 넣고 내가 잡을 때까지 기다리고 있었다.

"내가 엉망이라는 걸, 네게는 늘 보여줘도 될 것 같았어."

모가 말했다. 모의 목소리가 갈라졌다.

"그러니까 네가 가끔 무너진다고 해도, 아무 쓸모없는 존재라는 소리는 입에 담지도 마."

우리가 마침내 애슐리 마셜의 집에서 열리는 잠옷 파티에 초대받았던 5학년 때가 떠올랐다. 모가 그때까지도 밤에 오줌을 쌌기 때문에 우리는 둘 다 초대를 거절했다. 자기 할머니가 걱정하지 않도록, 모가 젖은 시트를 배낭에 넣어 우리 집에 몰래 가져올 때면, 내가 그 시트를 빨아주기도 했다. 어쩌면 다른 친구에게는 그런 이야기를 할 수 없었을 것이다.

모는 보도를 부츠로 걷어찼다.

"내가 슬픈 건…… 넌 내 친구잖아. 그런데 왜 완벽해야 한다고 느끼는지 모르겠어."

"난 엄마에게서 버림받았으니까."

그 대답이 이렇게나 쉽게 튀어왔다는 게 놀라웠다.

"난 아빠를 구하지도 못했고 엄마는 날 버렸어. 그리고 조심하지 않으면 할머니도 그럴 거야."

"할머니는 안 그래." 모가 말했다.

"나도 안 그럴 거야."

나는 맥주를 한 모금 마셨다. 그때 모가 내가 쥔 맥주병 바닥을 위로 휙 들어 올리는 바람에 나는 크게 한 모금을 삼켜야 했다. 손을 놓더니 모가 말했다.

"해버려!"

나는 모를 멍하니 바라봤다.

"날 위해서." 모가 말했다.

나는 평생 가장 요란하고 긴 트림을 했다. 모는 깔깔 웃으며 발을 버둥거리면서 옆으로 쓰러졌다.

"웃기다!"

모가 숨이 차서 헉헉거릴 때까지, 바크가 얼굴을 핥았다.

모와 내가 일한 시간은 세 시간이었지만, 지난 며칠 밤 동안 작업한 것보다 훨씬 더 많은 것을 해냈다. 우리는 작업 순서를 정리하고 발전시켰다. 나는 모의 손짓을 이해하고, 무엇이 필요한지 예상해서 도구를 가져다주는 법을 알게 됐다.

모가 "좋아, 눈이 침침하다"라고 말했을 즈음, 내게 모티는 이미 완성된 것처럼 보였다. 모티는 거대하고 고요했다. 모는 바다를 잘 아는 선원들도 인어로 쉽게 착각하고 마는 바다소의 우아함을 잘 포착하고 있었다.

"열 시간에서 열두 시간이면 완성할 수 있어."

모가 말했다. 내 얼굴에 떠오른 당혹감을 읽었는지, 이렇게 재빨리 덧붙였다.

"혼자서. 무거운 거 드는 작업은 네가 다 도와줬잖아. 이제 용접 부위의 녹을 처리하고, 여기저기 좀 비틀어주기만 하면 돼. 그러면 네 의상 작업을 도와줄게!"

"고마워."

모가 또 당혹한 내 표정을 읽지 못했기를 바라며 말했다.

34
할머니와 빗시

집으로 걸어가는 동안 바크는 내 뒤에 한참 뒤처져서 바닥의 얼룩들을 한없이 킁킁거렸다. 그러다가 모퉁이를 하나 돌 때 날 앞장서겠다고 결심했는지, 자기가 힘을 쓰지 않으면 우리가 절대 집에 도착하지 못하기라도 할 것처럼 날 끌어당겼다.

할머니 집에서 두 블록 떨어진 곳에 왔을 때였다. 갑자기 보도 옆 덤불이 움직였다. 바크는 얼어붙었다. 치자나무 뒤에 누군가 엎드려서 기다리고 있는 것 같은 상상이 들어서 나도 얼어붙고 말았다. 낸시 드류의 소설 속 악당이 쓰는 것처럼 클로로포름에 적신 손수건으로 누가 내 입을 틀어막는 것만 같은 착각이 들었다. 하지만 이것은 현실이었고 더 무서웠다. 달리려고 했지만 바크는 꿈쩍도 하지 않았다.

"가자." 바크의 목줄을 당기면서 나는 쉿소리로 외쳤다.

바크는 다리를 떨었고 으르렁거렸다. 등의 털이 곤두섰다. 나는 겁에 질렸다.

그때 어둠속에서 고양이 한 마리가 튀어나왔다. 심장은 여전히 요동치고 있었지만 웃음이 나왔다.

그러나 바크는 전혀 즐겁지 않은 모양이었다. 고양이를 향해 달려들었다가 고양이가 돌아서서 바라보자 바크는 내 손에서 목줄을 홱 당겨 반대쪽으로 달려갔다. 그러고는 거리를 내달리기 시작했다.

나는 더 빨리 달릴 수 있도록 플립플롭을 벗어던지고 뒤따라 달렸다.

"바크! 바크!"

보도를 맨발로 차면서 나는 소리를 질렀다. 늦은 시각이었다. 큰소리를 내는 건 몰상식한 짓이었다. 하지만 상관없었다. 바크가 달아났고, 나는 녀석을 잡아야 했다. 언제라도 자동차가 달려올 수 있었다.

그러나 나는 바크를 따라잡을 수 없었다. 보도의 울퉁불퉁한 틈새에 발이 걸렸고, 엄지발톱이 부러지며 피가 솟았다. 아파서 숨을 몰아쉬며 보도에 쪼그리고 앉았더니 바크가 슬그머니 돌아왔다. 조심스럽게, 소리 없이. 바크가 내 뺨을 핥았다. 콘크리트에 흐른 피를 킁킁거리더니 걱정스런 표정으로 나를 봤다.

"괜찮아."

나는 바크의 머리를 두드려주고 목줄을 잡으면서 말했다.

우리는 할머니 집 쪽으로 도로 걸어갔다. 플립플롭은 한 짝밖에 보이지 않았다. 고양이가 있었던 곳에 닿자, 바크의 다리가 떨리기 시작했다. 바크는 다시 꿈쩍도 하지 않았다.

나는 바크를 안아들어, 두 팔로 체중을 받쳤다. 바크 다리에 힘이 하나도 없었다. 몸이 미끄러졌다. 허리 근육에 힘을 주며 바크를 자꾸 들어 올려야 했다. 나는 어기적어기적거리며 집으로 갔다.

"세상에." 할머니가 문을 열며 말했다. 우리가 들어오는 걸 본 모양이었다.

"전쟁이라도 치르고 왔니?"

나는 바크를 현관에 내려놓았다. 타일 위를 걸어본 적 없는 개처럼, 얼음 위의 새끼 사슴처럼 바크의 다리가 쩍 벌어졌다. 바크는 내 방으로 비틀거리며 갔다.

"망할 고양이."

나는 이렇게 말하고 바닥에 피를 흘리지 않으려고 조심하면서 발에 반창고를 붙이러 욕실로 들어갔다.

씻고 난 뒤 나는 바크를 위로하러 갔다. 바크는 이미 내 침대에 누워서 꿈속에 나타난 고양이를 쫓느라 다리를 마구 버둥거리고 있었다. 꿈속에서는 녀석도 소원대로 용감한 개가 된 모양이었다.

나는 거실로 나갔다. 루카가 커피 테이블 위에 카메라 장비를 펼쳐놓고 있었다.

"사건이 있었다면서." 루카가 미소를 지으며 말했다.

"조금."

발가락이 쓰라렸다.

"이거 볼래?"

루카는 카메라를 텔레비전에 연결하더니 버튼을 눌렀고, 그러자 화면에 할머니가 나왔다. 배경에서 빗시의 음성이 이렇게 말했다.

"드밀 씨, 클로즈업 준비됐어요!"

할머니가 웃음을 터트리고는 눈을 반짝이며 카메라를 올려다봤다. 아주 우아한 자세로.

"그럼." 루카가 카메라 바깥에서 물었다.

"어떻게 하다 인어가 되신 건가요?"

"광고가 실려있었죠." 할머니가 말했다.

"신문 뒷면에요. 아버지가 어느 날, 아침 식사를 하면서 그걸 어머니에게 소리 내어 읽어주셨어요. 우스갯소리라고 생각하셨거든요. '인어 쇼에 출연할 여성 구함. 수영에 능숙한 여성만 지원 요망.' 나는 아버지가 출근하신 뒤에 그 신문을 몰래 가지고 갔어요. 어머니에게 들키지 않고 전화를 걸 수는 없었으니 그 기사에 적힌 주소까지 걸어갔죠. 몇 마일이나요. 창고는 도시에서 별로 안 좋은 지역에 있었어요. 거기 도착하자마자 어떤 남자가 나를 한번 보더니 오디션이 다음날이라고 하더군요. 두 시 정각에, 주차장에서. 그래서 다시 집까지 걸어와야 했어요. 발이 정말 아팠죠."

화면이 넘어가더니 빗시가 나왔다.

"고등학교 때 친구가 있었어요. 메릴 스티븐슨이라는 애였는데, 걔가 이야기를 해줬어요. 납치나 뭐 그 시절 여자애들이 당하던 일이 무서워서 나더러 같이 가자고 했어요. 난 정말 깡마른 어린애였죠. 우스운 걸 할 때 도움이 되는 스타일도 아니었어요. 하지만 메릴은 예쁘장했고 그러니 좀 보호해 줘야 할 것 같았죠. 그 앤 샴푸 광고 모델처럼 생겼지만 수영은 아주 못했거든요. 그렇지만 걘 자기가 너무 예뻐서 상관도 없을 거라고 생각했어요. 아마 우리 둘 다 내가 너무 웃기게 생겨서 일자리를 얻지 못할 거라고 생각했던 것 같아요."

빗시가 미소를 짓자 그녀의 따스함, 붉은 머리, 가무잡잡한 피부, 얼굴의 주름살, 그 모든 것이 깜짝 놀랄 만큼 아름답게 보였다.

"그래서 거길 찾아갔더니, 주차장에 아주 큰 물탱크를 차려놓았더군요. 그러니까…… 주차장에 놓는 것 치곤 컸지만, 누가 안에 들어가기에는 작았어요. 기다란 튜브 같았죠. 우리는 물탱크 밑바닥으로 내려가서 그들이 던져놓은 돌을 들고 다시 나와야 했어요. 그리고 물속에서는 에어 호스를 통해 숨을 쉬어야 했고요. 그게 테스트였어요. 메릴은 당황했어요. 그걸 할 수 없었거든요. 애가 어찌나 부끄러워하던지, 내가 테스트를 받기도 전에 집에 가자고 했어요. 나를 거기 혼자 두고 가고 싶은 건 아니었지만, 거기 더 있고 싶지도 않았던 거죠. 어찌 할 바를 모르고 있는데 이런 소리가 들렸어요. '네가 마칠 때까지 있을게. 같이 걸어가면 돼.' 돌아보니 그 사람이 있었어요."

빗시의 눈이 반짝였다. 빗시가 허리를 숙이자 화면에서 모습이 사라졌다. 루카는 카메라를 뒤로 빼서 빗시가 할머니의 손을 잡은 것을 보여줬다. 할머니도 빗시의 손을 꼭 되잡았다.

"내 평생 사랑한 또 한 사람." 빗시가 말했다.

나는 눈물이 뺨을 타고 흐를 때까지 내가 울고 있다는 것도 알지 못했다.

"이해해." 루카가 웃으며 말했다. 그의 눈에서도 눈물이 글썽거렸다.

"귀 기울여 들으면 내 숨이 턱 막히는 소리도 들을 수 있을 거야."

"멋지다."

그들이 내게 이야기해주지 않았을 이 이야기를 보고 들을
수 있는 기회에, 문득 감사한 마음이 들었다. 두렵기도 했지
만, 루카가 알게 되는 모든 것을 나도 알고 싶었다. 할머니와
빗시를 루카의 관점에서 보고 싶었다.

"고마워."

루카는 손을 뻗어 내 손을 꼭 잡았다.

35
더해지는 압박감

　'인어 재회 모임'은 쇼가 될 예정이었다가 갑작스럽게 다큐멘터리가 됐다. 그러면서 나는 미룰 수 없는 마감 날까지 의상 준비를 모두 마쳐야 한다는 부담감에 짓눌리기 시작했다. 사진 촬영만 할 거라면 집게와 안전핀으로 대충 피팅할 수는 있었다. 그러나 진짜 쇼에서는 모든 것이 제대로 준비돼야만 했고, 내가 만들어놓은 것이 어떤 상태든 촬영은 진행될 것이었다. 실수를 해버리면 그게 영원히 남게 된다는 뜻이다. 게다가 나는 수중용 의상을 디자인한 경험이 없었다. 그런 경험을 가진 사람이 몇이나 되겠는가. 수없이 많은 검색을 반복한 후에 나는 겨우 일이나 놀이로 인어 역할을 해본 사람들을 위한 온라인 사이트를 발견했다. 꼬리, 스팽글 장식, 방수 메이크업에 대한 조언의 금광 같은 곳이었다.

아이작에게 내 계획을 알리자, 아이작은 가게에 손님이 찾아오지 않을 때마다 나를 도와줬다. 그러더니 며칠 동안 미친 듯이 바느질을 하고는 내게 쇼 날짜까지 휴가를 주겠다고 했다.

"아이작에게 다 맡기고 갈 순 없어요." 내가 말했다.

"다 맡기다니 무슨? 내가 알아서 할 수 있다." 그 말을 하는 그는 아주 진심어린 표정이었다.

그는 내가 솔기를 더 단단히 마감할 수 있도록 오버로크 미싱을 빌려줬고, 가게에서 시간이 남을 때마다 내 작업물을 재봉해주겠다고 약속했다. 그 모든 배려에도 불구하고, 나는 큰 곤경에 빠진 느낌이었다. 할머니에게 그렇게 말하니 이런 대답이 돌아왔다.

"넌 참 재능이 많아. 늘 해냈잖니!"

내가 염려하는 것이 터무니없다는 듯한 말이었다.

빗시가 돕겠다고 했지만, 그러면 일이 더 많아질 것 같았다. 모는 모티를 작업하느라 바빴다. 루카는 촬영으로 정신이 없었다. 그 순간 내게 가장 필요한 사람은 버니였다.

버니의 방에서 바느질을 시작했을 때, 나는 내가 슬픔의 바닥을 쳤다고 생각했다. 하지만 버니가 있었으면 좋겠다고 간절히 바라게 되자, 완전히 새로운 슬픔이 찾아왔다. 가끔, 늦게까지 깬 채로 상의에 스팽글 장식을 달고 있을 때, 나는 머릿속으로 버니와 대화를 하려고 했다. 버니가 위로나 질문에 대한 대답을 가지고 찾아와주기를 바라면서. 하지만 전처럼 버니를 불러낼 수 없었다. 그건 내 자신과 대화하는 느낌이었고 내가 나에게 해줄 수 있는 좋은 말 같은 건 없었다.

인어 수업을 듣는 사람들의 꼬리는 생략하기로 했다. 그들은 꼬리 의상을 입고 수영해본 경험이 없고, 시간도 부족하기 때문이었다. 그들은 어쨌든 싱크로나이즈 수영을 하듯이 수면에서 공연할 것이므로, 1920년대 풍의 검정색 수영복에 색색의 플라스틱 꽃이 달린 수영모를 쓰는 것으로 결정했다.

파티용품점에서 파는 가짜 화환을 해체하는 데에만 반나절이 걸렸다. 수영모에 신문지를 뭉쳐 넣고서, 마치 공장의 조립 라인처럼 집 앞에 일렬로 늘어세운 후, 욕실 누수 방지용 실리콘을 써서 꽃을 붙였다. 머리는 산발이 되고, 팔에는 말라가는 실리콘이 덕지덕지 붙어 마치 살갗이 벗겨진 사람 같은 꼴을 한 채로 작업을 마무리하고 있을 즈음, 루카가 카메라를 가지고 몰래 다가와 그 모든 것을 포착했다. 나는 잘 때 입었던 〈맨 오브 라 만차〉 티셔츠를 입고 있었다.

"루카!"

나는 그를 발견하고 얼굴을 손으로 가리고는 공포에 질린 것이 아니라 장난스럽게 부끄러워하는 척했다. 일어나보니

다리에는 모의 집에서 일하며 생긴 멍 자국이 가득했다. 루카는 카메라 뒤에서 미소를 지으며 계속 촬영했다.

작업은 거의 끝났지만 수영모 줄의 끝으로 걸어가 추가로 다듬어주는 척했다. 꽃들을 매만지면서, 그냥 서있는 것보다는 일하는 모습이 낫기를 바랐다. 결국 루카는 카메라를 내려놓았다.

"이거 멋지다."

"나는 찍을 필요 없어."

"하지만 찍어야 해. 너도 이야기의 일부인걸."

"내가 초상권을 허가하지 않으면?" 나는 가벼운 말투로, 웃으려고 애쓰며 말했다.

"할머니를 대리인으로 쓰지." 루카가 말했다.

내가 불편해하는 것을 모르는 그의 미소는 정말로 가벼웠다.

"내가 수영장에서 찍어온 걸 너도 봐야 해."

루카는 꽃 붙이기 작업이 끝난 후 집에서 그렇게 이야기했다. 그가 텔레비전에 카메라를 연결하자, 화면 절반이 물로 채워져있었다.

카메라가 위를 향했다. 모는 풀 가장자리에서 친구에게 빌려온 스쿠버 탱크에 에어 호스를 연결하고 있었다. 모는 수영장의 깊은 쪽 두 곳에 호스를 밀어 넣어 할머니와 빗시가 공기를 마시며 자유롭게 헤엄치도록 했다. 모든 것이 흔들렸다. 텀벙거리는 소리. 카메라를 가로질러 수면이 출렁거렸다.

나쁜 생각을 하지 않으려고 노력하느라 화면에 집중하기가 힘들었다. 카메라를 든 루카가 위험에 처하기라도 한 것처럼, 그의 손을 잡고 싶은 충동과 싸웠다. 할머니와 빗시에게 전화를 하고 싶었다. 그걸 보는 동안 그들이 살아있다는 것을 확인하기 위해 목소리를 듣고 싶었다. 숨 쉬고 있는지 확인하고 싶었다. 그들 발밑에 마른 땅이 있는지 확인하고 싶었다.

"우와."

나는 거짓 미소를 지으면서 빗시와 할머니가 수중에서 손을 잡고 수영장 바닥까지 내려가며 몸을 구부리고 꼬리를 흔드는 것을 바라봤다.

"정말 우아하다!"

"응. 그리고 꼬리가 정말 잘 움직여. 봐! 이것 봐!"

루카는 화면을 가리켰다. 할머니가 호스를 통해 산소를 들이쉬고 빠르게 헤엄을 치자, 지느러미가 속도를 더해줬다. 빗시는 카메라를 향해 재주넘듯 회전을 했다. 세 번이나 연거푸 재주를 넘은 후, 빗시는 입에서 방울을 연달아 불어냈다. 그러고는 손을 써서 하트 모양을 만들고 미소를 짓는 요정 같은 얼굴이 그 안에 완벽하게 들어가도록 만들었다. 방울이 사라지자마자, 빗시는 말도 안 되는 속도로 빠르게 헤엄을 쳤다.

할머니는 클래식한 코카콜라 병과 병따개를 들고 카메라에 다가왔다. 할머니가 소믈리에처럼 병을 내보이더니 병따개로 뚜껑을 땄다. 그리고 물속에서 음료를 마셨다. 루카는 웃으면서 내 팔을 쿡 찔렀다.

"탄산음료를 안 드시잖아. 그래서 아이스커피로 바꿨어." 루카가 말했다.

"모가 감쪽같이 뚜껑을 덮을 수 있게 도와줬어."

"놀랍다." 나는 반바지에다 손에 난 땀을 닦았다.

"참." 나는 일어났다.

"바크 오줌 뉘어야 해."

바크는 바닥에서 코를 골고 있었다.

"평소보다 두 시간이나 늦었어." 거짓말이었다.

"애, 바크! 바키!"

바크가 얼굴의 털이 부스스한 채로 놀라서 일어났다.

"가자, 친구! 오줌 누러!"

바크는 비척비척 내게 다가왔고, 마당으로 달려가는 동안 걸음걸이에 탄력을 되찾았다. 바크가 자리를 찾느라 킁킁거리는 동안 나는 모에게 문자 메시지를 보냈다.

이제 다들 물에서 나왔지?

내 휴대폰 화면에 하얀 말풍선과 회색 점이 등장했다. 사라지더니 다시 나왔다. 또 사라지고는 다시 나왔다. 마침내 사진 한 장이 떴다. 현재 시각을 보여주는 모의 다이빙 시계였다. 시계 뒤에서 할머니와 빗시가 수영장에 놓인 의자에 느긋하게 기대서서 꼬리는 조심스레 의자에 걸어둔 채로 아이스티가 든 잔을 들고서 잡담을 나누고 있었다.

-잘 계셔, 케이. 진짜야.

고마워.

내가 답장을 보내자 모는 가지 이모티콘을 보냈다.

"더 볼래?"

바크와 내가 안으로 들어가자 부엌에 있던 루카가 물었다.

"작업을 해야 되거든."

거짓말은 아니었다. 루카는 실망한 표정을 지었다.

"네가 만든 꼬리가 정말 대단해."

"하지만 아직 아기 설사 색깔이잖아. 모의 친구가 기계를 가져다주면 칠을 해야 하는데, 그러기 위해서는 다른 작업들을 다 마쳐둬야 해."

"네 작품 좀 찍어도 돼?"

루카를 실망시키고 싶지 않았지만, 스트레스가 쌓여 땀을 뻘뻘 흘리고 욕설을 내뱉을 때 그의 곁에 있고 싶지는 않았다.

"아이작과 인터뷰는 했어?" 내가 물었다.

"내가 지금 하는 작업은 재미없어. 하지만 아이작은 가게에 있거든. 내가 전화를 해줄게."

루카는 미끼를 물었다. 루카를 아이작의 가게로 보낸 뒤, 나는 수영모를 확인하러 밖으로 다시 나갔다. 밤새 건조시켜야 하지만, 차고의 작업대로 옮겨도 될 만큼은 말라있었다. 할머니가 돌아와 잘못해서 거기 걸려 넘어지거나, 새가 똥을 싸거나, 이웃의 누군가가 머리에 쓰다가 붙어버리기 전에 안전한 곳으로 옮겨야 했다. 모든 것을 한 번씩 할 시간도 없었는데, 이미 해놓은 일을 다시 해야 하는 낭패가 생길까 봐 나는 너무나 두려웠다.

36
애정과 욕망의 중간

루카는 우우의 집에서 그녀를 촬영하기 위해 이튿날 아침 일찍 애틀랜타로 갔다. 그는 이틀 뒤 한나의 집에 갔다가 그들이 할머니와 빗시 쪽에 도착하는 장면을 포착할 수 있도록 타이밍을 맞춰 돌아올 예정이었다.

할머니가 빨래를 해줬지만, 루카는 필요한 것만 가져갔다. 나머지 옷은 건조기 위에 쌓여있었다. 거기서 우리 집 세제 냄새가 나서 루카의 옷 같지가 않았다. 나는 그것을 손님방으로 가져가서 침대 겸용 소파의 끄트머리에 놓았다. 담요가 구겨져있었다. 나는 푹 꺼진 매트리스에 아직 그의 몸이 낸 자국이 남아있을 거라고 상상하면서 침대에 누웠다.

깨어나보니 밖은 어두워지고 있었다. 바크는 내 옆에서 코를 골고 있었다. 우리 둘 다 루카의 베개에 침을 흘려놓았다.

그날 밤 늦게, 차고에서 모의 친구가 가져다준 에어브러시 기계를 테스트하고 있었을 때였다. 주머니에 넣어둔 핸드폰이 울렸지만 손이 너무 엉망이라 꺼낼 수가 없었다.

방아쇠의 압력을 조절하는 방법에 익숙해지는 것이 생각보다 어려웠다. 자꾸만 원하는 것보다 얇거나 두껍게 나왔다. 방해가 돼서 차고 밖으로 내보낸 바크는 문밖에서 낑낑거렸다. 그만하고 싶은 마음이 간절했지만, 꼬리를 완성하기 위해서는 반드시 칠을 해야 했다. 나는 꼬리에 베이스코트를 뿌리고 서까래에 매달아 말렸다. 빗시는 청록색, 할머니는 보라색, 우우는 금색, 한나는 주황색으로 칠했다. 차고가 만화 속의 어시장처럼 보였다.

팔에 묻은 페인트를 지우고 이를 닦은 후 침대에 눕자마자, 핸드폰을 확인하지 않았다는 게 기억났다. 루카에게서 문자 메시지가 와있었다.

엄청나게 늦었지만, 잘 도착했다고 전하고 싶었어. 잘 자.

답장을 보냈다.

-너도.

그가 여행하느라 긴장해서 아직 깨어있기를 바라며 화면을 보고 있었지만, 아무런 답도 오지 않았다.

할머니와 빗시는 정신없이 돌아다니면서 지역 매체에 홍보하고 도시 전체에 전단지를 뿌렸다. 제휴를 맺은 모닝 쇼는 그들을 정말로 마음에 들어 했다. 바크는 할머니의 음성이 텔레비전에서 나오는 것을 처음 들었을 때, 걷다가 걸음을 멈추고는 화면을 뚫어져라 봤다.

할머니와 빗시의 등 뒤 모니터에 내 페이스북 프로필 사진이 떠있었다. 나와 할머니가 와인 잔을 든 사진이었는데 바크가 눈을 감고 있는 내 턱을 핥고 있었다.

앵커가 소리 내어 웃었다.

"와, 정말 즐거워 보이네요!"

"네, 그렇고말고요." 할머니가 말했다.

바크가 달려가 텔레비전 뒤를 살폈다.

"할머니가 거기 숨어있지는 않을걸, 친구." 내가 말했다.

하지만 바크는 혹시나 하고 달려가서 반대편도 살펴봤다.

그날 밤, 루카가 내일은 한나의 집으로 간다는 메시지를 보냈을 때 나는 곧바로 답장을 보냈다.

어때?

-좋아.

그리고 나서.

-어서 돌아갔으면 좋겠어.

나도.

나는 이렇게만 타이핑하고 그대로 보냈다. 루카에게 보고 싶다고 알리는 건 마치 흔들리는 다이빙보드 끝에서 걸어 나가는 느낌이었다.

하지만 루카가 이렇게 보냈다.

-어서 널 보고 싶어.

또 다른 방식으로 불안했다.

나도.

머릿속이 너무 복잡해서 잠을 잘 수가 없었다. 나는 중고품 할인매장에서 사온 분장용 장신구를 해체하기 시작했다. 아이작의 가게 근처에 있는 교회에서 운영하는 매장이었는데, 거기 매니저는 내가 망가진 것도 가져가겠다고 하자 오 달러에 장신구를 큰 봉투 두 개 가득 채워 집으로 보내줬다. 나는 할머니의 인어 의상 상의에 보석을 잔뜩 박을 계획이었다.

펜치와 낡은 칫솔, 창문 청소용 세제를 한 병 준비하고, 커피테이블에 깐 신문지 위로 전부 펼쳐둔 다음 텔레비전을 켰다. 볼만한 건 별로 없었지만, 한 채널에서 〈더 걸스 온 더 비치The Girls on the Beach〉라는 1960년대 영화를 하고 있었다. 해변을 주제로 한 영화를 좋아하지는 않았지만, 어쨌든 별로 집중해서 볼 것도 아니었다. 영화 속 레스토랑에서는 비치 보이스Beach Boys의 음악이 연주되고 있었다. 그물망과 부표, 조개껍질 장식이 화면에 보이자, 나는 수영장 주변 공간도 장식해야 한다는 것을 깨달았다. 코언 부인이 남은 플라밍고를 빌려줄 수 있을 것이다. 마타는 차고 뒤에 남편이 쓰던 라탄으로 된 칵테일 바를 보관하고 있었고, 루스에겐 오래된 꽃게잡이 덫이 있으니 그걸 활용할 수 있을 터였다. 아침에는 레스터의 집 앞에 쌓여있는 야자수 잎 더미까지 조깅을 해야겠다 싶었다. 쓰레기차가 치우기 전에 그걸 가져올 수 있으면 좋을 것 같았다. 나는 텔레비전 정규 방송이 끝난 후에도 잠자리에 들지 않고 액세서리의 고리와 후크를 떼어내고 해체했다.

이튿날 아침 일찍, 이웃들에게 빌려줄 수 있는 물건을 확인해달라고 할머니에게 부탁하고 나는 레스터의 집 앞으로 달려가 뒷마당에 쌓인 야자수 잎을 가져왔다.

* * *

모의 제막식 전날 밤, 루카는 자정이 넘어 도착했다.

내가 문을 열자 루카는 나를 끌어안더니 포옹이 필요하다는 듯 내 어깨에 머리를 묻었다.

"엄청나게 연착됐어. 비행기에 앉은 채로 계속 기다렸어."

그는 나를 끌어안은 채로 말했다.

"어, 바크는 왜 우울해?"

"에어브러시 사고가 있었어."

그에게서 몸을 떼면서 내가 말했다. 나는 바크의 털을 헝클어 새로 생긴 줄무늬가 눈에 덜 띄도록 했다. 일이 벌어졌을 때는 내 개에게 페인트칠을 해버렸다는 것이 마치 내가 통제 불능 상태에 빠진 것처럼 느껴졌다. 그러나 루카의 웃음은 비웃음이 아니라 나와 '함께' 웃는 것 같은 웃음이었고, 나도 결국 이게 우스운 일이라는 걸 인정하게 됐다.

할머니는 이미 잠자리에 든 후였다. 나는 루카를 위해 남은 채식 라자냐를 데워줬다. 우리가 식탁에 앉아있을 동안 바크는 바닥에 엎드려 졸고 있었다. 나는 민트티를 홀짝거렸고 루카는 라자냐를 포크에 가득 떠서 입에 넣었다. 식탁 밑에서 무릎이 맞닿은 채, 우리는 서로를 바라봤다. 이건 마치 앞으로의 우리 삶을 예고하는 한 장면처럼 느껴졌다.

"너랑 있으면 밤새 깨어있을 수 있어." 루카가 말했다. 얼굴이 달아올랐다.

루카는 라쟈나를 다 먹고 포크를 접시에 내려놓았다.

"하지만 아침 일찍 장비를 준비해야 해."

루카는 모의 제막식을 촬영할 예정이었다. 그것이 다큐멘터리의 어디에 삽입될지는 알 수 없었지만, 포착해둬야 할 순간인 모양이었다.

우리는 다시 함께 이를 닦았다. 루카는 데이트가 끝나고 집에 데려다주듯이 내 방까지 함께 와줬다.

"잘 자."

루카가 말했다. 그리고 허리를 숙여 내게 키스했다. 애정과 욕망의 중간쯤 되는 키스였다. 머뭇머뭇 조심스러운 그 키스가 어디로 이어질지 알 수 없었다. 내가 그러길 바라는지도 알 수 없었다. 그러다 그가 말했다.

"푹 자."

그리고 복도를 지나 손님방으로 갔다. 문을 조금 열어두고서.

나도 내 방 문을 조금 열어두었다.

아침에 일어나니 나 혼자였다. 내가 잠든 동안 바크는 몰래 복도를 지나 루카의 침대에 기어들어가서 자고 있었다.

37
모의 제막식

"그걸 입을 거니?"

할머니는 귀여운 격자무늬 진청색 튜닉에 주황색 가죽 샌들을 신고 내 방으로 들어왔다. 나는 청바지와 무늬 없는 검정 티셔츠를 입고 있었고 제법 괜찮은 모습이라고 생각했다. 할머니의 열정적인 채식주의 생활 덕분에 마침내 내 청바지를 입을 수 있게 됐다.

"예술작품의 제막식이잖니." 할머니가 말했다.

"모린에겐 중요한 날이야. 거기 어울리게 행동해줘야지."

내가 만든 옷들은 전부 더럽혀져 바닥에 쌓여있었다. 빨래를 할 시간이 없었다.

"제가 뭘 입든지 모는 신경 쓰지 않을 거라고 장담해요."

"난 신경 쓴다."

할머니가 말했다. 나는 다시 열여섯 살 때로 돌아가 할머니에게 학교 무도회에 무엇을 입고 가야 하는지 잔소리를 듣고 있는 것처럼 느껴졌다. 다른 애들도 다 청바지를 입고 올 것이고, 난 어차피 모와 벽만 보고 있을 것인데도 말이다.

"네게 빌려줄 옷이 있어."

할머니는 자기 방으로 돌아가면서 말했다. 할머니가 등을 돌리자, 마이크 장치의 윤곽선이 보였다. 할머니는 이미 마이크를 차고 있었던 것이다. 비명을 지르고 싶었지만, 뭐라고 하면 상황이 더 복잡해질 뿐이었다. 루카는 이런 소릴 더 들을 필요가 없었다.

할머니는 자기가 입고 있는 것과 거의 똑같지만 보라색에 꽃무늬가 들어간 튜닉을 가지고 돌아왔다. 나는 루카에게 들려주고 싶지 않은 말을 표정으로 전달해보려고 할머니를 노려봤다.

"날 생각해서 입어주려무나."

할머니의 어조가 워낙 단호해서 표정만으로는 맞설 수 없었다. 나는 옷을 받아들었다.

"멋지다."

옷을 갈아입고 부엌에 들어가니 루카가 말했다. 그가 씩 웃는 걸 보니 할머니가 내게 한 이야기를 들은 것이 틀림없었다. 나는 말도 말라는 표정을 지어보였다. 그는 웃으며 내게 마이크를 건넸다. 나는 욕실로 가서 마이크 배터리를 다리에 감았다.

그렇게 해서 나는 할머니와 쌍둥이 같은 옷차림으로 모의 바다소 제막식에 참석했고, 그 모습을 촬영해서 후세에 영원히 남도록 했다.

"와, 정말 귀엽다!"

우리가 공원에 도착하자 모는 이렇게 말하며 할머니와 내 뺨에 키스를 했다. 모는 루카를 와락 껴안았다.

"이렇게 보니 정말 좋다, 친구! 촬영 고마워!"

"어서 네 작품을 보고 싶어." 루카도 모를 끌어안으며 말했다.

"그리고 다큐멘터리에 이 부분을 쓰지 않더라도, 편집해서 네 웹 사이트에 올리도록 해줄게."

모가 웃었다.

"웹 사이트 만들어야겠네."

"그렇게 해!"

루카가 말했다.

"케이티가 네 엽서 보여줬어. 대단한 작품이야."

루카는 모여드는 사람들을 찍으러 갔다. 모는 마이크를 착용하러 나와 공원 화장실로 갔다. 내가 내 마이크를 끄자마자 모가 말했다.

"루카가 널 보는 눈빛이 마음에 들어."

"나도."

나는 마이크의 리시버 박스를 모의 바지 뒤, 허리띠 안쪽에 꽂으면서 말했다.

"준비 됐어?"

모가 씩 웃었다.

"그런 거 같아."

"내가 보기에도 그런 것 같네."

내가 말했다.

모는 빳빳한 하이웨이스트 검정색 바지와 흰 셔츠를 입고 묵직한 터키석 목걸이를 하고 있었다. 바지는 할아버지 것이 분명했고 목걸이는 할머니 것이었다. 그래도 모는 멋있었다.

마이크 선을 모의 셔츠 속으로 넣어 셔츠 칼라에 고정시키고 나서 내가 말했다.

"자, 이제 마이크를 켠다. 그러면 우리가 하는 말은 녹음될 거야."

내가 스위치를 켜자마자 모가 말했다.

"저 루카라는 친구 좀 이상해. 그래도 엉덩이가 귀엽네."

그리고 웃으면서 외쳤다.

"안녕, 루카!"

나도 웃었다.

모가 할 일을 하도록 놓아준 뒤, 나는 뒤에 남아 사람들 사이를 지나가는 모를 바라봤다. 얼굴 가득한 미소와 우아한 제스처. 나에게는 어릴 적 모의 모습이 아직도 너무나 선연한데, 어른이 되어 잘 지내는 모습을 보고 있자니 그 속에 함께하는 것이 영광으로 느껴졌다.

제막식은 지인 몇몇이 모이는 작은 행사일 줄 알았는데, 실제로는 아주 큰 행사였다. 그들은 모티를 파란 천과 커다란 붉은 리본으로 포장해두었다. 지역 뉴스 보도 차량이 주위를 에워쌌고, 중학교 합창단 아이들이 국가를 부르기 위해 줄을 지어 서 있었다. 최소한 백 명은 넘게 온 것 같았는데, 사람들은 계속해서 모여들어 엄청난 양의 접이식 의자를 채우고 있었다.

할머니는 앞줄에 있었고, 빗시는 뒤쪽에서 루카와 잡담을 나누고 있었다.

"메기와 에니스가 알면 참 자랑스러워하겠구나."

할머니는 눈물을 글썽이며 말했다. 할머니는 손가락에 입을 맞추고 모의 할머니와 할아버지에게 축복을 보내듯이 하늘을 향해 흔들었다. 할머니에겐 종교가 없었지만, 그들은 종교를 가졌었다.

공원 관리소장은 모가 포트 세인트 루시를 특별하게 만들어주는 재능 있는 작가라고 소개했다. 그런 다음 마이크 앞에 선 모는 침착하고 큰 목소리로 말했다.

"오늘 여기 와주신 모든 분들께, 그리고 제 작품의 제작과 공원에 작품을 설치할 수 있도록 후원해주신 포트 세인트 루시 예술 위원회와 공원 관리소에 감사드립니다. 이 작품이 우리 지역사회의 일부가 된 것이 자랑스럽습니다. 또 이 프로젝트를 도와준 제 소중한 친구 케이틀린 엘리스에게 감사하고 싶습니다. 케이틀린은 뛰어난 예술가입니다. 그녀의 동지애와 넓은 시각, 또 물건을 들어 올리는 힘이 제겐 큰 도움이 되었습니다."

코가 시큰하고 가슴이 두근거렸다. 할머니가 팔꿈치로 내 팔을 쿡 찔렀다.

"훌륭한 사람들이 격려해줄 때 우리는 가고자 하는 곳에 도착할 수 있습니다." 모가 말했다.

"격려해주신 여러분 모두에게 감사드립니다."

공원 위원회 회장이 모에게 커다란 가위를 건넸다.

"이걸 들고 뛰면 안 되겠네요."

모는 눈앞에 가위를 대고 싹둑거리고는 연단에 서있는 합창단 아이들을 향해 바보같이 씩 웃었다. 아이들이 웃음을 터뜨렸다. 모가 리본을 자르자 천이 떨어져 모티 아래 파란 옹

덩이를 만들었다. 나는 모티가 설치된 공간과 완벽하게 어울리는 것을 보고 깜짝 놀랐다. 모가 상상해낸 작품은 너무나 완벽했다. 모티의 몸뚱이가 그리는 곡선이 그가 헤엄치는 수면처럼 뒤에 펼쳐진 지평선과 딱 맞았다.

당연하게도 제막식이 끝난 후에는 빗시의 집에서 파티가 열렸다. 루카의 카메라가 함께하자 모두 흥분했다. 나는 그 떠들썩한 무리 위로 붐 마이크를 잡고 있었다. 무게 때문에 팔이 아팠지만 마이크 덕분에 그들에게서 살짝 비켜선 채 공식적으로 관찰자가 될 수 있어서 좋았다.

루카와 나는 마지막까지 남아있었다. 빗시는 콘브레드 한 접시와 양 뺨에 립스틱 자국을 선사하며 우리를 배웅했다.

할머니 집으로 돌아가는 동안 루카는 내 손을 잡았다. 공기는 습했고 불어오는 여름 바람은 어둠이 한낮의 더위를 가시게 했다는 걸 알려주고 있었다. 우리는 눈을 마주치지 않았다. 난 그럴 수가 없었다. 하지만 그의 손을 꼭 잡았다. 손을 잡아서 기뻤다. 그의 손은 따뜻했고 카메라를 잡느라 생긴 굳은살 때문에 거칠었다.

"보고 싶었어."

루카는 이렇게 말했지만, 역시 나를 바라보지 않았다.

"응."

나는 더 이상 입을 열었다가는 속마음이 다 튀어나올 것 같아서 고개만 끄덕였다.

나중에 그가 찍은 영상을 훑어보다가 루카는 바크가 사람들 주위를 살그머니 돌아다니며 사람들이 보지 않을 때 냄새 맡는 장면을 보여줬다. 바크는 우연히 누군가가 자기를 쳐다보면 아주 예의 바르게 행동했다. 마치 뺨을 꼬집는 걸 참아주는 어린애 같았다.

"있잖아, 여행 중에 좋은 거 찍었어?"

바크의 관찰 영상을 다 본 뒤에 내가 물었다.

"스포일러 안 할래." 루카가 말했다.

"나중에 제대로 감상할 때 방해가 될 거야."

"모범생 같으니."

루카는 미소를 지었다.

"한나와 우우가 여기 오기 전에는 아무도 보지 말았으면 해. 그들이 말하는 걸 듣고 다들 놀라야 하니까."

"이미 전화통화도 몇 번 했다고."

나는 이렇게 말하고 어이없었던 영상통화 모임 이야기를 해줬다.

"젠장! 그거 찍었어야 하는데!"

"마지막 계획을 짤 때 모두 페이스타임으로 모을 수 있을 걸."

내가 말했다. 루카는 고개를 저었다.

"진행되는 내용을 조작하고 싶지는 않아. 사소한 것들도. 그런 게 쌓이면 가짜처럼 느껴지거든."

"일리 있는 말이다."

"하지만 그분들이 페이스타임을 하는데 내가 없으면 전화 해줘."

"좋아."

나는 손을 내밀어 악수를 청했다. 장난으로. 그를 만질 구실로.

그는 내 손을 잡고 다가오더니 내게 키스했다. 그리고 몸을 떼어내더니 내가 괜찮은지 확인했다.

나도 그에게 키스했다. 그리고 당황했다. 너무 진심이었기 때문에. 너무 갑작스러웠기 때문에.

"스팽글 달아야 해."

나는 가능한 한 침착하게 말했다. 벅찬 마음 없이 그와 함께 있는 방법 같은 건 절대 알 수 없었다. 루카의 눈에 실망감이 떠올랐다.

"영화를 켜놓고 바느질할 거야. 같이 볼래?" 제안하듯 물었다.

그래서 루카는 소파에 나와 함께 앉아있었고 나는 스팽글을 바느질하면서 〈스미스 씨 워싱턴에 가다〉를 봤다. 바크는 루카의 무릎에 엎드려 배를 만져달라고 했다. 내 머릿속의 폭풍우가 잠잠해지기 시작했다.

할머니의 꼬리를 완성하기도 전에 루카와 바크는 이미 코를 골며 자고 있었다. 루카는 지쳐 보였다. 그를 깨우고 싶지 않았고, 소파에 내가 잘 공간은 없었다. 나는 작업을 정리하고 나서 둘의 이마에 키스를 하고, 담요를 덮어준 뒤 살금살금 내 침대로 갔다.

38

사랑받을 자격

수영장 주변을 장식한다는 소식에 할머니와 빗시가 잔뜩 흥분했기 때문에 모와 내가 방문해야 할 집의 목록은 아주 길어졌다. 루카는 우리가 촬영을 허락해주면 자기 트럭을 빌려주겠다고 했다. 나는 정오 전에 작업을 마치고 재봉을 시작할 수 있기를 바랐지만, 만나는 사람들 모두 우리에게 뭔가를 먹이고 자기가 빌려주는 물건에 대해 이야기하려고 해서, 루카는 그 모든 것을 촬영해야 했다. 마지막으로 루스의 집에 들렀을 때는 오후 네 시였다.

"나는 공연을 하기 위해 태어났다는 느낌이 들어요."
인어 수업에 참가한 이유를 묻자 루스는 루카의 카메라를 똑바로 쳐다보며 말했다.

"아버지는 해병대에 있었고 어머니는 결혼 전에 댄스 교사였어요. 그래서 아버지가 휴가를 받아 집에 오면 어머니는 우리에게 아버지를 위한 공연을 시켰어요. 칠 남매 전부가 어머니가 만든 파란 반바지를 입고 키 순서대로 서서 말이죠. 토미의 키가 쑥 크기 전까지는 내가 첫 번째였어요."

모와 나는 루스와 루카가 이야기하는 동안 의자들을 트럭에 실었다. 세 번 왕복해서 여섯 개의 의자를 옮겼다. 테라스로 돌아가 보니 루스는 카메라 앞에서 탭댄스를 추고 있었다.

"권리와 자유를 위해 싸우고."

루스는 운동화로 콘크리트 바닥을 탁탁 치고 과장된 몸짓으로 행진을 하듯 걸으면서 공중에 팔을 흔들며 큰 소리로 노래했다.

"그리고 우리의 명예를 위해서!"

그녀는 자신의 공연에 어린애 같은 확신을 갖고 있었다. 그것은 렌즈를 통해 여과되지 않은, 그녀가 누구인지를 알려주는 회상이었다. 그녀는 여전히 아빠에게 좋은 모습을 보여주고 싶어 하는 어린 소녀였다.

"우리는 자랑스러운 미 해병대!"

루스는 경례를 하면서 눈을 반짝였다.

나는 박수를 쳤다. 모도 함께 쳤다. 루스는 미인대회 우승

자처럼 웃었고 나는 그녀에게 그 박수가 얼마나 필요했는지 알 수 있었다. 그녀가 나를 좋아했으면 하는 바람이나 내가 그녀를 좋아하는 척해야 한다는 마음을 버리고 나니, 그제야 루스의 참모습을 볼 수 있게 됐다. 그녀가 시끄러운 까닭은 칠 남매 틈에서 필요한 것을 얻기 위해 목청을 높여야 했기 때문이었다. 키가 가장 크지 못하면, 목소리라도 가장 커야 했다. 옳지 않으면 틀린 사람이 됐다. 가엾은 어린 소녀인 채로는 아무것도 얻을 수 없었다. 나는 어쩌면 세상 사람들은 모두 제대로 된 사람이 되는 방법을 알아내기 위해 애쓰고 있는 중일지도 모른다는 생각이 들었다. 어쩌면 정답을 아는 사람은 아무도 없을지도 모른다. 그리고 어쩌면 우리는 친절해지기 위해 누군가를 반드시 좋아할 필요는 없을지도 모른다.

모와 내가 게 잡는 덫 몇 개를 트럭에 싣고 나서 돌아오니 마타가 루스와 루카와 함께 테라스에 있었다. 마타는 루스의 어깨를 감싸 안고 카메라를 향해 말하고 있었다.

"전 바로 저기 살아요."

그녀는 루스의 집 바로 뒤 파란 집을 가리켰다.

"지난……, 얼마였지, 루스? 삼십오 년인가?"

"삼십칠 년." 루스가 말했다.

"왜냐면, 기억해? 우리 아들 조이가 처음으로 이가 빠진 날 당신이 이사를 왔잖아."

"삼십칠 년."

마타가 맞장구를 쳤다.

"그리고 루스는 식료품점에 갈 때마다 매번 필요한 게 없냐고 내게 전화를 해서 물어본답니다."

마타는 애정이 가득한 눈으로 루스를 봤다.

"마타는 항상 빵이 떨어져요." 루스가 말했다.

"곰팡이가 너무 빨리 생기거든요." 마타가 말했다.

"습기 때문에. 좋은 걸 사봐야 며칠밖에 못 가요." 루스는 고개를 끄덕였다.

"원더 브레드는 절대 안 상해." 루스의 그 말에 마타는 고개를 저었다.

루스가 장보러 갈 때마다, 그들은 그 문제로 말다툼을 했을 것이다.

"난 그건 필요 없어. 당신이 항상 가게에 가주잖아."

마타는 미소를 지으며 그렇게 말했다.

나는 울음을 터트리지 않기 위해 꼬마전구 장식을 한 아름 들고 트럭으로 달려갔다. 루스는 완벽하지 않아도 사랑받을 자격이 있었다. 나도 그렇지 않았을까?

"부대 전체를 먹일 수도 있겠어!"

우리가 얻은 간식을 부엌 카운터에 내려놓자 할머니가 말했다.

"쇼 하는 날이 되면 상하겠는걸."

할머니는 마타의 미니 과일 타르트를 쳐다봤다.

"아, 이건 평소에 먹을 간식이에요." 내가 씩 웃으면서 말했다.

"인어 쇼 때 먹을 간식은 앞으로 만들 거예요."

나는 할머니에게 이웃들이 만들겠다고 약속한 음식 리스트를 건넸다.

"흠."

할머니는 루카의 허리를 꼬집으려고 하면서 말했다.

"얘는 제대로 된 식사를 못 한 거 같아."

할머니는 루스가 보낸 과자의 포장지를 벗겼다.

"하지만 이건 포화지방으로 가득한데, 뭐가 더 나쁜지 모르겠구나."

"설마 그걸 버리진 않으실 거죠, 할머니?" 모가 말했다.

"그럼 싸울 거예요."

할머니는 주먹을 들어 모에게 펀치를 날리는 시늉을 했다.

"너희들이 모두 건강하길 바랄 뿐이야."

"달리기로 바로 뺄 거예요."

모는 접시에서 작은 타르트를 집어 들어 입에 넣으면서 제자리에서 달렸다.

그때 현관문이 열렸다.

"여기 왔어요!"

빗시는 반쯤 노래 부르듯이, 반쯤 소리 지르듯이 우리를 불렀다.

"미스 아메리카가!"

빗시는 부엌으로 들어왔다. 짧고 삐죽삐죽한 머리가 새빨갰다.

"빗시 마리!"

할머니는 깔깔 웃으며 외쳤다. 빗시도 정신없이 웃기 시작했다. 그들은 허리를 잡고 눈물을 흘리며 웃었다.

"맘에 들어?"

빗시는 웃느라 숨이 막힌 목소리로 물었다.

"어떻게……."

내가 가발을 구하지 못한 것을 빗시가 어떻게 알았는지 알 수 없었다.

"네가 핀터레스트에서 보여준 케이트 피어슨 사진이랑 그 새빨간 머리가 마음에 들었어."

빗시가 윙크했다. 할머니는 빗시의 뺨을 감싸 쥐고 이마에 키스했다.

"멋지다. 그리고 요란하고. 빗시다워."

그들은 비밀로 간직한 생각을 주고받는 것처럼 눈을 빛내며, 상냥하게 서로를 응시했다. 그들의 우정이 얼마나 커다란 것인지 실감할 수 있었다. 이제 나는 어른의 시각에서 두 사람의 관계를 볼 수 있었다. 할머니와 빗시는 거의 평생 친구로 지냈다. 그들은 기쁨과 아픔과 상심 등, 중대한 사건과 반복되는 일상을 모두 함께 겪었다. 그건 연애 감정보다 굳건하면서 낭만적인 얽힘은 없는, 극적인 러브스토리였다.

덕분에 할아버지가 돌아가신 후 할머니가 혼자 지낸 세월을 슬프게 여기지 않게 됐다. 빗시를 만난 순간부터 할머니의 곁에는 늘 누군가가 있었다.

"진짜 멋진 분이라니까."

모는 빗시의 머리를 쓰다듬으며 말했다. 빗시는 어깨를 흔들며 한쪽 눈썹을 치켜떴다.

"나도 안단다. 암, 알고말고."

39
버킷 리스트

이튿날 빗시의 집에서 재봉을 하고 돌아오니 할머니는 부엌에서 스테인리스스틸 볼bowl에 뭔가를 섞으면서 루카와 그의 카메라를 향해 말하고 있었다.

"제대로 하고 싶어요." 할머니는 손님 응대용 목소리로 명랑하게 말했다.

나는 할머니와 단둘이 있던 시간이 그리웠다. 다큐멘터리를 촬영할 때의 할머니는, 소파에 앉아 할머니 어깨에 머리를 기댄 채 퀴즈쇼를 보던, 좋은 의미에서의 아홉 살 시절로 돌아간 것처럼 느끼게 해주던 평소의 할머니를 그립게 만들었다.

"뭐 만들어요?"

이렇게 묻는 내 목소리에 지친 기색이 느껴지는 것 같아서 내 시야에 루카의 움직임이 들어오는 순간 억지로 미소를 지어 상쇄해봤다. 할머니는 내 쪽으로 볼을 기울였다. 밝은 보라색 반죽이 들어있었다.

"프로스팅이에요?"

나는 너무 흥분하지 않으려고 애쓰며 물었다. 내 짐작으로는 두부와 병아리콩이나 물에 불린 치아시드 같은, 할머니가 늘 쓰는 괴상한 재료일 것 같았다.

"염색약이야. 믿어지니?"

"누가 염색하는데요?"

"나." 할머니가 머리를 쓰다듬으며 말했다.

"빗시를 보고 용기를 냈어."

나는 웃었다.

"두 분 다 미쳤어요."

"우리 둘 다 신났지."

할머니는 들떠있었고 신이 나있었다.

"도와줄래?"

할머니는 뒤통수를 가리켰다.

"빠뜨리는 부분이 없게."

"지금요?"

할머니가 고개를 끄덕였다.

"시작할 준비됐어."

할머니는 보라색 반죽을 한 번 더 저었다.

"이건 촬영할 필요 없지?" 내가 말했다.

"응?"

하지만 루카가 이걸 찍고 싶어 하는 것이 느껴졌다. 그는 그 장면을 원하고 있었다. 그리고 여기에서 자기만 제외되지 않기를 바랐다. 그건 내가 늘 느끼던 것과 같은 감정이었다. '네 생일파티에 나도 초대해줘.' '킥볼 팀에 들어갈 사람으로 내 이름을 제일 마지막에 부르지 말아줘.' 그러나 할머니의 머리를 염색하기 위해 우리 셋이 모두 습한 욕실에 들어간다는 건 내 정서가 도무지 견딜 수 있을 것 같지 않았다. 아무렇지 않게 행동하기에는 너무 힘든 일이었다.

"케이틀린! 후세를 위해서!" 할머니가 말했다.

"그럼 혹시……." 내가 말했다.

"혹시 내가 찍어도 될까? 욕실이 좁고, 알잖아, 여자들의 일이니까."

루카가 변기 뚜껑 위에 앉아있는 것보다는 그게 더 나았다.

"삼각대를 설치할게." 루카의 목소리에서 부루퉁한 느낌이 났다.

"내가 잘 찍을게. 약속해."

할머니는 발뒤꿈치를 들고 수건 캐비닛 맨 위에서 낡은 수건을 꺼냈다. 루카는 삼각대를 가지고 왔다.

"소리가 울릴 거야. 벽에 붙일 폼을 가지고 와야겠어."

"오, 안 돼." 할머니가 말했다.

"지금 해야 해! 내가 용기를 잃기 전에. 안 그러면 빗시가 날 절대로 가만두지 않을 거야!"

루카는 한숨을 쉬었다.

"음, 그러면 적어도 마이크를 입에 더 가까이 붙이도록 해 주세요."

"테이프로 붙여." 할머니가 자기 가슴을 가리키며 말했다.

"상의는 벗고 있을 테니까."

"할머니!" 내가 외쳤다.

"앵글을 창의적으로 잡아보렴, 케이. 내 셔츠가 더러워지 는 건 싫단다."

이십 분 뒤, 할머니는 마이크를 착용하고 내 극장 티셔츠 중 하나를 뒤집어 입었다. 〈애니 겟 유어 건Annie Get Your Gun〉이 라는 글자가 눈에 띄지 않도록.

우리는 바닥에 수건을 깔았고 할머니는 욕조 가장자리에 앉았다. 나는 뷰파인더를 들여다보고 카메라를 조금 움직여 우리가 화면에 들어가도록 했다. 그리고 샌드위치용 비닐 백 을 손에 끼고서, 그림붓을 써서 할머니 머리카락에 보라색 반 죽을 발랐다.

고등학생 때, 나보다 나이가 많던 여자아이 하나는 길고 검은 머리 밑에 무지갯빛 머리카락을 감추고 다녔다. 그 애가 머리를 하나로 묶으면 그 색깔이 모두 보였다. 나도 그런 머리카락을 갖고 싶었다. 내 머리카락은 컬과 웨이브의 중간쯤 되는 어정쩡한 곱슬머리였고, 아기 머리카락처럼 가늘었다. 내게 그렇게 염색할 배짱이 있었더라도, 조금만 습도가 높아지면 내 무지개는 종이찰흙 반죽을 너무 여러 가지 색으로 뒤섞어놓은 것처럼 뒤엉켰을 것이다. 하지만 파랑이나 보라나 형광 핑크 같은 괴상한 한 가지 색으로 염색하는 것도 나쁘지 않았을 거란 생각이 들었다. 그저 다른 사람이 된 듯한 느낌을 받을 수만 있었다면 말이다.

"있잖아요."

내가 할머니의 머리 염색이 끝날 무렵 말했다.

"저도 고등학생 때 이렇게 하고 싶었어요."

나는 마음속에 든 말을 할머니에게 털어놓는 데 익숙하지 않았다. 내가 바라는 것 때문에 할머니가 고민하지 않도록 하려고 늘 노력했으니까.

"그랬어? 생각도 못했네! 왜 말 안 했니?"

"그냥 바보 같은 생각이었어요."

나는 할머니의 머리카락에 랩을 터번처럼 감았다.

"얼마나 기다려야 해요?" 내가 물었다.

"삼십 분."

할머니는 세면대에서 핸드폰을 들어 타이머를 맞췄다.

"이제 네가 하렴. 염색약이 남았잖아."

"머리카락 색이 짙으면 우선 탈색을 해야 하고, 지금은……."

"보라색으로 염색하고 싶었다며? 지금이 기회야."

할머니는 붓을 들더니 내 머리에 발랐다.

"잠깐만요!" 나는 이렇게 외치며 피했다.

"끄트머리만 하자. 싫으면 잘라내면 돼. 어쨌든 햇볕에 탈색이 될 거야."

나는 욕조 가장자리에 앉아서 할머니가 붓질하는 동안 눈을 감고 있었다.

"그런 얼굴 할 거 없다. 아프지 않아!"

할머니는 염색약을 타일에 흘리며 웃어댔다. 할머니가 내 머리에 염색약을 다 칠하자 나는 카메라 방향을 조정했고 우리는 욕조에 등을 대고 바닥에 깐 수건 위에 앉았다.

"보라색 머리를 하고 싶다고 왜 말 안 했니?" 할머니가 다시 물었다.

"성가신 애가 되고 싶지 않았어요."

"너랑 이런 걸 할 수 있었으면 좋았을 텐데." 할머니가 말했다.

"정말요?"

"너에게 뭘 어떻게 해줘야 할지 몰랐어. 내겐 아들 하나뿐이었잖니. 그것도 70년대에 키운. 손녀에겐 다르게 대해야 한다는 건 알았지만, 어떻게 해야 할지 몰랐지. 게다가 넌 나에게 아무것도 부탁하지 않았잖니. 너는 항상 너무 착했어. 나는 내가 뭔가 잘못하고 있다고 생각했단다. 십 대 여자애들은 걸핏하면 반항하는 거 아니니?"

"할머니 때문이 아니었어요." 내가 말했다.

"하지만 이유가 있었지?"

나는 고개를 끄덕였다.

할머니는 염려가 가득한 얼굴로 대답을 기다리며 나를 바라봤다. 나는 말하고 싶지 않았다. 특히 카메라 앞에서는. 하지만 마음속에서 말이 차올랐다.

"저를 성가시다고 생각하실까 봐 걱정이 됐어요. 엄마처럼요."

"케이틀린!"

할머니는 아연실색한 얼굴이 됐다.

"정말로 그런 걱정을 했다고?"

나는 울먹이며 끄덕였다.

"오, 아가."

할머니가 나를 가슴에 끌어안자 랩으로 덮인 머리카락이 뺨에 들러붙었다.

"말도 안 되는 소리!"

할머니가 내 이마에 입을 맞추자 립스틱 자국이 남는 것이 느껴졌다.

"너는 나랑 절대 못 헤어져. 네가 아무리 애를 써도 안 돼."

할머니는 셔츠 자락으로 내 얼굴을 닦았다.

"또 뭘 하고 싶었니?"

내가 울음을 좀 그치자 할머니가 물었다.

"개를 키우고 싶었어요."

"그건 했네!"

할머니는 마치 바크가 바깥세상과 우리를 이어주는 생명선이 되기라도 한다는 듯, 바닥과 문 사이 틈으로 튀어나온 바크의 앞발을 가리키며 말했다.

"다음!"

"모르겠어요. 그밖에는 별로 없었어요."

내가 바라던 것을 전부 떠올릴 수도 없었다. 대부분이 불가능한 것들이었으니까.

"버킷 리스트를 새로 만들어야겠다."

할머니가 말했다.

"할머니는요?"

"음, 나는 미친 듯이 사랑에 빠지고 싶었지. 헵번과 트레이시의 우정 같은 사랑 말이다."

"이뤘어요?"

"그럼." 할머니가 곧바로 대답했다.

"네 할아버지와 결혼했을 때, 나는 그 사람이 원하는 아내이자 엄마가 되려고 너무 많은 힘을 썼어. 그 사람을 사랑했지. 그 사람도 날 사랑했어. 하지만 우리 결혼 생활에는 우정이 들어설 공간이 없었다. 아이작은 좋은 친구가 돼준단다. 그 사람은 내 모습 그대로를 사랑하지."

나는 할머니의 손을 꼭 잡았다.

"그리고 언젠가 열기구를 타보고 싶구나." 할머니가 말했다.

알람이 울렸고 나는 할머니의 머리에 감은 랩을 벗겼다. 할머니는 다시 욕조 가장자리에 앉았다. 나는 욕조 안에 서서 샤워기로 염색약을 헹궈냈다.

"좋아요."

나는 염색이 된 걸 보고 말했다.

"다 된 거 같아요!"

"티셔츠가 다 젖었네."

할머니가 머리 위로 티셔츠를 벗으면서 말했다.

"할머니!" 내가 외쳤다.

"잠깐만요!"

나는 삼각대를 가리켰지만 한발 늦고 말았다. 이미 할머니는 카메라 앞에서 옷을 다 벗어버렸다.

"방금 할머니가 누드 영화를 만들어버린 것 같아요!"

나는 허둥지둥 할머니 몸에 수건을 감쌌다.

"얘, 누가 신경이나 쓰겠니?"

할머니는 얼굴을 조금만 붉히며 말했다.

나는 할머니의 머리를 잘 말렸다. 커트 머리가 환한 보라색으로 염색돼있었다. 할머니가 거울을 보고 반응하는 모습이 잘 찍히도록 카메라의 위치를 바꿨다.

"나 좀 봐라!"

할머니는 고개를 이리저리 돌리면서 말했다.

"와, 네 할아버지가 봤으면 정말 싫어했을 거야."

할머니는 잠시 눈을 감았다. 그러고는 다시 눈을 뜨고 자기를 향해 웃으며 고개를 끄덕였다.

내 머리는 할머니가 헹궈줬다. 내가 어릴 때처럼 물이 너무 뜨겁지는 않은지 자기 팔에 먼저 확인을 하면서. 내 머리카락 끄트머리에 물든 보라색은 꼭 이국의 새 깃털 같았다.

염색을 마치자 욕조와 바닥과 할머니의 수건에 보라색 물이 들었지만, 할머니는 기뻐 어쩔 줄 몰랐다.

나중에 아이작이 저녁을 먹으러 왔을 때, 루카는 문 앞에 카메라를 설치해 그의 반응을 찍었다.

"오."

아이작은 얼굴을 붉히며 말했다.

"세상에, 나넷!"

할머니는 자기 머리를 만졌다.

"너무 미친 짓인가?"

"마음에 들어."

아이작이 할머니 머리카락을 만지며 말했다.

"눈부시게 아름다워."

그리고 아이작은 할머니에게 키스했다. 우리가 보는 앞에서. 거리낌 없이.

카메라 뒤에 있던 루카는 고개를 들고서 나를 향해 미소 지었다.

40
빗시의 염려

다음날 아침, 빗시는 공항에 우우를 데리러갈 준비를 하기 위해 정각 일곱 시부터 할머니의 집에 와있었다.

"이봐, 여자에게 이런 짓을 하고 싶으면 저녁부터 대접해야지."

마이크를 고정하기 위해 루카가 빗시의 허벅지에 고무줄을 감자 빗시가 말했다.

"네." 루카는 웃으면서 답했다.

"빗시 같은 여자가 저 같은 남자랑 데이트를 해주겠어요?"

빗시는 루카의 머리를 헝클었다.

"넌 좋은 남자야, 그거 아니?"

빗시는 내게 윙크했다.

할머니는 마이크 선을 분홍색 폴로셔츠 위로 넣었고 나는 그것을 옷깃 바로 아래 붙여줬다.

"네 차례다!"

할머니가 말했다. 나는 버니의 옷감으로 만든 선드레스를 입고 있었다. 몸매를 드러내는 노란 꽃무늬 면 드레스여서 마이크 배터리를 감출 곳이 없었다.

"난 마이크가 없어도 될 것 같아." 내가 말했다.

"화면에 네가 있는데 목소리가 안 들리면 그 화면은 쓸 수가 없어." 루카가 말했다.

"하지만 주인공은 저 분들이잖아!"

"네 예쁜 얼굴을 온 세상이 봐야 해." 빗시가 말했다.

"이건 재회에 관한 이야기고, 너도 그 일부야."

루카는 다른 마이크를 집어 들었다.

"그거 줘라." 할머니가 그걸 루카에게서 받았다. 그리고 나를 데리고 방으로 가서 허리에 붕대를 감아 마이크를 허리에 붙이도록 도와줬다.

"고마워요."

"어색해질 것 같더구나." 할머니가 말했다.

"그래도 그게 좋은 일일 수도 있지."

"젠장! 아직 안 켜진 것 맞죠?"

나는 할머니 마이크를 가리키며 속삭였다.

"안 켜졌어." 할머니가 말했다.

"하지만, 쟤 멋지지 않니?"

나는 고개를 끄덕였다.

"쟤도 네가 상당히 멋지다고 생각해."

"전⋯⋯."

"넌 알 필요 없어."

할머니가 말하면서 마이크를 내 드레스의 네크라인에 붙였다.

"넌 그냥 등장하기만 하면 돼."

나는 할머니의 차에 모두를 태우고 공항으로 향했다. 할머니는 앞자리에 앉아서 쇼를 할 때 내놓을 간식 이야기를 했다.

"베이컨을 대체할 걸 찾아내기만 하면 채식 루마키하와이 전채 요리의 일종으로 닭의 간과 마름 열매 등을 베이컨으로 말아 구운 것가 좋을 것 같아. 속을 채운 버섯도 당연히 내놔야지. 칵테일은 마이타이로 할까, 피냐 콜라다로 할까?"

대답하는 사람은 아무도 없었지만, 결과는 어차피 뻔한 것이었다. 피냐 콜라다를 원하는 할머니 앞에서 누가 마이타이를 고른다면 할머니는 짜증을 낼 것이 분명했다.

"사람들에게 선택권을 줘야 할까?"

할머니가 물었다.

"아니! 잠깐! 블루하와이언! 블루하와이언을 싫어하는 사람이 어디 있어?"

나는 백미러로 빗시를 쳐다봤다. 빗시는 할머니가 하는 말이 들리지 않는다는 듯 파란색 팔찌를 팔목에 바싹 붙여가며 창밖을 응시하고 있었다. 루카는 빗시의 맞은편에 앉아 초조해 하는 모습을 촬영하고 있었다.

"루스는 파인애플 알레르기 아닌가요?"

내가 루카의 시선을 빗시에게서 떼어보려고 큰 소리로 물었다.

"말만 그러는 거야." 할머니가 말했다.

"파인애플 알레르기 같은 건 없어."

"파인애플에 알레르기가 있는 사람도 있을 걸요."

내가 말했다.

루카는 내가 던진 미끼를 물지 않았다.

"뭐, 그럴지도 모르지만, 루스는 아니야. 말만 그러는 거야."

할머니는 마이크를 찼다는 걸 기억해내고 셔츠 옷깃 위로 손을 얹어 가렸다.

"마이타이가 좋겠구나."

마치 엄청난 타협이라도 한 듯, 할머니가 한숨을 쉬었다.

"사람들은 쇼를 보러 오는 거예요." 내가 말했다.

"먹으러 오는 게 아니라."

"하지만 먹여야지!" 할머니가 말했다.

"꼭 그래야 해요?"

할머니는 나를 보고 웃었다.

"괜찮아요?"

공항 주차장에 도착했을 때, 내가 빗시에게 조그맣게 물었다.

"어리석은 생각이 들어서."

빗시가 내 손을 꼭 쥐며 말했다.

"우우가 나를 이제 좋아하지 않으면 어쩌나 싶어. 무슨 이야기를 하지? 발을 입에다 넣을 수 있는 방법은 몇 개나 되지? 뭐 그런 거?"

"이해해요."

나는 빗시의 손을 꼭 잡았다. 빗시는 내게 팔짱을 꼈고 우리는 차를 돌아서 할머니와 루카에게 갔다. 할머니는 내 다른 쪽 팔에 팔짱을 꼈고 우리는 수화물 찾는 곳에서 우우를 만나러 출발했다.

빗시가 내 앞에 발을 놓아서 나는 내 발을 할머니 앞에 놓았다. 할머니는 우리가 하는 것을 보더니 똑같이 따라 했다. 그리고 우리는 순서를 바꿔 더 멍키즈The Monkees의 율동과 비슷하지만 더 느리고 차분하게 자동문을 통과했다. 빗시는 조그렇게 그 주제가를 흥얼거렸다. 괴상한 머리 색을 한 우리는 구경거리였다. 사람들이 쳐다봤지만, 할머니와 빗시 사이에 낀 나는 기죽지 않았다.

"조심하렴." 할머니가 말했다.

"우리 중에 하나는 골반이 부러질 거 같다!"

빗시가 내 팔꿈치를 당겼다.

"얘라는 데 한 표."

나는 웃었다.

"정말 그럴 거 같아요."

우리는 우우가 타고 온 비행기의 수화물 찾는 곳을 발견하고 거기서 기다렸다. 할머니와 나는 의자에 앉았다. 빗시는 서성거렸다. 루카는 우리 옆의 기둥에 기대서서 촬영했다. 그는 어찌나 눈에 띄지 않게 움직이는지, 우리가 관찰 당한다는 사실을 자꾸 기억해야 했다.

"왜 저러니?"

할머니가 빗시 쪽으로 고갯짓을 하며 물었다.

"초조해서요." 내가 말했다.

"아." 할머니는 입을 손으로 가렸다.

"우우가 괜찮다고 하지 않을까 봐……."

할머니 음성이 잦아들었다.

"우우는 몰라요?" 내가 말했다.

"응. 우우는 빗시가 남자랑 결혼한 것까지만 알거든."

"커밍아웃을 평생 계속해야 한다는 건 몰랐네요." 내가 말했다.

"빗시가 그걸 힘들어 한다는 걸 잊었네." 할머니가 말했다.

"빗시잖아! 타고나길 사랑스러운걸. 누가 빗시에게 시비를 걸겠니?"

"이 일이 문제가 될 수도 있을 것 같으세요?"

"그런 꼴은 내가 못 보지."

할머니는 내 다리를 두드려줬다. 할머니는 일어나더니 빗시에게 다가갔다. 내게는 두 사람의 대화가 들리지 않았지만, 루카는 들을 수 있었다. 그의 카메라가 그들을 향하고 있었고, 나는 그의 얼굴을 쳐다봤다. 크게 뜬 두 눈에 떠오른 표정이 슬펐다. 그는 입을 꾹 다물었다.

할머니가 빗시를 끌어안았다. 빗시는 고개를 끄덕이더니 몸을 떼고 눈가에서 눈물을 닦았다. 나는 할머니가 도움이 되는 말을 했기를, "괜찮아! 별일 아니야"라는 식으로 말하지 않았기를 바랐다.

수화물 컨베이어 벨트 위에서 붉은 등이 깜빡이더니 큰 소리가 났다. 우리는 주위를 둘러봤다. 사람들이 비행기에서 내려 하나씩 들어왔지만, 우우처럼 보이는 사람은 없었다.

할머니와 빗시는 나와 나란히 섰다. 아마 나를 화면에 넣으려고 그런 것 같았다. 우리는 기다리고 또 기다렸다. 기다리면서 할머니는 내 머리를 정리해줬는데 그건 어릴 때처럼 성가시지 않았다.

그때 승무원이 휠체어를 밀고 우리에게 왔다.

"후! 후!"

휠체어에 탄 여자가 손을 휘저으며 외쳤다. 인어 의상 제작을 위해 보내준 치수에서 알아차렸지만 그녀는 키가 크고 마른 사람이었다. 솜사탕처럼 폭신하고 새하얀 머리카락은 성기게 돌돌 말려 정수리에 올라있었다. 할머니와 빗시가 하고 있는 밝은 머리카락 색과 완벽하게 어울리는 머리였다.

"우우!"

할머니와 빗시도 이름을 부르며 달려가서 맞이했다. 할머니는 염려스러운 표정이었다. 휠체어를 예상하지 못했으니까. 우리가 본 사진에서 모두, 우우가 앉아있었던 까닭을 그제야 깨달은 것이다. 그러나 우우는 우리가 가까워지자마자 할머니의 팔을 붙들고 이렇게 말했다.

"이것 좀 보내버리게 해줘, 응?"

우우는 다른 손으로 지팡이를 쥐고 바닥을 짚었고, 할머니는 우우를 일으켜 세웠다.

"내 딸이 한 거야."

우우가 이렇게 속삭이더니 얼굴에 미소를 띠었다.

"고마워요, 젊은이."

우우는 승무원에게 이렇게 말하고 스웨터 주머니에서 십 달러 지폐를 꺼내더니 그의 손에 쥐어줬다.

"덕분에 즐겁고 편하게 잘 왔어요."

승무원이 돌아가자 할머니는 우우를 와락 끌어안으며 말했다.

"너구나."

"정말 너야."

우우도 말했다. 그러고는 빗시를 바라봤다.

"놀라워라! 내가 정말 여기 왔다는 게 믿어지지 않아. 널 만난다는 게. 이 머리카락!"

우우는 빗시의 뺨에 손을 댔다.

"완벽해!"

빗시는 우우의 팔을 꼭 잡았지만 얼굴에서 염려가 느껴졌다.

루카와 할머니가 우우에게 마이크를 달아주는 동안, 빗시는 화장실에 간다고 했다. 나도 따라갔다. 화장실 안에 들어간 뒤, 나는 한 손으로 빗시의 마이크를, 다른 손으로 내 마이크를 막았다.

"혹시라도 문제가 있거나, 조금이라도 불편하면 제게 알려주세요. 그러면 우우를 제 방에서 지내게 하고 제가 빗시의 집에서 지낼게요."

"나넷은 모두 괜찮을 거라고 했어⋯⋯."

빗시의 목소리가 점점 작아졌다.

"하지만 할머니는 모르시잖아요."

"바로 그거야." 빗시가 말했다.

"나넷은 나를 사랑하지만 그렇다고 모두 다 그러리란 보장은 없지."

"문제가 있으면, 최대한 해결해볼 거예요. 빗시는 혼자가 아니에요."

나는 내가 늘 할머니에게 듣고 싶었던 말을 빗시에게 해줬다.

"무슨 일이 있어도 전 빗시를 사랑해요."

"고맙다, 얘야."

빗시는 강한 팔에 힘을 꼭 주고 나를 와락 끌어안았다.

"나도 무슨 일이 있어도 널 사랑한단다."

나는 빗시에게 혼자만의 시간을 주고 할머니와 우우, 루카에게 돌아갔다. 루카는 우우의 셔츠에 마이크를 꽂고 있었는데, 다들 웃느라 얼굴이 빨개져있었다.

"무슨 일 있었어요?" 내가 물었다.

"우우가 루카에게 저녁이라도 사고 이러라고 했어." 할머니가 키득거리며 말했다.

"빗시처럼."

루카가 말했다. 루카는 나를 보더니 입 모양으로 '너무 좋아!' 라고 말했다.

"똑같은 사람들이지!" 할머니가 말했다.

우우가 나를 바라봤다.

"너는 그 시절 나넷이랑 판박이구나. 얼굴이 똑같아. 자꾸 보게 된다."

나는 얼굴을 붉혔다.

"감사합니다."

나는 내가 할머니와 닮았다는 말이 듣기 좋았다. 어릴 때는 그 말이 그렇게 자랑스러웠다. 내게도 가족이 있다는 징표처럼 느껴졌으니까.

빗시가 다가왔다.

"흠, 어린이 여러분."

빗시는 밝고 용감한 표정으로 말했다.

"준비됐나요?"

물론, 칵테일파티가 열렸다. 빗시의 집에서. 항상 무슨 일이 있으면 모두를 초대하는 빗시답게 이웃의 절반이 찾아왔다. 이미 스트레스를 받고 있는 빗시의 집에 손님이 그렇게 많이 온다니 걱정이 됐지만, 정작 빗시는 아무렇지도 않아 보였다.

빗시와 우우가 구석 벤치에 앉아 이야기를 나누며 웃어대는 동안, 할머니와 나는 먹을 것과 술을 계속 날라 모자라지 않도록 했다. 그러다가 어느 순간, 갑자기 우우가 빗시를 끌어안더니 뺨에 키스했다.

잠시 후, 부엌에서 마주친 빗시는 내 팔을 잡더니 구석으로 데리고 갔다. 그러고는 손으로 우리 두 사람의 마이크를 막았다.

"우우의 조카도 동성애자래!" 빗시가 흥분해서 말했다.

"우우가 조카들 중에 제일 좋아하는 애가 걔라는 거야. 우우는 내가 내 마음의 소리를 좇은 게 용감하다고 말해줬어!"

할머니는 이미 집에 갔지만 루카는 남아서 파티가 끝난 후 설거지를 하는 빗시와 우우를 촬영했다. 나는 두 사람의 대화가 끊기지 않도록 거실을 돌아다니며 접시와 잔을 모았다. 빗시와 우우는 영화에 대한 감상을 교환하듯, 인생의 각 단계를 비교하며 이야기를 나눴다.

"그런 느낌이 들 줄 몰랐어." 우우가 말했다.

"하지만 일하는 게 중요했지."

"알아." 빗시가 말했다.

"내 이름이 적힌 첫 월급 수표라니⋯⋯."

"난 울었어." 우우가 말했다.

"진짜 울었다니까."

"나도." 빗시가 말했다.

할머니 집으로 돌아온 후 루카는 거실에서 그날 촬영한 영상을 확인했다. 나도 거기서 작업을 했다가는 바느질이 아니라 그 영상을 보는 데 시간을 더 쓸 게 뻔했다. 그래서 나는 바크와 함께 방에 틀어박혀서 커다란 금색 스팽글 다섯 상자를 가지고 우우의 꼬리를 완성했다. 우우의 꼬리 디자인은 스팽글로 전부 덮을 필요는 없었지만, 빙빙 도는 정교한 패턴이 들어갔다. 딴 데 정신을 팔면서 패턴 위로 바느질할 수는 없었다. 나는 헤드폰을 쓰고 침대 위에 앉아서 B-52의 노래를 들으며 작업했다. 집중해서 하는 섬세한 작업은 내가 가장 좋아하는 종류의 일이었다. 작업에 집중할 때면 나는 내 자신을 잊을 수 있었으니까.

루카가 복도를 걷는 소리나 그가 자기 방문을 닫는 소리는 듣지 못했지만, 그가 보낸 메시지의 알림음은 헤드폰을 통해 들려왔다.

잘 자.

그가 보낸 메시지에는 동영상이 하나 있었다. 할머니였다.

화면 바깥에서 루카가 질문했다.

"왜 채식주의자가 되기로 하셨어요?"

할머니의 새로운 식생활 때문에 쿠키를 못 먹게 된 데만 집중하느라 이유를 물어보지 못한 것이 부끄럽게 느껴졌다.

"음, 난 동물을 좋아해."

할머니가 미소를 지으며 말했다. 대답을 회피하는 것이다. 할머니는 다른 사람들 쪽으로 시선을 돌렸다.

"흥미로운 생활 변화인데……." 루카가 말했다.

"내 나이에 말이야?" 할머니는 살짝 비꼬듯이 말했다.

"뭐, 알잖니. 우리 가족에겐 심장병이 있고 난……."

할머니의 음성이 갈라졌다.

"저 예쁜 손녀랑 최대한 오래 시간을 보내고 싶어. 욕심이나."

할머니는 잠시 천장을 바라봤다. 심호흡을 하고 나자 평소의 '칵테일파티' 할머니로 돌아와있었다.

"그리고 저기 저 남자 있지?"

루카는 잠시 아이작에게 카메라를 돌렸다가 할머니에게로 돌아왔다.

"저 남자랑 시간을 더 보내는 것도 마다하지 않겠어."

할머니는 루카를 향해 눈부신 미소를 지어보였다.

41
우우의 꼬리

아침 다섯 시 삼십 분, 나는 스팽글 장식에 뒤덮인 채 잠에서 깨어났다. 살갗에 눌러붙은 스팽글을 떼어내니 붉은 자국이 남았다.

나는 파자마를 입은 채 엉망인 머리를 하나로 묶고서, 양치기가 양을 둘러메듯이 어깨에 꼬리를 메고 빗시의 집으로 달려갔다. 빗시는 벌써 일어나있을 시각이었다.

나는 전화로 우우의 딸에게서 치수를 전달받았다. 우우의 딸은 우우가 몇 년 전 유방 절제술을 받았다고 설명해줬다. 브라에 보형물을 넣는 방법을 찾아냈지만 나는 그런 방식으로 작업해본 적이 없어서 위험부담이 커졌다. 우우는 전화로 그 이야기를 하는 것을 불편해했다. 나는 우우가 자신감을 느끼도록 도와주고 싶었다. 루카를 제외시키는 것이 공평하지 않다는 건 알고 있었지만, 우우의 의상이 잘 맞는지 봐야 했고, 혹시 잘 맞지 않았을 경우에 카메라 앞에서 당황하는 모습을 보이게 하고 싶지 않았다.

"그런 꼴로 여기까지 걸어왔어?" 나를 보더니 빗시가 씩 웃으며 물었다.

"사람들이 처음 보는 꼴도 아니잖아요." 나도 웃으면서 말했다.

"피부에는 웬 발진이니?"

"스팽글 때문이에요. 없어질 거예요."

"아, 그렇구나." 빗시가 웃으면서 말했다.

"스팽글에 걸렸군! 요즘 그게 유행이라더니."

"우우는 일어났어요?"

성인 여자를 우우라고 부르는 것에 이렇게 금방 익숙해지다니 신기했다. 우우가 일상에서 알게 된 사람들은 그녀를 그렇게 부르는지 궁금했다.

"샤워하고 있어." 빗시가 말했다.

"커피 마실래?"

"지금 피팅을 하고 싶어서요. 그런 다음 마실래요."

"나넷은 오늘 밤에 한나가 도착하면 하자던데."

"알아요, 그런데……."

구실을 대려고 하다가 사실대로 말했다.

"불안해서요. 제가 직접 잰 치수가 아니라서. 확인해보면 훨씬……."

빗시가 고개를 끄덕였다.

"해결할 수 있으면 해버려야지! 어서 해라!"

나는 버니의 방으로 들어가 옷장에서 인어 상의를 꺼내왔다.

"세상에, 케이."

빗시는 내가 상의에 붙인 작은 조개껍질과 샴페인 빛깔의 크리스털을 쓰다듬었다.

"이건 예술이다."

아직 샤워 물소리가 들렸다. 빗시는 욕실 문을 노크하고 문을 살짝만 연 뒤 그 의상을 샤워실 안 후크에 걸었다.

"얘, 우우? 이거 좀 입어봐, 응?"

"뭔데?" 우우가 외쳤다.

"네 의상이야." 빗시가 대답했다.

"샤워 다 하면 입어봐."

기다리는 동안 빗시는 내게 커피를 따라줬고 우리는 식탁에 앉았다. 빗시는 간밤에 나눈 이야기를 전부 내게 들려줬다. 빗시의 이야기에 관심은 갔지만 나는 기말 시험 점수를 기다리는 학생처럼 집중하기 어려웠다. 전에는 의상 때문에 그렇게 불안한 적 없었다. 프로젝트에 그런 책임감을 가진 적도 없었고, 빗시와 할머니는 내가 만든 거라면 좋아해줄 사람들이었지만, 우우는 나를 그렇게 편애하는 손님이 아니었다.

욕실 문이 열리고 우우의 지팡이가 복도에 닿는 소리가 들렸다.

"이 꼬리에 구멍을 뚫고 싶지는 않은데." 우우가 말했다.

"우리가 갈게."

빗시가 외쳤고, 우리는 우우를 보러 달려갔다.

우우는 한 손으로 지팡이를 짚고 다른 손은 손바닥이 하늘로 향하게 들고 있었다.

"멜로디 같은 어여쁜 여인"

우우는 활짝 웃는 얼굴로 어깨를 흔들면서 어빙 벌린Irving Berlin의 노래를 불렀다. 두 다리는 뒤쪽에 난 구멍을 통해 자유롭게 움직일 수 있었고, 그 덕분에 꼬리는 다리 앞쪽으로 나와있었다. 가슴 보형물은 완벽했으며 크리스털은 그녀의 네크라인에 빛을 더해줬다. 그녀의 긴 목은 우아한 곡선을 그리고 있었다. 상의와 꼬리 사이로 드러난 복부가 아름답고 부드러워 보였다.

나는 우우가 이 의상을 마음에 들어 하길 바라는 마음에 숨도 제대로 쉬지 못하고 있었다.

"와!" 빗시가 말했다.

"너 정말 완벽하다!"

"꿈만 같아." 우우가 환히 웃으며 말했다.

"정말 대단하구나, 얘야. 나 하루 종일 이걸 입고 있고 싶어!"

며칠 동안 나는 빵빵해져 곧 터질 것만 같은 풍선이 된 기분이었다. 그런 아슬아슬한 긴장감이 마침내 사라지고 있었다. 나는 우우의 골반 주위를 살피며 의상이 잘 맞는지 확인했다. 수선할 필요가 있을 때를 대비해서 스팽글 패턴에 여유를 좀 두었지만, 그건 처음부터 우우에게 딱 맞았다.

"지금 이건 없었던 일로 해도 될까요?" 내가 물었다.

"루카는 처음 입어보시는 걸……."

"물론이지." 우우가 말했다.

"카메라가 없는 데서 입어보게 해줘서 고맙구나. 나도 긴장했거든."

"저도요."

"내가 상상했던 것 이상으로 놀랍구나. 스무 살이었을 때보다 더 멋있어 보여!"

"왕족 같아. 인어들의 여왕 말이야!" 빗시가 말했다.

"지금 수영을 하면, 피팅 전에 마를까?"

우우가 물었다. 새 장난감이 생겨서 어서 가지고 놀고 싶어 하는 어린아이 같았다.

우우는 다시 인어가 된 기분을 맛보고 싶은 거였다. 내 공포 때문에 우우가 수영장에 들어가지 못하게 되는 것이 공평치 않다는 걸 알고 있었지만, 나는 거기 서서 그 모습을 볼 자신이 없었다.

　"다 안 마르면 스팽글을 수중 테스트 했다고 말할게요."

　나는 이렇게 말하고는 마음이 다시 무거워지기 전에 우아하게 빠져나왔다.

42
최악의 나

내가 방으로 돌아와 몇 시간 동안 한나의 꼬리에 주황색 스팽글을 다는 동안, 바크는 파리 한 마리를 쫓아 방을 돌아다니며 물어버리려고 애썼다. 바크는 대체로 얌전히 놀았지만, 한 번은 침대 위로 뛰어올라 내게 몸을 부딪쳤다. 그 바람에 쥐고 있던 바늘이 접착식 골무 패드를 관통해서 검지를 찔렀다.

"바크! 조심 좀 해!"

바크는 침대에서 내려가 바닥에 엎드렸지만 파리의 유혹을 견딜 수 없게 되자 다시 쫓아다녔다. 나는 문을 열고 둘 다 복도로 내보냈다.

나는 찔린 상처를 살피는 대신, 접착식 골무를 새 것으로 바꿔 지혈하고 계속 바느질을 했다. 잠을 충분히 잔 것이 언제였는지 알 수 없었다. 마지막 스팽글을 달고 나면 낮잠을 자야겠다고 마음먹었다. 마무리된 꼬리를 옷장에 걸고 헤드폰을 벗는데, 부엌에서 모가 웃는 소리가 들렸다. 나는 침대에 눕는 대신 인사를 하러 나갔다.

루카가 이렇게 말하는 소리가 들렸다.

"그리고 빗시가 다리의 흉터를 보여줬어."

"어머."

내가 다가가서 말했다.

"악어한테 물린 데 말이야?"

"응!" 루카가 말했다.

"상처가 그만하다니 정말 놀라워!"

루카 뒤에서 모가 입술에 손가락을 대고 고개를 저었다. 사실 빗시는 버니가 마당에 아무렇게나 내버려둔 갈퀴에 걸려 넘어지는 바람에 종아리에 한 줄로 난 상처를 얻은 거였지만, 무슨 영문인지, 아마도 버니를 위로하기 위해서였겠지만, 우리는 모두 그것을 악어한테 물린 상처라고 부르기 시작했다.

"음."

나는 포커페이스를 유지하려고 애썼다.

"아주 작은 악어였거든."

모는 키득거렸다. 그 소리에 돌아선 루카는 모를 보더니 같이 웃기 시작했다.

"이러기야?" 루카가 말했다.

"내 카메라를 보면서 나한테 지어낸 이야기를 한 거야?"

루카는 웃느라 눈에 눈물까지 글썽거렸다.

"완전히 속았네."

우리는 진부하고도 우스운 이야기를 나누면서 쩌렁쩌렁하게 웃었다. 기분이 좋았다.

"저 숙녀들 조심해야 해." 모가 말했다.

"그런 것 같네." 루카가 말했다.

"갈 준비 됐어?" 모가 내게 물었다.

"젠장."

나는 손으로 입을 틀어막았다. 이웃들에게 빌려온 물건을 전부 수영장에 가져가서 장식해야 했던 것이다.

"깜빡했니?" 모가 물었다.

"아니, 아니."

나는 아직 파자마를 입고 있는 데다 머리가 엉망이란 사실을 갑자기 의식했다.

"조금 늦은 거야. 오 분만!"

"모랑 내가 할 수 있어." 루카가 내 어깨를 꼭 잡았다.

"촬영해야 하는 거 아냐?" 내가 물었다. 루카는 고개를 저었다.

"몇 시간 여유가 있어. 인어들은 스파에 갔는데 나는 들어가면 안 된대."

루카가 그들을 당연하다는 듯 인어들이라고 부르는 것이 좋았다.

"할 수 있어." 내가 말했다.

"괜찮아, 다만……."

"어차피 여러 번 왔다 갔다 해야 해." 모가 말했다.

"우리가 먼저 다녀올게. 다음에 같이 가."

모는 루카가 보지 않을 때, 무슨 말을 하려는 것처럼 자기 목을 가리키며 말했다.

"좋아."

나는 그들에게서 돌아섰다.

"다음번까지는 준비하고 있을게."

내 방으로 돌아가 거울을 보니, 나는 끔찍한 머리에 낡은 파자마 바지를 입고 있을 뿐만 아니라 아까 바늘에 찔린 손가락에서 흐른 피가 목에 묻어 몰골이 엉망이었다. 작업 중이던 한나의 꼬리에 피가 묻지 않은 것을 확인한 뒤, 샤워실로 달려갔다.

모와 루카는 내 예상보다 빨리 돌아왔다. 나는 못난 갈색 반바지와 보험 문제로 롤러스케이트 없이 공연한 〈스타라이트 익스프레스Starlight Express〉의 공연 티셔츠를 대충 입었다. 바크를 방에 두고 머리에서 물을 뚝뚝 떨어뜨리며 트럭에 짐 싣는 걸 돕기 위해 달려 나갔다.

모와 루카는 짐을 정리할 수 있도록 나를 수영장에 두고 마지막 짐을 싣기 위해 돌아갔다. 나는 이곳으로 이사 온 후, 할머니가 내가 너무 어려서 집에 혼자 둘 수 없다고 생각했을 때 이후로는 시민회관에 와본 적이 없었다. 할머니는 수영을 하러 올 때면 나를 데리고 왔고, 나는 수영장에서 최대한 멀리 있는 라운지체어에 등을 돌리고 앉아《해리 포터》시리즈를 읽었다. 나는 내 삶에 존재하는 유일한 어른이 물에서 나오기를 기다리고 있는 것이 아니라, 호그와트 학교에 있다고 생각하려고 애썼다.

그 수영장이 얼마나 큰지 잊고 있었다. 올림픽 경기장 규모인 그 수영장의 가장 깊은 곳은 수심이 삼 미터나 됐다. 레스터 샘에게서 빌린 낡은 그물을 펜스에 거는 것에 집중하려고 했지만, 나는 그곳의 수심을 이미 알고 있었고, 덕분에 어지러움을 느꼈다. 가장자리에서 몇 발자국 떨어진 곳에만 있었지만, 발을 한 번 헛디디거나 바람이 세게 불어오면 엉뚱한 방향으로 넘어질 것만 같았다.

전화가 왔다. 할머니였다.

한나가 정오에 도착했다. 한나는 골프 코스 옆 호텔의 스위트룸을 빌렸으니 모두 샴페인을 마시러 오라고 했다.

"여기서 피팅을 해도 되겠다."

코언 부인의 플라밍고를 콘크리트에 세울 방법을 생각하고 있을 때 할머니가 말했다.

"그거 마치면 이리 오렴."

"재봉틀은 빗시 집에 있어요."

"뭐, 그거 가져오면 되겠네."

나는 한숨을 쉬었다.

"아니, 가져올 거 없다. 시침핀으로 표시한 뒤에 나중에 재봉하면 되잖니."

마치 그러면 불필요한 절차가 더해지지 않는다는 듯 할머니가 말했다.

"좋아요."

하지만 눈물이 나올 것 같았다. 마음 편히 즐기지 못하는 것도 싫었지만, 나는 너무 지치기도 했다. 최악의 내가 새어나오기 시작했다.

루카와 모가 돌아왔을 때, 루카는 좌절한 얼굴로 서둘러 호텔로 떠났다. 할머니는 한나가 도착한 다음이 아니라, 도착 예정시간을 알게 되자마자 연락하기로 약속했기 때문이다. 모는 공기탱크를 설치하기 위해 수영장에 남았다.

나는 할머니 집으로 달려가 한나의 의상을 챙긴 뒤 빗시의 집으로 가서 우우의 의상을 챙겼다. 적어도 우우가 처음으로 피팅하는 것처럼 카메라에 찍히게는 해줘야 했다.

스위트룸에 도착했을 때, 나는 벌겋게 달아올라 땀을 뻘뻘 흘리고 있었다. 한나의 꼬리는 세탁물 가방에 넣었지만, 우우의 젖은 꼬리는 함께 넣고 싶지 않아서 내 목에 두르고 갔다. 내 상의에 젖은 자국이 까맣게 남았다.

나는 문을 두드린 직후 시침핀이 든 상자를 바닥에 떨어뜨렸다. 한나는 문을 열고 "들어와, 들어오렴!"이라고 말했지만, 내가 카펫에서 핀을 줍는 동안 기다려야 했다.

한나는 턱 길이의 빛나는 은발과 연분홍빛 뺨을 가진 우아한 사람이었다. 풍만한 몸에 보라색 실크 상의를 걸치고 있었다. 그녀는 내게 알려준 사이즈보다 적어도 네 사이즈는 더 컸다. 인터넷에서 본 한나의 사진은 그녀가 보내준 치수와 많이 달랐지만, 사진이 예전 것이라 최근에 체중을 감량한 모양이구나 생각했다. 의상을 조금 크게 재단하고 스팽글 장식을 솔기에서 떼어놓았기 때문에 여분을 쓰는 것은 문제되지 않았다. 하지만 여유롭게 재단했음에도 불구하고 의상은 맞을 리가 없었다.

한나의 꼬리를 제 시간에 완성하려면 밤새 작업해야 할 것 같았다. 그리고 그것 때문에 한나를 비난할 수도 없었다. "솔직하게 말씀하셨어야죠!"라고 말하는 건 얼마나 끔찍한 짓이

햇살을 향해 헤엄치기

458

겠는가. 그러나 사실, 그녀는 솔직하게 말했어야 했다. 나는 그녀의 아름다운 곡선을 드러내는 의상을 즐겁게 만들었을 것이다. 내겐 백만 가지 아이디어가 있었지만, 이젠 실행에 옮길 시간이 없다.

"정말 죄송해요."

나는 세탁물 가방도 들고 있다는 사실은 무시하고 말해버 렸다.

"아직 의상이 완성되지 않았어요. 하지만 치수를 재면 오 늘 밤에 완성할 수 있어요."

루카는 커피 테이블 구석에 앉아 우우와 빗시 사이의 대화 를 촬영하고 있어서 내 거짓말을 듣지 못했다.

"치수는 보내드렸는데."

한나는 샴페인을 따라 내게 건네며 말했다.

"알아요."

나는 그 잔을 흔들었다.

"하지만 온 김에 확인할게요."

"네, 좋아요."

그녀는 활짝 웃으며 말했지만 짜증을 감추지 않는 날선 목 소리였다. 나는 가방에서 줄자를 꺼내고 가슴부터 잰 뒤 숫자 를 핸드폰에 입력했다. 허리를 잴 때, 나는 최대한 부드럽게 말했다.

"한나? 숨을 들이쉬신 거 같은데, 정확한 수치가 필요해요. 염려마세요. 멋지게 보이게 해드릴게요."

"좋아요." 한나는 웃었지만 목소리를 낮추고 말했다.

"편하게 할게요."

그러더니 또 숨을 들이쉬었다.

"아! 또 그러시네요. 이 의상은 입고 움직이셔야 해서 정확한 수치가 필요해요. 치수는 저만 볼게요."

나는 그녀의 허리 사이즈를 아는 것에 중대한 의미가 있다는 듯 말하는 것이 이상했다. 그런 건 없었다. 그저 좋은 의상을 만들기 위해 사실을 알아야 했을 뿐이다. 한나는 날씬한 척 할 필요가 없었다. 그리고 나는 적어도 칠십 대가 되면 여성으로서 받는 피상적인 압력이 사라지고 건강과 행복만이 중요해질 거라고 생각했기 때문에 지금 이 상황이 서글프기도 했다. 나이가 들면 그런 장점이라도 있어야 하는 게 아닐까.

"그러죠." 한나가 말했다. 그리고 또 숨을 들이쉬었다.

소리를 지르고 싶었다. 사상 최악의 스포일러를 맞닥뜨린 기분이었다. 나는 사십오 년이 지난 후에도 내 못생긴 허벅지를 신경 쓰며 스트레스 받고 싶지는 않았다. 나는 등을 돌리고 평정심을 유지하려고 했다. 빗시는 나를 보더니 미소를 지었다. 나는 빗시가 다가와 도와주길 바라며 인상을 찡그렸지만, 우우는 식탁에 태블릿을 올려두고 말했다.

"여기 애 말이야! 내 증손녀의 세례식이야! 믿을 수 있어?"

빗시는 다시 사진으로 고개를 돌리고 감탄하기 시작했다.

나는 한나의 나머지 치수를 재고 다시 허리로 돌아갔다. 질문을 하면서 대화에 집중하도록 하면 한나가 배에서 힘을 빼기를 바랐다. 아무것도 효과가 없었다. 결국은 수치를 짐작해서 적어야 했는데, 그건 별로 기분 좋은 일이 아니었다.

머리는 지끈거리고 손가락이 쓰렸다. 점점 더 심해질 것이 분명했다.

빗시의 집에 돌아온 나는 이미 만든 꼬리를 그 치수로 고칠 방법이 없다는 사실을 인정해야 했다. 천을 덧댈 생각도 해봤지만, 한나가 뱃살에 신경을 쓰니 꼬리를 다른 사람보다 더 높게 재단하는 게 나을 것 같았다. 갈비뼈 바로 아래까지 오게 만들면, 네오프렌이 복부 한가운데를 지나는 대신 복부 전체를 덮어줄 수 있을 것이었다. 마음 한구석에서는 "다 집어치워!"라고 외치고 원래 만든 꼬리를 대충 바꾸는 걸로 끝내자는 생각이 자리하고 있었지만, 한나가 기분 좋게 멋지게 보이는 의상을 입지 않으면 마치 내가 잘못한 것처럼 보일 것 같았다. 다른 세세한 것에 그토록 노력을 다한 만큼, 마지막에 와서 모든 것을 망치고 싶지 않았다. 그래서 나는 새로운 꼬리를 재봉하기 시작했다. 어울리는 지느러미를 만들 주황색 튈 천이 부족해서 다른 세 개의 꼬리를 만들고 남은 것을 섞어서 썼다. 그 천은 훨씬 더 능숙하게 쓸 수 있었고, 내게 익숙한 방식을 써서 조립했지만 그래도 꼬리를 연결해서 호텔에 있는 한나에게 피팅하러 가기까지 두 시간이나 걸렸다.

"흥미로운 색깔이군요."

한나는 불만을 감추려고 애쓰지 않았다.

"전체적으로 페인팅을 할 거예요. 주황색으로요."

한나는 실망한 표정이었다.

"영화 〈스플래시〉에 나오는 인어 꼬리처럼 말이에요!" 내가 말했다.

"뭔가 비전이 있겠죠." 한나가 말했다.

나는 돌아서서 심호흡을 하며 분노에 얼굴이 너무 달아오르지 않았기를 바랐다. 나는 루카와 할머니를 기쁘게 하기 위해, 술에 잔뜩 취한 우우가 의상을 입었을 때 잘 맞는 것을 보고 깜짝 놀라며 환호하는 연기도 해야 했다.

돌아오기 전, 할머니를 구석으로 데리고 가서 물었다.

"리허설 계획 있어요?"

할머니와 빗시는 동작을 다 암기했고, 싱크로나이즈 공연자들도 연습을 많이 했다. 원래 한나와 우우는 몇 시간 만에 쉽게 배울 동작만 하는 것이었지만, 그래도 자기가 맡은 부분의 동작은 배워야 했고 에어 호스로 공기를 들이마시고 숨 쉬는 법에 다시 익숙해져야 했다. 그러자 할머니는 시계를 봤다.

"여러분, 이제 가봐야 할 거 같아." 할머니가 모두에게 알렸다.

"술에 취해서는 수영할 수 없어요." 내가 말했다.

"오, 케이. 겨우 샴페인 몇 잔인걸."

"안전하지 않아요!" 나는 속삭이듯 소리쳤다.

"괜찮아. 거기까지 가면 술이 깰 거야."

"이런 상태로는 운전도 안 돼요!" 내가 말했다.

"거기까지는 호텔의 골프 카트를 타고 갈 거야." 할머니가 웃으면서 말했다.

"괜찮다니까."

하지만 염려는 내 혈관을 돌기 시작했고, 그러면서 점점 더 커져만 갔다.

43
벌써 사 개월

나머지 오후 시간은 꼬리 작업을 하며 보냈다. 페인트가 제 시간에 마르지 않아 스팽글을 달지 못한 탓에 꼬리가 완전히 엉망으로 보일까 봐 안달이 났다. 쇼의 팸플릿에 주석을 달아 이건 내 잘못이 아니라 한나의 잘못이라고 해명할 수도 없는 노릇이었으니까.

꼬리 재봉을 끝낸 뒤 빗시의 헤어드라이어를 훔쳐 나왔다. 페인팅을 하러 할머니 집으로 가는 길에 모의 집 현관문 비밀 번호를 안다는 사실이 기억나서 거기도 들러 여기저기 뒤졌다. 모의 욕실에 헤어드라이어는 없었지만, 안방으로 가니 할머니가 쓰던 오래된 베이지색 빈티지 드라이어가 있어서 그것도 챙겼다. 모가 신경 쓰지는 않을 것 같았다.

베이스 코트를 다 칠한 뒤, 나는 차고의 서까래에 꼬리와 할머니의 헤어드라이어를 매달았다. 그런 다음, 다른 두 개의 드라이어는 옛날 서부영화에 나오는 양손 총잡이처럼 쥐었다. 베이스 코트가 작업이 가능할 만큼 마르자, 꼬리를 매달 아놓은 상태에서 의자 위에 올라서서 짙은 주황색 마커로 비늘을 그렸다. 마커는 에어브러시만큼 효과가 좋지 않았지만, 페인트를 더 칠하는 위험을 더 감당할 수는 없었다. 비늘을 충분히 그린 뒤, 천장에 매단 상태에서 드문드문 스팽글을 붙이면서 전략적으로 장식을 이용하면 반짝임이 시선을 끌어 적은 수로 효과를 낼 수 있기를 바랐다.

그렇긴 했지만 스팽글 장식이 모자라서 예전에 바느질한 꼬리에서 뜯어내야 했을 때, 그 꼼꼼한 바느질을 뜯어서 공간을 메워야 했을 때는 눈물이 날 것 같았다. 잘못된 작업을 해체하는 데는 익숙했다. 의상 제작실에서는 늘 있는 일이었다. 나는 잘못된 것이면 내가 한 작품도 쉽게 치워버릴 수 있다는 데 자부심을 갖고 있었지만, 이번은 달랐다. 이디스의 의상을 다시 재봉해야 했을 때, 그건 내 작업물이 아니었다. 그리고 배우들이 무대에서 익사할까 염려하지도 않았다.

낯익은 녹슨 노란색 셰비 트럭이 할머니의 집 앞으로 들어오면서 차고에 디젤 연기를 뿜어댔다. 루카의 친구 대니였다. 그 순간 나는 쓰레기통 뒤로 숨고 싶었다. 아무하고도 말하고 싶지 않았다.

"안녕하세요." 대니가 내리면서 말했다.

"케이티, 맞죠?"

바크가 문 뒤에서 낑낑거리더니 몸으로 문을 밀며 쿵하는 소리를 냈다.

"네." 내가 말했다.

"멋진 꼬리네요."

그가 말했고, 나는 얼굴이 뜨거워졌다. 그가 내 엉덩이가 아닌, 내 앞 서까래에 걸려있는 진짜 꼬리를 보고 하는 말임을 알고 있었지만, 나는 칭찬 받는 게 어색했다. 그가 보고 있는 게 잘 만들어진 꼬리이길 바랐다.

"고마워요." 나는 발랄하게 대답하려고 애썼다.

"루카 있어요?"

"촬영 중이에요."

나는 주황색 연필로 신문지 조각에 수영장으로 가는 약도를 대충 그려줬다.

"고마워요! 저기요." 그가 말했다.

"루카가 어떤 남자 집에서 지내도 된다고 했는데. 모라고 하던가? 정말 괜찮을까요? 호텔에 방을 잡아도 되지만……."

"괜찮을 거예요."

루카가 모종의 음모를 꾸미고 있다면, 나도 진심으로 응원하고 싶었다.

"'그녀'라면 당신이 머무는 걸 반길 거예요."

"아!"

대니는 미소를 지었다.

"알려줘서 고마워요."

대니가 가고 나서 나는 다시 스팽글 붙이는 작업을 시작했다. 잠시 쉬고 났더니 작업은 더욱 힘겹게 느껴졌다. 팔을 들고 바느질하느라 어깨가 아팠다. 뭉친 목의 근육이 도통 풀리지 않았다. 할머니 창고에서 위스키를 한 잔 가져와 마시고, 또 한 잔 더 마시며 긴장이 풀리기를 바랐지만, 두통만 심해질 뿐이었다.

다행히 한나의 가슴둘레는 꼬리처럼 치수의 차이가 크지 않아서, 상의는 양쪽에 천을 덧대고 가슴선에는 주름 장식을 더하면 충분히 사용할 수 있었다.

작업을 마치고 나자 온몸이 쑤시고 지치고 눈물이 날 것 같았으며, 약간 취하기까지 했다. 그러나 뜨거운 샤워를 하거나 텔레비전 앞에 앉는 대신, 나는 다시 페이스북에서 니키의 계정을 찾았다. 피로에 상처를 더하면 모든 게 지워질 거라는 듯이. 아니면 더 슬퍼지고 싶었던 것일지도 모르겠다.

여덟 시간 전, 니키는 에릭이 초음파 사진을 들고 있는 사진을 올렸다. 에릭은 검은 사진 가운데에 있는 아기를 가리키

며 눈물을 글썽거리고 있었다. 사진에는 벌써 사 개월! 이라는
글이 달려있었다.

"케이."

빗시가 현관에서 불렀다.

"케이? 괜찮니? 우리 집 문을 열어두고 왔더구나."

빗시가 복도를 걸어오는 소리가 들렸다.

"나야 늘 그러지만, 너답지 않아서."

"젠장." 내가 말했다.

"미안해요. 저, 한나의…… 한나의 의상은 차고에 있어요."

나는 빗시가 그걸 가지고 가길 바랐다. 내 목소리에는 힘이
하나도 없었다.

"괜찮아?"

빗시의 목소리가 들리는가 싶더니, 그녀는 어느 새 내 방
앞에 와있었다. 나는 아직 울지 않았다. 아무것도 하지 않았
다. 하지만 분명 충격 받은 표정을 짓고 있었을 것이다.

"무슨 일이니?" 빗시가 물었다.

나는 아무 말도 하지 않고 화면을 가리켰다.

"저런, 애야."

빗시는 나를 품에 끌어안았다.

"이런 일에 이렇게 속상해하고 싶지 않아요."

나는 눈물을 억지로 참느라 숨이 막힐 것 같았다.

"속상해해도 괜찮아."

빗시는 나를 더욱 꼭 끌어안았다.

"그래도 안 죽는다. 내가 곁에 있어준다고 약속할게."

나는 빗시의 겨드랑이에 머리를 파묻고 흐느꼈다. 빗시는 내내 나를 안아줬다.

"정말 죄송해요."

결국 숨이 차서 고개를 들어보니, 빗시의 셔츠에 젖은 자국이 남아있었다.

"장난하니? 미안하다는 소린 하지도 마. 그래, 따지자면 넌 나넷의 손녀지만, 내 아이이기도 해. 젠장, 내가 오길 잘했네."

"기분이 정말 더러워요."

"더러운 꼴을 보면 기분이 더러워져도 괜찮아."

빗시는 땀범벅이 된 내 얼굴에서 머리카락을 쓸어 넘겨줬다. 그때 현관문이 열렸다.

"우리 여기 있어, 나넷." 빗시가 말했다.

할머니는 달려오더니 내 얼굴과 빗시의 얼룩진 셔츠를 보고 굳어버렸다.

"루카는 어디 있어요?"

이 장면이 카메라에 찍힐까 봐 겁이 나서 내가 물었다.

"한나랑 있어." 할머니가 말했다.

"무슨 일이니?"

"니키가 애를 가졌대." 빗시가 말했다.

"아, 그…… 재수 없는 놈!"

할머니가 말했다. 그들이 양쪽에서 나를 어찌나 세게 끌어 안는지, 나는 마치 찌그러지는 듯한 느낌이었다.

"그 놈 불알을 잘라버리고 싶다."

"넌 오른쪽을 맡아. 내가 왼쪽을 자를게."

빗시가 말했다. 두 사람이 똑같은 인어 티셔츠를 입고 손에는 낫을 들고 예전 집을 찾아가는 광경이 떠올랐다. 기분이 나아지진 않았지만, 그런 생각을 하니 진정하고 정신을 차릴 수는 있었다.

44

내가 사는 현실

수영장에서 최후의 순간, 응급사태가 일어날 경우에 대비해서 나는 재봉 도구를 챙겨야만 했다. 빗시 집에 들러 그걸 가지고 다시 집으로 돌아왔다. 루카의 트럭이 주차돼있었지만 집은 조용했다. 그가 대니와 함께 모의 집에 간 건 아닐까 싶었다. 할머니들은 하나의 스위트룸에서 룸서비스를 시키고 밤을 보내기로 했다.

바크가 꼬리를 흔들며 타일 위를 걸어왔다. 나는 허리를 숙이고 바크의 얼굴에 얼굴을 댔다.

"사랑해, 친구야."

바크는 내 턱을 핥았다. 바크에게 사료를 좀 주고 함께 부엌 바닥에 앉아서 채식 셰퍼드 파이를 데우지도 않고 퍼먹었

다. 바크는 자꾸 내 포크에서 매시트포테이토를 핥아먹으려
고 했다. 내가 이를 닦으러 욕실로 가자 바크는 거기까지 나
를 따라와서 내가 이를 닦는 동안 욕실 매트에 엎드려있었다.
하지만 내가 방으로 향하자 바크는 루카의 방문을 열려고 복
도 끝으로 달려갔다.

"바크!"

나는 조용히 외쳤다. 내 목소리를 듣고 바크가 속도를 줄인
덕분에 겨우 목줄을 잡을 수 있었다. 어둠속에서 잠든 루카의
깊고 규칙적인 숨소리가 들려왔다. 그의 발이 소파 침대 밖으
로 나와 있었다.

루카는 엎드려서 자고 있었는데, 그건 분명히 숨쉬기 어려
운 자세였다. 호흡이 편하도록 그를 뒤집어 눕히고 싶었다.
다른 사람들은 매사에 일어날 수 있는 재난을 생각하지 않는
데 나는 항상 그런다는 사실이 진절머리 났다.

나는 바크를 내 방으로 데리고 온 다음, 결정을 바꿀 일은
없다는 듯 문을 굳게 닫았다.

침대에 누웠지만 잠이 들지 않았다. 바크는 코를 고는데,
나는 거기 누워 어둠속에서 잘 보이지도 않는 방 천장을 응시
하고 있었다. 그러다 갑자기 우르릉거리는 소리가 들렸다. 번
쩍임도 보였다. 작지만 확실했다. 배 속의 메슥거림은 작게
시작됐지만, 천둥이 칠 때마다 점점 퍼져갔다.

나는 침대에서 살그머니 나왔다. 바크는 조금 움직였지만 깨지는 않았다.

우르릉거리는 소리가 점점 더 커지고 번개는 더 가까워졌다. 나는 루카가 안아주기를 바랐다. 살그머니 복도를 걸어가 그의 문 앞에 서서 그가 알아차리기를 기다렸다. 그동안 그는 너무 바빴고 나도 너무 바빴다. 문득 우리가 함께한 시간이 얼마나 적었나를 생각하니 견딜 수가 없었다. 우리는 쇼를 마친 다음에 어떻게 할지 의논도 하지 못했다. 그가 여기서 얼마나 더 지낼지, 다음에는 어디로 갈지 나는 알지 못했다. 나는 너무 가까워지는 것이 두려웠는데, 이제는 그가 떠나기도 전에 벌써 허전함을 느끼고 있었다.

나는 침대로 올라가 그의 팔 밑으로 기어들어갔다. 그는 반사적으로 내 몸에 몸을 맞춰줬다. 눈꺼풀이 무거워질 때까지 그의 숨소리를 듣다가 잠들었다. 폭풍우는 상관없었다. 루카의 숨소리에 집중하면 천둥소리는 무시할 수 있었다.

몇 시간 뒤, 깜짝 놀라 깨어난 나는 내가 어디에 있는지 바로 알아차리지 못했다. 루카도 눈을 떴다.

"오." 루카가 말했다.

"이런 꿈은 꾼 적이 없는데."

그러고는 그는 나를 끌어당기더니 목덜미에 키스했다. 나는 돌아서 그를 마주하고 그의 턱과 뺨, 입에 키스했다. 그도 키스했다. 그의 몸이 내게 닿는 것이 느껴졌다. 그의 몸은 전보다 더 단단했고, 내 몸은 부드러웠다. 그는 나를 세게 끌어안고 내 골반을 쓰다듬었다. 그리고 내 귓전에 속삭였다.

"아름다워."

나는 그의 어깨를 깨물고 다리로 그의 다리를 감쌌다. 우리 사이를 갈라놓는 것은 없었다. 존재하는 것은 우리의 움직임과 살갗, 땀뿐이었다. 모든 것이 다 자연스러웠다.

* * *

루카와 내가 처음 잔 다음날 밤, 우리는 친구들과 함께 채석장에서 술을 마셨다. 나는 조심해야 했다. 술 두 잔이면 이런저런 것을 잊을 수 있었다. 느슨해질 수 있었다. 그러나 세 잔을 마시면 내 귓속에서 심장이 뛰는 소리를 들으며 빛을 기다리는, 가장 어두운 시간을 보내야 했다. 나는 내 한계를 알고 주의하며 조심했지만, 다른 사람들은 전부 제멋대로였다.

우리가 물가에 피운 모닥불은 그리 활활 타오르지는 않았다. 우리는 나뭇가지와 젖은 잎을 계속 밀어 넣었다. 불꽃은 자꾸만 죽어갔고 연기만 엄청나게 피어올랐다. 나는 아직도 곰팡이 핀 나뭇잎이 탈 때 나는 매캐한 냄새를 싫어한다.

따뜻한 날씨는 아니었다. 하지만 상대적으로 따뜻한 편이었다. 뉴욕주 서부에서는 매섭게 춥지 않은 날씨면 다들 만족했다. 일주일 동안 미적지근한 기온이 계속됐고 겨울이 한동안 이어질 예정이었다. 기온이 십오 도를 넘지 않았지만, 사람들은 반바지에 플립플롭을 신고 돌아다녔다. 발효사과주 마흔 병에 깜빡이는 불꽃, 서로 맞닿은 웅크린 몸이면 누구나 실제보다 따뜻하다고 여길 수 있었다. 실제로 따뜻한 날씨에는 모두가 벌거벗고 채석장에서 헤엄을 쳤으므로, 나체 수영이라는 아이디어는 이미 집단 무의식 속에 자리 잡고 있었던 셈이다.

물가에 서있던 사람들이 연못으로 뛰어들었다. 여자들은 대부분 옷을 벗으면서 소리를 질렀는데, 차가운 물이 겨드랑이까지 차오르면 아예 비명을 질러댔다.

나는 옷을 입고 있었다. 물에 들어가지 않았다. 난 채석장이 싫었다. 거기 있는 연못의 크기에 비해 깊은 수심이 무서웠다. 모두가 수영 금지라고 적힌 안내문을 무시하는 것이 싫었다. 규칙이 있었지만 사람들은 그걸 어겼다. 규칙을 어기는 것이 젊음의 핵심이라는 걸 나도 머리로는 알고 있었지만, 내가 사는 현실은 그게 아니었다.

나는 나무에 기댄 채 쪼그리고 앉아서 내 검은색 오리털 파카 속으로 파묻혀 사라져버리려고 애썼다. 극장 기술자 아냐가 물가에 서서 나를 불렀다.

"같이 갈래?"

"아니." 나는 고개를 저었다.

"한 번 사는 인생이잖아!" 그녀가 외쳤다.

"생리통 때문에." 나는 배에 손을 얹으며 대답했다.

아냐가 내 말을 들었는지는 알 수 없었다. 그녀는 비명을 지르며 물속으로 뛰어들었다.

나는 그녀의 비명소리와 텀벙거리는 소리와 물속에 들어가 달빛을 반사하는 사람들에게 너무 집중한 나머지, 반대편 높다란 바위 가장자리로 다가가는 남자들을 미처 보지 못했다.

처음에는 두 사람이 미친 듯이 소리를 지르며 점프했다. 풍덩하고 물이 튀었다.

그 다음 남자 하나가 떨어졌다. 혹은 점프하다가 미끄러졌다. 그는 철썩하는 소리를 내며 수면에 떨어졌는데, 그 소리를 듣기만 해도 아파왔다. 동정심에 내 위가 쓰라렸다.

바위 위의 남자 하나가 외쳤다.

"젠장! 젠장! 어디로 간 거야?"

또 하나가 외쳤다.

"루카!"

그리고 아무것도 보이지 않았다. 물가의 여자들이 숙덕거리는 소리가 났다.

"세상에!"

"어떡해?"

나는 곧바로 물속으로 뛰어들었다. 파카도 벗지 않았다. 물먹은 오리털 때문에 몸이 무거웠고, 차가운 물속에서 팔다리는 뻣뻣해졌다. 팔을 한 번 젓는 것만으로도 엄청나게 힘들었다. 달빛은 모든 것을 푸르스름한 회색으로 보이게 했다. 나는 간신히 그의 형태만 볼 수 있었다. 사람들의 목소리를 좇아 몸뚱이를 더듬었다.

"어이!"

그의 팔에 닿았을 때 어떤 남자가 외쳤다.

"이봐!"

다른 사람들은 루카를 찾고 있지 않은 듯 보였다. 술에 취해 멍해졌을 때처럼 시간은 실제보다 느리게 흘러갔고, 결정을 내리고 중요한 일을 하는 데는 시간이 아주 오래 걸리는 상태에서, 모두 다 당황하고 있었다.

마침내 다리 한 쪽을 잡았다. 헉헉거리는 숨소리만 들렸다. 달빛 아래 루카의 코와 턱이 수면 위로 나와있는 것이 보였다. 그는 수면에 떠있었다. 아직 살아있었다. 그의 겨드랑이에 내 팔을 끼고 물가로 헤엄쳐 나오면서 외치기 시작했다.

"도와줘요! 도와줘!"

하지만 아무도 도와주지 않았다.

나는 루카를 물가로 내보내는 것뿐만 아니라 땅까지 밀고

나가야만 했다. 하지만 내가 감당해야 했던 건 그의 체중만이
아니었다.

루카는 무사했다. 수면에 배로 떨어진 바람에 놀란 것뿐이
었다. 잠시 정신을 잃었던 것이다. 그는 기침을 하더니 일어
나 앉아 심각한 표정을 하고 있는 나를 놀려댔다. 루카는 그
일을 가리켜 내 "영웅적인 구조"라고 불렀다. 그는 여전히 취
해있었다. 다른 남자들은 루카가 여자처럼 구조됐다고 놀렸
고, 루카의 웃음소리가 약한 걸 보니 그가 부끄러워하는 것
을 알 수 있었다. 나는 나중에, 술이 깨면 그가 고마워할 것이
고, 자신의 어리석음을 깨닫고 규칙을 지키는 사람이 될 거라
고 내 자신을 설득해봤다. 하지만 여전히 그가 몹시, 맹렬하
게 미웠다. 파란 입술과 창백한 살갗이 생각났으니까. 귓전에
심장 뛰는 소리가 하도 요란하게 쿵쿵거려서 실제로 일어나
고 있는 모든 일을 생각할 수도, 들을 수도, 느낄 수도 없었으
니까.

물가의 사람들은 웃으며 떠들고 있었고 내가 외투를 입고
물속에 뛰어든 것이 우습다고 생각했다. 아무 탈도 없었다.
모두가 무사했다. 그들은 사람이 어떻게 익사하는지 몰랐다.
내가 없었다면 루카는 충격에서 깨어나지 못했을지도 모른
다. 그가 숨을 쉬는 순간 코로 물이 들어갈 수도 있었다. 그가
물가에 닿기 전에 힘이 빠졌을 수도 있었다. 내가 구한 뒤 루

카가 무사했다고 해서, 그들은 그가 계속 무사했을 것이며 내 도움이 무의미하고 터무니없는 것이라고 믿었다. 그래서 그들도 다 미웠다.

그들의 멍청한 말장난이 멀리서도 들리는 것 같았다.

"엿 먹어."

나는 어둠에 대고 말했다. 루카에게 말했다. 그들 모두에게 말했다. 누가 내 말을 들었는지는 알 수 없었다.

다른 사람들은 모두 모닥불에 데워진 옷을 입고 있었지만, 물가에서도 나는 물에 빠진 것과 다를 바 없는 상태였다. 푹 젖은 외투의 무게에 짓눌려 숨쉬기도 어려웠지만, 손가락이 얼어서 지퍼를 내릴 수 없었다. 내게서 겨울의 썩은 낙엽과 물비린내가 났다.

도움을 청하는 대신, 나는 걷기 시작했다. 사람들이 떠드는 소리로부터 벗어나기 위해. 루카와 깊은 연못에서 벗어나기 위해. 내가 가는 걸 눈치챈 사람이 있기는 한 건지, 내가 없어진 걸 알아차린 사람이 있기는 한 건지, 그저 계속 불가에 앉아 술을 마시고 있는 건지도 알 수 없었다. 그들이 도로 물속으로 들어가 화강암 바닥으로 가라앉는다 해도 이제 상관없었다. 나는 물을 머금고 무거워진 옷을 입고서 차갑게 식어 감각이 사라진 살갗을 마치 내 것이 아닌 듯 느끼며 숲을 가로지르고 도로변을 지나 전조등 불빛에 놀라면서 이 마일

을 걸었다. 내 심장박동에 쩔쩔매고 있었지만 그게 정상인지
아닌지도 알 수 없었다. 너무 빠른 것 같기도 하고 너무 느린
것 같기도 했다. 내 심장도 아빠처럼 약한 걸까? 나도 조심해
야 했을까? 내가 그런 것에 신경을 쓰기나 하는 건지도 확신
할 수 없었다. 그리고 작고 습한 내 원룸에 돌아왔을 때, 나는
마치 눈이 녹아 물이 불어난 식스 마일 크릭알래스카 최고의 급류 코스
이 협곡으로 돌진하는 소리로 가득 찬 뒷마당에 있는 기분이
었다. 외투라곤 그것 하나뿐이었지만, 벗을 수가 없어서 옷을
잘라냈다. 청바지에서 부어오른 다리도 빼냈다. 욕실에 들어
가서 내 살갗을, 내 손가락을, 발가락을 살펴봤다. 하지만 머
릿속에 떠오르는 것은 아빠의 파랗게 질린 입술과 내 몸이 아
빠의 가슴에 부딪치며 내던 소리뿐이었다. 돌아오지 않았던
숨소리. 차갑고 단단한 부재.

뜨거운 물이 다 떨어질 때까지 욕실 바닥에 주저앉아 있었
지만, 눈물조차 나오지 않았다. 나는 거기 앉아서 목까지 차
오르는 고통에, 가슴을 찢는 고통과 정말로 외롭다는, 항상
정말로 외로웠다는 끔찍한 느낌에 숨이 막히지 않으려고 애
썼다. 세상은 규칙에서 위안을 받는 사람들로 이루어지지 않
았기 때문에. 대학에는 폭풍우 속에서 아빠가 독 위에서 죽는
걸 본 애들이 가득하지 않았기 때문에. 그 누구도 나를 이해
하지 못할 것이기 때문에.

루카와 나의 대화는 그날 밤이 마지막이 됐다. 루카는 내게 말을 걸었다. 사과하려고 했다. 수업이 끝나고 나를 따라왔다. 음성메시지를 남겼다. 하지만 나는 대꾸하지 않았다. 나는 이미 그를 잃었다고 생각했다. 그 고통이 다시 일어나는 것을 막는 방법은 루카를 멀리하는 것뿐이었다.

그 후로는 거의 아무와도 말하지 않았다. 필요한 것 이상의 잡담은 하지 않았다. 수업 때, 의상 작업실에서, 먹을 것을 구할 때. 꼭 필요한 대화도 짧게 했다. 할머니가 전화를 하면 주로 듣기만 하면서 할머니가 내 안부를 많이 묻지 않기를 바랐다.

그러다가 이전 학기 '미디어의 이해' 수업의 조교였던 에릭이 내가 스낵바에서 혼자 식사 중인 것을 발견하고 같이 앉아도 되겠느냐고 물었다.

"지난 수업이 끝났을 때 데이트를 청하고 싶었는데, 용기를 내지 못했어요."

에릭은 정말이지 상냥한 미소를 지으며 말했다. 그에게는 배려심 같은 것이 하나도 없다는 것을 알고 있었지만 그 말을 믿기로 했다. 그는 당위를 기꺼이 따르며 규칙을 철저히 지키는 사람이었다. 그는 굉장히 안전한 느낌을 줬다. 그와 함께라면 내가 아픔이나 두려움을 느낄 일이 없을 것 같았다. 우리는 수면 위에서 안전하게 지낼 수 있을 터였다.

어느 날 밤, 에릭과 나는 식사를 마치고 사이먼의 레스토랑에서 나오고 있었다. 에릭이 내 손을 잡았는데 그의 손가락이 너무 따뜻해서 그 열기가 내 온몸으로 전해지는 것 같았다. 그런데 그때 루카가 버스에서 내렸고 우리를 봤다. 나는 에릭에게 몸을 꼭 붙이고 루카를 못 본 척, 그가 존재하지도 않는 척했다. 나는 오리털이 빠져나오는 것을 못 본 척하며 오리털 점퍼를 비닐봉지에 쑤셔 넣었을 때처럼, 그 모든 고통을 꾹꾹 눌렀다.

우리가 오랫동안 매우 친밀했던 것을 생각하면, 나는 루카에게 대답을 하고 내가 왜 상처를 입고, 슬프고, 망가졌고, 지쳤는지 설명해야 했다는 것을 알고 있었다. 하지만 그럴 수 없었다. 그를 사랑했지만 바로 다음날 나는 그가 적처럼 느껴졌다. 어쩌면 그는 섹스 때문에 우리가 멀어졌다고 생각했을 것이다. 어쩌면 그랬을지도 모른다.

4학년 학생들이 전부 극장 건물 앞 분수대에 뛰어드는 파운틴 데이학기가 끝나기 삼 주 전, 대학교 한가운데의 분수가 가동되며 파티가 시작되는 날에, 나는 밖에 나가지 않았다. 물이라면 지긋지긋했다. 루카를 구한 것이 내가 마지막으로 물에 뛰어든 날이었다.

에릭과의 섹스는 항상 섹스일 뿐이었다. 어떤 것도 그 이상이 아니었다. 하나가 되는 기분도 없이 몸의 일부가 제각각 닿았고, 그 부분에서 전해지는 느낌일 뿐이었다. 가끔 좋기도 했다. 가끔은 그저 마찰일 뿐이었다. 임신을 하려고 노력하기 시작한 다음부터는 의무가 됐고, 그 다음부터는 고통스러운 확인이었다.

루카와의 섹스는 환희, 환희, 환희였다. 겁에 질려 깨어날 때까지는.

루카는 아직도 곤히 잠들어있었다. 바크는 우리 사이에 끼어들어서 젖은 코를 내 턱 아래 파묻고 있었다. 나는 그들에게서 빠져나오려고 천천히, 조심스레 움직였다. 바크가 일어나 내가 가는 걸 쳐다봤지만, 몸을 뻗어 내가 남긴 자리를 차지하고는 루카와 함께 있었다.

내 방으로 돌아와 문을 닫고 그 앞에 앉아있으니 긴장한 심장이 더 빠르게 쿵쿵거렸다. 곰팡이 핀 나뭇잎이 타는 냄새. 번개가 치기 직전의 공기 느낌. 차갑게 식은 피부. 내 새파란 수영복. 물이 짓누르는 무게.

나는 바닥에 누워 금속 환기구에 뺨을 댔다. '이게 현실이야.' 나는 차가운 금속과 껄끄러운 러그에 집중하려고 애썼다. 이런 식의 감정을 원하지는 않았다. 루카를 이런 식으로 취급하고 싶지 않았다. 당혹감을 떨치고 싶었다. 그러나 결코 떨치지 못할까 봐 두려웠다. 에어컨이 흔들리는 소리. 벽에 칠한 페인트의 달걀 껍질 같은 감촉. 문 밑의 틈. 내 서랍장의 낡은 나무 다리. 이게 현실이야.

그러다 그게 보였다. 아빠의 시계가, 저 안쪽 서랍장 다리 뒤 먼지 뭉치에 감추어져있었다. 할머니와 살기 시작한 지 몇 주가 지났을 때 잃어버린 것이었다.

나는 일어나 자를 들고 그것을 끄집어냈다. 검정색에 금색 숫자가 적힌, 라케타Raketa라는 브랜드의 시계였다. 뒷면에 작게 러시아어가 적혀있었다. 아빠는 바실리 칸딘스키Wassily Kandinsky의 권위 있는 비평가로 평가받았다. 그 시계는 아빠가 칸딘스키의 젊은 시절을 연구하기 위해 모스크바에 갔을 때 산 것이었다. 미국 미술사 학계에는 구소련 해체 이전까지 그 자료에 접한 사람이 아무도 없었기 때문에 아빠는 다른 미술사학자가 보지 못한 것들을 밝힐 기회를 얻었다. 그래서 그 시계를 참 자랑스러워했다.

가죽은 갈라졌고 밴드 안쪽에는 녹색으로 곰팡이가 슬어있었다. 그건 복구할 수 있었다. 나는 의상 작업실에서 그보다 더 심한 것도 살려낸 적 있었다.

밴드를 내 손목에 둘러봤다. 오래 사용해서 낡은 구멍은 내게 맞는 구멍보다 두 칸 더 컸다. 나는 아빠의 시계를 잃어버리고 몇 주 동안 밤마다 울었다. 그때 할머니와 나는 온 집을 샅샅이 뒤졌다. 내가 이런 징후를 믿는 사람이라고는 생각하지 않았지만, 어쩌면 아빠가 내게 용기를 내라고 말하는 것일지도 모른다고 생각하자 기분이 나아졌다.

45

할머니와 콘돔

루카와 바크가 복도를 걷는 소리가 들렸다. 그들의 발이 부엌 바닥에 닿는 것을 확인한 후 쇼 준비가 끝나기 전에 샤워를 하기 위해 욕실에 몰래 들어갔다.

밖으로 나와 옷을 입고 나니, 루카는 식탁 위에 음향 장비를 줄지어 올려두었고, 그 옆에는 각 언어의 이름을 적은 포스트잇을 붙여놓았다. 나는 내게 등을 돌리고 있는 루카의 모습을 복도에서 바라봤다. 그의 조심스런 움직임이 좋았다.

"젠장."

루카는 나직이 중얼거리더니 배낭에 손을 뻗었다. 안을 뒤적거렸지만 꺼낸 것은 아무것도 없었다.

"안녕. 뭐 필요한 거 있어?"

나는 모든 게 괜찮은 척 행동하면 실제로도 그렇게 되기를 바라며 그에게 인사했다. 루카는 나를 향해 미소를 지었다.

"안녕."

루카가 이렇게 말하고 아마도 키스를 하려는 듯 일어났지만, 할머니가 현관으로 들어오는 소리가 나서 나는 아주 조금 몸을 틀었다.

"콘돔을 다 썼어."

루카가 당연한 일이라는 듯 말했다. 그러고는 자기가 무슨 말을 했는지 깨닫고, 얼굴을 붉혔다. 의상 작업실에서 일한 경험 덕분에 나는 콘돔이 마이크 박스에 땀이 묻지 않도록 보호하는 역할을 한다는 걸 알고 있었다. 거기서는 너무 흔히 사용하는 것이어서 그게 이상하다는 걸 쉽게 잊곤 했다.

"가게에 가서 사다 줄 수 있어."

비록 은퇴한 노인들이 잔뜩 일하는 곳에서 콘돔을 사는 것이 반갑지는 않았지만, 나는 그의 붉어진 얼굴을 예의 바르게 못 본 체 하면서 이렇게 말했다.

"누가 가게에 간다고?" 할머니가 우리에게 다가오며 말했다.

"아니에요, 할머니." 내가 외쳤다.

"괜찮아요."

"뭐 필요한 거 있니, 루카?" 할머니가 물었다.

"고마워요, 나넷." 루카가 말했다.

"괜찮은 거 같아요."

"열 시까지 돌아올게." 내가 말했다. 루카는 고개를 끄덕였다.

"뭐가 필요한데? 무슨 일이야?"

할머니는 어떤 것도 그냥 지나치지 못했다. 늘 다 알아야만 했다.

"그냥…… 마이크 박스를 보호할 커버가 필요해서요. 몇 개가 더 필요한데, 케이티가 가게에 가주기로 했어요."

"그런 걸 어디서 구하니?" 할머니가 물었다.

"제가 알아서 할게요, 할머니." 내가 말했다.

"괜찮아요."

할머니는 장비를 살피더니 콘돔 상자를 집어 들었다.

"이걸 쓰는 거니?" 할머니가 물었다. 루카가 고개를 끄덕였다.

"오, 콘돔은 나한테도 있지."

할머니는 상자를 식탁 위에 도로 놓으면서 말했다.

"여기 다 성인 아니니? 괜한 짓 하지 말자."

할머니가 부엌에서 나갔다. 루카와 나는 말없이 서있었다.

"나 너 못 보겠어." 루카가 말했다. 그 말투에 웃음이 섞여 있었다.

"그거 감사한데."

할머니는 내가 본 것 중 가장 큰 콘돔 상자를 들고 돌아왔다.

"여기 있다. 원하는 만큼 가지렴. 가게에 갈 필요 없어."

"감사합니다."

루카는 아주 단조로운 어조로 말했다.

"고마워요, 할머니."

나는 예의 바르고 성숙하게 행동하려고 애썼다. 할머니는 아이작과의 관계를 내가 받아들일지 염려하고 있었고, 나는 할머니가 부끄러움을 느끼지 않도록 하고 싶은 마음이 간절했다.

"아."

루카가 나직이 내뱉더니 나를 돌아봤다.

"이건 아닌데."

나는 고개를 끄덕였다.

"돌기가 있어서 그러니?" 할머니가 물었다.

"제가 잠깐 나갔다 올게요, 할머니." 나는 조금 큰 소리로 말했다.

"괜찮아요. 상관없어요."

할머니는 자기 콘돔이 불량 판정을 받기라도 한 것처럼 상처 입은 표정을 지었다. 루카는 숨을 깊이 들이쉬었다.

"윤활제가……."

"어머나!" 할머니가 말했다.

"그렇지! 그건 생각도 못했구나. 땀을 막아주는 데 무슨 소용이 있겠니, 그게⋯⋯."

"안녀어어엉!"

빗시가 현관에서 외쳤다. 빗시는 우리가 있는 주방으로 왔다.

"루카가 마이크 박스를 보호하는 데 콘돔을 쓴대." 할머니가 진지하게 말했다.

"그런데 내 건 윤활제 때문에 못 쓴대."

"음, 날마다 새로운 걸 배우고 있구면."

빗시가 미소를 지으면서 말했다. 빗시는 어색한 분위기를 이해하고 즐거워했다.

"제가 가게에 다녀올게요." 내가 말했다.

"같이 가자." 빗시가 말했다.

"안녀어어엉!" 루스가 외쳤다.

"좋아요, 지금 가요."

빗시와 실랑이를 하는 대신, 나는 그렇게 말했다. 루스와 그 대화를 다시 할 수는 없었다. 나는 루카에게 '미안해'라고 소리 없이 입 모양으로 말하고 나갔다. 루카는 미소를 지었다. 그 미소에는 어색함 이외의 감정이 담겨있었다. 밝은 감정이. 이해한다는 감정이. 그는 우리의 지난밤에 어떤 의미가 있기를 바라고 있었다. 우리는 앞으로 나아갈 참이었다. 그리고 나도 그러기를 바랐다. 그러고 싶었다. 그러나 방법을 알 수가 없었다.

"흠, 나넷이 안전한 섹스를 하다니 다행이네."

우리가 차에 타자마자 빗시가 말했다. 나는 고개를 끄덕였다. 빗시가 웃었다.

"할머니가 행복하다니 저도 좋아요. 그리고 저는 전적으로…… 어쨌든요. 그리고 저도 아이작을 좋아해요……."

"그런데 너무 자세한 사정은 알고 싶지 않지."

"네!"

"나넷이 이제야 뭘 좀 알았나보다."

빗시가 악마 같은 미소를 지으면서 말했다. 나는 오른쪽 귀를 손으로 가리고 노래를 부르기 시작했다.

"반짝 반짝 작은 별."

빗시는 웃으며 내 손목을 잡았다.

"약속해! 이제 그만할게!"

"빗시의 할머니도 언젠가는 섹스를 하셨을 거예요."

"응. 하지만 즐기지는 못하셨을 거야. 우리 할아버지는 나쁜 사람이었거든."

"저런, 그게 더 나쁘네요."

"정말 이상하지. 놀랍지 않니? 인간이 하는 일에 우리가 이렇게 부끄러워하다니."

빗시는 내 어깨를 두드려주고는 말을 이었다.

"그래서 말인데, 루카에게 사랑한다고 언제 말할 거니?"

나는 빗시가 미친 소리를 한다는 듯 억지로 웃어보였다.

"네? 그런 생각은 어떻게 하신 거예요?"

"너희들을 보고 있으면 가슴이 아프다. 그렇게 애절한 눈빛은 본 적이 없어."

"무슨 말씀인지 모르겠네요."

나는 가볍게 농담처럼 말하려고 최선을 다했다. 그러고는 그 대화에서 벗어나려고 차를 최대한 빨리 세웠다.

약국에서 빗시는 직원에게 큰 소리로 물었다.

"콘돔 어디 있어요?"

그리고 계산원의 불편한 표정을 보고 즐거워하며 돈을 냈다. 계산원이 "좋은 하루 보내세요!"라고 말하자 빗시는 봉투를 들어보이며 "아, 그럴 계획이고말고!"라고 말했다.

하지만 차로 돌아오자마자, 빗시는 내게 다시 루카 얘기를 꺼냈다.

"그런 사랑은 좀 무섭지 않니?"

우리 대화가 끊어진 적 없다는 듯, 빗시가 말했다.

"세상이 갈라져 내게 다른 층을 보여주는 것 같은 느낌말이야."

"네. 맞아요."

나는 열쇠를 찾느라 시동을 걸지 못했다.

"전에는 제가 루카에게 연락을 끊었어요."

"나도 그랬을 거야." 빗시가 말했다.

"열아홉에 버니를 만났다면 말이야. 그런 사랑을 할 준비가 돼있지 않았어. 하지만 네게는 두 번째 기회가 왔잖니."

"아직도 감당하기 어려워요."

빗시는 한숨을 쉬었다.

"넌 용감한 아이잖니. 에어캡을 세 겹쯤 감아서 네 자신을 보호해야 하는 척하면서 회피하는 거니? 그럴 거 없다. 감당할 수 있어."

아이 엄마 한 명이 아이를 데리고 가게를 나서는 것이 보였다. 아이가 보도 가장자리에 닿자, 신이 나서 양팔을 들어 올리며 뛰어내렸다. 그러자 아이 엄마도 양팔을 하늘로 쳐들고 둘이 함께 환호했다.

빗시는 대시보드를 두드렸다.

"와, 여기 덥다. 어서 걔한테 콘돔을 갖다 주자꾸나."

"그건 빗시에게 맡길게요." 나는 시동을 걸면서 말했다.

집으로 가는 길에 빗시는 봉지에서 상자를 꺼내더니 뒷면을 읽었다.

"우리 시절엔, 여자가 이걸 사면……."

빗시는 고개를 저으면서 씩 웃었다.

"뜻밖의 일로 여겨졌지."

"지금도 그럴 걸요." 내가 말했다.

"허어."

빗시는 놀란 표정으로 나를 봤다. 그러더니 고개를 끄덕였다.

"뭐, 난 인어니까."

그때 빗시의 전화기가 울렸다.

"오오! 나넷이 수영장으로 가야 한단다. 거기 모두 모였대."

"의상을 가져가야 해요."

"자기들이 가지고 갔대."

모든 것은 시작되었고, 잠시도 정신을 차릴 겨를이 없었다. 그 순간 어떤 마음을 가져야 할지 나는 알 수 없었다. 어지럼증이 나를 찾았다.

46
괜찮지 않아

나는 빗시를 시민회관 앞에 내려줬다.

차를 주차하고 나는 거기 가만히 앉아있었다. 운전대에 손을 얹은 채, 차 키를 뽑으라고 내 자신에게 명령하고 있었다. 다리를 움직이라고. 해야 할 일들을 생각하려고 했다. 할머니들에게 옷을 입히고, 솔기를 확인하고, 스팽글이 떨어지지 않도록 하라고. 하지만 물속이 자꾸만 떠올랐다. 물속에 들어간 할머니와 빗시가. 이건 그들에게 행복한 일이라는 것을 상기하려 애썼다. 나는 그들이 해낸 일이 자랑스러웠다. 내가 해낸 일이 자랑스러웠다. 이건 좋은 일이었다. 좋은 일이었다. 좋은 일이었다. 하지만 좋은 기분이 들지 않았다. 머릿속에 떠오르는 건 물속뿐이었고 그러면 심장이 멎을 것 같았다. 배

속이 메슥거렸다. 인중에 땀이 맺혔다. 심호흡을 했다. 한 번
더. 또 한 번.

"할 수 있어."

입 밖으로 소리 내 말했다.

"넌, 할 수 있어."

나는 흥정을 하듯 내 자신을 차에서 밀어냈다. 곧장 클럽하
우스로 갈 거라고. 물은 보지도 않을 거라고. 급하게 해야 할
수선에 대비해 간이 탈의실에 머물 거라고. 쇼가 끝나고, 모
두가 안전한 것이 확인되면 촬영된 영상을 보자고, 그러면 난
어떤 형태로든 공연을 보는 거라고.

수영장 입구를 지날 때는 고개를 숙이고 물을 보지 않으려
고 애썼다. 그러나 그때 비명소리가 들려왔다.

수심이 깊은 쪽에서 모가 루카를 뒤쫓아 수영장에 밀어 넣
고 있었다. 내가 보는 쪽 반대편에는 대형 스크린 두 개가 설
치돼있었다. 하나는 수면의 카메라로 촬영한 화면이 나오고
있었고, 다른 것은 대니가 잠수복을 입고 수중에서 찍는 화면
이 나왔다. 스크린 위로 루카가 물 위로 떨어져 물속으로 들
어가는 모습이 비쳤다. 물방울. 그는 다시 올라오려고 팔을
휘젓고 있었다. 너무 가깝게 느껴졌다. 그가 수면 위로 올라
와 숨을 쉬는 걸 봤다. 할머니는 얕은 쪽에서 알디아와 함께
라운지체어에 앉아 웃고 있었다.

진정하려고 더 크게, 더 깊이 숨을 쉬어 봤지만, 공기가 폐로 들어오지 않았다. 숨이 점점 더 얕아졌다. 당혹감이 차오르는 것이 느껴졌다.

"하!" 모가 외쳤다.

"복수다!"

루카는 모의 머리로 비치볼을 던졌다.

"이거나 먹어라!"

모는 수영장에 뛰어들더니 루카의 머리를 물속으로 밀어넣었다. 그들이 안전하게 올라올 때까지, 나는 숨도 제대로 쉬지 못했다. 그러다 바크가 목줄을 끌면서 수영장 반대편을 따라 달려와 그들을 바라보는 게 보였다. 바크는 발을 헛디디기 쉬워 보였다. 내 머릿속에 바크의 몸뚱이가 축 늘어져 떠 있고, 물속에서 털이 흐느적거리는 모습이 떠올랐다.

"바크가 왜 여기 있어요?" 할머니에게 외쳤다.

바크를 불렀지만, 바크는 모와 루카에게서 눈을 떼지 못했다.

"괜찮다, 케이. 바크는 사람들을 좋아해."

"물에 빠질 수도 있어요!"

모가 수영장의 사다리를 잡고 올라왔다. 모가 맨 위에 다다르자, 루카가 물속으로 도로 당겨 넣었다. 그들은 그 순간에 집중하며 노느라 신이 난 아이들 같았다. 바크가 짖어댔다.

바크를 다시 부른다면, 내게 돌아오는 대신 수영장에 뛰어들지도 몰랐다. 부르지 않아도, 물속에 뛰어들 수 있었다. 오금이 저렸다. 바크를 붙잡지 못할까 봐 두려웠다. 숨이 차서 헉헉거렸다. 파도처럼 공포가 온몸에 차올랐다.

"바크!" 나는 고개를 돌리며 외쳤다.

"오, 어이, 케이!" 루카가 손을 흔들며 불렀다.

루카가 나를 보지 않기를 바랐다. 바크가 수영장 가장자리에 너무 가까이 있었다. 심장 뛰는 소리가 귓전에 울렸다. 아빠의 가슴에 난 회색 털 두 가닥이 자꾸만 떠올랐다. 내가 아빠의 몸 위로 쓰러졌을 때 났던 쿵하는 소리. 그 후의 정적. 차가운 살갗. 파랗게 질린 입술.

실내 기온은 이십육 도였다. 하지만 온몸에 소름이 돋았다. 바크에게 더 가까이 다가갔다. 거의.

"케이!"

모가 다시 밖으로 나와서 나를 불렀다.

모의 손이 내 등에 닿자, 나를 잡아주려는 것이라고 생각했는데, 압박이 강해지면서 그제야 무슨 일이 일어나는지 깨달았다.

"안 돼!" 내가 외쳤다.

"안 돼!"

내 목소리는 멀리, 다른 곳에 있는 남의 것 같았고, 그래서 물속에 떨어지자 몸이 수면에 부딪치고 코에 물이 들어오는 따가움에 충격을 받고 말았다. 수면 아래로 미끄러지면서 다리가 수영장 벽면에 긁혔다.

풍덩 소리가 났다. 크게. 물이 부글거렸다. 모의 팔이 내 팔을 잡았다. 다시 수면으로 고개를 쳐든 나는 물속에서 벗어나기 위해 콜록거렸다.

"젠장! 미안해! 깜빡했어! 정말 미안해!"

모가 외치며 나를 사다리 쪽으로 끌고 갔다.

"수영할 줄 알아!"

나는 이렇게 외치면서 모를 내게서 떼어내려고 했다.

"수영할 줄 안다고!"

그때 바크가 수영장으로 뛰어들었다. 나는 비명을 지르며 모에게서 몸을 비틀었고, 모의 손아귀에서 벗어나느라 팔꿈치로 모의 턱을 쳤다. 소독약 때문에 폐가 쓰라리고 팔이 아팠지만, 바크를 향해 헤엄쳤다. 바크를 어깨에 걸머지고 사다리를 오르려고 했지만, 바크는 버둥거렸고 수면 위로 올라가자 그 무게는 내가 감당하기 어려웠다. 아무리 애를 써도 자꾸만 수영장으로 빠졌다. 차가운 살갗. 우르릉거리는 천둥. 검은 물. 차가운 살갗. 그 둔한, 둔한 쿵 소리. 이번에는 늦지 않을 셈이었다. 온힘을 다할 셈이었다.

"바크는 수영할 줄 알아." 할머니가 내게 말했다.

"내가 가르쳤어. 괜찮다, 케이."

할머니의 말은 물속에서 듣는 목소리처럼 웅웅거렸다.

숨을 쉴 수가 없었다. 숨을 쉴 수가.

"괜찮지 않아." 마침내 숨을 제대로 쉴 수 있게 되자 이렇게 외쳤다.

"괜찮지 않다고!"

나는 물을 다시 들이마시고, 콜록거렸지만 상관없었다. 나는 상관하지 않았다. 바크를 구해야만 했다. 바크를 보낼 수 없었다. 바크는 내 품에서 버둥거렸다.

마침내 나는 바크가 혼자서 물 밖으로 나갈 수 있도록 높이 들어올렸다. 나도 밖으로 나갈 때까지 바크는 짖어댔다. 수영장 가장자리에 쓰러진 나는 숨을 고를 수가 없었다. 머리가 지끈거렸다. 바크가 내 얼굴을 핥았다. 나는 바크를 끌어안고 흐느꼈다. 살아 숨 쉬는 바크의 몸을 안고 느껴도 모든 것이 잘못되어 돌아간다는 느낌은 가시지 않았다. 여전히 모든 걸 망친 것처럼, 가슴이 두근거렸다. 마치 바크를 구하지 못한 것처럼.

모의 젖은 발이 콘크리트를 내딛는 소리가 점점 더 커졌다. 달아나고 싶었다. 나는 아빠의 시계를 아직 손목에 차고 있었다. 유리 아래 물이 고여있었다. 분침은 멈춰있었다.

"안 돼."

나는 시계를 흔들어 물을 빼내려고 하면서 흐느꼈다.

"정말 미안해, 케이."

모가 내 등에 손을 얹었다.

"깜빡했어. 잠깐 잊어버렸어."

"괜찮지 않아."

모에게서 벗어나려고 일어나면서 외쳤다.

"괜찮지 않다고!"

바크가 웅크렸다. 바크는 다리를 떨며 콘크리트에 물을 뚝뚝 떨어뜨리고 있었다. 나 때문에 바크가 더 불안해졌다. 바크는 멀쩡했는데, 나 때문에 겁을 먹었다. 다른 사람들과 함께 있으면 바크는 괜찮았다. 바크를 불안하게 만드는 건 나였다. 알디아가 주위에 있는지 둘러보는데 내 눈에 들어온 건 내 자신이었다. 그 모든 것―지난 모든 순간이―대형 스크린으로 송출되고 있었고, 회관에 모인 사람들이 전부 그걸 봤다. 수영장 주위 사람들이 모두 보고 있었다. 그들 뒤, 골프 코스에 있던 사람들도 펜스에 서서 내가 이성을 잃는 꼴을 대형 스크린으로 보고 있었다.

나는 바크의 목줄을 잡아끌고 알디아 쪽으로 터덜터덜 걸어갔다.

"오, 얘야." 알디아가 말했다.

"좀 앉지 그러니?"

"안 돼요."

어찌나 심하게 울었는지, 목소리도 제대로 나오지 않았다. 나는 바크의 목줄을 알디아에게 넘기고 걸어 나갔다.

루카가 나를 따라 주차장으로 왔다.

"케이티."

루카가 내게 손을 뻗었다. 나는 그의 손아귀에서 몸을 뺐다.

"하지 마!" 내가 외쳤다.

"하지 마! 너무 힘들어. 난 널 그렇게는 사랑할 수 없어."

"케이!" 루카가 불렀다.

"따라오지 마." 나는 돌아보지도 않고 외쳤다.

주차장을 지나 회관에서도 벗어났지만 나는 계속 걸었다. 거리를 따라. 그들 모두로부터 점점 더 멀어질 때까지.

47
어두운 터널의 끝

혼자 있어야만 했다. 사랑하는 사람들에게 내 자신을 내맡길 수 없었다. 한 걸음 디딜 때마다 머릿속에 내 목소리가 들렸다.

"난 널 그렇게는 사랑할 수 없어."

모의 집까지 다 걸어갔을 즈음에는 분출하던 아드레날린이 소진된 최악의 상태가 됐다. 몸이 떨리고 기운이 없었다. 나는 키패드에 F-U-C-K라고 치고 안으로 들어갔다. 모티가 없으니 차고가 휑했다. 작업대에는 놀이터의 놀이 기구처럼 촉수에 미끄럼틀이 달린 거대한 오징어 스케치가 흩어져있었다.

냉장고에는 여섯 개들이 맥주 한 팩이 들어있었다. 그걸 들고 작업대 밑을 통해 방공호로 들어가서 문을 닫았다. 공기는 퀴퀴하고 답답했다. 첫 번째 맥주를 따서 꿀꺽꿀꺽 마시며 두 간이침대 사이의 좁은 공간을 서성였다. 내 자신을 어떻게 해야 할지 알 수 없었다. 내 살갗조차 견딜 수 없었다. 혈관을 올리는 맥박이 멈춰버렸으면 싶었다. 내 삶은 그 리듬에 맞추어서만 움직일 수 있는데, 그것이 다른 모두와 엇박을 이루는 느낌이었다.

수영장에 빠졌을 때 휴대폰은 주머니에 들어있었다. 화면은 절망적으로 새카맸다. 나는 침대에 앉아 손으로 눈을 가리고 머리를 감싸 쥐었다. 숨을 쉬려고 애썼다. 평범하게 공기를 들이마시는 방법이 떠오르지 않았고, 그걸 다시는 기억해내지 못할까 봐 두려웠다. 올 수도 없었다. 반바지는 아직 젖어있었고, 모의 차고가 춥지는 않았지만 계속 온몸이 떨렸다. 군용담요를 어깨에 둘렀지만 곰팡이 냄새가 났고 양모는 껄끄러웠다. 담요를 다른 침대 위로 던지고 맥주를 한 캔 더 마셨다. 그리고 또. 손끝에 감각이 없어지고 숨쉬기가 덜 힘들어질 때까지 마셨다. 수영장에서 일어난 일들이 길고 어두운 터널 끝에 있는 것처럼 멀게 느껴지기 시작했다. 내가 뭐라고 말했는지, 내가 생각하는 것이 전부 입 밖으로 나온 것인지, 말이 아무 생각 없이 나온 것인지 기억이 나지 않았다. 그래도 여전히 또렷한 것은 어깨에 걸머진 젖은 개의 무게와 그 목줄을 알디아에게 넘긴 것이었다. 나는 무엇보다도 바크를 실망시켰다.

침대에 누워 천장을 바라보자 맨 위 선반 위에 상자가 하나 눈에 들어왔다. 어른들의 주의를 최대한 덜 끌고 싶은 마음에 아무 무늬도 없는 골판지 상자를 골라서는 고무줄을 가로세로로 감아 닫아뒀던 것이 떠올랐다. 우리는 그 고무줄을 빼는 것이 힘들어서 어른들이 우리의 보물 상자를 열어보지 않을 거라고 믿었다. 나와 모 이외에 누가 방공호에 들어오기라도 할 거라는 듯이.

나는 일어났다. 마치 내가 서로 분리된 별개의 조각으로 이루어진 것처럼, 침대에 엉덩이, 등, 머리카락의 젖은 자국이 남았다. 머릿속으로 평형상태를 찾으려고 기를 쓰면서, 드럼통 위에 올라갔다. 발밑에서 드럼통이 흔들거렸다. 나는 발끝으로 섰다. 어른이 된 나는 열두 살의 모와 키가 같았다. 마침내 나도 그 상자를 혼자 꺼낼 수 있게 됐다.

나는 상자 속에 나를 완전히 새로운 사람으로 만들어주는 그런 징표가 가득하기를 바랐다. 그걸 열면 거기에 든 무엇인가가 갑자기 내 마음을 올바른 모양으로 바꾸어주고, 그러면 내가 세상을 이해할 수 있게 될 거라고. 나는 상자를 가지고 내려와 침대 위에 놓았다. 고무줄은 삭아서 건드리는 것만으로 바스라지고 끊어져버렸다.

그건 그냥 쓰레기 상자였다. 조개껍질 몇 개, 매끈한 돌, 플라스틱 가방에 든 낙하산을 멘 초록색 군인 인형, 우리가 머리를 자른 바비 인형, 아토믹 파이어볼 사탕 몇 개, 카드 한 벌, 스폰지밥 스티커, 모의 삼촌이 보던 오래된 스파이더맨 만화책들. 마법 같은 해답은 없었다.

나는 침대에 앉아 맥주 한 캔을 더 따고 이로 사탕의 포장지를 찢었다. 나는 사랑하는 사람들에게 내 자신을 내맡길 수 없었다. 내가 한 행동은 전부 그들을 실망시켰다. 그러니 내가 멀리 떨어져 있는 게 나을 것 같았다. 그래서 수영장으로 돌아가 사과하는 대신, 나는 스파이더맨 만화를 읽으면서 맥주에 사탕을 녹여 삼키려고 했다.

사탕 두 개를 먹고 스파이더맨 만화책을 세 권 읽은 다음 마지막 맥주 캔을 비우자마자 모의 차가 들어오는 소리가 들렸다. 아마 모는 나를 찾지 못할 터였다. 분명 간식이나 안경, 아스피린, 자외선 차단제 같은 것을 가지러 집에 들른 거겠지. 나는 침대에 가만히 누워 생각만으로 불을 끌 수 없는 것을 아쉬워했다. 이렇게 하면 발각되지 않으리라는 듯 나는 눈을 감았다. 하지만 모는 차고 문을 열더니 곧장 방공호로 왔다. 모가 문을 치우는 소리가 들렸다. 그리고 내 앞에 버티고 선 것이 느껴졌다. 나는 눈을 뜨지 않았다.

"여기 있을 줄 알았어." 모가 말했다.

"쇼가 시작되려고 해. 지금 가면 제 시간에 도착할 수 있어."

"못해." 나는 벽을 향해 돌아누웠다. 방광은 가득 차고 배는 텅 빈 느낌이었다.

"케이, 정말 미안해. 내가 강아지처럼 흥분해서 그랬어. 아무 생각도 없었어."

"그래."

나는 눈을 뜨고 콘크리트 블록을 쳐다봤다. 모가 일부러 나를 떠민 게 아니라는 것은 알고 있었다. 모가 인명구조원 친구 아무에게나 같은 장난을 쳤다면 아무 일도 없었을 것이다. 하지만 나에서는 모에게 나누어줄 따뜻한 마음을 찾을 수 없었다. 나는 감정을 다 써버린 것처럼, 아무것도 느낄 수가 없었다.

"할머니랑 빗시가 엄청난 일을 할 건데, 그걸 놓칠 거야?"

"못해."

목이 졸리는 것만 같았다. 콘크리트 블록 사이의 울퉁불퉁한 자리를 손톱으로 긁어 매끈하게 만들려고 했지만 그건 꿈쩍도 하지 않았다.

"의상은 괜찮아?"

"완벽해, 케이. 너무 멋있어. 내가 호스도 확인했어. 모두 네 번."

나는 고개를 끄덕였다. 온몸이 아팠다. 아빠의 시계 유리판 아래에서는 아직도 물이 출렁거렸다.

"아니면 집에라도 데려다줄게. 내가 돌아가기 전에."

"집에 가기 싫어." 내가 조금 큰 소리로 말했다.

"그리고 너랑 말하고 싶지 않아."

"알았어." 모는 한숨을 쉬며 말했다.

"최소한 내 방에 가서 마른 옷으로 갈아입어, 응?"

모가 돌아간 뒤 나는 방공호에서 나와 화장실로 달려가서 한 시간쯤 오줌을 눈 것 같았다. 모의 방 침대 발치에 있는 빨래 바구니에서 꽤 깨끗한 냄새가 나는 옷가지를 찾았다. 어릴 때 이후로 모의 방은 변함이 없었다. 모는 내내 거기서 살았다. 침대 위 천장에는 여전히 바트 심슨의 포스터가 붙어있었고 침대 헤드에는 거대한 뱀 인형이 감겨있었다. 나는 하늘색 반바지와 히비스커스 꽃과 레코드 그림이 잔뜩 그려진 하와이언 셔츠로 갈아입었다. 그 옷에선 세제 냄새가 났고 하도 많이 빨아서 실크처럼 부드러웠다.

할아버지는 술을 마시지 않았지만 거실 장식장에 먼지가 뽀얗게 앉은 드람브이Drambuie 한 병이 있었다. 그것을 머그잔에 따랐다. 들척지근한 감초 냄새가 났지만 술이 깨는 건 막아줄 수 있었다. 내가 바라는 것은 그저 아무것도 느끼지 않는 것뿐이었다.

나는 치즈 크래커 한 상자를 다 먹고 〈로앤오더〉 백만 편을 봤다. 인어 쇼가 끝나면 모가 돌아올지도 모른다고 생각했다. 할머니의 집에서 칵테일파티를 하러 가기 전에 내 상태를 확인하러 올지도 모른다고. 하지만 모는 오지 않았다.

텔레비전의 심야 뉴스에서 인어 쇼 영상이 나왔다. 네 명의 인어는 물속에서 미소를 머금고 어깨동무를 하고 있었다. 꼬리의 스팽글은 물속에서 은은히 빛났다. 할머니와 빗시의 학생들은 똑같은 수영모를 쓰고서 뒤에서 다리를 들어 올리고 있었다. 눈부신 광경이었다. 그 뉴스가 끝나자, 나는 텔레비전을 끄고 모의 커다란 노인 옷을 입고 어두운 거실에 앉아있었다. 마침내, 드디어, 눈물이 나왔다. 내가 바라는 건 바크를 찾는 것뿐이었다.

48

용기의 대가

나는 여러 집의 마당을 가로질러 알디아의 집으로 갔다. 머리가 시키는 대로 다리가 따라주지 않았다. 레스터의 잔디밭을 내달리다가 발을 헛디뎌 무릎을 짚고 미끄러졌다. 무릎에는 짓이겨진 풀냄새가 났고, 다리는 초록 물이 들었다.

알디아의 집 문을 두드리다가 초인종을 기억해내고 그것도 눌렀다. 불이 전부 꺼진 것을 깨달았다. 아마 알디아는 아직 할머니 집에 있는 모양이었다. 바크를 안에 두었을까? 바크를 찾으러 들어갈 방법이 있을까?

현관 창문에 얼굴을 갖다 대고 손으로 주위를 막아 안을 들여다보려고 하는데, 알디아가 나왔다.

"괜찮니?" 알디아는 목욕 가운 허리띠를 매며 물었다.

나는 고개를 끄덕였다. 순간 알디아를 깨운 것이 몹시 미안해졌다. 얼마나 늦은 시각인지 생각도 하지 않았던 것이다. 뉴스가 끝난 뒤부터 내가 소파에서 일어났을 때까지 시간이 얼마나 흘렀는지도 알 수 없었다.

"걱정 마라." 알디아가 말했다.

"바크는 잘 있어. 산책을 나갔다가 햄버거도 나눠먹었어. 나넷 집에 데려다줬다. 즐겁게 잘 지냈어."

"전…… 지난번엔……."

"내가 딸들을 키우면서 배운 것 중 하나는, 가끔은 정지 버튼을 눌러야 한다는 거란다. 내가 걔들을 마타의 집에다 몇 번이나 맡긴 줄 아니? 막다른 골목에 다다르면 마타에게 전화를 걸곤 했어. 그리고 나가서 아이스크림을 먹었지. 아이처럼 말이야."

"감사합니다." 내가 말했다.

"정말 죄송해요. 모두 다. 지난번에도."

드람브이의 술기운이 가시기 시작했다. 눈물이 흐르고 두통이 시작되는 것이 느껴졌다.

"다 알지, 얘야. 네 마음 다 알고 있었어." 알디아는 하품을 했다.

"이제 자야겠다."

알디아는 내 얼굴에서 패닉에 빠진 내 상태를 읽어낸 것 같았다.

"카라의 방에서 잘래? 나넷 집에는 사람들이 많을 텐데." 알디아가 말했다.

"너는 좀 자는 게 좋지 않겠니?"

"정말 죄송해요." 내가 말했다.

눈에 눈물이 차올랐고, 시계추가 되돌아오듯 다시금 슬기운이 번지는 게 느껴졌다. 바크는 할머니와 안전하게 잘 있으니 이런 나를 보지 않는 편이 더 나을 것 같았다. 아니, 나는 여전히 겁을 내며 이런 모습을 할머니에게 보여주고 싶지 않았던 것일지도 몰랐다. 할머니를 마주하고 싶지 않았다. 루카도.

"가끔은 말이야," 알디아가 말했다.

"밤에 이 집에 다른 사람이 숨 쉬고 있었으면 좋겠어."

알디아는 자기 전에 내게 물 한 잔과 아스피린 두 알을 줬다. 알디아의 집에는 심지어 여분의 칫솔도 있었다.

"잘 자라." 알디아가 말했다.

나는 알디아의 친절함에 젖어들었다. 알디아는 내가 늘 원하던 이상적인 엄마였다. 그녀는 규칙을 정하는 방법을 알았다. 아이들을 달래는 법도. 함께 있어주는 법도.

카라의 사주식 침대에 올라 분홍색 장미꽃이 잔뜩 그려진 시트 밑으로 파고들고서 나는 나의 모든 부분이 다 지금과 달랐으면 좋겠다고 염원했다.

부엌에서 들리는 말소리에 눈을 떴다. 할머니의 상냥한 목소리였다. 베갯잇에서는 라벤더 향이 났다. '노파' 냄새라고 할머니가 싫어하는 향이었다. 일어나 앉으니 머리가 핑 돌았다. 장미꽃. 카라의 방. 알디아의 집. 하나씩 기억이 났다. 모두 기억났다. 머릿속 움직임이 제자리를 잡을 때까지 계속 눈물이 났다. 움직이지만 않으면 두통은 참을 만했다.

수영장에서 있었던 일과 아빠에게 벌어진 일이 마구 뒤섞였다. 마치 내가 아빠를 구하지 못하는 광경을 모두가 대형 화면을 통해 지켜본 것처럼, 두 사건이 뒤죽박죽으로 섞였다. 무엇이 현실이 아니고 무엇이 현실인지는 알고 있었지만, 두 가지는 내 머릿속에서 분리되지 않았다. 나 때문에 바크가 겁을 먹은 것은 확실히 알 수 있었다. 그건 현실이었다. 끔찍한 일이었다.

복도에서 발자국 소리가 났다. 할머니가 걷는 박자였다. 발뒤꿈치를 세게 내딛는 소리. 나는 드러누워 자는 척 했는데, 움직이니 다시 눈에서 눈물이 흘렀다.

할머니가 문을 열었다. 나는 가만히 누워있었다. 할머니는 침대에 앉더니 내게 다가왔다. 내가 자는 척할 때마다 할머니가 속은 적은 없었다.

"괜찮니?" 할머니가 이마에서 머리카락을 쓸어 넘겨주며 물었다.

"괜찮아요." 나는 할머니 쪽으로 돌아눕지 않고 말했다.

꼼짝도 하지 않았다. 눈이 얼마나 부었는지 들키지 않으려고 눈도 뜨지 않았다.

"죄송해요."

할머니 숨소리가 들렸다. 그렇게 오래 아무 말이 없기는 처음이었다. 견디기가 힘들었다.

"이제 네가 다르게 보이는구나." 할머니가 한참 만에 입을 열었다.

수치심이 온몸에 퍼지며 얼굴이 뜨거워지고 팔다리를 꼼짝도 할 수 없었다.

할머니는 숨을 깊이 들이쉬었다.

"예전에는 네가 참 연약하게 느껴져서 두려웠어. 빗시는 항상 '바람만 불어도 쟤가 넘어질까 걱정하지 마! 쟤는 강하다고!'라며 고함을 쳤지."

할머니는 빗시의 목소리를 흉내 내며 말했고, 나는 할머니의 이야기가 내 예상대로 흘러가지 않을 거란 걸 깨달았다.

"빗시는 늘 네가 사자처럼 용감하다고 했어."

빗시가 나에 관해 예전부터 그런 말을 해왔다는 것이, 우리가 약국에서 이야기할 때 막 생각해낸 것이 아니라는 것이 이상하게 느껴졌다. 용감하다는 말은 빗시가 내게 붙여준 이름표였다. 얼굴로 몰리던 피가 곧바로 멈췄고, 머리가 지끈거리던 것도 견딜 만해졌다.

"네가 강하다는 걸 몰랐구나." 할머니가 말했다.

"나는 네가 패닉에 빠진 모습도 봤고, 어떤 말을 하면 네가 무너지는 건지도 알았어. 하지만 네가 바크를 구하려고 헤엄치는 걸 보니, 빗시가 무슨 말을 한 건지 알겠더구나. 네가 정말 사자처럼 용감하게 행동하는 걸 봤다. 두려워한다는 사실이 중요한 게 아니란다. 너는 겁에 질렸지만, 그래도 뛰어들었어. 바크가 물에 빠졌다고 생각하고 구하려고 헤엄쳤지. 내 아들을 구했던 것처럼 말이야."

"구하지 못했어요." 목소리가 제대로 나오지도 않았다.

"아빠를 구하지 못했어요."

"오, 케이." 할머니가 말했다.

"죄송해요." 할머니의 아들을 구하지 못했으니까. 할머니에게 중요한 날을 망쳤으니까. 내 걱정을 하게 만들었으니까.

"정말 죄송해요."

"케이." 할머니는 침대에 누워 나를 감싸 안았다.

"네 아빠를 위해 그 누구도 그 이상은 하지 못했을 거야." 할머니의 몸이 떨리는 것이 느껴졌다. 할머니는 흐느끼고 있었다.

"어른이라고 해도. 의사라고 해도. 그 누구도 구하지 못했을 거야."

나는 눈물을 삼키느라 숨을 참아야 했다.

할머니가 말했다.

"이제 알겠구나. 네가 그러는 거, 염려하고 두려워하는 거, 그건 네가 가진 용기의 대가야. 항상 사랑하는 사람들을 구하려고 경계하고 있는 거지?"

나는 할머니 손을 잡아 내 가슴에 댔다.

"우리도 모두 너를 구할 거란다." 할머니가 말했다.

"그걸 잊지 마라."

알디아는 우리에게 오트밀을 만들어줬고 마당의 나무에서 금귤을 따줬다. 알디아는 커피를 마시지 않았지만, 김이 모락모락 나는 재스민 녹차를 끓여주고 내가 청하기도 전에 아스피린 병을 식탁에 놓아줬다. 아무도 별 이야기는 하지 않았다. 예의를 갖추는 말만 했다. 침묵은 상냥했다. 머릿속이 너무나 복잡했다.

"음." 다 먹고 나니 할머니가 말했다.

"빗시와 모를 수영장에서 만나서 함께 뒷정리를 해야 돼."

"알겠어요." 나는 싱크대에서 내 그릇을 헹구려고 일어났다.

"넌 안 가도 된단다." 할머니가 말했다.

"이 일이 끝나고 하루 쉴 자격이 있는 사람이 있다면 그건 너야."

나는 범죄 현장에 돌아가고 싶지 않았지만, 바쁘게 움직이고 싶기도 했다. 좋은 상황일 때도 쇼가 끝난 다음날은 늘 싫었다. 그렇게 애를 쓰고, 시간을 들이고, 목표를 위해 달리다가, 갑자기 아무것도 남지 않는 날이 돼버리는 것이었으니까. 정리는 수개월 동안 머릿속에 떠올리던 생각을 떠나보내는 과정이었다.

"저도……."

"케이, 아니야." 할머니가 미소를 지으며 말했다.

"우리도 강해. 우리끼리 할 수 있다."

"네 강아지가 아마 기다리고 있을걸." 알디아가 엄마처럼, 놀이 동무와 헤어지기 싫어하는 아이에게 위로의 대가를 주듯이 말했다. 아닌 게 아니라 나는 정말로 바크가 보고 싶었다. 바크가 잘 있는지 확인하고 싶었다. 나도 잘 있다는 걸 바크에게 알리고 싶었다.

49
두 번째 이별

할머니 집에 돌아오니 바크 혼자 있었다. 문을 열었다. 바크는 나를 보더니 길고 필사적인 울음소리를 냈다. 나는 허리를 숙여 바크를 쓰다듬었고, 바크는 나를 쓰러뜨리고 미친 듯이 얼굴을 핥았다. 내 머리카락을 킁킁거렸다. 내 손 밑에 머리를 밀어 넣었다. 어쩌면 내가 자길 버리고 돌아오지 않을 거라고 생각했는지도 몰랐다. 어쩌면 자기가 무슨 잘못을 했다고 생각했는지도 몰랐다.

"아, 친구야. 정말 미안해. 정말 미안해."

얼굴에서 눈물이 후드드 떨어졌다. 바크는 내 겨드랑이로 머리를 밀어 넣었다.

"바키." 바크 머리에 키스하며 말했다.

"다시는 안 그럴게. 너랑 헤어지지 않을게."

내가 무사히 집에 돌아왔는지 검사를 마친 뒤, 바크는 복도를 뛰어가 머레이를 물고 달려왔다. 바크는 나를 보며 거실로 들어가더니 다시 나를 돌아봤다. 몇 발자국 걸어가고. 또 보고. 머레이로 나를 꾀어 뒤따라오게 만들려는 듯이.

바크는 소파에 자리를 잡았다. 나는 옆에 앉아서 머레이의 다리를 잡아당겼고, 바크도 마주 잡아당겼다. 용서를 받은 느낌이었다. 제대로 용서받으려면 앞으로도 더 할 일이 남았고, 그건 머레이로 놀아주고 키스해주고 귓등을 잘 긁어주는 것처럼 쉽지 않으리라는 걸 알고 있었다. 하지만 바크는 나를 미워하지 않았다. 나를 무서워하지도 않았다.

"넌 착한 아이야." 내가 말했다.

바크는 짝짝이 눈에 감정을 가득 담아 상냥하게 나를 봤다. 그러더니 또 내게 당기라고 머레이를 흔들었다.

바크와 놀아주기를 마치고 나는 리모컨을 찾다가 루카의 카메라가 텔레비전에 연결돼있는 것을 봤다. 일어나서 그것을 켰다.

화면은 쇼가 시작되는 시점에 맞춰져있었지만, 나는 뒤로 돌렸다. 이것은 뭍에서 찍은 카메라였다. 파일 시작쯤에서 내가 보였다. 그것이 찍힐 때 아무도 카메라를 들고 있지 않아서, 나는 클로즈업으로 촬영되지는 않았다. 나는 수영장 가장

자리에서 소리를 지르는 한 사람에 불과했지만, 멀리서 보아도 내 눈에 서린 공포는 선연했다. 나는 모에게 고함을 쳤다. 내 목소리는 공허하고 낯설게 느껴졌다.

바크를 수영장에서 끌어내리려고 했을 때, 나는 엄청나게 집중하고 있었다. 빠르고, 강했다. 힘에 부치는데도. 그렇게 오랜 시간처럼 느껴졌는데, 실은 사십삼 초밖에 안 됐다.

나는 영상을 되감아 바크가 뛰어든 때를 봤다. 사십삼 초. 되감기. 다시 보기. 내가 붙잡기 전까지 바크는 아무렇지도 않았다. 내게 헤엄쳐오고 있었다. 바크는 물에 빠진 것이 아니었다. 하지만 내가 수영장에서 꺼내고 나니, 바크는 겁에 질려 다리를 떨고 있었다.

결국 내가 저지른 짓이었다. 나는 아무렇지도 않은 일을 큰일로 만들어놓았다.

현관문이 열렸지만, 화면에서 눈을 뗄 수 없었다. 겁에 질렸다. 온몸이 아팠다.

"안녕."

루카였다.

집에 오는 내내 루카에게 무슨 말을 해야 할지 걱정했지만, 정작 내 입에서 제일 처음 나온 말은 이것이었다.

"이거 안 쓸 거지?"

"물론이지." 루카는 이렇게 말하고 내 옆에 무릎을 꿇고 앉았다.

"당연히 안 써. 지울 거야. 하지만 네가 너무 심하게 두려워하는 걸 보니까, 네가 저걸 보면 네 자신에게 좀 더 상냥해질지도 모른다는 생각이 들었어. 모는 네가 부끄러워한다고 했어. 하지만 저 때 발생한 일은 네가 통제할 수 있는 일 같지는 않아." 루카가 내 팔을 어루만졌다.

"날 구하려고 했을 때처럼 말이야."

나는 몸을 돌렸다.

"넌 알았잖아. 아빠 일을 아는 사람은 학교에서 너뿐이었어. 그런데도 물에 뛰어들었고."

아랫입술에 경련이 일어나는 것이 느껴져 울지 않으려고 애를 써야 했다.

"하지만 난 죽지 않았어."

"죽을 수도 있었어."

"안 죽었어."

"넌 신경도 안 썼지. 내가 널 끌어냈을 때, 신경도 안 썼어."

내 오리털 코트 주머니에 페퍼민트 껌 한 통이 들어있었던 것이 기억났다. 주머니에 손을 넣은 채로 집으로 걸어가는 동안 껌 때문에 손가락이 끈적거렸고, 그 손으로 눈물을 닦았더니 눈이 따가웠다.

"나는 부끄러웠어." 루카가 나직이 말했다.

"누가 구해줄 필요는 없었으니까."

"네가 그렇게 확신하면서 말할 수 있는 건, 내가 널 구했기 때문이야. 넌 많이 취했어. 난 네가 죽은 줄 알았고. 사람들이 널 불렀을 때 너는 대답하지 않았어. 난 네가 죽은 줄 알았다고."

젖은 오리털에 갇혀 꼼짝 못하던 느낌을 떨칠 수가 없었다.

"네게 겁을 주려고 한 게 아니었어." 루카는 낮고 조심스러운 목소리로 말했다.

"다른 애들처럼 되고 싶었어. 오 분만이라도. 보통 애들처럼 되고 싶었어."

루카가 훌쩍이고는 한 손으로 수염 난 자기 뺨을 쓰다듬었다.

"나도 도움이 될 수 있었어. 도움이 되는 거라면 뭐든지 할 생각이었어. 하지만 모든 사람들이 네가 두려움을 느끼지 않도록 경계하며 살길 바랄 순 없어, 케이티."

"그건…… 난……."

아빠의 장례식에서 검은 옷을 입고 있던 모든 사람들이 떠올랐다. 아무도 아빠를 오랫동안 애도하지 않았다. 아무도 나를 애도하지 않았다. 나는 그때부터 정상이 아니었는데, 아무도 나를 불쌍히 여기지 않았다.

"그래서 우리가 끝난 거였어?" 루카는 손바닥으로 이마를 문지르며 물었다.

"내가 채석장 연못에 뛰어들어서?"

"널 너무 사랑해서 견딜 수가 없었어."

내 목소리는 비디오에서 나오는 소리처럼 공허했다.

"바보 같은 소리."

루카의 눈에 분노가 스치고 지나갔다.

"정말 바보 같은 소리야. 나를 너무 사랑해서 다른 사람과 결혼해야 했다고? 날 사랑하지 않는 줄 알았어. 항상 그게 문제라고 생각했어."

"내가 좋은 사람이 아니라서." 내가 말했다. 젖은 깃털 냄새가 나는 것 같았다.

"그때도 아니었고. 지금도 아니야."

"그러지 마."

"그럼 어떻게 해야 해, 루카? 나는 얼마 전 이혼했어. 아이를 둘 유산했고. 애초에 난 멀쩡하지가 않아. 이제 와서 갑자기 좋아질 수가 없어."

"이제 두 번째야." 루카가 나직이 말했다.

"우린 이제 두 번째로 같이 잤어. 난 뭔가 새롭게 시작되는 거라고 생각했어."

"미안해."

그에게 매달려 위안을 받고 싶었지만, 그건 부당한 일이었다. 루카의 눈 너머에 머물러있는 상처가 보였다. 나처럼. 상처는 더 심해질 수도, 나아질 수도 있지만, 결코 사라지지는 않을 듯했다. 나는 가뜩이나 힘든 그가 나까지 감당하며 살기를 원하지 않았다.

"네가 나와 함께 지내며 나를 고쳐줄 수 있다고 나도 믿고 싶어. 하지만 넌 그럴 수 없어. 그리고 너까지 끌어들이는 것으로 내가 나아질 수 있는 것도 아니야."

"너와 다시 시작하게 됐다고 생각했어." 루카가 말했다.

"내가 갈게." 흐느낌을 꾹 참으며 말했다.

"네가 떠나는 걸 보고 싶지 않아."

루카는 한숨을 쉬었다. 눈에 눈물이 글썽거렸다.

"내가 떠나는 걸 그렇게 느낀다면서 어떻게……." 루카의 목소리가 잦아들었다.

루카는 나를 끌어안았고, 나도 잠시 그를 안았다가 몸을 빼냈다. 그러고는 이렇게 속삭였다.

"그리 오래 걸리진 않을 거야."

나는 바크만 들을 수 있도록 작게 말하고 신발도 신지 않고 현관문으로 뛰쳐나갔다.

나는 빗시의 집으로 달려가 버니의 방에 숨어 자투리 네모 천을 이어 붙여 퀼트 이불을 만들기 시작했다. 재봉틀의 리듬이 내가 잘못한 거라고 자꾸만 자꾸만 나를 다그쳤다.

50
나는 길을 알아

현관문이 열렸다. 퀼트 조각을 미처 감추기도 전에 개 이름 표가 짤그랑거리는 소리가 들려오더니 바크가 제대로 닫히지 않은 버니의 방문을 쿵쿵거리며 코끝으로 밀고 들어왔다. 그리고는 내 무릎 위에 자기 앞발을 올리고 내 얼굴을 핥아댔다. 나는 바크의 이마에 내 이마를 갖다 대고 속삭였다.

"애, 바키! 여기서 뭐하니?"

바크는 온몸이 요동칠 만큼 꼬리를 흔들고 있었다.

"안녕, 케이."

알디아가 잠시 후에 들어오며 불렀다.

"여기 있을 것 같더구나."

바크는 온갖 것을 쿵쿵거리며 방 안을 둘러보고 있었다. 알디아가 퀼트 조각을 가리키며 말했다.

"그거 참 아름답다!"

"빗시에게 줄 깜짝 선물이에요."

알디아는 연회색 깅엄 조각을 쓰다듬었다.

"이 스커트 뭔지 알겠어."

알디아는 슬픈 미소를 지었다. 그리고 보라색 브로드클로스 조각도 가리켰다.

"저것도. 버니는 그 셔츠를 엄청 자주 입었지."

알디아는 울음을 참으려는 듯 턱에 힘을 주고 있었다.

나는 알디아의 남편 샘이 입던 붉은 플란넬 셔츠가 기억났다. 그는 겨울의 시원한 일요일 아침이면 그 셔츠를 입었다. 그가 가장 좋아하는 옷이라는 걸 누구나 쉽게 알 수 있었다.

"나넷 집에 들러 바크를 데리고 산책을 하다가 너도 수업에 함께 가려나 싶어서." 알디아가 말했다.

나는 안전한 버니의 재봉실을 나서면 루카와 마주칠까 봐 걱정스러웠다. 그를 만나고. 굴복하고. 그의 인생을 망칠까 봐.

"전⋯⋯."

"루카는 갔어." 알디아가 말했다.

"내가 거기 도착한 직후에."

나는 고개를 끄덕였다. 그게 최선이었지만, 그렇다고 실망스럽지 않은 것은 아니었다. 나는 밖으로 뛰쳐나가 신호 대기에 걸린 그를 붙잡기 위해 전속력으로 달리고 싶은 충동과 싸워야 했다.

"걔 표정도 너랑 좀 비슷하던데." 알디아가 동정 어린 눈빛으로 말했다.

알디아는 아직 바느질하지 못한 천 중에서 네모 하나를 집어 들었다. 브런스윅 앤드 필즈사의 나뭇잎 문양 면직물이었다.

"버니의 부엌 커튼이 정말 부러웠지."

"버니는 세상에 있는 온갖 옷감 카탈로그는 다 구했어요." 내가 말했다.

나는 버니와 함께 우유와 프레즐 모양의 버터 쿠키를 먹으며 식탁에 앉아 모퉁이를 접은 카탈로그를 보면서 가장 마음에 드는 무늬를 고르는 데 참 많은 시간을 보냈다.

"버니가 고마워하겠구나."

나는 고개를 저었다.

"버니가 네게 가르쳐준 것들이 지금도 우리와 함께 있어." 알디아가 말했다.

"그렇게 생각하니 기분이 좋구나." 알디아는 내 반응을 읽고 싶은 사람처럼 얼굴을 찬찬히 봤다.

"부탁 하나 해도 될까?"

나는 침착한 표정을 지으려고 했지만, 알디아의 부탁이 내

능력 밖일까 봐 걱정스러웠다. 도움을 청하는 게 어려운 이유 하나는 내가 보답할 능력이 없을 거라는 느낌 탓이었다.

"바느질 좀 가르쳐줄래? 버니가 가르쳐준다고 했는데, 배우지 못했어."

"좋아요!" 내가 자신 있게 할 수 있는 일이라 안도감이 느껴졌다.

"나도 네게 뭘 가르쳐줄까?" 알디아는 바크의 목줄을 흔들며 물었다.

"좋아요." 나는 일어나며 말했다.

"하지만 전 바크 산책시키는 것보다 바느질을 훨씬 더 잘해요."

"뭐, 바느질은 연습을 했잖아. 어느 날 일어나보니 마술처럼 바크랑 잘 돌아다닐 수 있을 줄 알았니?"

웃음이 나왔다.

"사실 성공 아니면 실패라고 생각하긴 했어요."

"갑자기 되는 일이 아니야." 알디아가 말했다.

"날마다 조금씩 나아지게 해야지."

"처음에 바크랑 산책을 나가려고 했을 땐 애가 너무 긴장했어요. 그래서 저도 긴장했는데, 지금은……."

"쟤는 개인데, 네가 '쟤가 먼저 시작했어요'라고 하면 안 되지."

알디아는 두 딸인 카라와 소피아가 완두콩을 먹지 않으려고 할 때 짓는 표정과 똑같은 얼굴을 하고 내게 말했다.

"넌 사람이잖니. 저 애는 꼬리가 달린 커다란 심장이야. 바크는 네가 어제 어떤 기분이었는지 신경 쓰지 않아."

알디아가 내게 가장 먼저 가르친 것은 바크가 뭔가 원한다면 앉아서 말하게 해야 한다는 것이었다.

"앞으로 바크는 아무것도 멋대로 할 수 없어. 먼저 요청해야만 해."

알디아가 목줄을 위로 드니 바크는 꼬리를 흔들었다.

"산책 나갈까?"

알디아가 물었다. 바크는 알디아에게로 뛰어왔다. 알디아는 뒤로 물러났다.

"아! 뭘 원한다고?"

바크는 알디아를 쳐다봤다가 나를 봤다. 그리고 자리에 앉았다. 바닥에 대고 꼬리를 흔들면서 휙휙 소리를 냈다.

"나가자고 하면 바크는 도망쳐요. 아니면, 산책은 가고 싶어 하는데, 바람만 한 번 불어도 다 엉망이 돼요."

"바크가 따라올 수 있으면 준비가 된 거야."

알디아는 바크의 목줄을 목걸이에 연결했다.

"쟤는 네가 긴장하고 있다는 걸 읽어. 쟤는 자기가 너를 보호해야 한다는 생각이 들면 긴장해서 어쩔 줄 모르는 상태가 되는 거야."

우리는 밖으로 나섰고 나는 빗시의 현관문을 잠갔다. 바크는 신호를 달라며 알디아를 바라봤다. 알디아는 내게 목줄을 건넸다.

나는 심호흡을 했다.

알디아는 미소를 지었다.

"잭스의 경우엔, 샘의 자리를 대신하려고 하는 것 같았어. 나를 보호하려고 난리였지. 어느 날, 잭스랑 밖에 나갔는데 길 건너에 다른 개가 있었어. 잭스가 난동을 부리려는데, 덤벼들기 전에 내가 붙잡았어. 내 손이랑 개 목걸이 사이에 목줄이 삼 인치정도밖에 안 됐어."

알디아는 나에게 목줄의 어디를 잡아야 할지 알려주는 것처럼 목줄의 어느 지점을 잡았다.

"나는 목줄을 꽉 잡고 계속 걸었고, 우리 둘 다 안정을 찾았지. 그 녀석 줄을 잡고 있으니 카라와 소피아가 어릴 때, 뭐든지 만져보고 싶어 할 때 두 손을 잡고 가던 기억이 났단다. 멋대로 두지는 않아도, 그 애들 편인 거야, 알겠니? 그게 올바른 마음가짐이란다. 바크도 네 마음을 읽게 될 거야."

나는 내가 아기 손을 잡고 걸어가본 경험이 없다는 사실에 가슴이 쓰라렸다.

"알았다. 네 얼굴에 그 폭풍우가 오고 있구나." 알디아는 내 어깨를 쿡 치며 말했다.

"밀어내버려. 하늘의 구름처럼. 감정에 휩싸이는 건 나중에 해도 된다. 이건 명상이야. 도움이 된다면 주문을 찾아."

좋은 주문이 생각나지 않아서 머릿속으로 나는 '길을 알아. 나는 길을 알아. 네가 앞장서지 않아도 돼' 라고 되뇌었다.

바크의 자세가 곧바로 바뀌었다. 바크는 순종했다. 내 앞으로 달려 나가거나 내 뒤에 숨으려고 하는 대신, 내 허벅지에 꼭 붙어 걸었다. 주위를 살피기는 했지만, 바크는 우리 산책의 리더가 아니라 승객이었다.

알디아는 우리 옆에서 걸었고, 우리는 집 앞까지 나갔다. 자동차 한 대가 지나갔지만 바크는 거의 쳐다보지도 않았다. 나는 알디아와 눈을 맞추고 미소를 지었다.

"정말 이렇게 간단하다고요?"

"음, 여기서부터 시작해야지. 잠깐씩만 해. 네가 그렇게 머리를 꼿꼿이 들고 할 수 있는 만큼만 걷고 오렴. 지치기 전에 멈춰. 기분 좋을 때 그만두는 거야."

할머니 집까지 가던 중에 루카가 떠났다는 사실이 떠오르면서 마음이 복잡해졌다. 바크는 줄을 당기기 시작했다. 나는 집중하려고 했지만, 슬픔을 떨칠 수가 없었다.

"내일 하자꾸나."

알디아는 내게서 줄을 가져갔지만 걷는 속도는 유지했다.

"일 마치고 나서 내가 들를게. 너희 둘과 함께 우리 집까지 걸어가서 차를 마시고 네가 바크를 데리고 돌아가면 돼. 그 다음 날은 모의 집에 가든가."

"부담 드리고 싶지 않아요." 내가 말했다.

"부담이라니 무슨 서운한 소리니? 사는 게 이런 거란다, 케이티. 호머가 치매에 걸렸을 때, 네가 학교 끝나면 그 사람 집에서 함께 있었잖아. 네가 병원에도 데려가고 그 사람 얘기도 들어줬지. 부담스러웠니?"

나는 고개를 저었다.

"도울 수 있어서 기분 좋았지?" 알디아의 눈에 눈물이 글썽거렸다.

"잭스가 없었다면 샘을 잃은 슬픔에서 빠져나오지 못했을 거야. 잭스가 나를 버티게 해줬어. 그 애가 내게 가르쳐준 걸 네게도 전하고 싶구나."

나는 알디아의 어깨에 팔을 두르고 힘을 줬다. 버니가 내게, 나란히 서서 그렇게 해줬던 것처럼.

"바크가 없어졌을 때 고함질러서 정말 죄송해요. 그리고 이렇게 오랫동안…… 한참 전에 사과드려야 했는데."

"샘에게 늘 말했던 소릴 네게도 해야겠구나. 넌 네 불안이 아니야. 불안한 사람일 뿐이지. 네가 호머를 돌보는 걸 봤고, 할머니를 돕고, 버니와 바느질을 하고, 샘과 춤을 추고, 빗시를 웃게 해주는 걸 내가 다 봤어. 네가 어떤 사람인지 아는데, 불안 장애를 너라고 생각하지 않아. 그리고 너도 네 자신에게 그래야 해."

"샘도 불안 장애가 있었어요?"

"샘이 사관학교를 졸업하고 막 입대했을 때, 같이 일하던 사람이랑 싸움이 났는데, 빗나간 총알에 다리를 맞았어."

나는 샘의 신발 위에 서서 할머니의 거실에서 아스트루드 지우베르투Astrud Gilberto의 음악에 맞춰 춤을 추던 때를 떠올렸다. 그에게서는 안전함과 침착함이 느껴졌고 그의 미소에 나는 편안함을 느꼈다.

"몰랐어요."

"뭐, 그런 이야기는 안 했으니까. 사람들은 일자리를 고르면서 그 스트레스를 감당할 수 있으리라 생각하지만, 총에 맞을 각오가 되어 있는 사람은 없잖니. 그리고 군대에 들어간다는 건 자기 마음대로 휘두를 수 없는 조직에 들어간다는 거니까. 가끔 그런 생각들이 샘을 덮치곤 했지. 그는 그게 다른 모든 것을 바라보기 위해 반드시 써야 하는 렌즈 같다고 했어. 정상인 척하기가 너무 힘들다고. 그러다 정말로 정상이 될 수 없으면, 우리 모두 실망시키는 느낌이 들었고. 너도 그런 기분이지?"

나는 고개를 끄덕였다.

"샘은 훨씬 나아졌어. 상담도 받았고, 요가도 시작했고, 자신을 참 잘 관리했지. 지금보다 나아질 수 있단다, 케이. 내가 약속하마. 그게 네게서 가장 중요한 건 아니야. 네 전부도 아니고."

알디아가 돌아간 뒤, 루카가 뭔가 두고 갔기를 바라며 손님방과 내 방, 거실을 확인했다. 쪽지라든가. 티셔츠라든가. 어떤 징표를. 하지만 아무것도 없었다.

확인하러 다니는 곳마다, 바크가 눈을 반짝이며 관심을 가지고 따라왔다. 찾기를 마친 뒤, 나는 바크의 그릇에 간식을 채워 주의를 분산시켰다. 그러고는 할머니의 잡동사니 서랍에서 안경 드라이버를 찾아 식탁에 앉아서 아빠의 시계를 분해했다.

뒤쪽 패널을 겨우 떼어내고 솜을 가지고 장치에 들어간 물을 닦아내는데 모가 노크도 없이 중국 음식을 한 아름 들고 들어왔다.

"사죄의 뜻으로." 모는 카운터에 종이 용기를 늘어놓았다.

"내가 그 시계 고칠 수 있어."

모는 의지만 있으면 모든 걸 해결할 수 있다는 듯 확신에 찬 목소리로 말했다.

"고마워." 내가 말했다.

"사실 난 아무것도 모르겠어."

"내가 미워?"

내가 한 번도 들어보지 못한 모의 음성이었다. 모는 정말로 내가 자기를 미워할까 봐 두려워하고 있었던 것이다.

바크가 모의 손 밑에 머리를 밀어 넣었다. 모는 멍하니 바크의 귀를 긁어줬다.

"아니." 내가 말했다.

"일부러 한 일이 아니라는 거 알아. ······내가 무서워하는 걸 항상 기억하는 게 네 일은 아니지."

"하지만 그러고 싶어." 모가 말했다.

"네게 상처 주기 싫거든."

모는 상자를 열더니 만두가 든 용기를 내 옆 식탁에 두었다.

"넌 내가 제일 좋아하는 사람이니까."

눈이 따끔거렸다.

"야아! 나 때문에 울지 마!" 모가 나를 품에 세게 끌어안으며 말했다.

"신께 맹세해, 케이. 세상에서 나를 울리는 건 네가 우는 거뿐이라고."

"안 울어." 내가 눈물을 꾹 참으며 말했다.

"네 겨드랑이에서 양파 냄새가 나서 그래."

"괴상한 놈."

나는 몸을 떼어내고 뺨을 닦았다.

"언젠가는 나도 하루에 여덟 번 씩 울지는 않겠지."

"네 번만 울 건가?" 모가 웃으며 말했다.

"시끄러."

모는 내 머리를 팔에 끼고 주먹으로 내 정수리를 문질렀다. 나는 모의 배를 팔꿈치로 가격하는 척했다. 모는 보디 슬램을 하는 척하면서 나를 바닥으로 살짝 끌어당겼다. 바크가 짖으며 달려들어 내 다리를 밟았다.

"노는 거야!" 내가 외쳤다.

바크는 모를 쓰러뜨리고 얼굴을 핥았다.

51
고요가 준 실패

이 주 뒤, 마침내 새 핸드폰을 사고 난 후에야 나는 루카에게서 온 음성메시지 세 통을 확인할 수 있었다.

처음 것은 인어 쇼가 끝난 직후에 보낸 것이었다.

"괜찮아?" 그가 말했다. "돌아올 거지?"

두 번째는 이랬다.

"케이티, 집에 안 와서 네가…… 네가 잘 있는지 확인하려고. 나한테 언제든지 연락해."

세 번째는 몇 시간 전에 온 것이었다.

"안녕, 케이티. 네 생각 중이야."

그게 끝이었다.

나는 핸드폰 매장 앞 주차장에 세워둔 차 안에 앉아서 내가 전화를 건다면 뭐라고 할지 생각해봤다. 내 자신을 어떻게 믿어야 할지 알 수 없었다. 나는 내가 루카를 행복하게 해줄 사람이 될 수 있다는 생각을 한 번이라도 한 적이 있었던가, 내 스스로가 행복한 사람이 될 수 있다고 생각한 적이 있었던가 생각했다.

첫 유산을 한 후, 에릭이 보일러에서 이상한 냄새가 나서 필터를 갈아야 되겠다면서 지하실로 내려간 때가 기억났다. 마루 틈 사이로 그가 흐느끼는 소리가 들려왔다. 나는 그가 올라와서 나를 위로해주기를 바랐지만, 나도 그를 위로하려고 노력했어야 했다. 그는 아이를 잃고 혼자서 춥고 축축한 지하실에서 울고 있는 남자였다. 어째서인지 나는 내가 그를 구해주지 못하는 순간에도 그는 나를 구할 수 있기를 바랐다. 우리는 서로를 위해 나서주지 못했다. 내가 임신하지 못했을 때 우리는 서로를 너무 비난했고, 그걸 만회할 시간을 갖지 못했다. 두 번째 유산 때 우리는 서로 대화도 거의 하지 않았다. 우리에겐 분노가 아니라 고요만이 존재했다. 에릭은 늦게 귀가했다. 나는 일찍 잠자리에 들거나, 공연이 끝난 뒤 의상 수선을 내가 다 떠맡아 야근할 구실을 찾았다. 에릭이 소파에서 자고 있는 걸 보면 담요를 덮어주는 것이 내가 그를 신경 쓰고 있는 증거라고 스스로를 설득했다. 그를 깨우고 싶지 않았다. 내가 아직 슬픔에서 벗어나지 못했으므로, 슬퍼하는 그를 보고 싶지 않았다. 나는 에릭이 그러기도 전에 먼저, 혹은 적어도 그와 동시에 우리의 결혼을 포기했다. 우리가 실패한 것은 에릭의 탓만이 아니었다.

집에 돌아와서 니키의 페이스북 계정을 봤다. 에릭이 초음파 사진을 들고 있는 사진을 보며 나는 그로 인한 기쁨과 나로 인한 슬픔을 느꼈고, 그런 감정이 동시에 들 수 있다는 것을 알게 됐다. 나는 그가 불행하기를 원하지 않았다. 할머니와 빗시가 그의 불알을 잘라놓는 걸 원하지 않았다. 나는 그를 잊고 치유되기를 바랐고 그도 그렇게 했으면 했다. 나는 그의 붉어진 눈과 함박웃음을 마지막으로 한 번 더 바라봤다. 주름살과 이틀째 면도를 하지 않은 수염이 희끗희끗한 것이 눈에 들어왔다. 우리는 길고 먼 길을 함께 걸어왔다. 아니 적어도 그러기 위해 노력은 했다. 나는 화면 위로 에릭의 보조개를 엄지로 톡톡 두드렸다. 우리가 무엇을 하고 있는지 다 안다고 생각하던 정신 나간 대학생 시절에 그랬듯이. 그리고 니키의 계정을 차단하고 에릭의 프로필로 가서 그도 차단했다. 화가 나서가 아니었다. 그들의 삶을 더 볼 수 없도록, 나도 잊고 내 길을 갈 수 있도록 하기 위해서였다.

바크가 나를 따라 부엌으로 왔다. 나는 바크에게 개껌을 주고 차를 한 잔 끓였다. 바크는 껌을 입에 물고 나를 따라 거실로 왔다. 나는 할머니의 책상에서 빈 메모지를 하나 들고 커피 테이블 앞에 앉아서 글을 썼다. 바크는 껌을 씹으며 내게 몸을 기댔다.

에릭에게

소식을 들었어. 나는 아직 내 슬픔을 간직하고 있지만 그러면서도 당신에게 일어난 기쁜 일에 감사하고 있어. 우리가 이렇게 끝난 것이 아쉬워. 상황이 그렇게 된 것이 아쉬워. 당신이 행복하기를 바랄게. 우리가 함께 성장하며 보낸 시간에 대해 감사해.

사랑을 담아

케이티

나는 거기 주소를 쓰고 우표를 붙여서 우편함에 넣었다. 그리고 바크를 데리고 산책을 나가 바람이 구름을 밀어내듯이 머릿속을 비웠다. 이런 생각만 남을 때까지.

'앞으로 어떤 일이 일어날지 알 수 없지만, 지금 당장 우리는 함께 걸어야 한다.'

그리고 우리는 서로 보조를 맞추며 산책을 잘 해냈다. 좋은 순간이 오래 지속되길 바라며 거리를 걸어 올라갔다가 다음 거리로 내려오면서, 나는 치자나무와 갓 깎은 풀냄새를 깊이 들이마셨다.

52
상처 다스리기

나는 알디아의 친구네 집을 빌려 여름 동안 지내기로 했다. 알디아의 친구는 돈보다 집을 관리해줄 사람이 필요했기 때문에 세는 쌌다. 마당과 열대어 수조 세 개를 관리해야 했지만, 그 덕분에 내가 가진 돈보다 훨씬 여유롭게 지낼 수 있었다. 기둥이 노출되어 있는 거실과 천장에 달린 야자수 나뭇잎 같은 천장 선풍기, 하얀 피켓 펜스에 콩팥 모양의 수영장이 있는 아담한 시골집이었다.

할머니와 아이작이 앞으로 결혼을 하거나 아니면 최소 동거는 할 것 같아서, 나를 어떻게 할지 고민할 필요 없이 앞으로의 일을 결정하도록 그들에게 공간을 주고 싶었다. 또 나만의 공간도 필요했다. 나는 성인이 된 후에도 혼자 산 적이 없었다. 이제 그걸 시도해볼 때였다.

할머니는 내가 짐을 쌀 수 있도록 주류 가게에서 상자를 가져왔다. 집에 가져온 것 말고는 짐도 더 없었지만 대신 극장 티셔츠를 다 버려도 될 만큼 나는 내 옷을 만들었다. 티셔츠는 세탁실의 걸레통에 던져버렸다.

스피커에서 엘비스의 노래가 나오고 있었다. 할머니는 거실에서 〈하운드 독Hound Dog〉에 맞춰 허리를 흔들고 있었고 바크는 그 주위를 뛰어다녔다. 나도 그들과 함께 팔짝팔짝 뛰었다.

우리는 몇 곡마다 앨범을 바꿨다. 바크는 결국 포기하고 머레이와 함께 소파에 앉았다. 우리는 점점 느리고 둔하게 춤추다가 결국 바닥에 앉아 레코드를 살펴보기 시작했다. 나는 소나무 레코드장이 풍기는 강한 냄새와 문을 닫으면 탁 소리가 나는 자석 장치, 레코드의 슬리브를 덮고 있는 셀로판지가 바스락거리는 소리가 좋았다.

할머니는 레코드를 쌓기 시작했다.

"상자 남는 거 있니?" 할머니가 물었다.

"이거 가져가렴."

그것은 할머니가 내게 사준 중고 레코드들이었다. 중고 판매점에서 파는 것들이 그렇듯이 다들 내 나이보다 오래된 것들이었지만, 할머니가 고르기에는 좀 이상한 레코드들이었다. 케이트 부시Kate Bush, 신디 로퍼, 팻 배너터Pat Benatar, 블론디

Blondie, 조안 제트Joan Jett, 패티 스미스, 하트.

"이걸 왜 사셨어요?"

내가 제일 좋아하는 블론디의 앨범을 찾으며 물어봤다.

"내가 자랄 때 듣던 〈샹티 레이스Chantilly Lace〉나 누군가의 여자가 된다거나 누군가의 여자가 되고 싶다거나 하는 노래들과는 참 다른 노래였어. 이 여자들은 여자로서 사는 것의 의미를 바꾸고 있었지."

할머니는 손을 뻗어 〈쉬즈 소 언유주얼She's So Unusual〉 앨범 커버 속 신디 로퍼의 얼굴을 쓰다듬었다.

"신디 로퍼가 그 미친 머리를 하고 텔레비전에 처음 나와서 부모님을 화나게 한다는 노래를 불렀을 때가 기억나는구나. 나도 그런 소녀 이야기를 듣고 자랐으면 했다. 네게 그런 걸 들려주고 싶었어."

눈에 눈물이 차올랐다.

"고마워요."

"그냥 바보 같은 거야." 할머니는 내 머리를 쓰다듬으면서 말했다.

"할머니는 절 정말 많이 생각해주신 자상한 분이에요."

"내가 널 생각하는 건 당연하지! 넌 내 손녀인데!"

"보통 할머니보다 훨씬 많은 일을 맡으셨잖아요."

나는 할머니와 눈을 마주치지 않으려고 레코드를 뒤지면

서 말했다.

"제가 할머니 스타일에 방해가 된 거 알아요."

"네가 우리 집 문 앞에 버려진 것도 아니잖니. 너랑 같이 살기로 한 건 내가 선택한 일이었어." 할머니도 눈물을 글썽이며 말했다.

"남편과 사별했지. 아들도 잃었지. 하지만 네가 있었어. 우리는 매일 아침 함께 눈을 떴다. 그리고 지금 어떻게 됐는지 보려무나."

할머니는 입에 발린 이야기를 하는 것이 아니었다. 진심이었다. 전에도 비슷한 이야기를 백만 번은 했지만, 마침내 나는 할머니의 말을 믿을 여유가 생겼다.

할머니는 손을 뻗어 레코드플레이어 옆 선반에서 사진첩을 꺼내 바닥에 놓고 펼쳤다.

"우리가 함께 보낸 좋은 시간을 좀 봐라!" 할머니가 사진첩을 넘기면서 말했다.

나는 더 바짝 다가갔다. 할머니는 모와 내가 바에 놀러 나가기 전에 헐크와 원더우먼처럼 포즈를 취하고 찍은 사진을 벌써 인화해뒀다. 그 사진은 사진첩 뒤쪽에 있었지만, 아직 빈 페이지는 많이 남아있었다.

할머니는 페이지를 앞으로 넘겨 모와 내가 마당에서 야구를 하고 있는 사진을 가리켰다. 나는 눈을 감고 방망이를 휘

두르고 있었다. 공은 벌써 나를 한참 지나간 뒤였다.

나는 웃음을 터뜨렸다.

"제가 너무 못해서 모가 짜증을 냈어요!"

우리는 그렇게 한 시간 동안 옛날 사진을 뒤적이며 보냈다. 칵테일파티와 캐니스타 게임, 추수감사절에 구운 이십 파운드짜리 칠면조. 할머니와 빗시가 12월 31일에 종이 나팔을 부는 모습. 할머니가 병원 앞에서 아기였던 아빠를 안고 집에 데려가는 사진. 또 다른 사진에서는 아빠가 빗시의 어깨에 기대 잠들어있었고, 하나로 묶은 빗시의 긴 머리가 아빠의 까까머리 위에 머리카락처럼 붙어있었다. 아빠가 태어났을 때, 할머니와 빗시는 나보다 젊었고 그 사진의 두 사람보다 내가 두 살 더 많다고 생각하니 기분이 이상했다.

아빠가 카우보이모자를 쓰고 기저귀를 차고서 앞마당에서 노는 사진들이 있었다. 또 다른 사진에서 아빠는 카메라를 향해 씩 웃으며 처음 빠진 유치를 보여주고 있었다.

몇 페이지 뒤, 빗시가 트위기처럼 짧은 머리를 하고 전국 여성 연맹 티셔츠를 입고서 누군가의 부엌 바닥에서 플래카드를 칠하는 사진이 있었다.

"빗시가 집회에 나가면 정말 불안했어." 할머니가 말했다.

"빗시 남편이 저녁 식사를 못해서 화를 내지 않도록 캐서롤을 가져다줬지. 닭고기를 선물하면 남의 결혼 생활을 구할 수 있을 거라는 듯이."

할머니는 페이지를 넘겨 빗시가 표지판을 들고 있는 사진을 가리켰다.

'나는 인간이다. 이제 새로운 시대다!'라고 적혀있었다.

"네 아빠를 낳고 내 인생은 돌에 새긴 듯 꼼짝할 수 없는데, 빗시가 너무 많이 변하면 나보다 앞서 나가버릴까 봐 제일 두려웠던 것 같아."

"하지만 그러지 않았잖아요."

"응." 할머니가 말했다.

"그러지 않았어. 우리가 조금 멀어진 느낌이 든 때는 있었단다. 빗시가 학교를 다니고 일을 하고 나는 네 아빠와 할아버지를 보살피고 하지만 결국…… 오, 빗시와 버니가 여기다 집을 샀을 땐, 정말 기뻤어." 할머니가 웃었다.

"내가 조금 부추긴 걸 수도 있지."

"할머니가요?" 나는 못 믿겠다는 척 말했다.

"설마!"

할머니는 웃었다.

다음 페이지에는 일고여덟 살쯤 된 아빠가 오래된 진공청소기를 미는 사진이 있었다.

"이건 정말 힘든 일이었지!" 할머니가 페이지를 넘기며 말했다.

"이것도 보렴." 할머니는 아빠가 계단식 의자에 올라서서 싱크대에서 설거지하는 사진을 가리켰다.

"왜요?" 나는 영문을 몰라 물었다.

"네 아빠에게 집 청소를 시키느라." 할머니가 말했다.

"루스가 내게 네 아빠를 계집애처럼 만든다고 했어." 할머니는 루스의 말투를 흉내 냈다.

"자기 아들들은 집에서 손가락 하나 안 든다고." 할머니는 얼굴을 붉히며 주먹을 꽉 쥐었다.

"정말 화가 났어! '돼먹지 못한 놈보다는 계집애 같은 녀석이 낫지!'라고 고함을 친 기억이 나는구나. 우린 몇 달 동안 말을 안 했어."

할머니와 할머니의 친구들 사이에서 가벼운 말다툼 이상의 것이 발생했다는 이야기는 들어본 적이 없었고, 이전에는 이런 대화를 나눈 적도 없었다. 우리의 세상이 조금 옆으로 기우는 느낌이었지만, 나는 그것이 반가웠다. 할머니도 한때는 젊은 여성이었고, 그건 이야기책에 나오는 옛날이야기가 아니었다. 할머니의 젊은 시절은 나만큼이나 복잡했다.

"지금 생각해보면 참 별일 아니었지." 할머니가 말했다.

"하지만 그때는 빗시에게 캐서롤을 가져다주고 네 아빠에게 책장 청소를 시키는 게 나만의 작은 혁명 같았어. 빗시가 시위를 하고, 우리가 겪는 부당한 일들을 말하는 게 자랑스러웠고, 네 아빠가 나이 들었을 때 평등한 배우자가 될 수 있도록 만들겠다고 결심했다. 네 할아버지한테도 그런 내 생각을 변호해야 했는데, 루스까지 그런 소리를 하다니!"

"아빠는 늘 설거지를 했어요."

저녁 식사가 끝나면 아빠가 우리 접시에 남은 걸 퇴비 통에 넣던 것이 기억났다. 아빠는 늘 요리한 사람은 뒷정리를 할 필요가 없다고 했다.

"그게 더 중요한 일로 취급받았다면 좋았을 텐데."

할머니는 사진첩을 보지 않고 페이지를 넘겼다.

"네 엄마가 한 일의 가치를 제대로 평가하지 않는 세상에서 그게 다 무슨 소용이겠니?" 할머니는 뺨에 손을 댔다.

"네 아빠는 너를 돌보면서 집에 있는 걸 더 좋아했을 거야. 네 엄마가 일을 그만둬야 해서 상심했다는 건 나도 알고 있다."

"그랬어요?"

할머니는 엄마 이야기를 한 적이 없었다. 그게 우리 사이의 원칙이었다. 그래서 나는 항상 질문을 해서는 안 된다고 생각했다. 내가 아기였을 때 엄마가 '학교'에 다녔다는 건 알고 있었지만, 자세한 건 알지 못했다.

"네 엄마는 논문만 쓰면 박사학위를 받을 수 있었어. 네 아빠가 학위를 마치는 동안 부양하기 위해 자기 일은 미뤄뒀지. 누군가는 해야 하는 일이었으니까." 할머니는 고개를 저었다.

"네 아빠 혼자서는 할 수 없었어. 너도 있었고, 솔직히 네 아빠가 네 엄마보다 교수가 되면 돈을 많이 벌었을 테니까."

"그런데 아빠가 돌아가셨으니, 엄마는 학위도, 남편도 잃은 거네요." 나는 이전에는 모르던 것을 비로소 이해할 수 있게 됐다.

할머니는 고개를 끄덕였다.

"전 엄마가 뭘 공부했는지도 몰라요."

"미술사. 네 아빠처럼. 네 아빠가 칸딘스키에 대해 쓴 책 기억하니?"

나는 고개를 끄덕였다.

"그건 네 엄마의 박사논문이 될 거였어."

"아빠가 엄마 글을 표절했어요?"

"네 엄마가 아빠에게 아이디어를 줬단다." 할머니가 말했다.

"그걸 훔친 게 아니라. 네 엄마는 학위가 없으면 자기 글이 진지하게 받아들여지지 않을 거라고 생각했고, 자기가 한 연구를 남편에게 주면 가족 전체에 더 도움이 될 거라고 여겼지."

내가 아는 엄마는 늘 불평만 하는 사람이었다. 우리와 재미있게 노는 법이 없었다. 엄마는 질서를 지키는 사람이었다. 입가에는 미소 대신 굵은 주름만 있었다. 그러던 엄마가 나를 떠날 때는 내 목 안을 간지럽히는 향수를 뿌리고 하얀색 면 셔츠를 입고서 활짝, 가벼운 웃음을 짓고 있었다. 그때 엄마는 오라aura니 우주의 의지니 하는 소리를 했다. 나는 이제 그걸 다 이해할 수 있었다. 엄마는 더 이상 존재하지도 않는 가족을 위해 모든 것을 포기한 사람이었다. 어쩌면 그런 일에다 이유가 있었다고 믿고 싶었을지 모른다. 그렇지 않으면 너무 마음이 아팠을 테니까.

"네 엄마가 네게 상처가 안 되도록 자기 상처를 다스릴 줄 알았으면 좋았을 텐데." 할머니는 강한 팔로 나를 안아주며 말했다.

"하지만 우리가 이렇게 함께할 수 있어서 나는 좋단다. 그러니 한 순간도 네가 내 스타일에 방해가 됐다고 생각하지 마라, 응?"

할머니는 자기 보라색 머리카락을 가리켰다. 바로 전날 나는 할머니가 다시 염색하는 걸 도와줬다.

"우리에겐 확실한 스타일이 있잖니, 애야."

당연하게도, 모든 이웃이 내 이사를 도와주러 왔다. 그리고 물론, 파티도 열었다.

"제 집도 아닌 걸요." 할머니가 세 블록이나 떨어진 새 집으로 음료 카트를 끌고 왔을 때 내가 말했다.

"당분간만 지내는 거잖아요."

"뭐, 파티 하는 데 이보다 더 큰 핑계가 필요하겠니." 할머니는 내 뺨에 키스하며 말했다.

할머니는 허브 캐슈넛 크림을 얹은 구운 야채 카나페와 마카다미아 너트 쿠키도 가져왔다.

아이작은 고급 위스키를 한 병 선물해줬고, 루스는 정원에서 꺾은 장미를 한 다발 가져다줬다. 마타는 직접 만든 음식을 밀폐용기에 넣어 잔뜩 가지고 왔다.

"누가 요리를 하고 싶어 하겠니, 응?"

마타는 그것들을 냉동실에 쌓아 넣으며 말했다.

빗시는 버니의 재봉틀을 줬다.

"안 돼요." 내가 말했다.

"이럴 순⋯⋯."

"우리 집에 오는 건 언제나 환영이야." 빗시가 말했다.

"하지만 너처럼 재능 있는 사람은 원할 때마다 재봉을 할수 있어야지. 다만⋯⋯ 놀러 올 때는 가지고 오렴, 응? 네가 버니 방에 있으면 참 좋아."

"그건 할 수 있죠." 나는 빗시를 안으며 말했다.

아이작은 손님방 책상에 그 재봉틀을 놓아줬다.

알디아는 바크가 새 집에 적응하기 힘들까 봐 진정 효과가 있는 페로몬 목걸이를 가져왔다. 내게는 표면에 '심호흡'이라고 새긴 매끈한 회색 돌을 선물했다. 알디아는 심호흡을 이용해서 불안한 생각을 진정시키는 법을 가르치는 상담사도 소개해줬다.

"가끔은 시금석을 지니고 있는 게 도움이 된단다. 문자 그대로 말이야."

나는 돌을 주머니에 넣고 글귀를 손으로 쓰다듬었다.

"저도 드릴 게 있어요."

나는 침실로 달려갔다. 침실에는 알디아를 위해 만든 인어 꼬리 의상이 포장지에 싸여있었다. 그걸 가지고 나가 알디아에게 말했다.

"열어보세요."

알디아는 포장지를 열었다.

"어머, 케이."

알디아는 그것을 모두에게 들어 보였다. 나는 그 꼬리에 선명한 색조에서 옅은 파스텔 색조로 차츰 변하도록 무지갯빛 스팽글을 달았다.

"정말 아름답다!"

"상의는 함께 만들 거예요." 내가 말했다.

"재봉 수업으로요."

"고마워!" 알디아가 나를 안았다.

"나도 인어가 되겠네!"

"자." 할머니가 알디아에게 말했다.

"이제 수업에 와야겠어."

"정상적인 시간까지 자는 사람들을 위한 수업도 열어야겠지." 알디아가 말했다.

모가 검댕을 뒤집어쓰고서 루카의 친구 대니를 이끌고 왔다. 대니는 모가 제일 아끼는 돛단배 셔츠를 입고 있었다. 그는 모만큼 더럽지는 않았지만, 그렇다고 깨끗하지도 않았다. 대니는 인어 쇼가 끝난 다음에도 떠나지 않았고 모는 그걸 반기는 눈치였다. 나와 루카 사이에 있었던 나쁜 일을 대니가 안 것 같지 않다. 만날 때마다, 그는 루카가 다음에 오면 무엇을 할지 이야기를 꺼냈다.

"두 사람은 어디에서 오는 거야?" 내가 물었다.

"굴뚝?" 할머니가 물었다.

대니가 웃으며 말했다. "비슷해요."

"새 프로젝트가 있어." 모가 말했다.

"나중에 보여줄게."

모는 내게 접은 손수건을 내밀었다. 그 안에는 아빠의 시계가 힘차게 똑딱거리며 들어있었다.

"정말로 고쳤구나!" 나는 그걸 손목에 차면서 말했다.

모는 가죽을 닦고 버클의 부식된 부분도 갈아냈다.

"내가 그럴 거라고 했잖아."

모는 그 순간 눈물을 흘리지 않으려고 결심하기라도 한 듯 어깨를 으쓱이며 말했다.

식탁에 모여 앉아 술을 마시고 이야기를 나누며 끔찍한 쿠키를 먹는 동안, 나는 내가 그 자리에 함께할 자격이 있는 사람처럼 느껴졌다. 바크는 방을 돌아다니며 손님들이 주는 음식을 지나치게 많이 받아먹고 있었다.

집들이 모임이 파한 후, 나는 혼자 사는 집에 바크가 있어서 다행이라고 생각했다. 적막은 감당하기가 힘들었다.

내겐 수영복이 없었으므로, 나는 반바지와 티셔츠로 갈아입고, 알디아의 시금석을 쥐고서 수영장으로 나갔다. 그 글귀를 자꾸만, 자꾸만 문질렀다.

"우린 해낼 거야."

나는 수영장 가장자리에 서서 불안이 내 몸을 차지하지 않도록 심호흡을 하면서 바크에게 말했다. 물에 발가락을 담갔다. 바크는 먼저 수영장에 뛰어들어 내 앞에서 원을 그리며 헤엄쳤다.

나는 물에 무릎까지 담그는 데 성공하고는, 집 안으로 들어가 바크를 헤어드라이어로 말려주고 〈골든 걸즈〉 재방송을 봤다.

이튿날은 허리까지 담갔다.

그 다음 날 퇴근을 한 후, 나는 수영장 조명을 켜고 물 위에 둥둥 떠다니며 별을 보기 위해 눈을 가늘게 뜨고 있었다.

"해냈어."

하늘을 향해 이렇게 말하는데, 눈물이 얼굴 옆으로 흘러 물 속으로 떨어졌다.

53
우리의 러브스토리

"눈 감아, 눈 감아, 눈 감아."

모가 운전하며 말했다.

"내가 말할 때까지 보지 마."

차가 옆으로 기울었다. 토할 것 같아서 무서웠다.

"좋아." 마침내 차를 세우고 모가 말했다.

나는 눈을 떴다. 모가 내 얼굴을 손으로 가렸다.

"아직 뜨지 마!"

"'좋아'라고 했잖아!"

"내 말은, '좋아, 도착이다'라는 뜻이었어. '좋아, 눈을 떠'
가 아니라."

"음, 몰랐어."

"눈 감고 있어. 그 자리에. 데리러 올 테니까."

모는 내가 차에서 내리는 걸 도와주더니 어깨에 손을 얹고 방향을 알려줬다.

"좋아, 계단이야."

나는 다리를 들었다.

"그렇게 높지 않아." 모가 웃으면서 말했다.

"아무나 오를 수 있는 보통 계단이야."

계단을 몇 개 오르니 보도에서 풀밭으로 바뀌었다.

"이제 눈 떠도 돼?"

"아니."

"제발!"

"가만 서있어."

모는 나를 놓았고 뭔가 긁히는 소리가 들렸다. 그리고 모의 손이 다시 어깨를 잡았다. 우리는 몇 발자국 더 걸었다.

"좋아, 계단이야."

나는 전보다 다리를 덜 들고 계단을 올랐다. 발이 뭔가에 걸려 앞으로 넘어지려고 했지만 모가 잡아줬다.

"더 높이." 모가 웃었다.

"웃기다!"

우리는 몇 발자국 더 걸었다.

"좋아. 앉아."

나는 뒤에 의자가 있는지 손을 뻗었다.

"땅에!" 모가 말했다.

"영화에서 이런 장면은 훨씬 더 빠르고 낭만적이던데."

"응, 뭐, 나는 널 친구로서만 좋아해."

모는 내가 바닥에 앉는 걸 도와주며 말했다. 나는 비틀거렸다.

"보통 사람처럼 움직일 수 없니?" 모가 웃었다.

"좋아, 누워."

"정말?"

주위는 삐죽삐죽한 풀이 나있는 흙바닥처럼 느껴졌다.

"누워."

그래서 누웠다. 그리고 모도 누웠다. 모의 팔이 내 팔에 닿았다.

"좋아." 모가 말했다.

"봐!"

눈을 떴다. 보이는 건 해가 비추는 파란 하늘뿐이었다.

"우리 바다 밑에 있어!" 모가 외쳤다.

"뭐?" 나는 일어나 앉았다.

우리 주위에는 거대한 금속 원이 있었고, 그 너머에는 공사용 펜스가 있었다. 우리는 모티가 사는 해양 공원에 와있었다.

"일할 준비 됐어?"

모가 작업복 주머니에서 장갑을 꺼내더니 내 무릎에 던졌다.

"무슨 일인데?" 내가 물었다.

"인어 수조." 모가 일어나며 말했다.

"진심이야?"

"응." 모가 말했다.

"공원 이사회의 젠 곤살레스가 인어 쇼에 왔었어. 모티에게 완전히 반했지. 그래서 그 사람이랑 점심을 먹으면서 이걸 소개했어."

"대단하다!"

"다만…… 할머니가 화를 내지 않았으면 좋겠는데……. 할머니랑 빗시가 인어 수업을 일주일에 두 번씩 할 거라고 했거든." 모가 팔꿈치의 딱지를 뜯으며 말했다.

"수조를 가지고 놀라게 해드리고 싶어서 처음에 다 알리지 않았어. 성인 수업이랑 어린이 수업이야. 그리고 쇼도 몇 번하고." 모는 이마를 찡그렸다.

"해주실 거 같아?"

"당연히 하시지." 내가 말했다.

며칠 전, 할머니와 빗시, 나는 마투니를 마시면서 '인어 체험'이라는 이름의 사업 아이디어 가지고 열심히 브레인스토밍을 했다. 고객들이 주문 제작한 의상을 입고 프로들로부터 몇 가지 동작을 배우는 수업이었다. 그날 저녁, 빗시와 할머니는 엄청난 계획을 세우며 마무리했다.

"작업실에서 바위 모양을 만들고 있어."

모가 나뭇가지로 흙에다 그림을 그렸다.

"수족관에서 보는 터널 같은 거. 그래서 이게 거대한 수족관처럼 보일 거고, 우린 아주 작을 거야."

"유리는 어떻게 할 거야?"

나는 모에게서 나뭇가지를 받아서 터널을 지나 헤엄치는 인어를 그렸다.

"대니 친구 중에 플렉시글라스plexiglass 아트를 하는 사람이 있대. 두꺼운 설치 작품 같은 거. 그래서 그 사람이랑 협업하고 보조금도 절반은 나눌 거야. 그럴 가치가 충분해. 플렉시글라스에 대해서 나는 아무것도 모르니까."

모든 것이 머릿속에 떠올랐다. 나는 땅에다 그린 인어의 입에서 공기방울이 솟아오르는 것도 그렸다.

모는 내가 그린 방울에 손가락으로 얼굴을 그려 넣었다.

"루카가 도와줬어."

"아." 얼굴에 감정을 드러내지 않으려고 애쓰며 말했다.

"루카가 다큐멘터리 영상을 보내줘서 젠에게 보여줄 수 있었어. 다큐멘터리 영화가 나오면 관광에 큰 도움이 될 거래." 모는 손으로 햇살을 가렸다.

나는 인어를 또 그렸다.

"도와줄 거지?" 모가 물었다.

"이 일은 나 혼자서는 감당하기 힘들거든."

"응." 나는 모에게 몸을 기대며 말했다.

"도와줄게."

모는 내가 대답을 하기 전부터 이미 내가 도와줄 거라고 확신했을 것이다. 나는 우리가 일흔다섯이 되어도 함께 작업할 수 있는 정신 나간 프로젝트가 존재하길 바랐다. 어떤 형태든지 상관없을, 우리만의 인어 쇼가.

나는 햇볕에 탈색된 모의 머리카락과 벗겨진 피부, 탄 콧등, 늦은 오후의 햇빛에 찡그리는 눈을 가만히 살폈다. 모의 얼굴을 감싸 쥐고 할머니가 빗시를 사랑했듯이 나도 너를 영원히 사랑할 거라고 말하고 싶었다. 나는 모를 위해 언제고 나타날 수 있는 사람이 될 생각이었다. 우정 역시 하나의 러브 스토리니까. 아직 어떻게 해야 할지 알 수 없는 것투성이였지만, 나는 내가 모에게 헌신하리라는 걸 알았다. 남은 평생 모를 위해 나설 수 있었다. 그 점에 대해서만큼은 내 자신에 대해 믿음이 있었다.

"왜 그렇게 봐?" 모가 나를 향해 눈을 사시를 만들며 물었다.

"네가 대단한 거 같아서."

"좋아." 모는 얼굴을 붉히며 말했다.

"저 기둥을 이쪽으로 옮겨서 고정해야 하는데 도와줄래?"

54
상실에서의 위로

나는 퀼트를 버니의 방에서 내가 사는 집으로 몰래 가지고 왔다. 이사를 한 지 일주일이 지났을 무렵, 이른 아침 바크가 내 옆 바닥에서 자고 있을 때, 나는 퀼트의 가장자리에 더블 폴드 바인딩 처리를 마칠 수 있었다.

동이 트면서 지평선에서 주황빛이 비추기 시작했을 즈음, 나는 퀼트를 개켜 남은 바인딩으로 리본을 만들어 묶었다.

"얘, 바키."

나는 속삭이고는 바크의 귀가 쫑긋거리는 것을 바라봤다. 바크는 눈을 떴다가 다시 감았다.

"산책 갈래?"

바크가 눈을 번쩍 떴다. 벌떡 일어나서 꼬리를 흔들었다.

그리고 앉아서 내 말에 승낙의 표현을 해줬다.

나는 옆구리에 퀼트를 끼고, 바크의 줄을 왼손에 꼭 잡고서 빗시의 집까지 걸어갔다. 내가 가진 열쇠로 문을 열고 우리의 발소리에 빗시가 깰까 봐 발도 들여놓지 않고 현관에 퀼트를 내려놨다.

보도까지 나오자 문이 열리는 소리가 들렸다.

"장난하니?" 빗시가 외쳤다.

"들어와!"

바크와 나는 오솔길을 달려 빗시의 집으로 들어갔다.

빗시는 나를 안고, 양 뺨과 이마에 키스했다.

"이런 걸 두고 가버리면 어쩌니. 내가 받아본 것 중 최고의 선물이야! 너랑 같이 보고 싶구나."

빗시는 퀼트를 거실 바닥에 펼쳤다.

"우리가 함께한 삶을 다 모아놓은 것 같다." 빗시는 울면서, 하지만 웃으면서 말했다.

나는 크기가 작더라도 중요한 천을 모두 넣기 위해, 큰 네모 열 사이에 작은 네모 열을 번갈아 넣었다. 화려하고 혼란스러운 퀼트였다. 빗시가 핼러윈 날 신생아 집중치료실에 입고 갔던 붉은 꽃무늬 광대 복장 한 조각 옆에는 버니가 가장 아끼던 노란 테이블보가 연결돼있었다. 빗시가 버니의 스웨덴제 양초 종을 쓰러뜨리고 잘못해서 불을 붙인 크리스마스트리 스커트의 녹색 체크무늬 천도 있었고, 버니가 세상을 떠났을 때 만들던 커튼에서 남은 천도 있었고, 버니가 빗시와 함께 법적 혼인신고를 하러 법정에 갈 때 입었던 흰 스커트에서 잘라낸 천도 있었다. 버니가 늘 입었지만 빗시가 싫어했던 상의에서 나온 천과 빗시의 생일에 장난으로 만들어준 상의에서 나온 천도 있었다.

"어떻게 감사해야 할지 모르겠구나, 얘야."

빗시는 눈을 비벼 닦으며 말했다.

"하지만 커피는 있다. 커피 마실래?"

우리는 머그잔을 가지고 현관 앞 계단에 앉아 해가 뜨는 것을 바라봤다. 빗시가 진작 장미에 물을 준 덕분에 잎에서 물방울이 떨어지고 있었다. 바크는 풀밭에서 굴러다녔다. 아직 하루가 시작되지 않은 것처럼, 모든 것이 고요하고 깨끗하게 느껴졌다.

"나는 루카를 응원하고 있어." 빗시가 뜬금없이 말했다.

"내가 상관할 일은 아니지만 말이야. 하지만 너희 둘은 서로 가까이 있으면 자양분이 되는 것 같아. 나도 버니 곁에서 그런 느낌이었거든." 빗시는 고개를 저었다.

"모르지, 내 감정을 투사하는 건지."

"새로 시작하는 게 나을 수도 있다 싶어요." 나는 그렇게 믿으려고 애쓰며 말했다.

"뭐가 두렵니?"

바크는 엉덩이를 치켜들고 풀밭에 턱을 문질렀다. 우리는 바크를 바라보며 웃었다.

나는 빗시가 새로운 화제로 넘어가기를 바랐지만, 빗시는 이렇게 말했다. "응? 뭐가 두려워?"

"사랑하는 사람을 잃는 거요." 내가 말했다.

이제 하늘은 거의 주황색으로 물들었다. 버니의 장미는 빛을 발하는 것 같았다.

"그들을 덜 사랑하는 게 해결책은 아니란다." 빗시가 말했다.

"우리들은 대부분을 잃게 될 거야. 결국에는. 너나 나나 그건 어쩔 수가 없어. 그런 법이니까. 하지만 그 시간을 함께 보내는 게 낫지 않겠니?"

빗시의 솔직함이 가슴속에 밀려드는 주체할 수 없는 감정을 진정시켰다.

"사랑은 항상 용감한 행동이란다, 얘야." 빗시는 머그잔을 감싸 쥐었다.

"루카의 삶을 더 힘들게 하고 싶지 않아요⋯⋯."

"그 앨 사랑하니?"

"그런 거 같아요."

"그럼 사랑해줘."

"그보다 복잡한……."

"아무것도 영원한 건 없는데, 넌 영원한 결정을 하려고 하지. 사랑하는 사람에게서 세월이 보이기 시작하면, 가장 두려운 일은 충분히 열심히 사랑하지 않은 것이란다. 사랑이 잘되면, 우리는 안녕을 고할 때를 선택하지 않아. 그건 그냥 우리에게 일어나는 일이지. 그러니 네게 가능한 건 사랑하는 사람들을 죽어라 사랑하는 것뿐이야."

빗시는 주근깨가 앉은 손으로 내 팔을 꼭 잡았다.

"어쨌든 넌 영혼은 늙은이잖아. 늙은이처럼 사랑하렴."

빗시는 머그잔을 들고 후 불었다.

"지금 우리는 커피를 마시지. 버니의 장미향을 맡을 수 있고, 내 생각을 네게 나눌 수 있고, 네 생각을 들을 수 있어. 나는 널 사랑하고, 네가 날 사랑하는 걸 안다. 간단하지? 이 순간은 그러기만 하면 돼."

내 심장박동이 빨라지는 것이 느껴졌다.

"저는 좋은 순간을 견디기가 어려워요." 내가 말했다.

"라디오에서 좋아하는 노래가 나오면 노래를 바꾸려고 해요. 왜 이럴까요? '오, 이거 마음에 드는데, 치워버리자.' 매사가 그래요."

나는 발로 땅을 찼다.

"지금도 그래요. 달아나야 할 것 같아요. 뭘 즐기거나 사람들이 제게 잘해주면 안 될 거 같아요."

"신호가 혼선을 일으켜서 그래."

빗시는 마치 오랫동안 알고 있던 일이라는 듯이 말했다.

"네가 아빠랑 헤엄치던 날…… 그날 즐거웠지?"

아침에 통밀빵 토스트에 라즈베리 잼과 버터를 발라 먹은 것이 기억났다. 잼이 손가락에 뚝뚝 떨어졌다. 파란 수영복도 마음에 들었고, 빨간색과 보라색으로 된 벨벳처럼 부드러운 새 비치 타월도 있었다. 침대에서 나오기도 전에 베이비 시터스 클럽 책을 세 장이나 읽었다. 그리고 아빠랑 물속에서 경주했을 때는 내가 이기는 줄 알았다. 가슴이 벅찼다. 어쩌면 그래서 좋은 일이 있으면 불안해지는 것 같기도 했다. 어쩌면 나쁜 일이 생기기 전에 좋은 일을 멈추고 싶은 건지도 몰랐다.

"버니가 죽은 날, 우리…… 사이는 최고였어." 빗시가 미소를 지으면서 말했다.

"버니가 프렌치토스트랑 맛있는 커피를 만들었지. 내가 나가기 전에 버니는 그 전날 밤 읽었는데 계속 생각난다면서 메리 올리버의 시를 읽어줬어. 현실에서는 나쁜 일을 미리 알려주는 전조가 없단다. 우린 그런 아침을 수천 번 보냈거든."

바크가 다시 풀밭에 드러누워서 황홀하다는 듯이 배를 하늘로 향하고, 머리를 젖히고, 다리를 흔들었다.

"삶이 무작위라고 해서 좋은 걸 즐기기를 포기할 순 없어."
빗시가 말했다.

"나는 일흔다섯이란다. 난 곧 죽을 거야. 바라건대, 너보다 한참 먼저 죽겠지. 너는 나를 잃게 될 거고, 나는 좋은 사람이니 그건 슬프겠지. 하지만 이 순간이 좋지 않니? 내가 어떻게 죽을 건지만 생각한다면 우리는 이 순간을 얻지 못해. 이 순간을 좋게 만들려면, 이 순간을 살아야지."

"하지만 어떻게 그러죠?"

내 머릿속에서 나는 이미 빗시의 최후에 대한 온갖 시나리오를 떠올리며 그 속에서 그녀를 구하려고 애쓰고 있었다.

"나쁜 일을 실패라고 생각하지 말고, 과정이라고 생각하는 거지. 그 일이 있었을 때 내가 거기 있었더라도 버니를 구할 수는 없었을 거야. 하지만 나는 버니를 열심히 사랑했어. 버니는 멋진 아침을 보냈고. 상실에서 우리가 구하는 위로는 그거란다. 우리가 계획할 수 있는 부분은 그거뿐이야."

빗시는 커피를 한 모금 마셨다.

"괜찮아지는 것도 노력해야 하고, 화학적인 부분과 물리적인 부분이 필요하고, 긴 싸움이 될 수도 있다는 걸 알아. 하지만 가치 있는 싸움 아니니? 버니와 내가 함께한 화려하고 대단한 삶을 봐!"

빗시는 집을 가리켰고, 나는 내가 재봉한 샘브레이 드레스,

내가 같이 살게 됐을 때 할머니가 내 방에 놓아준 분홍색 시트, 반짝이는 장식이 붙은 패널, 모에게서 훔쳐온 하와이언 셔츠, 바크의 담요, 그리고 어쩌면, 어쩌면 루카의 낡은 청바지와 그가 가장 좋아하는 플란넬 셔츠에서 잘라낸 조각으로 언젠가 만들 수 있을 퀼트가 순간적으로 떠올랐다.

빗시는 눈을 반짝이며 조금 더 밀어붙였다.

"루카에게 자기가 얼마나 사랑받고 있는지 알게 하고 싶지 않아? 그 외에 달리 무슨 일을 할 거니?"

나는 미소를 지었다.

"그럼 전화를 해서 이럴까요? '안녕, 너 오늘 혹시 죽을까 봐 알려주는 건데, 사랑해'라고?"

"생각해보면 그것도 꽤 로맨틱한 고백이야." 빗시가 웃으며 말했다.

"그 조언은 너무해요." 나는 씩 웃으며 손을 뻗어 빗시의 손을 잡았다.

"가끔은 성공하고. 가끔은 실패하지."

나는 웃었다.

"무슨 말인지 알지?" 빗시가 말했다.

"무슨 말인지 알아요." 내가 말했다.

빗시도 내 손을 꼭 잡았다.

"넌 항상 참 똑똑했단다."

바크와 나는 빗시의 집을 나와 할머니 집으로 갔다. 할머니는 밖에서 가시나무에 물을 주고 있었다.

"아침 먹으러 왔니?" 할머니가 기대하는 목소리로 물었다.

"그럼요." 나는 다가가며 말했다.

할머니는 허리를 숙여 바크의 귀를 긁어주고 내 어깨에 팔을 둘렀다.

"오믈렛을 만들고 있단다. 하지만 달걀 대신에 병아리콩가루가 들어가지."

나는 앓는 소리를 냈다.

"네가 만들어야 하는 것보다는 낫지 않니?"

"시리얼이 나을 것 같아요." 내가 웃으며 말했다.

할머니도 웃었다.

"시도만 해봐. 딱 두 입만."

안에 들어가니 아이작이 휘파람을 불면서 퍼콜레이터로 커피를 만들고 있었다. 그는 나를 보더니 미소를 짓고 더 크게 휘파람을 불었다. 프랭크 오션Frank Ocean의 노래 한 소절 같았다.

이제 해가 지평선 위로 떠올랐다. 분홍색 구름이 하늘에 가득했다. 테라스 문이 열려있었다. 바크는 제일 좋아하는 꽃에다 오줌을 누려고 밖으로 달려 나갔다.

집에 돌아와 페이스북에 들어갔다.

루카의 프로필 사진은 내가 찍은 것이었다. 그는 팔꿈치가 닳은 회색 플란넬 셔츠를 입고 머리 위로 붐 마이크를 들고서 빗시의 농담에 크게 웃고 있었는데, 움직이는 바람에 흐릿하게 보였다.

그의 커버 사진은 인어 쇼 이틀 전에 모가 찍어준 것이었다. 나, 할머니, 루카, 빗시가 팔짱을 끼고 일렬로 서서 빗시의 잔디밭을 더 멍키즈처럼 걸어가는 모습이었다.

나는 그에게 메시지를 보냈다.

더 찍을 게 있어. 돌아와.

에필로그

아이작은 할머니와 더 많은 시간을 보내려고 근무 시간을 줄였다. 그는 내게 가게를 물려주기 위해 나를 훈련시키고 있었다. 그는 아침마다 할머니가 수영 수업을 할 시간에 맞춰 출근했고, 오후 시간은 할머니와 보내려고 퇴근했다. 우리는 세세한 것들을 조율하고 있었다. 내 아이디어는 두려움보다 컸다.

마타는 내게 손녀의 웨딩드레스를 처음부터 만들어 달라고 맡겼고 나는 비즈 작업을 하기 위해 일요일 아침 일찍 가게에 나갔다.

초인종이 울렸다. 바크가 으르렁거리며 가게 앞으로 달려갔다.

"얘, 친구."

나는 뒤쫓아 나가며 말했다.

"그러면 장사에 안 좋아!"

나는 영업 종료라고 쓰인 판을 가리키다가 고개를 들었다.

루카였다.

문을 열었다.

바크가 꼬리를 흔들었다.

"안녕."

나는 이렇게 말하고 옆으로 비켜서서 루카가 들어오도록
했다. 짧아진 루카의 머리카락이 그의 얼굴 주위에서 흩날리
고 있었다.

그는 나를 끌어안았다. 나도 마주 안았다. 심장이 쿵쿵거렸
지만 뭔가 다른 느낌이었다. 좋은 긴장감이었다.

"만나서 반가워."

그 말을 했을 때, 확실한 느낌이 들었다. 나는 과거의 안개
속이 아니라, 지금 이 순간 그를 보고 있었다.

"그래?" 루카의 기대감이 느껴지는 목소리가 밝았다.

"응."

"나도 반가워." 그가 말했다.

"이거 하나만 마치면 돼." 나는 비즈를 고정시키기 위해서
루카에게 내실로 따라오라고 손짓했다. 비즈 작업은 마무리

짓지 않은 채로 오래 멈출 순 없었다. 바늘을 오래 꽂아두기에는 천이 너무 섬세했다.

"아름답다." 루카가 드레스를 가리켰다.

"고마워." 나는 다시 앉아 아이작의 의자를 가리키며 말했다.

"뉴욕에 있을 때, 내 친구 레이시를 우연히 만났어."

그는 의자에 앉아 발을 바닥에 딛고 의자를 가까이 당겼다.

"아."

나는 비즈 줄을 제자리에 잡고 사이사이 바느질을 하며 말했다. 질투심이 들었지만, 바람 부는 날의 구름처럼 그것이 머릿속을 스쳐지나가도록 두었다. 손이 떨리지도 않았다.

"영화를 제작한대. 1950년대를 회고하는 것 같은 내용이지만, 반짝반짝하는 아넷 퍼니첼로Annette Funicello 영화 같은 게 아니라, 그때 실제로 있었던 일을 담을 거라고 하더라."

"그거 정말 멋지다."

나는 하이웨이스트 비키니와 네크라인이 깊이 파진 점프슈트를 떠올리며 말했다.

"너랑 같이 일하고 싶대."

"그러지…… 그러지 마." 내가 말했다.

"나한테 일거리 주려고 하지 마. 네가 미안……."

내 말에 루카가 웃었다.

"진짜야. 레이시는 동정심 같은 데 관심 없어. 완벽주의자라고."

"하지만 네가 내 이야기를 한 거지?"

"영상을 좀 보여줬지." 루카가 말했다.

"난 내 카메라워크에 대한 칭찬이 듣고 싶은 거였어. 파란 물속에 빗시의 새빨간 머리가 보이는 장면이 있었어. 빗시가 드러누워서 웃고 있었지. 내가 찍은 것 중에 최고의 장면이었단 말이야. 그런데 레이시가 단 이 초 만에 의상은 누가 만들었냐고 묻더라."

"그럼, 내가 직접 이야기할게. 포트폴리오는 만들 수 있어." 내가 말했다.

나는 인어 쇼의 사진을 받지 못했고 영상도 더 보질 못했다.

"하지만 이 일로 좀 바빠서."

나는 작업대에 쌓인 옷 무더기를 가리켰다. 방과 후에 나를 도와줄 고등학생 아이를 찾고 있었지만, 아직 적임자를 구하지 못했다.

"다큐멘터리가 네 포트폴리오야. 레이시는 널 원해. 전화해 봐. 전화 안 하면 날 죽일 거야." 루카는 잠시 나를 바라봤다.

"넌 이 일을 해야 해. 사소한 일거리가 아니야. 레이시의 지난 번 작품은 칸에 초청됐어."

"그런데 날 원한다고?"

"널 숭배할 지경이야."

"그거…… 무서운데."

내가 말했다. 비즈 한 줄을 완성하고 실을 고정시켰다.

"그렇지? 난 이 일 하면서 겁먹고 떨 때가 많아."

그 말에 나는 충격을 받았다.

"넌 아무것도 무서워하지 않잖아."

"지금도 겁먹었어."

루카가 말했다. 듣고 보니 그의 눈빛에는 두려움이 서려있었고 눈썹에서는 긴장이 느껴졌다.

"왜?"

"케이트." 루카가 말했다.

"널 다시 잃고 싶지 않아."

"나도 널 잃고 싶지 않아."

나는 일어나서 루카를 안았다. 그의 등이 축축했다. 입김은 뜨거웠다. 나는 그에게 키스했다.

"천천히 해도 돼?" 내가 물었다.

그와 매 순간을 어떻게 함께할지, 어떻게 용감히 그를 사랑할지 나는 배우고 싶었다.

루카는 고개를 끄덕였다.

"어떻게 되더라도, 우린 친구야, 그렇지? 그 부분은 무슨 일이 있어도 변함없을 거야."

"응." 내가 말했다.

"좋아."

에필로그

바크가 우리 사이에 껴들어 루카의 손 밑에 머리를 밀어 넣었다.

"네가 바크에게 관심을 덜 준 건 확실하구나." 내가 말했다.

"확실해."

루카는 쪼그리고 앉아 바크의 가슴을 긁어줬다. 바크는 루카의 얼굴을 핥았다.

"보고 싶었어, 친구."

"있잖아, 인어들에게 리허설이 있어."

나는 더플백을 들며 말했다.

"같이 갈래? 보여줄 게 있어."

"촬영해도 돼?" 루카가 물었다.

"그럼." 할머니들은 괜찮다고 할 터였다.

"아직 다큐멘터리의 결말을 찍지 못했어." 루카가 말했다.

"수조를 볼 때까지 기다려."

"완성된 거야?"

"응. 오늘 처음 들어가는 거야."

리허설일 뿐이었지만, 이미 공원에는 사람들이 모여있었다. 모는 단상에서 에어 호스를 설치하고 있었다. 할머니, 빗시, 알디아는 벌써 인어 꼬리를 입고 앉아있었다.

"저기 잠깐만 다녀올게."

나는 이렇게 말하고 바크와 함께 탈의실로 달려갔다.

내가 준비하는 동안, 바크는 파리 한 마리를 쫓아다니며 가까이 다가가 물려고 펄쩍거리고 있었다. 마치 보통 개처럼. 우리는 세상 밖으로 나왔지만, 이제 바크는 경계하지 않았다. 내가 경계하지 않았기 때문이다.

나는 균형을 잡으려고 벽에 기대서서 내 인어 꼬리를 입었다. 허리 부분에서 시작된 은색은 아래로 내려갈수록 밝은 청색으로 차츰 변했고, 거기에는 하늘거리는 녹색 지느러미가 달려있었다. 나는 뒤쪽 구멍으로 다리를 밀어 넣고 오리발은 따로 뒀다. 앉는 자리에 가서 그것을 붙일 생각이었다. 기능적인 이유에서 뭔가 입어보는 것을 제외하면, 내가 만든 의상을 실제로 입은 것은 처음이었다. 물론 평소에 입을 옷을 만들긴 했지만 공연용 의상과는 달랐다. 이것은 일종의 도구였다. 게다가 내 의상은 아름답게 제작돼서, 이걸 입을 때마다 내 스스로가 자랑스럽게 느껴졌다.

나는 조개껍질 상의에 팔을 집어넣었다. 파란 스팽글, 모양을 다듬은 스티로폼, 네오프렌의 결합체였다. 팔을 자유롭게 저을 수 있도록 뒤쪽은 넓게 재단하고, 에어 호스를 놓치지 않도록 걸 수 있는 후크도 달려있었다. 나는 핸드백에서 새빨간 방수 립스틱을 꺼냈다. 리허설에 불과했지만, 립스틱이 필요했다. 플라스틱 불가사리가 달려있는 파란 머리끈으로 머리를 뒤로 넘겨 묶었다.

그리고 나는 무릎을 꿇었다. 바크가 꼬리를 흔들며 달려왔다.

"수영하러 갈까?" 내가 물었다. 바크는 컹 짖더니 뛰어올랐다가 그러자고 하듯이 앉았다. 나는 바크에게 구명재킷을 입히고 꼭 잠갔다. 위에는 네오프렌 상어 지느러미도 붙여놓아서 바크가 헤엄치면 그것이 수면 위로 올라오게 했다.

"네가 얼마나 멋진 상어인지 봐!"

나는 바크가 나의 침착하고 행복한 목소리를 들을 수 있도록 말했다. 바크는 훌륭한 상어고 훌륭한 개였으며 최고의 친구였다. 바크는 지느러미를 앞뒤로 흔들면서 달려갔다.

수조에서 모가 바크를 연단에 올려줬고 나는 사다리를 타고 올라갔다. 모의 다음 프로젝트는 인어가 되고 싶은 사람은 모두 그 꿈을 이룰 수 있도록 접근이 용이한 경사로를 설치하는 것이었다.

루카는 유리 앞에 카메라를 설치했다.

"여기!"

내가 외치자 루카가 고개를 들었다.

"너도 들어가?"

"나도 인어야!" 내가 말했다.

루카가 눈물을 참느라 입술을 깨무는 것이 보였다. 그는 엄지손가락을 들어 보였다. 나도 울지 않으려고 시선을 돌렸다.

가장자리에 앉아 물갈퀴를 꼬리에 밀어 넣은 뒤, 발을 넣었다.

"좋아, 바키."

나는 이렇게 말하고 물속으로 들어갔다. 바크는 달려와 펄쩍 뛰어 나를 따라서 입수했다. 모가 테니스공을 던져주니 바키는 그것을 잡으러 헤엄쳐가고 나는 햇살이 비추는 물속으로 잠수해서 수조 바닥에 있는 할머니, 빗시, 알디아에게 다가갔다. 내 에어 호스에서 공기를 길게 마시고 숨을 내쉬면서 수면 위로 올라가는 공기 방울을 봤다.

바깥세상의 소리는 작게 들렸다. 다시 물은 내 것이 됐다. 나는 거기, 할머니와 친구들과 함께 물속 세상에 속해있었다. 바크의 다리가 머리 위에서 물결을 일으켰다. 유리창을 통해 루카의 카메라 불빛이 보였다. 아니, 어쩌면 그건 우리가 단 스팽글이 비친 것일지도 몰랐지만, 루카가 나를 볼 수 있다는 것을 알았기에 손을 흔들었다. 그리고 에어 호스에서 숨을 깊이 들이쉬고 춤을 추기 시작했다.

세대를 잇는 여성 연대와
치유의 이야기

이 소설의 주인공 케이틀린 엘리스는 남편의 외도로 이혼하면서도 위자료는커녕 아끼는 자기 물건도 제대로 챙겨 나오지 못한 인물이다. 그녀가 모든 것을 포기한 이유는 사랑하는 개 '바크'를 남편에게서 지켜내기 위해서였다. 남편은 케이틀린을 괴롭히겠다는 이유만으로 바크의 양육권을 가지려 하고, 케이틀린은 새 출발과 바크를 얻을 수 있다면 다른 것은 모두 잃어도 상관없다고 호소한다. 그녀가 지키고 싶었던 것은 그것뿐이었으므로. 그것 이외에는 모두 자신과 무관한 삶의 무대 장치처럼 느껴졌으므로. 그만큼 그녀는 지쳐있었고, 그녀에게는 마음을 둘 곳이 무엇 하나 남아있지 않았다.

집과 비싼 차, 위자료를 포기한 대신 충직하지만 겁 많은 개 한 마리만을 겨우 건사한 그녀는 스물일곱 살의 인생을 새롭게 시작하기 위해 이혼 후 플로리다에 있는 할머니의 집으로 돌아간다. 아버지의 갑작스러운 죽음과 어머니와의 이별을 겪은 그녀에게 할머니의 집은 어린 시절의 추억이 고스란히 담긴 고향이다. 은퇴한 노인들이 모여 가족처럼 가깝게, 때로는 주책없이 오지랖을 펼치며 사는 플로리다주 세인트루시는 상처받은 그녀를 보듬어주고 '영혼을 달래는 치킨수프'를 건넬 것만 같다.

그러나 따뜻하고 익숙한 곳에서 추억에 젖어 현재의 상흔을 치유할 수 있을 거라 생각한 케이틀린의 생각과는 달리 상황은 반전을 드러낸다.

더블 초콜릿 마카다미아 너트 쿠키를 굽고 라자냐를 만들어주던 점액낭염에 걸린 할머니는 채식·건강식주의자로 전향해서 건장한 남자와 스트레칭을 하며 날씬하고 강단 있는 체격을 가지게 됐다. 할머니는 더 이상 노랗게 변색된 파마머리가 아니라 짧고 세련된 흰머리를 당당하게 하고 있고, 그 덕분에 새파란 눈이 이제껏 본 적 없을 만큼 또렷하고 활기차게 변해있다. 할머니의 부엌에는 콩가루와 애플소스로 만든 쿠키와 삼씨 우유뿐, 케이틀린의 영혼을 달래주던 음식은 더 이상 존재하지 않는다. 그렇다. 케이틀린의 할머니 나넷은 전통적인 할머니 상에서 탈피한 인물로 극적인 변화를 보이며 케이틀린의 앞에 새롭게 등장한 것이다. 새로운 출발을 바라면서도 예전과 다름없는 생활을 바라던 케이틀린에게 할머니의 변화는 낯설고도 당황스러운 일이다. 게다가 운동과 식이요법에 열정을 불태우며 적극적인 태도로 손녀의 새로운 삶을 응원하는 나넷의 곁에는 저마다 다른 개성과 매력을 가진 주변 인물들도 가세한다.

인생의 황혼길에 접어들었다고 여겨지기 쉬운 나넷과 그녀의 친구들은 각자의 삶을 각자의 방식대로 꾸려나가며 그녀들이 젊었을 때 그러했듯 현재도 충실하고 즐겁게, 새로운 것을 시도하며 살아가고자 한다.

케이틀린의 상처 극복을 위한 과정에서 큰 축이 돼주는 것은 나넷과 친구들이 기획하는 인어 쇼다. 나넷과 친구들이 젊은 시절 아름다운 인어의 모습으로 공연했던 고속도로변 놀이 공원 쇼는 케이틀린에게도 우리에게도 낯설고 독특하며 신기한 소재다. 젊은 여성들이 인어처럼 브라와 인어 꼬리 차림으로 공연하는 쇼는 케이틀린의 할아버지가 말했던 것처럼 수치스러운 일일 수도 있고, 여성의 신체를 대상화하는 유흥에 지나지 않을 수도 있다. 그러나 나넷의 기억 속에 그 공연은 배짱과 기술, 연습이 필요한 일이었고, 평생 소중히 기억할 친구들을 만나게 해준 일터였다.

작가 엘리 라킨은 나넷과 빗시 같은 칠십 대 여성이라는 인물들을 창조하면서, 저 유명한 베티 프리던의 《여성성의 신화》를 비롯한, 1960년대 여성운동 관련 서적을 탐독했다고 한다. 수조 속 나넷과 빗시, 친구들은 당시 미국에서 태동하던 여성 자의식을 대변하는 아이콘이었다. 케이틀린 역시 시간이 흘러 할머니가 된 그들에게서 여전히 강하고 독립적인 여성의 모습을 본다. 그리고 인어 쇼는 이제 노년의 여성들이 여전히 지닌 젊음과 활기, 몸을 긍정하고 삶의 의지를 확인하는 기회로 변한다.

인어 쇼를 준비하는 과정은 여자 친구들이 재회하고 연대하는 과정이다. 나넷은 젊은 시절 친구들을 다시 모아 '동창회'를 기획하는 과정에서 자기 삶이 지닌 의미를 규정하고 남은 삶의 의지를 재확인한다. 이를 통해 나넷은 자신과 친구들이 살아온 여정을 돌이키며 여성으로서의 삶과 그 안에서 지니는 사랑과 우정의 가치를 손녀에게 전수한다. 그리고 무엇보다도, 케이틀린과 함께, 서로가 가장 깊숙한 감춰뒀던 상처를 드러내고 쓰다듬고 위로하면서, 아픔이 혼자만의 것이 아님을 확인한다. 세대를 가로지르는 이해와 공감을 통해, 케이틀린은 오랫동안 회피해 온 트라우마의 치유를 향해 한 걸음 다가간다.

《햇살을 향해 헤엄치기》는 우리가 왜 치유의 이야기를 자꾸 찾게 되는지에 대한 훌륭한 대답이다. 케이틀린처럼 비극적이고 절망적인 상처를 지니지 않았더라도, 우리는 누구나 각자의 상처를 안고 있는, 연약하고 상처받기 쉬운 사람들이다. 우리에게는 닭고기스프나 초콜릿 케이크, 혹은 죽고 싶어도 이것만은 먹어야겠다 싶은 떡볶이를 찾게 하는 일들이 끊이지 않는다. 그런 순간이 닥칠 때, 사랑하는 사람들과 공감과 이해를 통해 연대하며 '햇살을 향해 헤엄쳐 나가는' 이 이야기가 전하는 위로가 독자 여러분에게 온전히, 눈부시게 전달되기를 바란다.

옮긴이_ **이나경**

이화여자대학교 물리학과를 졸업하고 서울대학교 영문학과에서 르네상스 로맨스로 박사
학위를 받았다. 현재 전문 번역가로 활동 중이다. 옮긴 책으로는 《메리, 마리아, 마틸다》 《어
쌔신 크리드: 르네상스》 《어쌔신 크리드: 브라더후드》 《불타버린 세계》 《세상의 모든 딸들》
《피버 피치》 《애프터 유》 《로그 메일》 《세이디》 《프랑켄슈타인》 등이 있다.

햇살을 향해 헤엄치기

1판 1쇄   2021년 6월 10일
1판 2쇄   2021년 6월 28일

지은이   엘리 라킨
옮긴이   이나경

펴낸이   임지현
펴낸곳   (주)문학사상
주소   경기도 파주시 회동길 363-8, 201호(10881)
등록   1973년 3월 21일 제1-137호

전화   031)946-8503
팩스   031)955-9912
홈페이지   www.munsa.co.kr
이메일   munsa@munsa.co.kr

ISBN 978-89-7012-597-8 (03840)